國家古籍整理出版專項經費資助項目
國家社科基金項目（12BZW068）

渭南文集箋校

一

〔宋〕陸游 著
朱迎平 箋校

上海古籍出版社

圖書在版編目(CIP)數據

渭南文集箋校 / (宋) 陸游著;朱迎平箋校. —上海: 上海古籍出版社, 2022.11
(中國古典文學叢書)
ISBN 978-7-5732-0504-9

Ⅰ. ①渭… Ⅱ. ①陸… ②朱… Ⅲ. ①陸游(1125-1210)—文集 Ⅳ. ①I214.422

中國版本圖書館 CIP 數據核字(2022)第 200610 號

中國古典文學叢書
渭南文集箋校
(全五册)
[宋]陸 游 著
朱迎平 箋校
上海古籍出版社出版發行
(上海市閔行區號景路 159 弄 1-5 號 A 座 5F 郵政編碼 201101)
(1) 網址: www.guji.com.cn
(2) E-mail: guji1@guji.com.cn
(3) 易文網網址: www.ewen.co
常熟人民印刷有限公司印刷
開本 850×1168 1/32 印張 84 插頁 27 字數 1,420,000
2022 年 11 月第 1 版 2022 年 11 月第 1 次印刷
印數: 1—1,100
ISBN 978-7-5732-0504-9
I·3671 精裝定價: 438.00 元

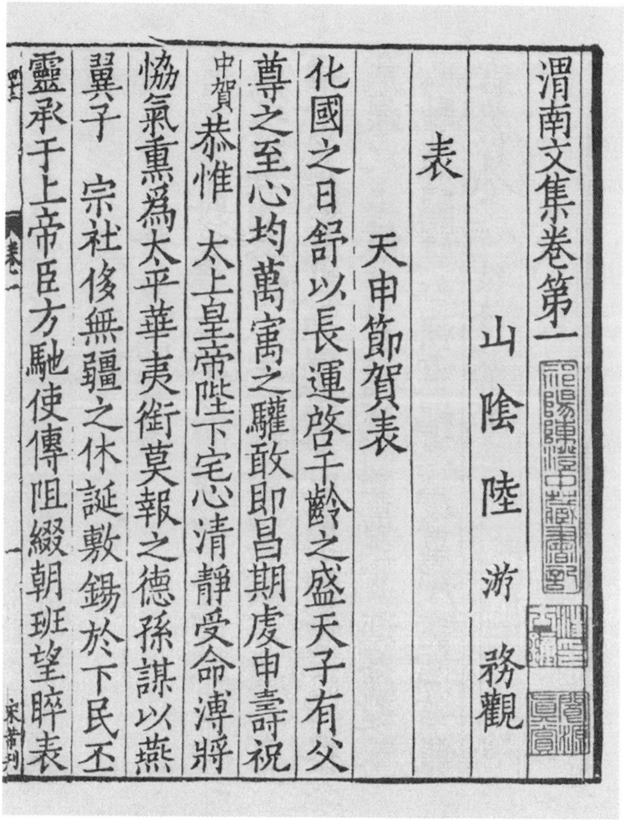

渭南文集卷第一

山陰陸游務觀

表

天申節賀表

化國之日舒以長運啓千齡之盛天子有父尊之至心均萬寓之驩敢即昌期虔申壽祝中賀 恭惟 太上皇帝陛下宅心清靜受命溥將協氣熏爲太平華夷銜莫報之德孫謀以燕翼子 宗社侈無疆之休誕敷錫於下民丕靈承于上帝臣方馳使傳阻綴朝班望晬表

宋嘉定十三年（1220）陸子遹刊《渭南文集》書影

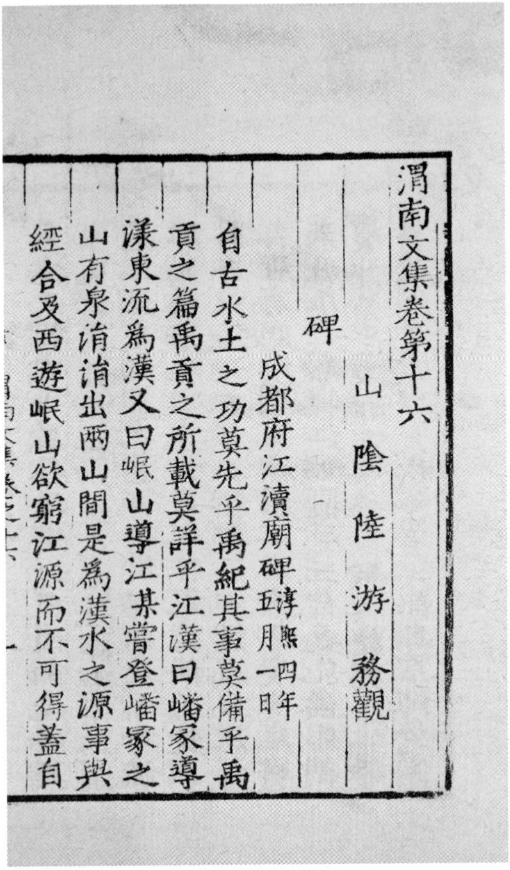

渭南文集卷第十六

山陰陸游務觀

碑

成都府江瀆廟碑淳熙四年五月一日

自古水土之功莫先乎禹紀其事莫備乎禹貢之篇禹貢之所載莫詳乎江漢曰嶓冢導漾東流爲漢又曰岷山導江某嘗登嶓冢之山有泉涓涓出兩山間是爲漢水之源事與經合及西遊岷山欲窮江源而不可得蓋自

明弘治十五年（1502）華珵活字本《渭南文集》書影

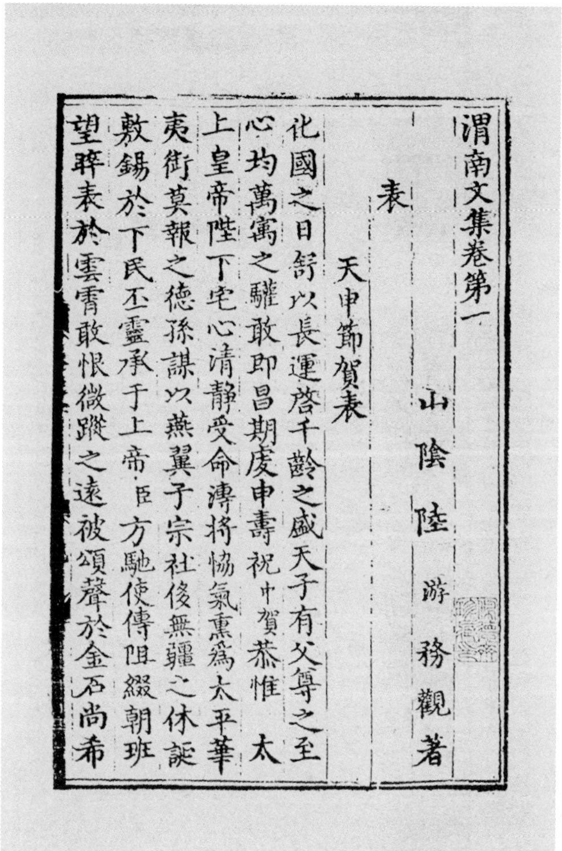
渭南文集卷第一

山陰陸游務觀著

表

天申節賀表

化國之日舒以長運啓千齡之盛天子有父尊之至心均萬寓之驩敢即昌期虔申壽祝中賀恭惟　太上皇帝陛下宅心清静受命溥将協氣熏爲太平華夷銜莫報之德孫謀以燕翼子宗社後無疆之休誕敷錫於下民丕靈承于上帝臣方馳使傳阻綴朝班望睟表於雲霄敢恨微蹤之遠被頌聲於金石尚希

明正德八年（1513）梁喬刊《渭南文集》書影

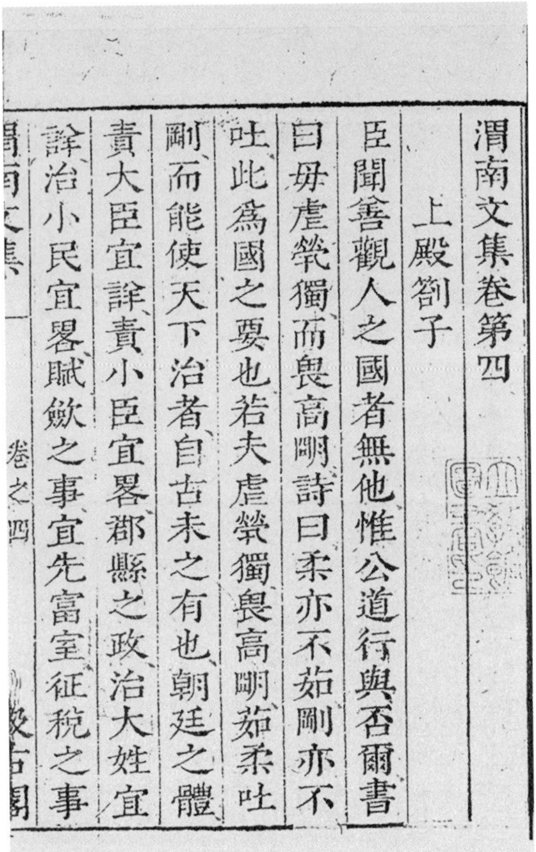

渭南文集卷第四

上殿劄子

臣聞善觀人之國者無他惟公道行與否爾書曰毋虐煢獨而畏高明詩曰柔亦不茹剛亦不吐此爲國之要也若夫虐煢獨畏高明茹柔吐剛而能使天下治者自古未之有也朝廷之體責大臣宜詳責小臣宜畧郡縣之政治大姓宜詳治小民宜畧賦歛之事宜先富室征稅之事

渭南文集　卷之四　汲古閣

明萬曆四十年（1612）毛晉汲古閣刊《渭南文集》書影

渭南文綜論（代前言）

陸游的生平及著述

偉大的愛國詩人陸游，是南宋時期最爲傑出的文學家之一。陸游（一一二五—一二一〇）字務觀，號放翁，越州山陰（今浙江紹興）人。他出身於一個世代詩書簪纓的家族。陸游的高祖陸軫於北宋真宗大中祥符五年（一〇一二）登進士第，官至吏部郎中，後被追贈太傅。陸游的祖父陸佃於神宗熙寧三年（一〇七〇）中進士，曾從王安石學習經學，但因與新黨政見不合，後被列入「元祐黨籍」；官至尚書左丞，被追贈爲太師、楚國公。他精通經史、小學、禮儀，著有陶山集。陸游的父親陸宰由門蔭入仕，官至直秘閣、京西路轉運副使，卒贈少師；他博聞强識，通經能文，尤喜藏書。「經術吾家事，躬行更不疑」（劍南詩稿卷六三自儆之二），家族的學術傳統、文學氛圍，對陸游的一生產生了深遠的影響。

北宋徽宗宣和七年（一一二五）十月十七日，陸游出生於淮河邊的一艘泊舟内，其時陸宰正趕赴京師上任。是年金兵開始大舉南侵，中原大亂，陸宰在兵荒馬亂中舉家南遷。陸游的幼年時代在戰亂中度過，曾隨全家赴東陽山中避亂，至南宋高宗紹興三年（一一三三）才回到山陰故居。陸游年輕時的科舉之路并不平坦，多次應試落第。紹興二十三年（一一五三）赴臨安鎖廳試，被考官擢爲第一，因秦檜之孫秦塤屈居其次而觸怒秦檜，次年禮部試論恢復，又遭秦檜黜落。

紹興二十八年（一一五八），三十四歲的陸游始以恩蔭出仕，任福州寧德縣主簿、福州決曹。兩年後調任京官，先後除敕令所删定官、大理司直兼宗正簿。紹興三十二年（一一六二）孝宗即位，陸游以樞密院編修官兼編類聖政所檢討官，并被賜進士出身。次年因得罪孝宗寵臣，被排擠出朝，先後通判鎮江府、隆興府，又以「力説用兵」的罪名被罷免。從乾道二年（一一六六）始，陸游卜居鏡湖三山。六年（一一七〇）閏五月中出發入蜀，十月底到達夔州通判任，開始了八年的蜀中生活。他入職南鄭四川宣撫使王炎幕府，經歷了六個月的軍旅生涯；他赴任成都府安撫司參議官，又任蜀州通判，攝知嘉州、榮州，再回成都任參議官，又被免官奉祠。淳熙五年（一一七八）春，陸游奉詔東歸，至臨安召對，除提舉福建路常平茶鹽公事，次年改除提舉江西常平茶鹽公事，不久又被以「不自檢飭」論罷，奉祠主管成都府玉局觀。六年後的淳熙十三年（一一八六）七月，陸游到任知嚴州，兩年後任滿除軍器少監。淳熙十六年（一一八九）春，孝宗傳位於光宗，陸游除禮部郎中，後兼實録院檢討官，十一月底再被罷歸故里。

從六十六歲起，陸游在山陰故鄉度過了近二十年的晚年生活。慶元五年（一一九九）七十五歲時，他不再申請領取祠禄，正式致仕。嘉泰二年（一二〇二）六月，陸游應寧宗之召赴京修史，任實録院同修撰兼同修國史，後又除秘書監。孝宗、光宗兩朝實録修成，即於次年五月離京返鄉，再次以寶謨閣待制致仕。「開禧北伐」失敗後，陸游也被牽累，於嘉定元年初被劾落職。嘉定二年（一二〇九）十二月二十九日，陸游病逝於山陰三山故居，臨終賦示兒詩，享年八十五歲。

作爲南宋傑出的大文學家，陸游的詩、詞、文創作都成就斐然。他十八歲起跟隨著名的江西派詩人曾幾學詩，將詩歌創作作爲終身事業，他的劍南詩稿存詩九千三百餘首，位居歷代詩人作品數量之最；他的「放翁詞」作有一百四十餘首，數量雖不算多，但風格多樣，名篇迭出，爲宋代詞壇一大名家；他晚年親手編定的渭南文集收録各體文章近八百首，被朱熹評爲「老筆尤健，在今當推爲第一流」（答鞏仲至第十七書）。此外，陸游還撰有入蜀記、老學庵筆記、家世舊聞等筆記體著述多種，參與或主持了高宗實録、孝宗實録、光宗實録的修纂，并獨立撰有史書南唐書。

由於陸游詩歌的突出成就和重要地位，也由於南宋散文向來不受重視，長期以來，陸游的文名爲詩名所掩。大多數文學史只論其「劍南詩」，不及其「渭南文」；各種陸游詩集、詩選層出不窮，而陸游的文集、文選則難覓蹤影。這是陸游研究中極大的偏頗之處。歷代文學家中，有偏長於一體的，如李白、杜甫是偉大的詩人，但文章流傳很少；也有兼擅諸體的，韓愈、柳宗元是古文大家，詩作也都在唐詩中佔據重要地位。宋代文學家的文化修養往往更爲全面。歐陽修、蘇軾都是詩、詞、文俱精，并有突出成就，歐陽修還是史學家、金石學家，蘇軾則又是著名的書法家和畫家。陸游也是如此，他不但以「劍南詩」著稱，「放翁詞」亦多有名篇，他又是史學家和書法家，而他在文章創作上的成就，更足以與其詩歌成就相頡頏。

陸游的文章創作理論

陸游頗以文章自負，其上辛給事書自述學文心得有云：

某束髮好文，才短識近，不足以望作者之藩籬，然知文之不容僞也，故務重其身而養其氣。貧賤流落，何所不有，而自信愈篤，自守愈堅，每以其全自養，以其餘見之於文。文愈自喜，愈不合於世。夫欲以此求合於世，某則愚矣，而世遂謂某終無所合，某亦不敢謂其言爲智也。

這段文字明顯承襲韓愈之説，也反映出他對自己文章的自信。陸游的這種自負更可從其詩集劍南詩稿與其文集渭南文集分别編纂上看出，他稱「劍南乃詩家事，不可施之文，故别爲渭南」

（陸子遹渭南文集跋）。可見陸游認爲「詩家事」與「文章事」有别，自己的詩、文各有其獨立的價值，故詩、文不宜合刊，不應相淆。宋人文集，或僅存詩，或僅存文，更多的是詩、文合集，像陸游這樣詩文分編、各自命名的情況極爲少見。陸游不僅以「詩家」自命，也確以文章自得，并有豐富的文章創作理論。

陸游從自己的學文經歷中，體悟出文章「與至道同一關捩，惟天下有道者，乃能盡文章之妙」的道理。他在上執政書中説：

> 某小人，生無他長，不幸束髮有文字之愚，自上世遺文、先秦古書，晝讀夜思，開山破荒，以求聖賢致意處，雖才識淺闇，不能如古人迎見逆決，然譬於農夫之辨菽麥，蓋亦專且久矣。原委如是，派别如是，機杼如是，邊幅如是，自六經、左氏、離騷以來，歷歷分明，皆可指數。不附不絶，不誣不紊，正有出於奇，舊或以爲新，横騖别驅，層出間見。每考觀文詞之變，見其雅正，則纓冠肅衽，如對王公大人；得其怪奇，則脱帽大叫，如魚龍之陳前、梟盧之方勝也。間輒自笑曰：「以此娱憂舒悲，忘其貧病，則可耳。持以語人，幾何其不笑且駡哉！」誠不自意，諸公聞之，或以爲可。書生所遭如此，雖窮死足以無憾矣。……夫文章小技耳，然與至道同一關捩。惟天下有道者，乃能盡文章之妙。

依據這種文與道之關係，陸游主張言爲心聲，文不容僞；文如其人，觀文知人。他説：「君子之有文也。如日月之明，金石之聲，江海之濤瀾，虎豹之炳蔚，必有是實，乃有其文。夫心之所養，發而爲言，言之所發，比而成文：人之邪正，至觀其文則盡矣決矣，不可復隱矣。」又説：「賢者之所養，動天地，開金石，其胸中之妙，充實洋溢，而後發見於外，氣全力餘，中正閎博，是豈可容一毫之僞於其間哉！」（上辛給事書）

基於此，陸游對南渡初期喪亂流離中産生的文章評價極高。他一則曰：「我宋更靖康禍變之後，高皇帝受命中興，雖艱難顛沛，文章獨不少衰。得志者司詔令，垂金石；流落不偶者，娱憂紓憤，發爲詩騷：視中原盛時，皆略可無愧，可謂盛矣！」（陳長翁文集序）二則曰：「迨建炎、紹興間，承喪亂之餘，學術文辭，猶不愧前輩。」（吕居仁集序）建炎、紹興之文，自然主要指慷慨昂奮、力主抗戰、痛斥投降之文，對於此類大氣磅礴之作，陸游竭力推崇。如傅給事外制集序稱：「文以氣爲主，出處無愧，氣乃不橈。」并謂傅氏「白首一節，不少屈於權貴，不附時論以苟登用，每言虜，言畔臣，必憤然扼腕裂眥，有不與俱生之意；士大夫稍有退縮者，輒正色責之若讎。一時士氣爲之振起，今觀其制告之詞，可概見也。」在陸游看來，這些「憤然扼腕裂眥」之作，正表達了時代的心聲。與此同時，陸游又强調：「以文知人，非必巨篇大筆、苦心致力之詞也，殘章斷稿，憤譏戲笑，所以娱憂而舒悲者，皆足知之。甚至於郵傳之題詠，親戚之書牘，軍旅官府倉卒之間，符檄書判，類皆可以洞見其人之心術才能，與夫平生窮達壽夭，前知逆決，毫芒不失，如對棋枰而指白黑，如觀人面而見其目衡鼻縱，不待思慮搜索而後得也。何其妙哉！」（上辛給事書）可見，除了垂諸金石的「巨篇大筆」外，陸游同樣重視「憤譏戲笑」、「娱憂舒悲」的短篇小文，認爲只要是抒寫真情，同樣是能洞見人心的好文章。

在文章傳統方面，兼擅古文、四六的陸游對二體的相互消長有着清醒的認識：「自漢魏之間，駸駸爲此體（按指駢體），極於齊梁，而唐尤貴之，天下一律。至韓吏部、柳柳州大變文格，學者翕然慕從。然駢儷之作，終亦不衰……本朝楊劉之文擅天下，傳夷狄，亦駢儷也。及歐陽公起，然後掃蕩無餘。後進之士，雖有工拙，要皆近古……則歐陽氏之功，可謂大矣。」（入蜀記四）他論及科舉對文章的影響時又説：「故自科舉取士以來，如唐韓氏、柳氏，吾宋歐氏、王氏、蘇氏以文章擅天下者，莫非科舉之士也。」（答邢司户書）陸游對文體演進的概括、對唐宋大家的揭舉，都是十分準確的。與此同時，他對當時文壇偏離古文優良傳統的傾向也提出了尖鋭的批評，如指出「近時頗有不利場屋者，退而組織古語，剽裂奇字，大書深刻，以眩世俗，考其實，更出科舉下遠甚，讀之使人面熱」（答邢司户書）。又如説當時「或以纖巧摘裂爲文，或以卑陋俚俗爲詩，後生或爲之變而不自知」（陳長翁文集序）。這些都説明，在古文優良傳統的繼承上，陸游是一位清醒而自覺的文章家。

陸游的古文、四六創作成就

宋代自歐陽修接續韓、柳傳統，重倡古文以後，王、曾、三蘇繼起，文壇紛紛響應，古文逐漸佔據了主導地位；而與此同時，講求駢儷的四六之文仍然據守着傳統地盤，繼續在社會生活中發揮着作用。同宋代大多數文章家一樣，陸游於文章創作上駢、散并擅，在古文、四六兩大領域都取得了傑出的成就。以下分别述之。

一、陸游的古文成就

對於歐、蘇奠定的北宋古文傳統，陸游是自覺的繼承者，他在文章創作上的成就，也主要體現在古文領域。平易暢達的宋代古文，應用範圍大爲拓展，舉凡論政言事、説理論道、言志抒懷、寄情遣興、叙事記人、狀景述遊，直至傷悼哀祭、立傳樹碑等等，幾乎無施不可。陸游的古文充分體現了這一特點，尤其在奏劄、序記、跋文、碑誌、哀祭等體類中取得了突出的成就。

奏劄文　對於論政言事的「巨篇大筆」，陸游向來十分推崇，而渭南文集中劄子、奏狀諸體，也不乏可圈可點之作。堅持抗金，力主恢復，是陸游一生孜孜不倦的追求目標，也是貫串其大部分奏劄的中心思想。如隆興和議訂立之前，陸游在上二府論都邑劄子中明確地提出將建康建成恢復中原的「不拔之基」，鮮明地體現了他的抗金立場，文章援古證今，正反對照，頗具説服力。又如淳熙十三年的上殿劄子，陸游由孝宗稱贊蘇軾「氣高天下」一語，引發議論：「竊謂天下萬事，皆當以氣爲主」，「蓋氣勝事則事舉，氣勝敵則敵服。勇者之鬥，富者之博，非有他也，直以氣勝之耳」。這顯然是在激勵堅持抗金的士氣。全文諄諄告誡，誠篤懇摯，多用排偶，極富氣勢，可稱奏劄佳作。其他如紹興末年的代乞分兵取山東劄子謀畫軍事，力主抗敵；淳熙十三年上殿劄子預測形勢，提出「力圖大計，宵旰弗怠」；淳熙十六年上殿劄子奏請「輕賦」，以救民之貧等，也都論事剴切，説理周詳。充分體現出陸游議事論政的能力。

序記文　序記類文體功能極爲廣泛，表達最爲靈活。它可以敘事，可以議論，可以狀景，可以抒情，幾乎無施不宜，最能見出作者的才情風采，故爲唐宋古文家特别看重。陸游的這類作品總計七卷八十八首，約占文集篇目總數的八分之一，數量十分可觀。陸游序記文的題材極爲廣泛，内容極爲豐富。它們或縱筆評詩論文，或慷慨娱憂紓憤，或記録營造始末，或依托居室遣懷，展現出作者多姿多彩的精神世界。陸游深得詩體三昧，其詩論也是見解獨到，體驗深切。如澹庵居士詩序揭示「悲憤積於中而無言，始發爲詩」的現象，闡明詩歌創作的重要規律；又如曾裘父詩集序將「言志」區分爲三類，囊括了詩人的各種生活體驗，大大拓展了傳統的「詩言志」的内涵。「娱憂紓憤」是陸游詩文作品的中心，這種基於家國情懷的憂患和悲憤更多地在懷古憶舊、狀景敘事中流露出來。東屯高齋記憑弔杜甫遺迹，感歎其身世，如同賈誼之吊屈原，「吊杜甫」實際是「自吊」；師伯渾文集序借伯渾高才而不遇，「放意山水，優遊以終天年」，同樣寄托了深沉的命運之歎。記録營造的記文，在陸游記文中占很大比例，他區别對象，應對得體，議論正大，揮灑自如，充分體現出大家風範。静鎮堂記、萬卷樓記、對雲堂記、圜覺閣記等樓堂亭閣記，都是釋義準確，立意高遠，頗具高屋建瓴之勢。佛寺殿院之記多在記敘佛寺興廢的基礎上，或揭示其折射的社會治亂規律，或頌揚佛徒的堅忍不拔。書巢記、居室記、東籬記等一組記述居處、遺懷抒情的記文，訴説自己率性自適、隨遇而安的生活和心境，尤能見出作者的真實性情。陸游的序記文恪守文體規範，或「主於叙事」，或「叙事而參之以議論」（徐師曾文體明辨序説），而少有主於議論的「破體」之作。其作品叙述明晰，議論點睛，叙議結合，格局多變，寫景狀人，形神皆備。近百首序記文精彩紛呈，可謂古文家的典範。

跋文　題跋文勃興於宋代，并迅速成爲士大夫十分喜愛并大量使用的文體。作爲宋代題跋名家之一，陸游的跋文數量頗多，凡六卷二百五十餘首，且特色鮮明，足以自成一家。陸游這些短篇小簡的最大價值，在於它們全面而典型地反映了宋代士大夫豐富的精神世界。跋李莊簡公家書、跋傅給事帖、跋韓幹馬等篇章，都在懷古憶舊之中，流露出感念時事、「娱憂舒悲」的濃厚家國情懷。而跋花間集、跋東坡七夕詞後、跋中興間氣集、跋淵明集等品評詩文之作，或爲正面闡述，或作引申發揮，或抒直覺，或掉書袋，往往見解獨到，一語中的。陸游是書法名家，他的大量書畫跋文可見出其書藝淵源所自和藝術趣味所在。陸游繼承家族的藏書傳統，終身以藏書爲樂，并親自參與刻書活動，大量的藏書、刻書跋文，記録着其中的甘甜苦澀，也充滿着「書癡」的無限情趣。陸游廣泛涉獵經、史、子、集四部和佛、道二藏，其題寫的載體達六十餘種，反映出作者寬闊的學術視野和豐富的精神追求。而所有這些跋文，展示了士大夫精神生活的多種側面，使我們看到了一個有血有肉的真實而豐富的陸游。陸游的跋文作品有的直抒胸臆，袒露真情，有的幽默詼諧，情趣盎然；體式多種多樣，表述多姿多彩，具有鮮明的文學色彩。他大力提升了跋文的内涵和境界，并在跋文體式和表述上作了更多的探索，爲文學類題跋的創作開闢了更爲廣闊的道路。

碑誌文　碑誌文起源碑文，唐宋已降，用於墓葬的墓誌銘和墓碑文成爲碑誌文的主體。陸游的碑誌文總量有十卷五十三首，除六首碑文外，均爲銘墓之作，是其叙事類文章的重要組成部分。神廟家廟和佛寺道觀是陸游碑文的主要題材，成都府江瀆廟碑和嚴州烏龍廣濟廟碑兩篇山川神廟碑尤爲精彩，二者將經典和傳説、想像和文采融於一爐，展現出雄渾磅礴的氣勢，可稱碑文中的精品。陸游的墓葬碑文主要有墓誌銘、墓表、壙記、塔銘幾類，其對象主要是陸氏族人、交往師友、朋友親屬和高僧禪師。陸游爲曾幾所撰的曾文清公墓誌銘突出恩師的立身大節，頌揚其高尚人格，體式嚴謹，又洋溢着充沛的情感，是墓誌銘的典範之作。爲幾位布衣朋友所作的方伯謨墓誌銘、陳君墓誌銘、何君墓表等，則少受體式束縛，感情真摯充盈，頗具文學色彩。爲愛女所作的山陰陸氏女女墓銘，對夭折的幼女無比摯愛和深切自責之情噴湧而出，令人動容。陸游爲之銘墓者，多爲中下層官吏、士大夫，乃至布衣平民，記載了一批鮮活的中下層人物形象，體現了博大的親情、友情和平民情懷。陸游的碑誌文寫作，大都中規中矩，堅持文體的體式規範，以記事寫人爲主，也偶有「破體」之作。陸游也是史家，他以修史之筆撰寫碑誌文，叙事該要，完備簡潔，注重細節描繪，傳神出彩，具有獨到的魅力。

哀祭文 哀祭文是祭奠死者、抒寫悲哀的文類，唐宋已降使用得最爲普遍的是祭文，其突出特點是專主抒情，因而表現出鮮明的文學色彩。陸游所作哀祭文共二十三首，數量雖不算多，但頗具典範性。陸游祭文的哀悼對象十分廣泛，有朝廷重臣，也有文壇名家；有生平摯友，也有家屬親人。此外如皇族、女眷、循吏、方外等，也都入其筆下。其中祭奠摯友和親屬的篇章寫得尤其深情動人。如告慰五子子約的祭十郎文、祭奠親家許氏的祭許辰州文、悼念布衣朋友的祭方伯謨文，都寫得如怨如慕，如泣如訴，情真意切，回腸蕩氣。陸游還在抒情中穿插與悼念對象相關細節的回憶描述，從而使祭文抒寫的悲慟更具震撼人心的力量，如祭周益公文、祭張季長大卿文等均是如此。尤延之尚書哀辭則别開生面，通篇採用騷體，配以繁縟的辭藻文采，句句用韻，一氣呵成，由對尤袤去世的哀悼引發對整個文壇衰敗的痛惜，成就了哀祭文體史上罕見的雄文大篇。體式繁富、使用靈活是陸游哀祭文的一大特點。其辭有韻語，有散文，有儷辭；韻語之中，又有四言、雜言、騷體等多種體式。其中大部分篇章寫得情深詞簡，哀婉動人。

除上述之外，在書、傳、銘、贊、雜書等文體中，陸游古文也都有不俗的表現，上辛給事書、姚平仲小傳、書浮屠事、放翁自贊等，都是其中膾炙人口的名篇。總之，陸游的古文創作一方面繼承了唐宋大家的優良傳統，另一方面又努力開拓創新，在南宋文壇卓然獨立，自成一家。

二、陸游的四六文成就

六朝成熟的駢儷之文，經唐宋古文運動的反復衝擊，漸漸失去了文壇的主導地位，但仍在廟堂文書、文人交際等領域普遍使用。歐、蘇在大力倡導古文的同時，努力融散入駢，以古文爲四六，變格爲文，開創了不同於「唐體」的「宋四六」新體式。宋代文人普遍兼擅駢散，以之應對仕途和社會生活中的不同需求。作爲文章大家的陸游，在四六文寫作方面同樣成爲翹楚。陸游的四六文主要涉及表、箋、啓、疏文、祝文、青詞、勸農文、致語等文體，總數達二百五十餘首，占到渭南文集總篇數的近三分之一，是陸游文章中不可忽視的組成部分。

表箋文 作爲直接呈遞皇帝和太后、太子所用的上行文書，表箋文在古代文體中具有特殊地位，宋代使用四六之體以示典重。陸游仕途并不順暢，所作表箋文總計五十餘首，主要功能有慶賀、陳謝、請勸幾類。其中約一半以自己名義呈遞，另一半所謂「南宫表箋」則是任職禮部郎中期間代丞相擬寫。表箋文常被視爲官樣文字、陳詞濫調，其實對於作者來説，它們同樣具有不可忽視的價值。如陸游的七首到任、離職謝表，都與陸游的生平出處直接相關。其中誠然少不了感恩戴德、盡忠報國的表態，但不少地方還有作者在特定背景下真情實感的流露，是考察作者生平和心路歷程的重要第一手資料。如福建到任謝表稱：「五十之年已過，非復壯心；八千之路來歸，恍如昨夢。」將蜀中八年的奔波生涯和内心世界，濃縮在短短一聯對句中，吐露出無限感慨，無比辛酸。陸游生命最後三年中所上表箋達十首之多，它們大多反映了「開禧北伐」失敗後這位耄耋老人對現實政治的擔憂以及對終身信念的堅守。落職謝表末尾「尸居餘氣，永無再瞻軒陛之期；老生常談，莫叙仰戴丘山之意」一聯，包含着與朝廷決絶告别之意，也保留了一份自尊和執著。表箋文的第一要義是「得體」，這就需要區別對象，穩妥措辭，陸游的處理可稱極爲得體。陸游表箋文的總體風格以簡潔精緻爲特色，與其古文風格相近。其作品在程式化傾向更爲明顯的同時，格外注意錘煉獨創性的對句，達到了巧妙而精緻的效果。

啓文　宋代啓文是仕途交際的必備文體，所謂「仕途應用，莫急箋啓」。陸游的啓文之作共七卷一百一十五首，幾乎占到其四六文總數的一半，值得充分重視。這些啓文主要包括謝啓（謝除授、謝到任）、賀啓、答啓、上啓（致上司）、與啓（致平級）、問候啓等，受啓對象包括朝廷宰執、京朝官、地方官等，總計八十餘人。陸游的全部啓文，從首獲發解後所作的謝解啓，到致仕後所作的答胡吉州啓，可視爲其仕宦生涯的全記録。陸游啓文的内容涉及面極廣，而抗金報國，收復中原的畢生志向，也時時體現於其中。如陸游到達蜀地之後，迫切希望加入前線幕府，致啓王炎，稱自己「撫劍悲歌，臨書浩歎，每感歲時之易失，不知涕泗之横流。……奮厲欲前，駑馬方思於十駕；羈窮未憖，沉舟又閲於千帆。……心危欲折，髮白無餘。如輪勞效命之有期，顧隕首穴胸而何憾」（上王宣撫啓），表達了奮厲向前、抗金報國的意志。感慨身世，袒露心聲，也是陸游啓文中值得關注的内容。陸游每獲除授遷轉，都要向朝廷宰執和有關官員致送謝啓，爲我們留下了彼時彼地作者真情實感的記録。尤其是出知嚴州前後的十餘首謝啓，將陸游面臨仕途轉機時的欣悦憧憬、屢遭誣陷攻訐的痛苦委屈、對自己發展前景的低調期待等等複雜微妙的心理，表述得淋漓盡致，展現了士大夫在坎坷仕途上真實的内心世界。使事用典是四六文的基本表現手法，陸游啓文中也用傳統的經史之典，但更喜突破陳事，使用唐宋新典。他善於運用剪裁、融化之法，體現出文章大家驅遣典故、融會意境的功力。不少啓文明顯帶有古文的氣息，叙述流利，議論酣暢，體現了宋四六的特色。陸游啓文植根於濃郁的詩人氣質和深厚的文化底蘊，直抒胸臆，展露真實心聲和人生感悟，在大量同類作品中脱穎而出，自成一家。清代孫梅在四六叢話中將陸游列爲唐宋啓文八家之一，稱道其作品「素稱作達，語帶煙霞」，給予很高的評價。

疏文等其他文體 宋代四六除用於朝廷公文和交際文書外，還普遍在宗教活動、民間祭祀、聚會娱樂等場合使用，表現出向民間滲透的傾向。陸游此類作品也作有不少，主要有佛教活動所用疏文，道教活動所用青詞，謁廟祈雨等祭祀活動所用疏文、祝文，春耕所用勸農文，節慶娱樂所用致語，總計約九十首，而尤以疏文、祝文爲多。它們雖非廟堂巨製，陸游也精心撰寫，頗有特色。疏文爲佛事活動常用的文體，道教活動亦有用之。疏文可分爲道場疏、募緣疏、法堂疏等細類，陸游所作共五十首，各類均有。他爲天申節、瑞慶節之類皇帝聖節所作的道場疏、功德疏都寫得莊重肅穆，堂皇典雅。他爲各地修造寺廟佛殿及信徒求取度牒寫有大量募緣疏，力陳理由，竭力成全。他爲啓請高僧説法撰寫的法堂疏，精於佛典，多用禪語，表現出極高的佛學修養，不少疏文運用禪宗的機鋒和慣用的語彙，有的還頗爲詼諧，明白如話，意旨醒豁。陸游於兩年的知嚴州任上，爲盡父母官職責，祈求風調雨順，作有謁廟、謁神、祈雨、謝雨、謝雪、祈晴、謝蠶麥、秋祭等内容的疏文、祝文、青詞計二十四首，另有勸農文二首，數量之多，令人驚歎。這些文章往往自明職責所在，祈謝上蒼保佑，體現了陸游系心民瘼、恪盡職守的品格，而四六之體，又展示了恭敬典重之情，起到了很好的表達效果。

在宋代文苑中，四六雖爲應用之體，但在社會生活中仍發揮着不可替代的作用，因而也是文人的必備素養。陸游熟練地驅遣文詞，推敲典故，組織偶句，并努力突破陳詞濫調，用四六述事陳情，袒露心聲，馳騁議論，應對公務，充分而得體地發揮了四六文的特殊作用，在南宋四六中卓然自成一家。陸游四六創作的成就是其文章總體成就的重要組成部分，應該引起充分的重視。

渭南文的總體特點和評價

從古文、四六創作的總體着眼，陸游「渭南文」有着鮮明的特點，即内容基調、文學特質和個性風格的三個「突出」。

渭南文的内容基調是强烈的「娱憂舒悲」和豐富的文人情趣。同他的不朽詩篇一樣，陸游的文章也貫穿了其一如既往的愛國激情。但這種激情在文中較少直接地噴湧，而更多地表現爲在懷古憶舊、狀景叙事中流露憂患和悲憤。這種情感似乎不如詩篇中那麼激烈奔放，但它根植於真實而具體的人事，因而更爲深沉有力。他的跋韓幹馬稱：「大駕南幸，將八十年，秦兵洮馬不復可見，志士所共歎也。觀此畫使人作關輔河渭之夢，殆欲霣涕矣！」寥寥幾句，由韓幹所畫之馬，聯想到「秦兵洮馬」，再引發出「關輔河渭之夢」，真是魂縈夢繞，深極骨髓。觀畫尚且不忘家國，可謂其文中反復出現的「娱憂舒悲」基調的最好注解。陸游評論南渡初期文壇「得志者司詔令，垂金石；流落不偶者，娱憂紓憤，發爲詩騷：視中原盛時，皆略可無愧，可謂盛矣！」（陳長翁文集序）陸游在政壇上無疑難算「得志者」，他以「流落不偶者」的身份，同樣在南宋中期文壇上取得了「略無可愧」的成就。或許正是陸游「流落不偶」的經歷，使他將關注的視野更多地傾向社會中下層，也使其文章内容更多地展現一個普通文人士大夫的生活天地。江山勝迹的徜徉、前輩詩文的吟賞、書畫藝文的考辨、典籍文獻的研藏、故人舊事的追憶、親情友情的體味、佛理禪心的感悟、田園生活的陶醉，這些豐富多彩的文人情趣，共同構成了陸游的文章世界。在道學氣息十分濃厚的南宋文壇上，陸游散文以其坦露普通文人的真實心聲而顯得格外清新。

渭南文表述上的突出特點是長於記叙、抒情，而較短於議論。宋人普遍好議論，宋文中策論、奏議等議論諸體特别發達，馳騁議論的名篇層出不窮，而序記、碑誌、題跋等文體也呈現出明顯的議論化傾向。與大多數擅長議論的宋代作家相比，陸游較短於此道，除了其情有獨鍾的詩論外，只有數量不多的論政奏劄。他也有不少配合記叙、抒情的精彩議論段落，但各種文體中都不見高頭講章、長篇大論。相反，陸游把主要創作精力用於記叙、抒情類文字，對叙事、寫景、狀人、抒懷、寄慨、遣興等各種表達方式都能融會貫通，運用自如，從而在序記、題跋、碑誌、哀祭諸體中都留下了傳世之作。陸游是史家，多次出任史職，參與修史，并獨立著有史著南唐書。他深諳史書叙事之道，并將其用於序記、碑誌類叙事文體的寫作，或叙事該要，細節傳神；或寫景狀人，形神兼備；或叙議結合，畫龍點睛，表現出高超的叙述技巧。陸游的哀祭文專主抒情，其他文體包括四六中也多有抒情段落的穿插、抒情文句的點染，或真情袒露，直抒胸臆；或委婉曲折，寄慨遥深；或融會細節，情韻無限，在抒情手法上多有創獲。由於議論文章多用於論政、論道而較少文學性，記叙、抒情類文章的文學色彩本來就較鮮明，因此，從總體看，文學特質濃厚成爲陸游文章創作的鮮明個性。宋代士大夫往往集從政、治學、著文於一身，陸游仕途不暢，又不入道學，而以修史、撰文爲畢生事業，尤以文學著稱，其渭南文的文學特質在南宋文壇上顯得尤爲耀眼。

渭南文的總體風格是自然穩健、秀雅凝煉。繼承北宋散文的優良傳統，陸游崇尚自然暢達的文風，他的文章詩稱「文章本天成，妙手偶得之」，他嚴肅批評當時文壇「組織古語，剽裂奇字，大書深刻，以眩世俗」的不良傾向。他的創作不染雕繢習氣，但也不故作簡古，而是以平實自然爲特色。他的文章不以宏肆博辯争勝，也不流於柔弱，而是表現出凝斂穩健的風格。陸游是學問廣博的學者，又是「才氣超逸」的詩人，他的作品書卷氣頗重，但在典雅中透出靈秀之氣，不顯得凝滯呆板。他恪守各種文體規範，但追求體式的變化和豐富，也偶有「破體」之作。他的語言準確規範，修潔凝煉，沒有當時文壇冗遝的通病。總之，陸游文章的這種總體風格，與北宋諸大家的文風都不相類似，而是獨具個性，自成一家。這裏可以再舉兩首短文爲例：

李固、杜喬、臧洪之死，士以同死爲榮。范文正之貶，士以不同貶爲恥。今著作之免歸也，御史以風聞言之，天子以無心聽之，與前事固大異，而坐客賦詩或危之。何也？風俗異也。某既列名衆詩之次，又承命作序，二罪當并按矣。乾道六年十二月七日，笠澤陸某序。（送關漕詩序）

予居鏡湖北渚，每見村童牧牛於風林煙草之間，便覺身在圖畫。自奉詔紬史，逾年不復見此，寢飯皆無味。今行且奏書矣，奏後三日，不力求去，求不聽輒止者，有如日。嘉泰癸亥四月一日，笠澤陸某務觀書。（跋韓晉公牛）

前文論述前代士大夫以與名流賢臣同死爲榮、不同貶爲恥，今日關漕「免歸」，只因御史「風聞」、天子「無心」，懲罰也罪不至死，而士大夫卻紛紛以之爲危。「危之何也？風俗異也。」短短八字的設問自答，揭示了當今士大夫明哲保身、趨炎媚俗的「鄉愿」嘴臉，也間接地嘲諷了朝廷賞罰黜陟的無當，力透紙背，卻以平淡出之。區區百字內，既有典故的鋪排，又有今昔的對照，還有點睛的設問。後文則由韓滉畫牛名作引發聯想，回憶故鄉鏡湖「風林烟草」中「村童牧牛」的明麗圖景，抒寫了「寢飯無味」的迫切回歸之情，甚至引用詩典發出了「謂予不信，有如皦日」（詩王風大車）的誓言。尺幅之間，迂回轉折，情景交融，可謂淋漓酣暢。兩首短文都是精煉到極致，雅致到極點，確實可爲渭南文自然穩健、秀雅凝煉風格的典範。

綜合上述，內容基調突出，文學特質突出，個性風格突出，構成了陸游文章的主要特色。這種特色的淵源所自，陸游曾在楊夢錫集句杜詩序中談到：「文章要法，在得古作者之意。意既深遠，非用力精到，則不能造也。前輩於左氏傳、太史公書、韓文、杜詩，皆熟讀暗誦，雖支枕據鞍間，與對卷無異。久之，乃能超然自得。」在「熟讀暗誦」經典的基礎上追求「超然自得」，是這位文章大家的心得之言。子遹在渭南文集跋中論及陸游文章的淵源時説：「先太史之文，於古則詩、書、左傳、莊、騷、史、漢，於唐則韓昌黎，於本朝則曾南豐，是所取法。然稟賦宏大，造詣深遠，故落筆成文，則卓然自爲一家，人莫測其涯涘。」子遹之説，揭示出詩、書、莊、騷等文學經典和左傳、史、漢等史學典範對陸游文章的影響。而所謂於唐取法韓愈，恐是指陸游文章剛健的一面；於宋取法曾鞏，當是指其晚年部分平和温雅之作；而廣泛地師法衆家，終於「卓然自爲一家」，這倒的確道出了渭南文的獨到之處。

最早對陸游文章作出極高評價的是朱熹。陸游雖不與道學，但與朱熹一直詩書往來，保持着深厚的交誼，即使在朱熹遭「僞學黨禁」時亦未停止。朱熹白鹿洞書院成，曾向陸游求書；陸游老學庵成，則向朱熹求銘；朱熹逝世後，陸游撰寫了聲情并茂的祭朱元晦侍講文痛悼。慶元初，朱熹在給弟子鞏豐（字仲至）的書簡中多次提及「放翁筆力愈健」、「筆力愈精健」，并稱「放翁老筆尤健，在今當推爲第一流」（答鞏仲至第四、第六、第十七諸書）。推許渭南文爲當今文壇「第一流」，這是朱熹這位理學兼文學大師做出的獨具慧眼的評判。而當時文壇對陸游創作成就的關注仍主要集中在其詩歌，朱熹「第一流」之論，可謂空谷足音。

可惜此論并未受到重視，隨着朱熹、陸游的先後辭世，文壇稱揚的仍然是陸游的詩名，對其文只注意南園、閱古泉二記之撰寫始末及所謂「晚節」的争議。元代劉壎則注意到陸游的四六文成就，其隱居通議稱：「（陸游）有四六前、後、續三集。其文初不累疊全句，專尚風骨，雄渾沉着，自成一家，真駢儷之標凖也。因摘其妙語，以訓諸幼。……以上皆放翁集中語。凡此皆以議論爲文章，以學識發議論，非胸中有千百卷書、筆下能挽萬鈞重者不能及。」後清人吴梅編四六叢話，亦將陸游列入宋四六名家，并稱其啓文「素稱作達，語帶煙霞」；阮元四六叢話後序亦稱「渭南、北海（綦崇禮），并號高文」，都對其評價頗高。此外，明代刊行了多種渭南文集的版本，諸序跋對渭南文多有稱揚，但都泛論而不精。

對渭南文作出有份量的評騭的是四庫全書總目，其渭南文集提要評曰：

游以詩名一代，而文不甚著。集中諸作，邊幅頗狹。然元祐黨家，世承文獻，遣詞命意，尚有北宋典型。故根柢不必其深厚，而修潔有餘；波瀾不必其壯闊，而尺寸不失。士龍清省，庶乎近之。較南渡末流以鄙俚爲真切、以庸遝爲詳盡者，有雲泥之别矣。游劍南詩稿有文章詩曰：「文章本天成，妙手偶得之。粹然無瑕疵，豈復須人爲。君看古彝器，巧拙兩無

施。漢最近先秦，固已殊淳漓。」其文固未能及是，其旨趣則可以概見也。（卷一六〇）

由於四庫館臣的權威性，長期以來，這一評價就成爲對渭南文的權威評定。

我們認爲，對四庫館臣的這一評述，還要作具體分析：說陸文「修潔有餘」、「尺寸不失」，與鄙俚、庸遝者「有雲泥之别」，這無疑是正確的。說陸文「邊幅頗狹」，如果指其缺少氣勢磅礴的雄文大篇，這也是中肯的。但將陸文以「士龍清省」擬之，則明顯是將其貶低了。晉代陸雲自稱於文「乃好清省」（與兄平原書），劉勰則謂「士龍思劣，而雅好清省」（文心雕龍鎔裁），這裏的「清省」，主要是指與繁縟相對的清朗簡約的風格。因而，用「清省」來表達陸游文章某方面的特色是可以的，但用它來概括陸游全部豐富的創作，則顯然是片面地認識了陸游的文章創作才華和成就。陸游散文長期不受重視，與這一評價不能不説有相當關係。這裏涉及一個文章批評的標準。自「唐宋八大家」之稱興起於文壇，長期以來，對唐宋文甚至後代文章的評價很大程度是以「八大家」爲準繩的。像陸游這樣的較少載道内容、風格又與八家不相類似的文章，就難以得到文論家的充分首肯。其實，就創作成就而言，渭南文在南宋文壇上，無論就思想内容還是藝術創造性而言，都應該歸入「第一流」之列，朱熹當年的判定是獨具隻眼的。今人錢鍾書先生亦稱：「陸氏古文，僅亞於詩，亦南宋一高手，足與葉適、陳傅良驂靳。」（管錐編二一八）即使與北宋六家中的一些作家相比，渭南文也未必遜色。撰寫過陸游傳、編選過陸游選集（包括文選）的朱東潤先生就曾直言：「平心而論，他的成就（按指散文）遠在蘇洵、蘇轍之上。」（陸游選集序）

這些意見是值得充分重視的。

渭南文集的流傳和本書宗旨

陸游文章的載體，即是由他晚年親自編定的別集渭南文集。子遹渭南文集跋云：「惟遺文自先太史未病時，故已編輯，而名以渭南矣，第學者多未之見。今別爲五十卷，凡命名及次第之旨，皆出遺意，今不敢紊，乃鋟梓溧陽學宫，以廣其傳。渭南者，晚封渭南伯，乃自號爲陸渭南。嘗謂子遹曰：『劍南乃詩家事，不可施於文，故别名渭南。如入蜀記、牡丹譜、樂府詞本當别行，而異時或至散失，宜用廬陵所刊歐陽公集例，附於集後。』此皆子遹嘗有疑而請問者，故備著於此。」可見，這是陸游親自命名、編定的文集，由其幼子子遹於嘉定十三年（一二二〇）刊行於溧陽郡齋，其時距陸游逝世僅過十年，是爲嘉定本。此本今尚存四十六卷（闕卷三、四、十一、十二計四卷）藏於國家圖書館，近年收入宋集珍本叢刊和中華再造善本叢書。嘉定本刊行後，歷宋末元代直至明初，渭南文集并無别本流傳。明代弘治十五年（一五〇二），無錫人華珵據嘉定本用銅活字排版重刊渭南文集五十卷，是爲弘治本。弘治本刊刻精良，對文集流傳貢獻甚大，四部叢刊所收即此本。正德八年（一五一三），紹興人梁喬又刊行一種五十二卷本的渭南文集，是爲正德本，其文章部分仍據嘉定本刊入，但删去入蜀記六卷，却補入宋末流傳的澗谷精選陸放翁詩集、須溪精選陸放翁詩集和陸放翁詩別集三種，成爲一個詩文合編本。這顯然違背了陸游編集的原意，且刊刻錯誤極多。萬曆四十年（一六一二），山陰人陸夢祖據正德本又翻刻了此五十二卷本。至明末常熟汲古閣主人毛晉，搜輯陸游全部著作，刻成陸放翁全集，其中渭南文集五十卷在未見嘉定本的情況下，主要用弘治本和正德本精心校勘，取長補短，擇善而從，并後出轉精，成爲明代諸種渭南文集集大成本。清代編纂四庫全書時即收入汲古閣本渭南文集五十卷，後世流傳多以此本爲據（參見附録三渭南文集宋明諸本源流考辨）。一九七六年，中華書局用簡體字排印出版陸游集，前四册爲劍南詩稿，第五册渭南文集五十卷以嘉定本爲底本參校諸本而成，後附録毛晉、孔凡禮等所輯佚文。二〇一一年浙江教育出版社出版簡體字版陸游全集校注，其中渭南文集校注用汲古閣本爲底本，參校諸本而成，删去入蜀記、牡丹譜和樂府詞三種著作成四十二卷，補入佚文、殘稿，由馬亞中、涂小馬校注。二〇一五年，浙江古籍出版社據校注本用繁體字直行出版單行渭南文集校注四十二卷并附佚文。以上爲渭南文集自嘉定本以來流傳的主要情況。

渭南文集是一部著者生前親手編定、由其親屬在其辭世不久即精心刊行的名家文集。初刊本爲後世傳播的唯一源頭且傳承清晰，初刊本仍基本完整地保存至今，這在文獻傳播史上實屬罕見。本書的宗旨是：在嘉定本問世八百年後，整理出一個最爲接近編刊原貌的文本，并進行編年箋注。本書以盡可能保存渭南文集嘉定本原貌爲目標，包括卷數、卷次、篇數、篇次、文本、目録等，佚文編爲渭南集外文附於書後。

本書爲國家社會科學基金項目成果，在立項及開題期間，得到復旦大學王水照教授、蔣凡教授、陳尚君教授、朱剛教授，中山大學吴承學教授，華東師範大學洪本健教授，上海財經大學李笑野教授、李貴教授，以及上海古籍出版社奚彤雲編審的大力指導和幫助。在編纂過程中，南京大學莫礪鋒教授、紹興文理學院高利華教授、蘇州大學馬亞中教授及中國陸游研究會諸多同仁給予許多鼓勵和支持。台州學院李建軍教授無私提供渭南文集相關的電子文本。上海財經大學圖書館李文濤館員、科研處陳正良副處長也爲本項目文獻查詢和項目管理提供了許多幫助。此外，在箋校過程中，對歐小牧陸游年譜，于北山陸游年譜，孔凡禮陸游佚著輯存，鄒志方陸游家世，錢仲聯劍南詩稿校注，馬亞中、涂小馬渭南文集校注，夏承燾、吴熊和放翁詞編年箋注，蔣方入蜀記校注等前賢著述多有參考吸取，難以一一注明。對於上述諸家的支持幫助，一并在此表示衷心的謝忱。陸游文章博大精深，限於本人的學力和精力，書中仍有諸多不盡人意之處，對於其中的疏誤，歡迎學界同仁及廣大讀者不吝指正。

朱迎平二〇一九年十一月於桐鄉合悦江南

凡例

一、本書以宋嘉定十三年(一二二〇)陸子遹溧陽學宮刊本渭南文集(簡稱嘉定本)爲底本,嘉定本所缺第三、四、十一、十二共四卷,用明弘治本補足。主要校本爲弘治十五年(一五〇二)華珵銅活字印本渭南文集(簡稱弘治本)、正德八年(一五一三)梁喬刊本渭南文集(簡稱正德本)、明末毛晉汲古閣刊本渭南文集(簡稱汲古閣本)三種明本。此外,參校清文淵閣四庫全書本渭南文集(簡稱四庫本),亦參考中華書局一九七六年版陸游集第五册渭南文集(簡稱中華本)和浙江教育出版社二〇一一年馬亞中、涂小馬渭南文集校注(簡稱校注本)助以定奪。

二、本書致力於各篇目的編年考訂,在歐小牧陸游年譜所附陸放翁先生著作繫年之基礎上,修訂增補,盡量考定每篇之作年,難以考定者仍注明待考。書末附録渭南文年表,以見歷年創作概貌。

三、本書於各卷卷首均設「釋體」,箋釋本卷文體,列舉本卷文章篇數。每篇設「篇名」、「正文」、「題解」、「校記」、「箋注」各項。

四、本書各篇正文一般不分段，少數長篇據文意劃分段落。文字繁體豎排，使用新式標點，加注專名號、書名號。底本中異體字、俗體字、避諱字酌情改爲正體，遇人名等特殊情況則不改。

五、本書各篇題解均包括下列内容：解釋篇目詞語，提示寫作背景，概括文章内容，以明寫作主旨；列舉作者自注或歐譜繫年，間加説明考辨，以明寫作時間；列舉本書或劍南詩稿相關篇目，以明寫作關聯。

六、本書校改凡百餘處，校記均列舉底本原文，并説明校改理由及依據。

七、本書各篇箋注重在箋釋事典、語典，均作引證，力求準確精煉；常見語詞不注，一般不作文句串講。

八、本書單篇文章外之三種專著，天彭牡丹譜和入蜀記因爲散文形態，故與一般文章同樣箋校；詞二卷爲韻文，主要參考夏承燾、吴熊和放翁詞編年箋注作繫年簡注。

九、本書匯集前人輯録的渭南文集以外的佚文編爲渭南集外文，并按全書體例分體編排并箋校，列於渭南文集箋校之後。

十、本書書後列附録五種，即陸游生平暨渭南文年表、渭南文集序跋評騭匯録、渭南文集宋明諸本源流考辨、渭南文集編纂體例發微及本書主要引用和參考書目，以供讀者參考。

渭南文集箋校目録

渭南文集箋校卷第三……一二五

渭南文集箋校卷第四……一六一

渭南文集箋校卷第五……二〇三

渭南文集箋校卷第六……二三五

渭南文集箋校卷第七……二八七

渭南文集箋校卷第八……三四三

渭南文集箋校卷第九……四〇一

渭南文集箋校卷第十二……五九五

渭南文集箋校卷第十三

渭南文集箋校卷第十六……七九一

碑六首……七九一

渭南文集箋校卷第十七……八三三

記十三首……八三三

渭南文集箋校卷第十八……八八三

渭南文集箋校卷第十九……九二七

祝文二十三首……一二〇九

渭南文集箋校卷第二十七……一三三九

渭南文集箋校卷第二十九……一四六三

渭南文集箋校卷第三十……一五二一

渭南文集箋校卷第三十一……一五七五

渭南文集箋校卷第四十一……一九五三

渭南文集箋校卷第四十二……二〇〇五

渭南集外文箋校

渭南文集卷首

先太史之文，於古則詩、書、左氏、莊、騷、史、漢，於唐則韓昌黎，於本朝則曾南豐，是所取法〔一〕。然禀賦宏大，造詣深遠，故落筆成文，則卓然自爲一家，人莫測其涯涘〔二〕。蓋今學者，皆熟誦劍南之詩。續稿雖家藏，世亦多傳寫〔三〕。惟遺文自先太史未病時，故已編輯，而名以渭南矣，第學者多未之見。今别爲五十卷，凡命名及次第之旨，皆出遺意，今不敢紊，乃鋟梓溧陽學宫〔四〕，以廣其傳。渭南者，晚封渭南伯，乃自號爲陸渭南。嘗謂子遹曰：「劍南乃詩家事，不可施於文，故别名渭南。如入蜀記、牡丹譜、樂府詞本當别行，而異時或至散失，宜用廬陵所刊歐陽公集例〔五〕，附於集後。」此皆子遹嘗有疑而請問者，故備著於此。嘉定十有三年十一月壬寅，幼子承事郎知建康府溧陽縣主管勸農公事子遹謹書〔六〕。

【題解】

本文原置於嘉定本渭南文集卷首，本無標題，爲文集刊印者、陸游幼子陸子遹所撰。全文揭示陸游文章取法所自和「卓然自爲一家」的成就，追記陸游編纂渭南文集的指導思想，并記録編纂始末。從文章體例看，似爲文集跋文，或因文集無序文，遂置於卷首。

【箋注】

〔一〕先太史：指父親陸游。陸游一生多次擔任史官，致仕之前亦在修史，故稱。詩即詩經。書即尚書。左氏即左傳。莊即莊子。騷即離騷，指楚辭。史即史記。漢即漢書。韓昌黎：即唐代韓愈，昌黎爲郡望。曾南豐：即北宋曾鞏，南豐爲籍貫，今屬江西。

〔二〕稟賦：指人先天稟受的資質體性。梅堯臣新婚：「幸皆柔淑姿，稟賦誠所獲。」造詣：指創作達到的程度。涯涘：邊際，盡頭。謝朓辭隨王箋：「榮立府庭，恩加顏色。沐髮晞陽，未測涯涘。」

〔三〕劍南之詩：指劍南詩稿中的詩作。淳熙十四年（一一八七）陸游在知嚴州任上，由其弟子鄭師尹、蘇林搜集、編次并刊印其詩作爲劍南詩稿二十卷，由陸游親自校定。續稿：指劍南續稿中的詩作。寶慶二年至紹定二年（一二二六至一二二九），陸子遹復守嚴州，續刻後二十年之詩爲劍南續稿六十七卷。陳振孫直齋書録解題卷二十：「劍南詩稿二十卷、續稿六十七卷　陸游務觀撰。初爲嚴州，刻前集稿，止淳熙丁未。自戊申以及其終，當嘉定庚午，二十餘年爲詩益多，其幼（子）子遹復守嚴州，續刻之。篇什之富以萬計，古所無也。」

〔四〕鋟梓：指刻板印刷，因書板多用梓木。　溧陽學宫：溧陽縣的縣學。溧陽南宋隸江南東路建康府，今屬江蘇。陸子遹嘉定十一年至十四年任溧陽知縣。嘉定十三年在縣學刊印渭南文集。

〔五〕「宜用」句：指周必大晚年退居廬陵後，廣搜歐集版本，精心主持校勘，於慶元二年（一一九六）刊成歐陽文忠公集一百五十三卷。全書包括居士集、外集、外制集、内制集、表奏書啓四六集、奏議、于役志、歸田録、詩話、近體樂府、集古録和書簡等各體文章及筆記、專著凡二十種，開創了别集彙聚一家之作的「大全集」模式。

〔六〕承事郎：南宋文臣階官共三十七階之二十八階。　主管勸農公事：又稱勸農使，北宋初設置的巡查荒地、勸民墾殖的官名。天聖年間廢除專署，而知州、知縣等仍帶轄區勸農公事官銜。

渭南文集箋校卷第一

表

【釋體】徐師曾文體明辨序説：「古者獻言於君，皆稱上書。漢定禮儀，乃有四品，其三曰表，然但用以陳請而已。後世因之，其用寖廣。於是有論諫、有請勸（勸進）、有陳乞（待罪同）、有進（進書）獻（獻物）、有推薦、有慶賀、有慰安、有辭（辭官）解（解官）、有陳謝（謝官、謝上、謝賜）、有訟理、有彈劾，所施既殊，故其詞亦異。至論其體，則漢晉多用散文，唐宋多用四六。」

本卷收録表二十首。

天申節賀表

化國之日舒以長〔一〕，運啓千齡之盛；天子有父尊之至〔二〕，心均萬宇之歡。敢即昌期，虔申壽祝。中賀〔三〕。恭惟太上皇帝陛下，宅心清静，受命溥將〔四〕。協氣熏爲太平〔五〕，華夷銜莫報之德；孫謀以燕翼子，宗社侈無疆之休〔六〕。誕敷錫於下民，丕靈承於上帝〔七〕。臣方馳使傳，阻綴朝班〔八〕。望晬表於雲霄〔九〕，敢恨微蹤之遠；被頌聲於金石〔一〇〕，尚希薄技之陳。

【題解】

天申節爲宋高宗聖節（皇帝生日）。宋史禮志十五：「建炎元年五月，宰臣等上言，請以五月二十一日爲天申節。」本文爲慶賀天申節上呈宋高宗的表文。

本文原未繫年。歐小牧陸游年譜（以下簡稱歐譜）繫於淳熙七年（一一八〇），是。當作於該年五月，時陸游在撫州提舉江西常平茶鹽公事任上。文中稱「太上皇帝陛下」，又稱「臣方馳使傳，阻綴朝班」，可證。

參考卷五天申節進奉銀狀，卷二三天申節樞密院開啓道場疏、滿散道場疏、天申節功德疏二，卷四二天申節致語。

【箋注】

〔一〕「化國」句：後漢書王符傳引潛夫論愛日篇：「化國之日舒以長，故其民閒暇而力有餘。亂國之日促以短，故其民困務而力不足。舒長者，非謂羲和安行，乃君明民静而力有餘也。」化國，即治國，與亂國相對。

〔二〕「天子」句：文獻通考帝系考一：「爲天子父，尊之至也；以天下養，養之至也。」

〔三〕中賀：古代臣子所上賀表、謝表中稱賀、稱謝的套話，文集中往往用「中賀」、「中謝」替代。周密齊東野語卷十三：「今臣僚上表，所稱惟誠惶誠恐，及誠歡誠喜、頓首稽首者，謂之中謝、中賀。自唐以來，其體如此。」

〔四〕受命溥將：詩商頌烈祖：「以假以享，我受命溥將。」朱熹集傳：「溥，廣；將，大也。」

〔五〕協氣：和氣。文選司馬相如封禪文：「協氣橫流。」李善注：「協氣，和氣也。」

〔六〕孫謀：詩大雅文王有聲：「詒厥孫謀，以燕翼子。」毛傳：「燕，安；翼，敬也。」孔穎達疏：「思得澤及後人，故遺傳其所以順天下之謀，以安敬事之子孫。」朱熹集傳：「謀及其身，則子可以無事矣。」後稱善爲子孫謀慮爲「燕翼孫謀」。　無疆之休：無限美好。書太甲中：「俾嗣王克終厥德，實萬世無疆之休。」孔安國傳：「是商家萬世無窮之美。」

〔七〕誕：助詞。　敷錫：施賜。書洪範：「斂時五福，用敷錫厥庶民。」　丕：助詞。　靈承：善於順應。書多士：「今惟我周王，丕靈承帝事。」孔安國傳：「惟我周王，善奉於衆，言以仁政得人心。」

〔八〕使傳：使者所乘驛車。此指陸游才赴撫州任。　朝班：群臣上朝時列班。

〔九〕睟表：睟容，純和潤澤之容貌。孟子盡心上：「君子所性，仁義禮智根於心，其生色也睟然，見於面，盎於背，施於四體，四體不言而喻。」

〔一〇〕頌聲：頌揚之聲。公羊傳宣公十五年：「什一行而頌聲作矣。」何休注：「頌聲者，太平歌頌之聲，帝王之高致也。」

會慶節賀表

有王者興，爰啓丕平之運〔一〕；使聖人壽，敢忘胥戴之誠〔二〕。中賀。恭惟皇帝陛下，蕩乎無名，建其有極〔三〕。干戈載戢，恩加遼碣之區〔四〕；囹圄一空，治格成康之上〔五〕。斂時百福，享國萬年。臣迹滯遐陬，心馳魏闕〔六〕。紀虹渚電樞之慶〔七〕，莫厠諸儒；演龍宮蕊笈之文〔八〕，徒修故事。

【題解】

會慶節爲宋孝宗聖節。宋史禮志十五：「孝宗以十月二十二日爲會慶節。」該節始於紹興三十二年（一一六二）。本文爲慶賀會慶節上呈宋孝宗的表文。

本文原未繫年。歐譜繫於淳熙十四年（一一八七），誤。當作於淳熙六年（一一七九）十月，時陸游從提舉福建路常平茶事任上奉召離任。表中稱「臣迹滯遐陬，心馳魏闕」，可證。本卷賀明堂表稱「官縻遐徼」，謝明堂赦表稱「遠在遐陬」，均作於同年。

參考卷二會慶節明慶寺丞相率百僚啓建道場疏、會慶節丞相率文武百僚賀壽皇表。

【箋注】

〔一〕丕平：太平。龐元英文昌雜録卷一：「佇觀來效，共致丕平。」

〔二〕胥戴：擁戴。

〔三〕蕩乎無名：論語泰伯：「蕩蕩乎，民無能名焉。」用以稱頌堯之德。建其有極：書洪範：「皇建其有極。」極，指中道，法則。

〔四〕干戈載戢：指不用武力。詩周頌時邁：「載戢干戈。」載，助詞。戢，聚藏，收藏。遼碣：指遼東、碣石，均瀕臨渤海。

〔五〕格：至。成康：指西周成王、康王之時，在召公、畢公輔佐下處於盛世，史稱「成康之治」。

〔六〕遐陬：邊遠之地，此指福建。魏闕：古代天子、諸侯宮外之樓觀，其下懸布法令，後借指朝廷。莊子讓王：「身在江海之上，心居乎魏闕之下。」

〔七〕虹渚電樞：帝王誕生的祥瑞。宋書符瑞志：「皇帝軒轅氏，母曰附寶。見大電光繞北斗樞星，照郊野，感而孕。」又：「帝摯少昊氏，母曰女節，見星如虹，下流華渚，既而夢接意感，生少昊。」

〔八〕龍宫蕊笈：比喻宫廷的典籍。蕊，聚也。

又

帝生商而立子，有開必先〔一〕；民戴舜以同心〔二〕，無遠弗屆。乾端肇闢，嶽貢交修〔三〕。中賀。臣早以湖海之微生，親見唐虞之盛典〔四〕。蓬轉逾二十年之久，每注想於冕旒〔五〕；嵩呼上千萬壽之時，獨阻陪於簪笏〔六〕。兹膺郡寄，復在王畿〔七〕，目瞻佳氣之鬱葱，耳聽歡聲之洋溢。永言疏賤，已極光榮。恭惟皇帝陛下，焕乎其有堯文，粲然而興周道。三朝圖籍，將還榮河温洛之都〔八〕；萬里車書，已軼碣石榆林之壤〔九〕。以仁政廣華夷之德澤，以豐年奉郊廟之牲牷〔一〇〕。凡曰含齒戴髮之儔，均被淪肌浹髓之賜〔一一〕。光御無疆之曆，益培有永之年。臣猥以分符，莫逭造闕〔一二〕。簫韶方奏，徒傾就日之心〔一三〕；歌頌可陳，尚刻齊天之石。

【題解】

本文亦爲慶賀會慶節上呈宋孝宗的表文。

本文原未繫年。歐譜繫於淳熙十四年（一一八七），是。當作於該年十月，時陸游在知嚴州任上。表中稱「蓬轉逾二十年」、「兹膺郡寄，復在王畿」、「臣猥以分符，莫逭造闕」，可證。

【箋注】

〔一〕「帝生商」句：詩商頌長發：「有娀方將，帝立子生商。」有娀，契之母。將，大。有娀氏始大，帝立其女之子而造商室。蘇軾賀興龍節表：「天佑民而作君，惟德是輔；帝生商而立子，有開必先。」

〔二〕「民戴舜」句：左傳文公十八年：「是以堯崩而天下如一，同心戴舜，以爲天子。」

〔三〕乾端：上天顯示的徵兆。韓愈南海神廟碑：「穹龜長魚，踊躍後先。乾端坤倪，軒豁呈露。」肇闢：始闢。嶽貢：大地山嶽的貢獻。交修：交相進獻。後漢書班固傳：「寶鼎詩：嶽脩貢兮川效珍，吐金景兮歊浮雲。」

〔四〕唐虞之盛典：唐堯、虞舜禪讓的大典。此指紹興三十二年（一一六二）高宗禪位於孝宗。

〔五〕「蓬轉」句：指作者隆興元年（一一六三）離京外任，至此時已逾二十年。注想：注望想念。冕旒：皇冠，借指皇帝。沈約勸農訪民所疾苦詔：「冕旒屬念，無忘夙興。」

〔六〕嵩呼：據漢書武帝紀載，元封元年（前一一〇），武帝登嵩山，從祀吏卒皆聞三次高呼「萬歲」之聲。後指臣下祝頌帝王，高呼萬歲。阻陪：舊時賀表中套語，指因僻守荒遠之地，不能參與拜賀。蘇軾賀興龍節表：「臣久塵法從，出領郡符。奉萬年之觴，雖阻陪於下列；接千歲之統，猶及見於昇平。」

〔七〕「茲膺」二句：指作者淳熙十三年出知嚴州。嚴州毗鄰臨安，故稱王畿。

〔八〕滎河温洛：帝王有盛德，則黄河光閃，洛河水温，呈現圖籙。尚書中候握河紀：「榮光出河，休氣四塞。」易緯乾鑿度：「帝盛德之應，洛水先温。」文心雕龍正緯：「滎河温洛，是孕圖緯。」隋書天文志序：「昔者滎河獻籙，温洛呈圖。」

〔九〕車書：指國家文物制度劃一，天下一統。禮記中庸：「今天下車同軌，書同文。」碣石：山名，在河北昌黎北。榆林：地名，在陝西最北部。二者連稱，極言東西地域之廣。

〔一〇〕牲牷：祭祀用的純色全牲。左傳桓公六年：「吾牲牷肥腯，粢盛豐備。」杜預注：「牲，牛羊豕也；牷，純色完全也。」

〔一一〕含齒戴髮：口中有齒，頭上長髮，指人類。列子黄帝：「有七尺之骸，手足之異，戴髮含齒，倚而趣者，謂之人。」淪肌浹髓：指深入肌肉骨髓。淮南子原道訓：「不浸於肌膚，不浹於骨髓。」高誘注：「浸，潤也；浹，通也。」

〔一二〕分符：剖符，剖分符節之半爲信物，指封官授爵。此指出守嚴州。造闕：朝見皇帝。文心雕龍章表：「章以造闕，風矩應明。」

〔一三〕簫韶：舜樂名。泛指美妙之仙樂。書益稷：「簫韶九成，鳳皇來儀。」就日：比喻對皇帝崇仰。史記五帝本紀：「帝堯者放勳，其仁如天，其知如神，就之如日，望之如雲。」

瑞慶節賀表

虹流電繞〔一〕，適當聖作之辰；鼇抃嵩呼〔二〕，共效壽祺之祝。敢傾丹悃，仰扣睿聰〔三〕。中賀。恭惟皇帝陛下，德當乾符〔四〕，躬有聖瑞。東漸西被，偉聲教之混同〔五〕；上際下蟠〔六〕，極仁恩之滲漉。帝生商而立子，民戴舜以同心。歷考前聞，孰逾盛際。臣生逢千載，仕歷四朝〔七〕。嶽貢川珍，猥預駿奔之末〔八〕；鳶飛魚躍，永依洪造之中〔九〕。

【題解】

瑞慶節爲宋寧宗聖節。宋史禮志十五：「寧宗以十月十九日爲天祐節，尋改爲瑞慶節。」該節始於紹熙五年（一一九四）。本文爲慶賀瑞慶節上呈宋寧宗的表文。

本文原未繫年。歐譜繫於嘉泰二年（一二〇二），是。當作於該年十月。該年五月陸游提舉佑神觀兼實録院同修撰兼同修國史，六月入都修史。文中稱「生逢千載，仕歷四朝」，可證。

參考卷二三瑞慶節功德疏七。

【箋注】

〔一〕虹流電繞：帝王出世時的祥瑞。初學記卷一：「河圖曰：『太星如虹，下流華渚，女節意感，生白帝朱宣。』帝王世紀：『神農氏之末，少典氏娶附寶，見大電光繞北斗，樞星照郊，感附寶，孕二十月，生黄帝於壽丘。』」

〔二〕鼇抃嵩呼：形容歡欣鼓舞，高呼萬歲。鼇抃，楚辭天問：「鼇戴山抃，何以安之？」抃，鼓掌。

嵩呼，見本卷會慶節賀表二注〔六〕。

〔三〕丹悃：赤誠之心。劉禹錫賀收蔡州表：「不獲稱慶闕庭，陳露丹悃。」睿聽：聖聽。資治通鑑唐德宗建中四年：「故睿誠不布於群物，物情不達於睿聰。」

〔四〕乾符：帝王受命於天的吉祥徵兆。韓愈賀册尊號表：「陛下仰稽乾符，俯順人志。」

〔五〕東漸西被：東西流傳。書禹貢：「東漸于海，西被于流沙，朔南暨聲教，訖于四海。」聲教：聲威教化。

〔六〕上際下蟠：上下天地間無所不在。莊子刻意：「精神四達并流，無所不極，上際於天，下蟠於地。」成玄英疏：「下蟠薄於厚地，上際逮於玄天。」

〔七〕四朝：指高宗、孝宗、光宗、寧宗四朝。

〔八〕嶽貢川珍：指山水競獻珍寶。後漢書班固傳：「寶鼎詩：嶽脩貢兮川效珍，吐金景兮歊浮雲。」駿奔：急速奔走。後漢書章帝紀：「駿奔郊畤，咸來助祭。」

〔九〕鳶飛魚躍：比喻萬物各得其所。詩大雅旱麓：「鳶飛戾天，魚躍于淵。」洪造：洪恩。常衮謝賜鹿狀：「上戴洪造，内愧素餐。」

光宗册寶賀表

龜食筮從，考廟方嚴於典册〔一〕；仗全樂備，都人咸覿於禮容。聖教茂昭，歡聲旁達。中賀。恭惟皇帝陛下，道參穹壤〔二〕，德肖祖宗。稽周王「小毖」之求，躬虞帝「終身」之慕〔三〕。父傳歸子，有光盛舉於兩朝〔四〕；天定勝人，果見太平於今日。乃咨元老大臣之參訂，兼采議郎博士之討論，勒崇垂鴻，極高蟠厚〔五〕。臣在列睹龍飛之旦，紬書奏麟止之篇〔六〕，際遇特殊，等夷罕及〔七〕。既莫預曲臺之議，又阻從屬車之塵〔八〕，徒有悃誠，形於夢想。

【題解】

冊寶，冊書和寶璽。宋代爲皇帝或太后等上尊號，常奉上冊寶。冊爲條玉，以金填字，以紅線相聯，可卷舒；寶爲印章。本文爲慶賀光宗冊寶上呈宋寧宗的表文。

本文原未繫年。歐譜繫於慶元六年（一二〇〇）十二月，誤。本文當作於嘉泰三年（一二〇三）十一月。宋史卷三六光宗本紀載，光宗卒於慶元六年八月，十一月上謚號爲憲仁聖哲慈孝皇帝，廟號光宗。又卷三八寧宗本紀二：「（嘉泰三年）十一月壬申，上光宗冊寶於太廟。」該年五月陸游修史畢去國返鄉，秋轉太中大夫。

參考本卷光宗冊寶賀太皇太后箋。

【箋注】

〔一〕龜食筮從：指占卦和合順從。食謂吉兆。尚書洛誥「惟洛食」孔安國傳：「卜必先墨畫龜，然後灼之，兆順食墨，吉也。」古時占卜用龜，筮用著，視其象數以定吉凶。書大禹謨：「鬼神其依，龜筮協從。」　考廟：父廟。禮記祭法：「是故王立七廟，一壇一墠，曰考廟，曰王考廟，曰皇考廟，曰顯考廟，曰祖考廟，皆月祭之。」孔穎達疏：「父廟曰考。考，考成也，謂父有成德之美也。」

〔二〕穹壤：指天地。文選沈約齊故安陸昭王碑文：「思所以克播遺塵，敝之穹壤。」張銑注：「言使遺塵之聲，與天地同敝。」

〔三〕周王「小毖」：詩周頌小毖：「予其懲，而毖後患。」謂周成王自戒要防微杜漸。後用爲君王自我懲戒，并求助於群臣。小毖，小心謹慎。虞帝「終身」：孟子萬章上：「大孝終身慕父母。五十而慕者，予於大舜見之矣。」此句頌揚寧宗大孝。

〔四〕「父傳」二句：指光宗傳位於寧宗，光大了前兩朝父子禪代的盛舉。

〔五〕勒崇垂鴻：勒名金石，以垂鴻業。漢書揚雄傳上：「因茲以勒崇垂鴻，發祥隤祉。」顏師古注：「勒崇垂鴻，勒崇名而垂鴻業也。」　極高蟠厚：頂天立地，遍及天地。鮑防歌響遏行雲賦：「上如抗，下如墜；極高天，蟠厚地。」

〔六〕「臣在」二句：指淳熙十六年二月光宗即位時，作者正任禮部郎中，親見即位盛典。麟趾，詩周南麟之趾：「麟之趾，振振公子。」後以「麟趾」喻有德有才之賢人。紬書，綴集。此指作者當時所上奏書，參見卷四上殿劄子諸篇。

〔七〕「際遇」二句：指經歷了孝宗、光宗權力交接的特殊時期。等夷，同輩。

〔八〕「既莫預」二句：指陸游未被光宗信用，旋遭劾罷。曲臺，原指秦宫殿名，此指皇帝治所。漢書鄒陽傳：「臣聞秦倚曲臺之宫。」屬車，原指皇帝出行時的侍從車，此借指帝王。

皇帝御正殿賀表

肅傳清蹕，端御昕朝〔一〕，德上際而下蟠，澤東漸而西被。中賀。恭惟皇帝陛下，體天廣覆〔二〕，如日正中。率禮無違〔三〕，永歎歲月遷流之速；嚮明而治，勉答臣民愛戴之心。諏太史涓吉之辰，采奉常緜蕝之議〔四〕。對揚宗社之福〔五〕，爰擧公卿之觴。兩曜清明，四方抃舞〔六〕。臣農疇齒耄〔七〕，帝所夢遥。華衮光臨，雖莫望火龍黼黻之盛〔八〕；黄麾備設，尚想聞金石絲竹之音〔九〕。

【題解】

正殿指皇宫中位置居中的主殿。南宋皇宫之正殿爲大慶殿，又名崇政殿，爲擧行大典、大朝會的處所。本卷又有皇帝御正殿賀皇后箋和皇帝御正殿賀皇太子箋兩文，據文中稱「宜中壺之介萬壽」、「寶觴奉萬壽之祝」等語，此次皇帝駕臨正殿，應爲擧行慶賀生日的大典。本文即爲慶賀生日大典而上呈宋寧宗的表文。

本文原未繫年。歐譜繫於致仕之後作。本卷有作於同時的皇帝御正殿賀皇太子箋，皇太子趙詢立於開禧三年（一二〇七）十一月，則表文當作於其後。考寧宗生於乾道四年（一一六八）十月十九日，嘉定元年（一二〇八）恰是其四十歲生日，故本文當作於嘉定元年（一二〇八）十月。時陸游落職家居。

參考本卷皇帝御正殿賀皇后箋、皇帝御正殿賀皇太子箋。

【箋注】

〔一〕清蹕：指帝王出行，清道封路。文選顏延之應詔觀北湖田收詩：「帝暉膺順動，清蹕巡廣壥。」李善注引漢儀注：「皇帝輦動，出則傳蹕，止人清道。」　昕朝：光明的朝堂。

〔二〕體天：依據天命。黄滔省試王者之道如龍首賦：「王者以御彼萬國，居於九重，既體天而立制，遂如首以猶龍。」

〔三〕率禮：遵循禮法。東觀漢記梁冀傳：「大將軍夫人躬先率禮，淑慎其身，超號爲開封君。」

〔四〕諏：詢問，商量。　涓吉：選擇吉祥之日。左思魏都賦：「量寸旬，涓吉日，陟中壇，即帝位。」　綿蕝：又作綿蕞，指製訂朝儀典章。史記叔孫通傳：「遂與……百餘人爲綿蕞野外。」司馬貞索隱引韋昭云：「引繩爲綿，立表爲蕞。」指漢初叔孫通創製朝儀，於野外晝地爲宫，引繩爲綿，立表爲蕞，用以演習禮儀。

〔五〕對揚：答謝，報答。蔡邕司空文烈侯楊公碑：「虔恭夙夜，不敢荒寧，用對揚天子丕顯休命。」

〔六〕兩曜：指日、月。任昉爲齊宣德皇后重敦勸梁王令：「四時等契，兩曜齊明。」抃舞：拍手舞蹈。列子湯問：「一里老幼，喜躍抃舞，弗能自禁。」

〔七〕農疇：農田。　齒耄：指年届八九十。

〔八〕華袞：指王公貴族的多彩禮服。　火龍、黼黻：均爲禮服上華美的圖案。左傳桓公二年：「火龍黼黻，昭其文也。」杜預注：「火，畫火也；龍，畫龍也。白與黑謂之黼，形若斧；黑與青謂之黻，兩已相戾。」

〔九〕黄麾：指天子所乘車輿的黄色裝飾。　金石絲竹：指鐘、磬、琴瑟、簫管四類樂器。禮記樂記：「金石絲竹，樂之器也。」

皇太子受册賀表

明詔建儲〔一〕，永爲宗社之本；正衙發策〔二〕，顯答神祇之心。國勢尊安①，輿情闓懌〔三〕。中賀。恭惟皇帝陛下，若稽古訓，駿惠先猷〔四〕。壽考億年，誕膺不蔽之福〔五〕；本支萬世〔六〕，坐擁無疆之休。存心養性以事天，修身齊家而治國〔七〕。廹舉有邦之慶〔八〕，益昭知子之明。臣迹遠周行〔九〕，心馳魏闕。命太史卜日之吉，徒聞播告之傳；遣上公持節以行，莫預觀瞻之盛。儻未辭於聖代〔一〇〕，尚自力於聲詩。

【題解】

皇太子指寧宗所立太子趙詢，生於紹熙二年，卒於嘉定十三年，年二十九，謚景獻，宋史卷二四六有傳。宋史卷三八寧宗本紀二：「（開禧三年十一月）丁亥，詔立皇子榮王曮爲皇太子，更名幬。」又卷三九寧宗本紀三：「（嘉定二年八月）甲戌，册皇太子。丁丑，皇太子謁於太廟。戊寅，詔皇太子更名詢。」本文爲慶賀皇太子受册封上呈宋寧宗的表文。

本文原未繫年。歐譜繫於致仕後作。本文當作於嘉定二年（一二〇九）八月，時在陸游逝世前不久。

參考本卷皇太子受册賀皇后箋、賀皇太子受册箋。

【校記】

①「尊」，汲古閣本作「奠」。

【箋注】

〔一〕建儲：立皇太子。穀梁傳隱公四年：「春秋之義，諸侯與正而不與賢。」范甯注：「雍曰：正，謂嫡長也……建儲非以私親，所以定名分。」

〔二〕正衙：唐宋時正式朝會聽政的處所。舊唐書地理志一：「明堂之西有武成殿，即正衙聽政之所也。」

〔三〕尊安：尊貴安泰。史記蘇秦列傳：「夫去尊安而取危卑，智者不爲也。」輿情：群情，民情。闓懌：和樂貌。漢書司馬相如傳下：「昆蟲闓懌，回首面内。」顔師古注：「言四方幽遐，皆懷和樂，回首革面，而内向也。」

〔四〕若稽古訓：即稽古訓。若，助詞。書堯典：「曰若稽古。」駿惠：順從。詩周頌維天之命：「駿惠我文王，曾孫篤之。」鄭玄箋：「大順我文王之意。」先猷：先聖之道。文選班固幽通賦：「謨先聖之大猷兮，亦鄰德而助信。」李善注引曹大家：「猷，道也。」

〔五〕壽考：高壽。詩大雅棫樸：「周王壽考，遐不作人。」鄭玄箋：「文王是時九十餘矣，故云壽考。」誕膺：承受。書武成：「我文考文王，克成厥勳。誕膺天命，以撫方夏。」不蔽之福：荀子解蔽：「詩曰：『……有鳳有凰，樂帝之心。』此不蔽之福也。」楊倞注：「此帝蓋謂堯也。堯時鳳凰巢於阿閣。言堯能用賢，不蔽天下和平，故有鳳凰來儀之福也。」

〔六〕本支：指嫡系和庶出的子孫。詩大雅文王：「文王孫子，本支百世。」毛傳：「本，本宗也；支，支子也。」

〔七〕存心養性：孟子盡心上：「存其心，養其性，所以事天也。」修身齊家：禮記大學：「欲齊其家者，先修其身。」

〔八〕有邦：指諸侯，亦泛指國家。書呂刑：「王曰：『吁！來，有邦有土，告爾祥刑。』」蔡沈集傳：「有邦，諸侯也。」

〔九〕周行：周官的行列，後泛指朝官。詩周南卷耳：「嗟我懷人，寘彼周行。」毛傳：「行，列也。思君子，官賢人，置周之列位。」

〔一〇〕聖代：指當代。陸雲晉故豫章内史夏府君誄：「熙光聖代，邁勳九區。」

賀明堂表

農扈婁豐〔一〕，協氣方流於綿宇；合宫大享，曠儀遂舉於中天〔二〕。驛置星馳〔三〕，嵩呼雷動。伏以聖神在御，祈報間行〔四〕，肆嚴長至之祠，一舉上辛之典〔五〕。惟茲宗祀，實在季秋。既得萬國之歡心，宜罄一精之嘉薦〔六〕。中賀。恭惟皇帝陛下，範圍元化，斧藻太平〔七〕。采皇祐之舊章〔八〕，茂建中和之極；稽紹興之新制〔九〕，用適古今之宜。上帝顧歆，殊休叢委〔一〇〕。臣官縻遐徼〔一一〕，心繫明廷。考漢家汶上之圖，嗟莫陪於潤色〔一二〕；繼周頌我將之作，尚自力於形容〔一三〕。

【題解】

明堂在先秦時原指帝王會見諸侯、進行祭祀活動的場所，禮記中有明堂位篇記載其樣式和禮儀。北宋前期合祀天地、祖宗的「大享」之禮，皆以大慶殿爲明堂，徽宗政和年間曾另建明堂，南宋時則以常御殿爲明堂。本文爲慶賀明堂祭禮上呈宋孝宗的表文。

本文原未繫年。歐譜繫於淳熙六年（一一七九），是，當作於該年九月。宋史卷一〇一禮志四：「孝宗淳熙六年，以群臣議，復合祭天地，并侑祖宗，從祀百神，如南郊。」時陸游從建安提舉福建路常平茶事任上奉召離任，文中稱「臣官縻遐徼，心繫明廷」，可證。

參考本卷謝明堂赦表。

【箋注】

〔一〕農扈：農官總稱，借指農事。左傳昭公十七年：「九扈爲九農正。」 扈：「鳸」之古字。

〔二〕合宮：黄帝之明堂。尸子君治：「夫黄帝曰合宮，有虞氏曰總章，殷人曰陽館，周人曰明堂，皆所以名休其善也。」 大享：合祀先王的祭禮。書盤庚上：「茲予大享於先王，爾祖其從與享之。」 曠儀：曠世之典禮。 中天：天運正中，喻盛世。

〔三〕驛置：驛站，亦指驛馬。劍南詩稿卷六八秋夕書事之二：「時泰徵科減，師還驛置稀。」

〔四〕祈報：古代祭祀之名，春祈豐年，秋報神功。禮記郊特牲：「祭有祈焉，有報焉。」

〔五〕長至：指夏至，因該日白晝最長。禮記月令：「（仲夏之月）是月也，日長至，陰陽争，死生分。」 上辛：農曆每月上旬的辛日。穀梁傳哀公元年范甯注：「郊必用上辛者，取其新潔莫先也。」

〔六〕一精：謂一意精心。　嘉薦：精美的祭品。儀禮士冠禮：「甘醴惟厚，嘉薦令芳。」鄭玄注：「嘉，善也。善薦，謂脯醢。芳，香也。」

〔七〕範圍：效法。易繫辭上：「範圍天地之化而不過。」孔穎達疏：「範謂模範，圍謂周圍……言法則天地以施其化。」　元化：造化，天地。　斧藻：修飾。揚雄法言學行：「吾未見好斧藻其德，若斧藻其楶者也。」

〔八〕「采皇祐」句：宋仁宗曾於皇祐二年九月，以大慶殿爲明堂，合祭天地，祖宗并配，百神從祀，并製訂了整套祭祀禮儀。見宋史卷一〇一禮志四。

〔九〕「稽紹興」句：宋高宗於紹興元年下詔舉行「會天地以同禋，升祖宗而并配」的大享之禮，并修訂了禮儀。見宋史卷一〇一禮志四。

〔一〇〕顧歆：眷顧享用。詩大雅生民：「其香始升，上帝居歆。」鄭玄箋：「其馨香始上行，上帝則安而歆享之。」　殊休：非常之福佑。　叢委：衆多。

〔一一〕縻：束縛。　遐徼：邊遠之地。此指福建。

〔一二〕漢家汶上之圖：史記孝武本紀：「上欲治明堂奉高旁，未曉其制度。濟南人公玉帶上黄帝時明堂圖。……於是上令奉高作明堂汶上，如帶圖。」汶上，汶水之北。　潤色：指修飾，增色。

〔一三〕周頌我將之作：詩周頌我將：「我將我享，維羊維牛，維天其右之。」鄭玄箋：「將，猶奉也。」

毛詩序：「我將，祀文王於明堂也。」形容：指盛德的表現。詩大序：「頌者，美盛德之形容。」

謝明堂赦表

明堂總章，舉曠儀於路寢〔一〕；鈎陳羽衛，敷大號於端闈〔二〕。德協穹祇，春回海縣〔三〕。中謝。恭惟皇帝陛下，道繩祖武〔四〕，政酌民言。乾文仰法於房心〔五〕，肇稱巨典；解澤默符於雷雨〔六〕，一洗衆愆。統和天人〔七〕，空虛囹圄。臣適乘使傳，遠在遐陬。奉五百里之驛書，徒深鼇抃；上千萬年之聖壽，莫綴鳧趨〔八〕。

【題解】

宋史卷三五孝宗本紀三：「（淳熙六年）九月辛未，合祭天地於明堂，大赦。」本文爲感謝明堂祭禮大赦天下上呈宋孝宗的表文。

本文亦作於淳熙六年（一一七九）九月。文中稱「臣適乘使傳，遠在遐陬」，可證。

參考本卷賀明堂表。

【箋注】

〔一〕總章：明堂之西向室。吕氏春秋孟秋：「天子居總章左个。」高誘注：「總章，西向堂也。西方總成萬物，章明之也，故曰總章。左个，南頭室也。」路寢：古代天子、諸侯的正廳。陸游老學庵筆記卷十：「古所謂路寢，猶今言正廳也。」

〔二〕鈎陳羽衛：指帝王的衛隊和儀仗。續資治通鑑宋太宗淳化二年：「巡幸則有大駕法從之盛，御殿則有鈎陳羽衛之嚴。」大號：國號，帝號。端闈：皇宮的正門。班固西都賦：「列鐘虡於中庭，立金人於端闈。」

〔三〕穹祇：指天地。海縣：即神州，指中國。樂府詩集燕射歌辭三隋宴群臣登歌：「皇明御曆，仁深海縣。」

〔四〕祖武：先輩的遺迹。詩大雅下武：「昭茲來許，繩其祖武。」鄭玄箋：「戒慎其祖考所履踐之迹。」

〔五〕乾文：帝王之文，此指赦文。房心：指房宿和心宿。舊時以房心象徵明堂。

〔六〕解澤：布施恩澤。史記樂書：「上自朝廷，下至人民，得以接歡喜，合殷勤，非此和説不通，解澤不流。」張守節正義：「言非此樂和適，亦悦樂之不通，散恩澤之事不流，各一世之化也。」

〔七〕統和：統理協和。范仲淹明堂賦：「風雨攸止，宮室斯美，將復崇高乎富貴之位，統和乎天人之理。」

〔八〕鳧趨：如野鴨飛趨，比喻歡欣。梁涉長竿賦：「聞之者鳧趨雀躍，見之者足蹈手舞。」

謝赦表

宣布仁恩，發揚孝治，觀人心之鼓舞，知天意之協從〔一〕。中謝。恭惟皇帝陛下，躬舜禹之資，履曾閔之行〔二〕。損又損而至道，老吾老以及人〔三〕。一日三朝，雖極寧親之大養〔四〕；四方萬里，尚憂庶獄之亡辜〔五〕。内廣惠心，旁流霈澤〔六〕，雨露所被，囹圄一空。臣適以守藩，恭聞孚號〔七〕。雖與民欣戴，如瞻咫尺之天〔八〕；然受命禱祈，實勞方寸之地〔九〕。

【題解】

宋史卷三五孝宗本紀三：「（淳熙）十三年春正月庚辰朔，率群臣詣德壽宫行慶壽禮。大赦。」該年爲高宗八十大壽。本文爲感謝慶壽大赦天下上呈宋孝宗的表文。

本文原未繫年。歐譜繫於淳熙十三年（一一八六），是。當作於該年春，時陸游剛發布知嚴州，赴行在陛辭。文中稱「臣適以守藩，恭聞孚號」，可證。

【箋注】

〔一〕協從：順從。書大禹謨：「鬼神其依，龜筮協從。」孔穎達疏：「鬼神其依我矣，龜筮復合從矣。」

〔二〕舜禹：虞舜和夏禹的並稱。論語泰伯：「巍巍乎，舜禹之有天下也，而不與焉。」曾閔：曾參與閔損（閔子騫）的並稱，均爲孔子弟子，以孝行著稱。

〔三〕損又損：老子四十八章：「爲學日益，爲道日損。損之又損，以至於無爲；無爲而無不爲。」老吾老：孟子梁惠王上：「老吾老以及人之老，幼吾幼以及人之幼。」

〔四〕三朝：相傳周文王每日早、中、晚三次問安父母，探詢起居，恪盡孝道。寧親：使父母安寧。揚雄法言孝至序：「孝莫大於寧親，寧親莫大於寧神。」此指孝宗詣德壽宮爲高宗慶壽。

〔五〕庶獄：刑獄訴訟。書立政：「庶獄庶慎，惟有司之牧夫，是訓用違。」蔡沈集傳：「庶獄，獄訟也。」

〔六〕旁流：廣泛流布。白居易王澤流人心感策：「夫欲使王澤旁流，人心大感，則在陛下恕己及物而已。」霈澤：豐沛的恩澤，此指赦免罪犯。

〔七〕守藩：駐守封地，此指出知嚴州。孚號：君王的詔命、號令。此指大赦詔令。

〔八〕咫尺之天：比喻離天子之顔極近，亦指天子。左傳僖公九年：「天威不違顔咫尺。」杜預注：「言天鑒察不遠，威嚴常在面之前。八寸曰咫。」

〔九〕方寸之地：指心。列子仲尼：「嘻！吾見子之心矣，方寸之地虚矣。」

謝賜曆日表

春秋以王而次春，丕顯體元之妙〔一〕；閏月定時而成歲，適當班曆之辰〔二〕。治象一新，歡聲四溢。中謝。恭惟皇帝陛下，道兼倫制，化被堪輿〔三〕。念王業之艱難，每急農桑之務；察天心之仁愛，尤深水旱之憂。誠意既孚，嘉生并應〔四〕。呼嵩高之萬歲，幸睹昌期；陳泰階之六符〔五〕，不勝大願。

【題解】

曆日，即曆書，今稱日曆。頒曆授時，是古代國家要政，朝廷盛典。皇帝往往於年中頒布下年新曆，作爲次年舉國行事的時間依據。群臣接到新曆後多有謝表。本文爲感謝頒布新曆上呈宋孝宗的表文。

本文原未繫年。歐譜繫於淳熙十四年。但文中有「閏月定時而成歲，適當班曆之辰」兩句，考該年并無閏月，而上年則有閏七月，故本文當作於淳熙十三年（一一八六）閏七月，時陸游在知嚴州任上。

【箋注】

〔一〕「春秋」句：春秋記事，每年以「春，王正月」起始。春秋公羊傳隱公元年：「元年者何？君之始年也。春者何？歲之始也。王者孰謂？謂文王也。曷爲先言王而後言正月？王正月也。何言乎王正月？大一統也。」「春，王正月」的表述，體現「王道」統一於「天地之道」。丕：大。體元：以天地之元氣爲本。班固東都賦：「體元立制，繼天而作。」

〔二〕閏月：農曆以月球繞地球運行定曆法，十九年置七個閏月。班曆：同頒曆，頒布曆書。

〔三〕倫制：倫常制度。堪輿：指天地。漢書揚雄傳：「屬堪輿以壁壘兮，梢夔魖而抶獝狂。」顔師古注：「張晏曰：堪輿，天地總名也。」

〔四〕嘉生：茂盛之穀物，古代以爲祥瑞。漢書郊祀志上：「民神異業，敬而不黷，故神降之嘉生，民以物序。」顔師古注：「應劭曰：嘉穀也。師古曰：嘉生，謂衆瑞也。」

〔五〕泰階：古星座名，即三台。上台、中台、下台共六星，兩兩並排而斜上，如階梯，故名。漢書東方朔傳：「願陳泰階六符以觀天變。」顔師古注：「應劭曰：『黄帝泰階六符經曰：泰階者，天之三階也……三階平則陰陽和，風雨時，社稷神祇咸獲其宜，天下大安，是爲太平。』」

又

詔班新曆，雖舉彝章〔一〕；地近清都〔二〕，獨先下拜。恩光旁燭，小己知榮〔三〕。中謝。臣聞堯授人時〔四〕，實前民用；漢得天統〔五〕，克協帝心。方當重熙累洽之盛時，宜謹體元居正之大典〔六〕。恭惟皇帝陛下，凝圖丕赫，受命溥將〔七〕。齊七政於璿璣〔八〕，昭示太平之象；調四時之玉燭〔九〕，用待來歲之宜。爰敕有司，以幸天下。臣偶叨牧養，獲與布宣〔一〇〕。職思其憂，勸課誓殫於綿力〔一一〕；年運而往〔一二〕，功名更感於初心。

【題解】

本文亦爲感謝頒布新曆上呈宋孝宗的表文。

本文原未繫年。歐譜繫於淳熙十四年（一一八七），是。當作於該年七月。時陸游在知嚴州任上。文中稱「地近清都」、「偶叨牧養，獲與布宣」，可證。

【箋注】

〔一〕彝章：常典，舊典。任昉爲范尚書讓吏部封侯第一表：「矜臣所乞，特回寵命，則彝章載穆，微物知免。」

〔二〕清都：帝王居住的都城。列子周穆王：「清都、紫微、鈞天、廣樂，帝之所居。」

〔三〕小己：一己，個人。史記司馬相如列傳論：「大雅言王公大人而德逮黎庶，小雅譏小己之得失，其流及上。」

〔四〕堯授人時：書堯典：「乃命羲和，欽若昊天，曆象日月星辰，敬授人時。」史記五帝本紀引作「敬授民時」。後指頒布曆書。

〔五〕漢得天統：史記高祖本紀：「故漢興，承敝易變，使人不倦，得天統矣。」天統，天之正統。

〔六〕重熙累洽：指前後相繼，累世昇平。文選班固東都賦：「至於永平之際，重熙而累洽。」張銑

注：「熙，光明也；洽，合也。言光武既明，而明帝繼之，故曰重熙累洽也。」體元居正：指以天地元氣爲本，居正道以施政。春秋隱公元年杜預注：「隱公之始年，周王之正月也。凡人君即位，欲其體元以居正，故不言一年一月也。」

〔七〕凝圖：收聚圖籍，喻統轄天下。丕赫：大顯。受命溥將：參見本卷天申節賀表注〔四〕。

〔八〕齊七政於璿璣：書舜典：「在璿璣玉衡，以齊七政。」孔安國傳：「在，察也。璿，美玉。璣、衡，王者正天文之器可運轉者。七政，日、月、五星，各異政。」

〔九〕調四時之玉燭：爾雅釋天：「四氣和謂之玉燭。」邢昺疏：「言四時和氣，温潤明照，故曰玉燭。」

〔一〇〕牧養：治理，統治。漢書鮑宣傳：「陛下上爲皇天子，下爲黎庶父母，爲天牧養元元，視之當如一，合尸鳩之詩。」獲與布宣：指郡守宣揚傳布皇帝拊循百姓之恩德，意即掌握郡守治理之責。

〔一一〕勸課：鼓勵和督責，指郡守鼓勵、督促百姓不違農時的職責。

〔一二〕年運：指不停運行的歲月。元稹長慶曆詩：「年曆復年曆，卷盡悲且惜。曆日何足悲，但悲年運易。」

福建到任謝表

咸造在廷，甫遂朝宗之願〔一〕；奉使有指，遽叨臨遣之榮〔二〕。大造難名〔三〕，餘生曷報。中謝。伏念臣么然薄命，起自窮閻〔四〕。偶以元祐之黨家，獲與紹興之朝士〔五〕。真人有作，景運方開〔六〕。適當宁歎息人才之實難〔七〕，顧一時豪傑號召而未至。首蒙引對，面錫殊科〔八〕，遭逢稀闊之知，聳動邇遐之聽〔九〕。豈期蹇薄，旋困沉綿〔一〇〕，卒緊全度之恩，俾獲退藏之分〔一一〕。侵尋半世，轉徙兩川〔一二〕，三爲別乘之行，再忝專城之寄〔一三〕。五十之年已過，非復壯心；八千之路來歸，恍如昨夢。敷陳淺拙，應對參差，惟譴黜之是宜，豈超遷之敢望。此蓋伏遇皇帝陛下，道兼倫制，澤被堪輿。念臣留落有年〔一四〕，尚未除於狂態；憐臣馳驅無地，空竊抱於愚忠。顧雖末路之孤蹤，猶玷外臺之高選〔一五〕。臣謹當力思守道，深戒瘝官〔一六〕。禮樂遠有光華，既大逾於素望；靖共好是正直，庶少答於鴻私〔一七〕。

【題解】

于北山陸游年譜（以下簡稱于譜）淳熙五年：「春間奉詔，别蜀東歸……秋抵杭州，召對。除提舉福建路常平茶事……冬季赴闔任……抵建安（今建甌）任所，有謝表。」本文爲到達福建任所上呈宋孝宗的謝恩表文。

本文原未繫年，歐譜繫於淳熙五年（一一七八），是。當作於該年冬。時陸游在福建常平任上。

【箋注】

〔一〕咸造在廷：書盤庚中：「咸造勿褻在王庭。」意爲（百姓）都來到王廷，無有褻慢之人。此指陸游奉詔抵京。

〔二〕朝宗：泛指臣下朝見帝王。周禮春官大宗伯：「春見曰朝，夏見曰宗，秋見曰覲，冬見曰遇。」

〔三〕指：同旨。臨遣：臨軒派遣，指皇帝親自委派。漢書元帝紀：「方田作時，朕憂蒸庶之失業，臨遣光禄大夫褒等十二人循行天下。」

〔三〕大造：大恩德，大功勞。左傳成公十三年：「文公恐懼，綏静諸侯，秦師克還無害，則是我有大造于西也。」

〔四〕窮閻：陋巷。荀子儒效：「雖隱於窮閻漏屋，人莫不貴之，道誠存也。」楊倞注：「窮閻，窮僻之處。閻，里門也。」

〔五〕元祐之黨家：指北宋崇寧間，蔡京開列文彦博、司馬光、蘇軾等一百二十人爲「奸黨」，籍其名氏刻之於石，稱元祐黨人碑。後又增至三百零九人，陸游之祖父陸佃等新黨亦列入黨籍。紹興之朝士：指陸游紹興三十年起歷仕敕令所删定官、大理司直、樞密院編修官等職。

〔六〕真人：指皇帝。此指孝宗。史記秦始皇本紀：「始皇曰：吾慕真人，自謂真人，不稱朕。」景運：好時運。

〔七〕當宁：原指處在門屏之間。後指皇帝臨朝聽政，亦用以借指皇帝。禮記曲禮下：「天子當宁而立，諸公東面，諸侯西面，曰朝。」孔穎達疏：「天子當宁而立者，此爲春夏受朝時也。宁者，爾雅云：『門屏之間謂之宁。』郭注云：『人君視朝所宁立處。』」

〔八〕殊科：指孝宗即位賜陸游進士出身事。

〔九〕稀闊：稀疏。聳動：使人震驚。邇遐：猶遐邇，遠近。蘇軾賀楊龍圖啓：「伏審新改直職，擢司諫垣，傳聞邇遐，竦動觀聽。」

〔一〇〕蹇薄：命運不順。沉綿：指疾病纏綿，經久不愈。杜甫送高司直尋封閬州：「長卿消渴再，公幹沉綿屢。」此指沉淪下僚。

〔一一〕全度：保全救護。退藏：引退藏身。指辭官隱退，藏身不用。白居易元十八從事南海欲出廬山臨別舊居投和兼伸別情：「我正退藏君變化，一杯可易得相逢。」

〔一二〕侵尋：漸近，漸次發展。史記孝武本紀：「是歲，天子始巡郡縣，侵尋於泰山矣。」兩川：東川和西川的合稱，即蜀郡。

〔一三〕別乘：輔佐州牧太守之類地方官職。指陸游在蜀中歷任夔州通判、四川宣撫使司幹辦公事、成都府安撫司參議官等職。專城：主宰一城的州牧太守之類地方官職。王充論衡辨祟：「居位食禄，專城長邑，以千萬數，其遷徙日未必逢吉時也。」此指陸游乾道九年攝知嘉州事。

〔一四〕留落：指留滯下層，難得擢升。史記衛將軍驃騎列傳：「然而諸宿將常坐留落不遇。」

〔一五〕外臺之高選：指此次除提舉福建路常平茶事。

〔一六〕瘝官：曠廢職守，瀆職。書冏命：「非人其吉，惟貨其吉，若時瘝厥官。」

〔一七〕靖共好是正直：詩小雅小明：「靖共爾位，好是正直。」高亭注：「靖，猶敬也。共，奉也。」指恭謹奉守職位，甚是公正无私。鴻私：鴻恩。江淹蕭領軍讓司空并敦勸啓：「且皇華之命，居上之鴻私；鳳舉之招，爲下之殊榮。」

江西到任謝表

疏恩趣召，靡待一人之言；改命遣行〔一〕，猶備四方之使。丹衷欲叙〔二〕，雪涕先傾。中謝。伏念臣禀資迂愚，立身羈貎〔三〕，偶竊犁鋤之餘暇，安窺述作之淵源。纍然自力於簡編，老之將至〔四〕；過矣見稱於流輩〔五〕，轉而上聞。頃入對於燕朝〔六〕，實親承於睿獎。然而異恩賜第，弗由場屋之選掄〔七〕；特旨造廷，非出公卿之論薦〔八〕。已分亟投於閑散，豈期重累於生成。此蓋伏遇皇帝陛下，立賢無方，用人唯己，一洗拘攣之積弊〔九〕，廣收魁傑之遺才。施及妄庸，亦蒙省録，甫停追詔，還畀使旜〔一〇〕。凡曰自結於上知〔一一〕，皆俾無蹈於後害。海嶽之内纖塵墜露〔一二〕，何所用之；父母之愛幼子童孫〔一三〕，蔑以加此。驅馳入境，感懼填膺。重念臣樸學守株，孤身弔影，素乏蚍蜉螘子之助，孰爲輪囷蟠木之容〔一四〕。愴餘日之安歸，抱微誠而永歎。方天子建中和之極，用告成功；雖文史近卜祝之間〔一五〕，亦思自效。尚憑長育，不遂棄捐。所願預草漢家檢玉之文，未敢遽同堯民擊壤之作〔一六〕。刳肝自訴，伏鑕何辭〔一七〕。疾痛饑寒，仰而呼天，誓靡求於世俗；齋戒沐浴，可以事帝，冀終望於清光〔一八〕。

【題解】

于譜淳熙六年：「秋季奉詔離建安任……途中奏乞奉祠，留衢州皇華館待命……得旨，改除朝請郎（正七品），提舉江南西路常平茶鹽公事，賜緋魚袋……十二月到撫州任。有謝表。」本文爲到達江西任所上呈宋孝宗的謝恩表文。

本文原未繫年，歐譜繫於淳熙六年（一一七九），是。當作於該年十二月。時陸游在江西常平任上。

【箋注】

〔一〕改命遣行：指此次改除提舉江南西路常平茶鹽公事。

〔二〕丹衷：赤誠之心。沈約爲齊竟陵王解講疏：「敢誓丹衷，庶符皎日。」

〔三〕稟資：稟賦。蘇頌再乞致仕表：「伏念臣稟資不厚，徼幸實多。」羈貌：拘束，柔弱。夏竦謝賜生日羊酒米麵表：「如臣者起於羈貌，早竊盛名。」

〔四〕纍然：羸憊貌。大戴禮記文王官人：「懼色薄然以下，憂悲之色纍然而靜。」老之將至：論語述而：「其爲人也，發奮忘食，樂以忘憂，不知老之將至云爾。」

〔五〕流輩：同流，同輩。沈約奏彈王源：「而托姻結好，唯利是求，玷辱流輩，莫斯爲甚。」

〔六〕入對：臣子入宮回答皇帝提問。燕朝：古代天子、諸侯在路寢會見臣子，亦指其處理政事後休息之所。周禮夏官太僕：「王眡燕朝則正位，掌擯相。」鄭玄注：「燕朝，朝於路寢之庭。」賈公彥疏：「以其路寢安燕之處，則謂之燕朝。」

〔七〕異恩賜第：特殊恩典以賜進士及第。指紹興三十二年孝宗即位後，召見陸游，并賜進士出身，未經科場選拔。

〔八〕論薦：選拔推薦。葛洪抱朴子刺驕：「所論薦則蹇驢蒙龍駿之價，所中傷則孝己受商臣之談。」

〔九〕拘攣：拘束，拘泥。後漢書曹褒傳：「帝知羣僚拘攣，難與圖始，朝廷禮憲，宜時刊立。」李賢

注：「拘攣，猶拘束也。」

〔一〇〕妄庸：凡庸妄爲之人。此陸游自謙之辭。畀：給予，委派。使旜：執掌使官之職。旜：純赤色的曲柄旗。句指此次除提舉江南西路常平茶鹽公事。

〔一一〕自結：主動攀附。上知：聖哲，此指皇帝。

〔一二〕「海嶽」句：指大海高山接納塵土露珠。纖塵墜露，陸游自謙之辭。

〔一三〕童孫：幼小的孫子。書吕刑：「伯父伯兄、仲叔季弟、幼子童孫，皆聽朕言。」

〔一四〕蚍蜉螘子：比喻微小的事物。韓愈張中丞傳後叙：「當其圍守時，外無蚍蜉螘子之援。」輪囷蟠木：指盤曲、難以成器的樹木。鄒陽獄中上書自明：「蟠木根柢，輪囷離奇，而爲萬乘器者，何則？以左右先爲之容也。」

〔一五〕文史近卜祝之間：司馬遷報任少卿書：「僕之先非有剖符丹書之功，文史星曆近乎卜祝之間，固主上所戲弄，倡優所畜，流俗之所輕也。」

〔一六〕檢玉之文：指封禪書。漢代封禪，刻石記號，有金策、石函、金泥、玉檢之封。擊壤之作：指歌頌太平盛世之作。藝文類聚卷十一引皇甫謐帝王世紀稱帝堯之時，「天下大和，百姓無事，有五十老人擊壤於道。觀者歎曰：大哉帝之德也。老人曰：吾日出而作，日入而息，鑿井而飲，耕田而食，帝何力於我哉？」

〔一七〕刳肝：比喻吐肺腑之言。韓愈歸彭城：「刳肝以爲紙，瀝血以書辭。」伏鑕：被腰斬，泛指被處死。鑕，鍘刀座。陳子昂謝衣表：「以其伏鑕之魂，更辱賜衣之寵。」

〔一八〕清光：指帝王之風采。漢書晁錯傳：「今執事之臣皆天下之選已，然莫能望陛下清光，譬之猶五帝之佐也。」

嚴州到任謝表

穿延和之細仗，面咫尺天〔一〕；佩新定之左符，秩二千石〔二〕。叨塵過分〔三〕，感懼交懷。中謝。臣聞明主恩深，書生命薄。唐帝之知李白，一官不及於生前；漢皇之念相如，遺稿徒求於身後〔四〕。況如臣輩，莫望昔人。猥緣一技之卑，嘗綴百僚之末〔五〕。雖簪笏久違於昕謁，乃姓名猶在於淵衷〔六〕。乘傳來歸，兩奉召還之旨〔七〕；懷章欲上，亟蒙趣對之榮。親降玉音〔八〕，俯憐雪鬢。勞其久別，蓋寵嘉近侍之所宜〔九〕；勉以屬文〔一〇〕，實臨遣守臣之未有。茲蓋伏遇皇帝陛下，睿謨冠古〔一一〕，英斷如神。肆筆成書，千載獨高於聖學；刺經作制〔一二〕，諸儒絶企於清光。以臣夙被化於明時，憐臣未廢書於晚歲，將激昂其素志，故闊略於往愆〔一三〕。臣敢不戴使愚使過之恩，念有社有民之寄〔一四〕。憩棠陰而聽訟，期無墜於家聲〔一五〕；及瓜戍而代歸〔一六〕，尚少酬於君賜。

【題解】

于譜淳熙十三年：「除朝請大夫（從六品），知嚴州……陛辭時，宋孝宗諭以可多作詩文……七月三日到嚴州任。」本文爲到達嚴州任所上呈宋孝宗的謝恩表文。

本文原未繫年，歐譜繫於淳熙十三年（一一八六），是。當作於該年七月。

【箋注】

〔一〕延和：指延和殿，宮内的便坐殿。　細仗：古時皇帝出巡或朝會時所用之儀仗。宋史儀衛志一：「其殿庭之儀，則有黄麾大仗、黄麾半仗、黄麾角仗、黄麾細仗。」　面咫尺天：比喻離天子容顏極近。左傳僖公九年：「天威不違顏咫尺。」杜預注：「言天鑒察不遠，威嚴常在顏面之前。」

〔二〕新定：嚴州的古稱。　左符：符契的左半。程大昌演繁露：「漢太守之官，必得左符以出，至郡用以爲驗。蓋右符先以留州，故令以左合右也。」　二千石：指郡守。漢制，郡守俸禄爲二千石，即月俸百二十斛。史記孝文本紀：「臣謹請陰安侯列侯頃王后與瑯玡王、宗室、大臣、列侯、吏二千石議。」

〔三〕叨塵：忝任，謂自己才能與所任之職不相配。歐陽修續思潁詩序：「叨塵二府，遂歷三朝。」

〔四〕「漢皇」句：據史記司馬相如列傳載，相如晚年病免家居，武帝派所忠去求書稿，至則相如已死，家無遺書。

〔五〕百僚：百官。書臯陶謨：「百僚師師，百工惟時。」孔安國傳：「僚、工，皆官也。」

〔六〕簪笏：朝臣所用冠簪和手版。借指官員或官職。梁簡文帝馬寶順序：「簪笏成行，貂纓在席。」昕謁：指臣下朝見天子。淵衷：指皇帝胸懷淵深。蘇舜欽京兆求罷表：「雖淵衷廣納，未欲加罪於瞽言。」

〔七〕乘傳：指奉命出使。蘇軾冬季撫問陝西轉運使副口宣：「永言乘傳之勞，未遑退食之佚。」兩奉：指先後奉命出使福建、江西，均被召還。

〔八〕玉音：尊稱皇帝的言語。尚書大傳卷三：「皆莫不磬折玉音，金聲玉色。」

〔九〕寵嘉：恩寵嘉獎。左傳昭公三年：「其自唐叔以下，實寵嘉之。」

〔一〇〕勉以屬文：宋史陸游傳：「起知嚴州，過闕，陛辭，上諭曰：『嚴陵，山水勝處。職事之暇，可以賦詠自適。』」

〔一一〕睿謨：皇帝聖明的謀略。柳宗元爲王京兆賀雨表二：「睿謨潛運，甘雨遂周。」

〔一二〕作制：創立制度。何晏景福殿賦：「皆體天作制，順時立政。」

〔一三〕闊略：寬恕，寬容。漢書王嘉傳：「人情不能不有過差，宜可闊略，令盡力者有所勸。」

〔一四〕使愚使過：指用人之短，發揮其作用。范仲淹讓觀察使第一表：「前春延安之戰，主將不利，大挫國威，朝廷有使愚使過之議，遂及於臣。」　有社有民：指有社稷、百姓。

〔一五〕「憩棠蔭」句：史記燕召公世家：「召公巡行鄉邑，有棠樹，決獄政事其下，自侯伯至庶人各得其所，無失職者。召公卒，而民人思召公之政，懷棠樹不敢伐，哥詠之，作甘棠之詩。」詩召南甘棠：「蔽芾甘棠，勿翦勿伐，召伯所茇。蔽芾甘棠，勿翦勿敗，召伯所憩。蔽芾甘棠，勿翦勿拜，召伯所説。」後以「棠蔭」喻惠政。　家聲：家族世代相傳的聲譽。史記李將軍列傳：「單于既得陵，素聞其家聲，及戰又壯，乃以女妻陵而貴之。」

〔一六〕「及瓜戍」句：左傳莊公八年：「齊侯使連稱、管至父戍葵丘。瓜時而往，曰：『及瓜而代。』」原指瓜熟時派人接替。後稱官吏任職期滿由他人接替。

除寶謨閣待制謝表

陪衆隽以登瀛〔一〕，已慚薄陋；扈六飛而上雍〔二〕，遽踐高華。恩重命輕，感深涕賈。中謝。伏念臣材非異稟，家本至寒。蒼雅遺書，守先臣之孤學〔三〕；莊騷奇作，誦諸老之舊聞〔四〕。竊慕隱居求志之風，尤耻嘩世取名之事。年運而往，道阻且長。仕止爲貧，適遇四朝之盛際〔五〕；老猶不死，遂爲六聖之遺民〔六〕。豈期垂盡之時，更被非常之遇。置之儒館，命以信書〔七〕，特寬尸素之重誅，不待汗青而加賞〔八〕。兹蓋伏遇皇帝陛下，道兼倫制，學備誠明，體穹穹厚厚之仁，躋蕩蕩巍巍之治〔九〕。風行雷動，號令靡隔於幽遐〔一〇〕；魚躍鳶飛，人材不遺於疏賤〔一一〕。雖耄期之已迫，尚覆育之愈深。臣敢不口誦訓辭，心銘德澤。入預甘泉之筆橐〔一二〕，儻效微勞；歸尋杜曲之桑麻〔一三〕，終祈洪造。

【題解】

宋因唐制，於殿、閣均設待制之官，典守文物，位在學士、直學士之下。寶謨閣，藏宋光宗御製處，嘉泰二年置。于譜嘉泰三年：「正月，除寶謨閣待制，舉從政郎曾黯自代。」嘉泰二年五月，陸游應詔以元官提舉佑神觀兼實録院同修撰兼同修國史，六月中入都與修兩朝實録。十二月除秘書監（正四品）。次年又有此任命。本文爲任職寶謨閣待制後上呈宋寧宗的謝恩表文。

本文原未繫年，歐譜繫於嘉泰三年（一二〇三），是。當作於該年正月。陸游時任秘書監。

參考卷五除寶謨閣待制舉曾黯自代狀、卷一二除寶謨閣待制謝丞相啓、謝費樞密啓。

【箋注】

〔一〕登瀛：登上瀛洲，喻士人得到榮寵，如登仙界。李肇翰林志：「唐興，太宗始於秦王府，開文學館，擢房玄齡、杜如晦一十八人，皆以本官兼學士，給五品珍膳，分爲三番更直，宿於閣下，討論墳典，時人謂之『登瀛洲』。」

〔二〕扈：隨從。六飛：古代皇帝的車駕六馬，疾行如飛。亦作「六騑」。史記袁盎晁錯列傳：「今陛下騁六騑，馳下峻山。」裴駰集解引如淳曰：「六馬之疾若飛。」漢書爰盎傳作「六飛」。後用以指稱皇帝的車駕或皇帝。上雍：登雍州祭祀天地。古雍州即今陝西、甘肅、青海一帶。漢書郊祀志：「其秋，上雍，且郊。」顏師古注：「雍地形高，故云上也。」此句借指自己升遷。

〔三〕「蒼雅」二句：指陸游祖父陸佃著有爾雅新義、埤雅等小學著述。蒼雅，指三蒼、爾雅，均爲古代字書。三蒼亦作三倉，指倉頡篇、爰歷篇和博學篇。

〔四〕莊騷：指莊子、離騷，均爲文學經典。諸老之舊聞，陸游撰有家世舊聞，載自高祖陸軫起陸氏家族的舊聞逸事。

〔五〕仕止：指出仕或退隱。四朝：指陸游出仕的高宗、孝宗、光宗、寧宗四朝。

〔六〕六聖：指陸游出生以來經歷的徽宗、欽宗、高宗、孝宗、光宗、寧宗六位皇帝。

〔七〕信書：猶言信史。此指編纂實録。

〔八〕尸素：居位食禄而不盡職。多用於自謙。鍾繇上漢獻帝自劾書：「尸素重禄，曠職廢任。」汗青：古時用竹簡記事，先以火烤青竹，使水分如汗滲出，便於書寫，并免蟲蛀。後用以指著作完成。

〔九〕穹穹厚厚：指天地。李翱故處士侯君墓誌：「其首章曰：『穹穹與厚厚兮，烏憤予而不攄。』」蕩蕩巍巍：指道德崇高，恩澤博大。論語泰伯：「大哉堯之爲君也！巍巍乎，唯天爲大，唯堯則之。蕩蕩乎，民無能名焉。」朱熹集注：「巍巍，高大之貌；蕩蕩，廣遠之稱也。」

〔一〇〕幽遐：僻遠，深幽。晉書禮志下：「故雖幽遐側微，心無壅隔。」

〔一一〕疏賤：關係疏遠、地位低下之人。韓非子主道：「是故誠有功則雖疏賤必賞，誠有過則雖近愛必誅。」

〔一二〕甘泉之筆橐：比喻文學侍臣。甘泉爲宮殿名，漢武帝時建，在今陝西咸陽。筆橐，携帶文具所用袋子。

〔一三〕杜曲之桑麻：此指隱居之地。杜甫曲江三章章五句其三：「自斷此生休問天，杜曲幸有桑麻田，故將移往南山邊。」杜曲，地名，在今陝西西安東南，唐代大姓杜氏世居之地。

轉太中大夫謝表

信史奏篇，獲紀兩朝之盛〔一〕；恩書馳驛，躐躋四品之崇〔二〕。方醲賞之既行，欲牢辭而弗敢，始終忝幸，俯仰兢慚〔三〕。中謝。伏念臣身出窮閻，家承孤學。披肺肝而自力，雖有素懷；賜骸骨以歸休，已更累歲。昨被出綸之命，起參載筆之遊〔四〕，强眊昏廢忘之餘，均筆削討論之責〔五〕。食常忘事，但憂尸素之當誅；成本因人，乃以汗青而受寵。茲蓋伏遇皇帝陛下，奉先思孝，守位曰仁〔六〕。夙受命於皇天，克肖其德；肆纂圖於列聖，無疆惟休〔七〕。永懷弓劍之藏，每切羹牆之慕〔八〕，爰求遺老，俾誦舊聞。而臣猥以耄期，恭承訓勉。愴大父詩書之業〔九〕，久已寂寥；讀元豐文獻之言〔一〇〕，至於感泣。雖迫蓋棺之日，敢忘結草之酬〔一一〕。

【題解】

南宋太中大夫列爲文散官二十九階之第八階，從四品上。于譜嘉泰三年：「（秋）轉太中大夫（從四品），有辭免狀及謝表。」該年四月中，陸游上孝宗、光宗兩朝實録，以進書畢，請守本官致仕，不允。再上劄子，敕除提舉江州太平興國宮，五月中去國。秋日轉此職。本文爲任職太中大夫後上呈宋寧宗的謝恩表文。

本文原未繫年，歐譜繫於嘉泰三年（一二〇三），是。當作於該年秋。陸游時任提舉江州太平興國宮，去國還鄉。

參考卷五辭免轉太中大夫狀。

【箋注】

〔一〕「信史」二句：指完成了孝宗、光宗兩朝實録。信史，真實可信之史籍。公羊傳昭公十二年：「春秋之信史也，其序則齊桓、晉文；其會則主會者爲之也。」

〔二〕躐躋：指越級提升。

〔三〕忝幸：指受之有愧的幸遇。資治通鑑晉穆帝升平元年：「璋不治節檢，專爲奢縱，而更居清顯，此豈惟璋之忝幸，實時世之陵夷也。」兢慚：惶恐慚愧。杜光庭大王本命醮葛仙化詞：「況荷殊榮，久叨重寄，循涯省分，常切兢慚。」

〔四〕出綸：指帝王的詔命。禮記緇衣：「王言如絲，其出如綸。王言如綸，其出如綍。故大人不倡游言。」孔穎達疏：「言綸粗於絲……綍又大於綸。」謂帝王之言關係重大。載筆：攜帶文具記録王事，此指修撰實録。禮記曲禮上：「史載筆，士載言。」鄭玄注：「筆，謂書具之屬。」

〔五〕眊昏：視力昏花。新唐書魏徵傳：「文德皇后既葬，帝即苑中作層觀以望昭陵，引徵同升。徵孰視曰：『臣眊昏，不能見。』」筆削：對作品删改訂正。歐陽修免進五代史狀：「至於筆削舊史，褒貶前世，著爲成法，臣豈敢當。」

〔六〕「奉先」二句：侍奉祖先要思孝敬，保持地位要講仁愛。書太甲中：「奉先思孝，接下思恭。」易繫辭下：「聖人之大寶曰位，何以守位？曰仁。」孔穎達疏：「聖人何以保守其位？必信仁愛，故言曰仁也。」

〔七〕無疆惟休：無窮無盡，無限美好。書召誥：「惟王受命，無疆惟休。」

〔八〕弓劍之藏：史記越王勾踐世家：「蜚鳥盡，良弓藏；狡兔死，走狗烹。」羹牆之慕：指仰慕聖賢。後漢書李固傳：「昔堯殂之後，舜仰慕三年，坐則見堯於牆，食則睹堯於羹。」

〔九〕「大父」句：宋史陸佃傳：「佃著書二百四十二卷，於禮家、名數之說尤精，如埤雅、禮象、春秋後傳皆傳於世。」

〔一〇〕「元豐」句：元豐爲宋神宗年號（一〇七八—一〇八五），指陸佃在此時間內的著述。

〔一一〕結草之酬：結草成繩，搭救恩人。喻受人恩惠，定當厚報。左傳宣公十五年：「及輔氏之役，（魏）顆見老人結草以亢杜回，杜回躓而顛，故獲之。」

謝致仕表

持橐甘泉〔一〕，已竊逢辰之幸；掛冠神武〔二〕，又叨歸老之榮。加恩俯念於耄年，延賞特頒於申命〔三〕。伏讀絲綸之語〔四〕，曷勝犬馬之情。中謝。伏念臣家本窮閻，世承孤學，雖遇千齡之盛際，初無一日之微勞。白首光陰，躡冠登瀛之選；青雲步武〔五〕，亟陪上雍之班。屬預奏於信書，遂祈歸於故里。奉祠雖佚〔六〕，竊食靡安。兹洊貢於忱辭，始恭承於俞旨〔七〕。至於特捐異數，增賁衰門〔八〕，顧令么微，獲被榮耀。兹蓋伏遇皇帝陛下，仁參化育，道極範圍。繼粟繼肉以養賢才，祝鯁祝噎以禮耆耋〔九〕。思貞元之朝士〔一〇〕，寤寐不忘；念山陰之老人，生存無幾。越拘攣於令甲〔一〕，聳觀聽於薦紳，簡編有光，世類知勸。而臣抱痾床第〔二〕，絶望闕廷。賤息何能，亦忝及親之禄〔三〕；素風未墜，豈無報國之期。

【題解】

陸游曾先後兩次致仕。首次致仕在慶元五年（一一九九，己未）五月，再次致仕在嘉泰四年（一二〇四，甲子）初。本書卷五有乞致仕劄子，自注：甲子。又卷二十作於嘉泰四年三月的常州奔牛閘記文末繫銜爲「太中大夫充寶謨閣待制致仕山陰縣開國子食邑五百户賜紫金魚袋」，可證。本文爲再次致仕後上呈宋寧宗的謝恩表文。

本文原未繫年，歐譜繫於嘉泰四年（一二〇四），是。當作於該年初。

參考卷五乞致仕劄子、卷十二致仕謝丞相啓。

【箋注】

〔一〕持橐：侍從之臣攜帶書筆，以備顧問。漢書趙充國傳：「持橐簪筆，事孝武帝數十年。」

〔二〕掛冠神武：指辭官隱居。南史隱逸傳：「（陶弘景）家貧，求宰縣不遂。永明十年，脱朝服掛神武門，上表辭禄。」

〔三〕延賞：延及他人的賞賜。白居易薛從可右清道率府兼倉曹制：「酬庸既以啓封，延賞亦宜及嗣。」申命：任命。三國志魏書王朗傳：「是以唐虞之設官分職，申命公卿，各以其事。」

〔四〕絲綸：指帝王詔書。禮記緇衣：「王言如絲，其出如綸。」孔穎達疏：「王言初出，微細如絲，及其出行於外，言更漸大，如似綸也。」

〔五〕青雲：比喻高官顯爵。史記范雎蔡澤列傳：「須賈頓首言死罪，曰：『賈不意君能自致於青雲之上。』」　步武：比喻模仿、效法。柳宗元爲韋京兆作祭杜河中文：「分命邦畿，步武獲陪。」

〔六〕奉祠：宋代設宫觀使等主祭祀的職務，以安置五品以上不能任事或年老退休的官員。他們只領官俸而無職事，稱奉祠。見宋史職官志十。

〔七〕洊貢：再次上呈。洊，再，屢次。　忱辭：指乞致仕劄子。　俞旨：表示同意的聖旨。司馬光辭樞密副使第三劄子：「臣前者兩次曾辭免樞密副使，未奉俞旨。」

〔八〕異數：指特殊的禮遇。　增賁：光耀。賁，華美光彩之貌。易賁：「九三：賁如濡如，永貞吉。」孔穎達疏：「賁如，華飾之貌。」　衰門：衰落的門第，多用作謙辭。

〔九〕繼粟繼肉：以穀米、肉食供養賢才。孟子萬章下：「曰：『敢問國君欲養君子，如何斯可謂養矣？』曰：『以君命將之，再拜稽首而受。其後廩人繼粟，庖人繼肉，不以君命將之。』」祝鯁祝噎：禱祝不哽不噎以優禮。帝王請年老致仕者飲酒吃飯，設置專人伺候，表示敬老、養老。後漢書禮儀志上：「三老升，東面，三公設几，九卿正履，天子親袒割牲，執醬而饋，執爵而酳，祝鯁在前，祝饐在後。」　耆耋：老人。禮記射義：「幼壯孝弟，耆耋好禮。」

〔一〇〕貞元之朝士：指前朝舊臣。劉禹錫聽舊宫中樂人穆氏唱歌：「曾隨織女渡天河，記得雲間第一歌；休唱貞元供奉曲，當時朝士已無多。」劉貞元中任郎官御史，後坐王叔文黨貶逐，二十餘年後以太子賓客再入朝，感念今昔而作。

〔一一〕令甲：法令第一篇。泛指法令。漢書宣帝紀：「令甲，死者不可生，刑者不可息。」顔師古注：「如淳曰：『令有先後，故有令甲、令乙、令丙。』如説是也。甲、乙者若今之第一、第二篇耳。」

〔一二〕牀第：牀和墊在牀上的竹席。泛指牀鋪。周禮天官玉府：「掌王之燕衣服、衽席、牀第。」鄭玄注：「第，簀也。」

〔一三〕「賤息」二句：指幼子子遹以陸游致仕恩補官。賤息，對兒女的謙稱。及親，指父母在世。

落職謝表

叨榮罪大〔一〕，念舊恩深，僅鎸筆槖之華，猶保桑榆之景〔二〕。仰慚鴻造，下愧公言。中謝。伏念臣本出故家，初無他技。每自求於遠宦，豈有意於虚名。命之多艱，動輒爲累，强起僅餘於數月，退歸又閲於六年〔三〕。齒豁頭童，心剿形瘵〔四〕。叫閽請命，蒙恩久許其乞骸〔五〕；飾巾待終，視世已同於逆旅〔六〕。敢謂寛平之邦憲，尚令漸盡於里居〔七〕。此蓋伏遇皇帝陛下，勵精大猷〔八〕，惠養遺老。念臣生當全盛，被六聖之涵濡〔九〕；憐臣仕遇中興，荷三宗之識拔〔一〇〕。雖名薄責，益示殊私〔一一〕。臣敢不祇誦訓詞，痛懲宿負〔一二〕。尸居餘氣〔一三〕，永無再瞻軒陛之期；老生常談，莫叙仰戴丘山之意〔一四〕。

【題解】

落職指罷官。陸游曾先後爲韓侂胄作南園記、閲古泉記，隨着開禧北伐失敗和韓氏被殺，陸游亦受牽累而落職。本文爲落職寶謨閣待制後上呈宋寧宗的謝恩表文。

本文原未繫年，歐譜繫於嘉定元年（一二〇八），是。當作於該年二月。劍南詩稿卷七五有半俸自戊辰二月置不復言作絶句詩，可知陸游落職寶謨閣待制在嘉定元年二月。表中稱「退歸又閲於六年」，亦可證。于譜嘉定二年：「春季被劾，落寶謨閣待制。」不知何據。

【箋注】

〔一〕叨榮：忝受恩榮。張九齡賀麥登狀：「臣等叨榮近侍，倍百恒情，無任感戴忭躍之至。」

〔二〕桑榆之景：指晚年時光。劉禹錫謝分司東都表：「雖迫桑榆之景，猶傾葵藿之心。」

〔三〕「强起」二句：指嘉泰二年六月入都修史，嘉泰三年五月去國返鄉，前後僅十餘月。而自嘉泰三年退歸，至嘉定元年落職，正跨六個年頭。强起，勉强起用。閲，經歷。

〔四〕齒豁頭童：頭秃齒缺。形容衰老。韓愈進學解：「頭童齒豁，竟死何裨。」 剿：勞累。瘵：疲憊，衰敗。

〔五〕叫閽：因冤屈向朝廷申訴。此指乞求致仕。杜甫奉留贈集賢院崔于二學士詩：「昭代將垂白，途窮乃叫閽。」 乞骸：官吏自請退職，使骸骨得歸葬故鄉。晏子春秋外篇上：「臣愚不能復治東阿，願乞骸骨，避賢者之路。」

〔六〕飾巾：指不戴冠繫帶，隱居賦閒。後漢書陳寔傳：「寔乃謝使者曰：『寔久絶人事，飾巾待終而已。』」 逆旅：旅居。常喻人生短促。陶潛自祭文：「陶子將辭逆旅之館，永歸於本宅。」

〔七〕邦憲：指國家大法。詩小雅六月：「文武吉甫，萬邦爲憲。」毛傳：「憲，法也。」 澌盡：盡滅，滅絶。 里居：官吏告老或引退回鄉居住。書酒誥：「越百姓里居，罔敢湎於酒。」孔安國傳：「於百官族姓及卿大夫致仕居田里者。」

〔八〕大猷：指治國大道。詩小雅巧言：「奕奕寢廟，君子作之；秩秩大猷，聖人莫之。」鄭玄箋：「猷，道也；大道，治國之禮法。」

〔九〕六聖：參見本卷除寶謨閣待制謝表注〔六〕。 涵濡：滋潤，沉浸。元結大唐中興頌：「蠲除祅災，瑞慶大來，兇徒逆儔，涵濡天休。」

〔一〇〕三宗：指提拔陸游的高宗、孝宗、寧宗。

〔一〕殊私：帝王對臣下的特別恩寵。北史姚僧垣傳：「（姚公）對曰：『臣曲荷殊私，實如聖旨。』」

〔二〕宿負：拖欠的債務。此指錯誤。漢書張敞傳：「敞皆召見責問，因貰其罪，把其宿負，令致諸偷以自贖。」

〔三〕尸居餘氣：形容人即將死亡。亦指人暮氣沉沉，無所作爲。晉書宣帝紀：「司馬公尸居餘氣，形神已離，不足慮矣。」

〔四〕仰戴：敬仰感戴。丘山：山岳，比喻朝廷。

逆曦授首稱賀表

天無私覆，實均父母之仁；邦有大刑，爰下風雷之令。英斷若神明之速，成功無晷刻之淹〔一〕，氛祲澄清〔二〕，頌聲洋溢。中賀。臣伏以高皇有作〔三〕，王室中興，方犬戎竊蜀以憑陵，賴驍將奮身而守衛〔四〕。念功無已，分閫相承〔五〕，仰累朝寵數之非常，雖舉族糜捐而曷報〔六〕。豈圖小醜，自取參夷〔七〕，僭服自如〔八〕，改元無憚。受封割地，已北通獯鬻之庭〔九〕；置戍奪符，欲東扼瞿唐之險〔一〇〕。罪不勝於擢髮〔一一〕，誅寧貸於闔門。肆推曠蕩之恩〔一二〕，實自聖神之造。恭惟皇帝陛下，德配天地，功光祖宗。

覽圖籍而動容，每念兩京之未復〔一三〕；奉廟祧而霣涕，不忘九世之深讎〔一四〕。蠢茲雛卵之微，自投鼎鑊之地。人情共憤，天討遂加。菹醢以賜諸侯〔一五〕，雖特寬於漢法；頭顱之行萬里〔一六〕，已大震於戎心。遥知群醜宵遁之餘，無復并塞秋防之警〔一七〕。臣身歸南陌，名寓西清〔一八〕。馳驛四傳，徒快鯨鯢之戮〔一九〕；造朝旅賀，莫趨鵷鷺之班〔二〇〕。

【題解】

逆曦，指吴曦，南宋叛將。信王吴璘孫，吴挺子。德順軍隴干（今甘肅靜寧）人。以祖蔭補右承奉郎，累遷武寧軍承宣使。開禧二年（一二〇六），爲四川宣撫副使，兼陝西、河東招撫使。叛宋，獻關外階、成、和、鳳四州地於金，求金封蜀王。宋史卷三八：「（開禧二年六月）金人封吴曦爲蜀王。」又：「（開禧三年正月）甲午，吴曦僭位於興州。」又：「（二月）乙亥，四川宣撫副使司隨軍轉運安丙及興州中軍正將李好義、監四川總領所興州合江倉楊巨源等共誅吴曦，傳首詣行在，獻於廟社，梟三日，四川平。并誅曦妻子，家屬徙嶺南。」本文爲慶賀誅滅吴曦上呈宋寧宗的表文。

本文原未繫年。歐譜繫於開禧三年（一二〇七），是。當作於該年二月。時陸游致仕家居。

參考本卷逆曦授首賀太皇太后箋、逆曦授首賀皇后箋。

【箋注】

〔一〕晷刻：片刻，指時間短暫。西京雜記卷四：「成帝時，交趾越巂獻長鳴雞，伺晨雞，即下漏驗之，晷刻無差。」淹：滯留。

〔二〕氛祲：霧氣，比喻戰亂，叛亂。沈約王亮王瑩加授詔：「氛祲既澄，并宜光贊緝熙，穆兹景化。」

〔三〕高皇：指宋高宗。

〔四〕犬戎：指金人。 憑陵：侵犯，欺侮。左傳襄公二十五年：「今陳忘周之大德，蔑我大惠，棄我姻親，介恃楚衆，以憑陵我敝邑。」 驍將：指吴玠、吴璘兄弟。事見宋史卷三六六玠、璘本傳。

〔五〕分閫：指出任將帥在外統兵。文心雕龍檄移：「故分閫推轂，奉辭伐罪，非唯致果爲毅，亦且厲辭爲武。」

〔六〕糜捐：指粉身碎骨，捨棄生命。曾鞏明州到任謝兩府啓：「誓在糜捐，用酬鈞播。」

〔七〕參夷：誅滅三族的酷刑。漢書刑法志：「韓任申子，秦用商鞅，連相坐之法，造參夷之誅。」顏師古注：「參夷，夷三族。」

〔八〕僭服：越禮違制的服飾。元稹沂國公魏博多政碑：「興又悉取魏之僭服、異器，人臣所不當爲者，斥去之。」

〔九〕獯鬻：北方部族名。泛指北方少數民族。張説高宗天皇大帝室鈞天之舞樂章：「化懷獯鬻，兵戢句驪。」

〔一〇〕瞿唐：峽名，爲長江三峽之首，號稱西蜀門户。峽口有夔門和灩澦堆。入蜀記六：「入瞿唐峽，兩壁對聳，上入霄漢。」

〔一一〕擢髮：拔下頭髮（數），言其多。宋書臧質傳：「質生與釁俱，不可詳究，擢髮數罪，曾何足言。」

〔一二〕曠蕩：寬宥。宋書薛安都傳：「四方阻逆，無戰不禽，主上皆加以曠蕩，即其才用。」

〔一三〕兩京：東京、西京，指北方金人統治區。

〔一四〕廟祧：指祖廟。周禮春官小宗伯：「辨廟祧之昭穆。」九世之深讎：指君國累世深仇。春秋時，齊哀公遭紀侯誣害，爲周天子所烹，至襄公歷九世始復遠祖之仇，滅紀國。見公羊傳莊公四年。劍南詩稿卷十八縱筆三：「會須瀝血書封事，請報天家九世讎！」

〔一五〕菹醢：古代把人剁成肉醬的酷刑，也泛指處死。楚辭離騷：「后辛之菹醢兮，殷宗用而不長。」史記黥布列傳：「漢誅梁王彭越，醢之，盛其醢遍賜諸侯。」

〔一六〕「頭顱」句：後漢書袁紹傳：「卿頭顱方行萬里，何席之爲！」

〔一七〕并塞：靠近邊塞。秋防：古代西北各遊牧部落，往往趁秋高馬肥時南侵。届時邊境往往調兵防守，稱爲「秋防」，亦稱「防秋」。

〔一八〕西清：西廂清静處。文選司馬相如上林賦：「青龍蚴蟉於東廂，象輿婉僤於西清。」郭璞注引張揖曰：「西清者，廂中清静處也。」

〔一九〕鯨鯢：喻兇惡之敵。左傳宣公十二年：「古者明王伐不敬，取其鯨鯢而封之，以爲大戮。」杜預注：「鯨鯢，大魚名，以喻不義之人吞食小國。」

〔二〇〕造朝：進謁，朝覲。新唐書蘇弁傳：「弁造朝，輒就舊著，有司疑詰，紿曰：『我已白宰相，復舊班。』」鵷鷺：鵷、鷺飛行有序，比喻班行有序的朝官。隋書音樂志中：「懷黄綰白，鵷鷺成行。文贊百揆，武鎮四方。」

牋

【釋體】徐師曾文體明辨序説：「劉勰云：『牋者，表也，識表其情也。』字亦作『箋』。古者君臣同書，至東漢始用牋記，公府奏記，郡將奏牋……是時太子、諸王、大臣皆得稱牋。後世專以上皇后、太子。於是天子稱表，皇后、太子稱牋，而其他不得用矣。其詞有散文，有儷語。」

本卷收録牋七首。

光宗册寶賀太皇太后牋

諏穀旦於清臺①，著龜允協〔一〕；奉鴻稱於考廟〔二〕，典册有嚴。慶襲重闈，歡騰函宇。恭惟太皇太后殿下，道同先后，德著累朝，閱天下義理之深，體坤元光大之盛〔三〕。密扶睿斷〔四〕，纂修列聖之治功；備述先猷②，啓迪一人之達孝〔五〕。舉時大典，紹國成規。臣斂迹還東，馳心拱北〔六〕。紳綏雜遝〔七〕，遥瞻濟濟之賀班；宫闕岧嶤〔八〕，徒寄區區之夢境。

【題解】

光宗册寶，見本卷光宗册寶賀表題解。太皇太后，指孝宗謝皇后，淳熙三年立。光宗受禪，上尊號壽成皇后。孝宗崩，尊爲皇太后。嘉泰二年，加慈佑太皇太后。開禧三年五月崩，謚成肅。宋史卷二四三有傳。本文爲慶賀光宗册寶上呈太皇太后的牋文。

本文原未繫年。歐譜繫於慶元六年，誤。當作於嘉泰三年（一二〇三）十一月。時陸游轉太中大夫家居。

參考本卷光宗册寶賀表。

【校記】

①「諏」，原作「詠」。據文意，此指選定良辰吉日，「詠」字非是。據弘治本、正德本、汲古閣本改。

②「先」，原作「光」，據弘治本、正德本、汲古閣本改。

【箋注】

〔一〕諏：選取。　穀旦：指吉日良辰。詩陳風東門之枌：「穀旦于差，南方之原。」毛傳：「穀，善也。」孔穎達疏：「見朝日善明，無陰雲風雨，則曰可以相擇而行樂矣。」 清臺：古天文臺。三輔黃圖臺榭：「漢靈臺，在長安西北八里，漢始曰清臺，本爲候者觀陰陽天文之變，更名曰靈臺。」 蓍龜：古人用蓍草和龜甲占卜凶吉。易繫辭上：「探賾索隱，鉤深致遠，以定天下之吉凶，成天下之亹亹者，莫大乎蓍龜。」 允協：恰當。

〔二〕鴻稱：指光宗受册封的稱號。 考廟：父廟。

〔三〕坤元：與「乾元」對稱，指大地資生萬物之德。易坤：「至哉坤元，萬物資生，乃順承天。」孔穎達疏：「至哉坤元者，歎美坤德。」

〔四〕密扶：暗中扶持。 睿斷：皇帝的謀劃。

〔五〕先猷：前世聖人的大道。文選班固幽通賦：「謨先聖之大猷兮，亦鄰德而助信。」李善注引曹大家曰：「謨，謀也。猷，道也。言人常當謨先聖人之道。」 達孝：最大的孝道。達，通大。禮記中庸：「武王、周公，其達孝矣乎……事死如事生，事亡如事存，孝之至也。」

〔六〕還東：指去國還鄉。山陰在臨安之東。 馳心：指心向朝廷。 拱北：猶拱辰。論語爲政：「爲政以德，譬如北辰，居其所而衆星共之。」

〔七〕紳綏：指有官職的人。紳，大帶；綏，冠帶末梢下垂部分。 雜遝：紛雜繁多貌。

〔八〕岧嶢：高峻，高聳。曹植九愁賦：「踐蹊隧之危阻，登岧嶢之高岑。」

皇帝御正殿賀皇后牋

聖治聿新，爰正路朝之御〔一〕；邦儀丕舉〔二〕，實繄内助之功。盛典告成，函生胥慶〔三〕。恭惟皇后殿下，道隆任姒〔四〕，化洽邦家。方當宁之朝群臣，惟聖時克；宜中壼之介萬壽〔五〕，與天同休。内騰六寢之歡〔六〕，外副萬方之望。臣久違近著，獲遇昌辰。聽九賓之臚傳〔七〕，莫陪抃舞；望五雲之宫闕，徒極傾輸〔八〕。

【題解】

御正殿，見本卷皇帝御正殿賀表題解。皇后指寧宗楊皇后，嘉泰二年立。寶慶五年崩。宋史卷二四三有傳。本文爲慶賀寧宗生日大典上呈皇后的牋文。

本文原未繫年。歐譜繫於致仕後作。當作於嘉定元年（一二〇八）十月。時陸游致仕家居。

參考本卷皇帝御正殿賀表、皇帝御正殿賀皇太子牋。

【箋注】

〔一〕聖治：至善之治。亦指帝王之治迹。莊子天地：「官施而不失其宜，拔舉而不失其能，畢見其情事而行其所爲，行言自爲而天下化，手撓顧指，四方之民莫不俱至，此之謂聖治。」

聿：助詞。路朝：路門之朝。路門爲古代宫室最裏層的正門。周禮冬官考工記匠人：

「路門不容乘車之五个。」鄭玄注：「路門者，大寢之門。」

〔二〕邦儀：指國家的禮儀制度。

〔三〕函生：衆生。蘇軾興龍節功德疏文其一：「永均介福，下及函生。」

〔四〕任姒：周文王母太任與周武王母太姒的合稱。古代作爲賢惠后妃的典範。漢書外戚傳下孝成班倢伃：「美皇、英之女虞兮，榮任、姒之母周。」顔師古注：「任，太任，文王之母；姒，太姒，武王之母也。」

〔五〕中壼：猶中宫，皇后的住處。壼，宫内巷舍間道。借指皇后。陸贄誥册淑妃王氏爲皇后文：「中壼虚位，於今歷年。」介萬壽：祝福皇帝生日。詩豳風七月：「爲此春酒，以介眉壽。」鄭玄箋：「介，助也。」後以「介壽」爲祝壽之詞。萬壽，指皇帝、皇太后生日。

〔六〕六寢：古代天子的六個寢宫。周禮天官宫人：「掌王之六寢之脩。」鄭玄注：「六寢者，路寢一，小寢五。……路寢以治事，小寢以時燕息焉。」

〔七〕九賓：古代大典上的禮賓人員。漢書叔孫通傳：「大行設九賓，臚傳。」顔師古注引韋昭曰：「九賓則周禮九儀也。謂公、侯、伯、子、男、孤、卿、大夫、士也。」臚傳：傳告皇帝詔旨。

〔八〕五雲：五色之瑞雲。借指皇帝所在地。王建贈郭將軍：「承恩新拜上將軍，當值巡更近五雲。」傾輸：盡量表達情感。舊五代史唐書末帝紀中：「但緣情在傾輸，理難黜責。」

皇帝御正殿賀皇太子牋

清蹕肅九賓之儀〔一〕，方臨當宁；寶觴奉萬壽之祝，允屬儲宮〔二〕。邦家有光，華裔同慶。恭惟皇太子殿下，道隆孝友，性極誠明。以大學爲家傳，一洗俗儒章句之陋；以密贊爲子職，豈獨寢門櫛縱之恭〔三〕。相此多儀，實先百辟〔四〕。某久嬰沉疾，已迫頽齡。想廣殿之崇嚴，莫陪襜翼〔五〕；占前星之明潤〔六〕，徒極傾馳。

【題解】

御正殿，見本卷皇帝御正殿賀表題解。皇太子指趙詢，見本卷皇太子受册賀表題解。本文爲慶賀寧宗生日大典上呈皇太子的牋文。

本文原未繫年。歐譜繫於致仕後作。當作於嘉定元年（一二〇八）十月。時陸游致仕家居。

參考本卷皇帝御正殿賀表、皇帝御正殿賀皇后牋。

【箋注】

〔一〕九賓之儀：史記廉頗藺相如列傳：「今大王亦宜齋戒五日，設九賓於廷，臣乃敢上璧。」裴駰集解引韋昭曰：「九賓則周禮九儀。」周禮秋官大行人「以九儀辨諸侯之命」鄭玄注：「九儀謂命者五：公、侯、伯、子、男也；爵者四：孤、卿、大夫、士也。」

〔二〕儲宫：太子所居宫室，借指太子。潘尼贈陸機出爲吴王郎中令：「乃漸上京，乃儀儲宫。」

〔三〕密贊：密切輔佐。　子職：對父母應盡的職責。孟子萬章上：「我竭力耕田，共爲子職而已矣。」　寢門：泛指内室之門。儀禮士喪禮：「君使人弔，徹帷，主人迎于寢門外，見賓不哭。」鄭玄注：「寢門，内門也。」　櫛縰：泛指侍奉父母起居。禮記内則：「子事父母，雞初鳴，咸盥漱，櫛縰笄總……」櫛，梳髮。縰，束髮的緇帛。

〔四〕百辟：百官。宋書孔琳之傳：「羡之内居朝右，外司輦轂，位任隆重，百辟所瞻。」

〔五〕襜翼：襜帷羽翼，比喻圍繞四周的侍臣。

〔六〕前星：指太子。漢書五行志下：「心，大星，天王也。其前星，太子；後星，庶子也。」　明潤：明朗温潤。

皇太子受册賀皇后牋

壼政憂勤，協贊上聖登三之治〔一〕；母慈顧復，遂開東宫明兩之祥〔二〕。汗簡光華〔三〕，函生鼓舞。恭惟皇后殿下，道光圖史，化被宫闈，嗣先后之徽音，體柔祇之厚載〔四〕。嬀汭之降二女〔五〕，允謂盛時；周臣之止九人〔六〕，實資内助。迨此建儲之命，益知儷極之尊。臣自去通班〔七〕，久安故里。頹齡耄矣，莫陪執玉之趨〔八〕；巨典焕然，不勝拭目之喜。

【題解】

皇太子受册，見本卷皇太子受册賀表題解。皇后指寧宗楊皇后，見本卷皇帝御正殿賀皇后牋題解。本文爲慶賀皇太子受册上呈皇后的牋文。

本文原未繫年。歐譜繫於致仕後作。當作於嘉定二年（一二〇九）八月。時在陸游逝世前不久。

參考本卷皇太子受册賀表、賀皇太子受册牋。

【箋注】

〔一〕壼政：指宫内事務。文選顔延之宋文皇帝元皇后哀策文：「壼政穆宣，房樂韶理。」吕延濟注：「壼政穆宣，謂宫中之政明也。」登三：功德登於三王之上。史記司馬相如列傳：「上咸五，下登三。」裴駰集解引韋昭曰：「咸同於五帝，登三王之上。」

〔二〕顧復：指父母之養育。詩小雅蓼莪：「父兮生我，母兮鞠我。拊我畜我，長我育我，顧我復我，出入腹我。」鄭玄箋：「顧，旋視也；復，反覆也。」明兩：本謂離卦爲兩明前後相續之象，後借指皇帝和太子的關係。易離：「明兩作離，大人以繼明照于四方。」

〔三〕汗簡：即殺青。以火炙竹簡，供書寫所用。太平御覽卷六〇六引劉向别録：「殺青者，直治竹作簡書之耳。新竹有汁，善朽蠹。凡作簡者，皆於火上炙乾之。」借指史册、典籍。

〔四〕徽音：猶德音，指令聞美譽。詩大雅思齊：「大姒嗣徽音，則百斯男。」鄭玄箋：「徽，美也。」

柔祇：大地的别稱。文選謝莊月賦：「柔祇雪凝，圓靈水鏡。」李善注：「柔祇，地也。」

厚載：地厚承載萬物。易坤：「坤厚載物，德合無疆。」

〔五〕嬀汭：嬀水隈曲之處。書堯典：「釐降二女于嬀汭，嬪於虞。」傳説舜居於此，堯將二女娥皇、女英嫁之。嬀水在山西永濟南。

〔六〕「周臣」句：論語泰伯：「舜有臣五人而天下治。武王曰：『予有亂臣十人。』孔子曰：『才難，不其然乎？唐虞之際，於斯爲盛。有婦人焉，九人而已。三分天下有其二，以服事殷。周之德，其可謂至德也已矣。』」亂臣，指善於治國之臣。

〔七〕通班：通於朝班，指官職顯要。徐陵讓散騎常侍表：「洪私過誤，寘以通班。」

〔八〕執玉：執玉圭。古以不同形制之玉圭區别爵位，因以指仕宦。孔子家語三恕：「國無道，隱之可也；國有道，則衮冕而執玉。」

賀皇太子受册牋

父慈子孝，集大慶於我家；日吉時良，發正衙於顯册〔一〕。國勢重於九鼎，歡聲達於四方。恭惟皇太子殿下，秉德淳明，宅心虚静。英姿達識，事洞照於幾先〔二〕；强記博聞，言必稽於古訓。躬守累朝仁恕之訓，日侍兩宫睟穆之顔〔三〕，歷考古初，實爲創見。某夙叨四品〔四〕，垂及九齡。爲國老農，莫簉濟濟鵷鸞之列〔五〕；逢時盛典，尚懷區區犬馬之心。

【題解】

皇太子受册，見本卷皇太子受册賀表題解。本文爲慶賀皇太子受册上呈皇太子的牋文。

本文原未繫年。歐譜繫於致仕後作。當作於嘉定二年（一二〇九）八月。時在陸游逝世前不久。

參考本卷皇太子受册賀表、皇太子受册賀皇后牋。

【箋注】

〔一〕正衙：唐宋時正式朝會聽政的處所。司馬光涑水記聞卷八：「丹鳳之内曰含元殿，正至大朝會則御之。次曰宣政殿，謂之正衙，朔望大册拜則御之。次北紫宸殿，謂之上閤，亦曰内衙，奇日視朝則御之。」

〔二〕幾先：猶機先，事先。蘇舜欽蜀士：「吾相柄天下，處事當幾先。」

〔三〕兩宫：指太后和皇帝或皇帝和皇后。　睟穆：温和慈祥貌。張師正括異志卷一來和天尊：「及見天尊，年甚少，睟穆之姿若冰玉焉。」

〔四〕四品：指嘉泰二年十二月陸游除秘書監，爲正四品。

〔五〕簉：同「萃」，聚集。鵷鸞：比喻朝官。高適東平旅遊奉贈薛太守二十四韻：「鵷鸞粉署起，鷹隼柏臺秋。」

逆曦授首賀太皇太后牋

叛臣干紀，敢萌負固之心〔一〕；密詔行誅，不待崇朝之久。慶關宗社，喜溢宮庭。臣伏以參井之墟〔二〕，古今重地，方高帝東巡之始，實群胡南牧之秋〔三〕。爰有驍雄，服勞疆圉〔四〕。惟列聖念功之意，每示優隆；度故臣誓報之心，豈有窮已。蠢茲微孽，亦荷異恩，入居宿衛之聯，出任師干之寄〔五〕。天所助者順，乃懷悖逆之圖；人不食其餘，自掇殲夷之譴〔六〕。尚全遺族，實出上恩。恭惟太皇太后殿下，坤厚資生，母儀燕翼，每道先朝之家法，助成聖主之性仁。慰在天之靈，故誅其孥而無赦〔七〕；廣及物之澤，故宥其族而弗疑〔八〕。臣久屏窮閻，猶叨近侍。用三有宅，欣逢湯德之寬〔九〕；於萬斯年，莫預堯封之祝〔一〇〕。

【題解】

逆曦授首，見本卷逆曦授首稱賀表題解。太皇太后指孝宗謝皇后，見本卷光宗册寶賀太皇太后牋題解。本文爲慶賀誅滅吴曦上呈太皇太后的牋文。

本文原未繫年。歐譜繫於開禧三年（一二〇七），是。當作於該年二月。時陸游致仕家居。參考本卷逆曦授首稱賀表、逆曦授首賀皇后牋。

【箋注】

〔一〕干紀：違犯法紀。潘勗册魏公九錫文：「犯關干紀，莫不誅殛。」負固：依憑險阻。史記朝鮮列傳論：「右渠負固，國以絶祀。」

〔二〕參井：參宿和井宿，位在西南方。杜光庭司徒青城山醮詞：「惟彼西南，上通參井。」

〔三〕高帝東巡：指建炎年間宋高宗渡江南逃，經臨安、越州、明州至温、台沿海。群胡南牧：指金兵南侵。南牧，南下牧馬，指南侵。語本賈誼過秦論上：「胡人不敢南下而牧馬。」

〔四〕「爰有」二句：指吴玠、吴璘兄弟在西北起兵抗金。疆圉，指邊防。司馬光論屈野河西修堡狀：「伏望陛下察龐籍本心，欲爲國家保固疆圉，發於忠赤。」

〔五〕師干：指軍隊統帥。詩小雅采芑：「其車三千，師干之試。」毛傳：「師，衆；干，扞；試，用也。」陳奂傳疏：「言軍士之衆，足爲扞禦之用也。」

〔六〕殲夷：誅滅。後漢書崔駰傳：「豈無熊僚之微介兮，悼我生之殲夷。」李賢注：「殲，滅也。

夷，傷也。」

〔七〕「故誅」句：指誅殺吴曦妻子。見本卷逆曦授首稱賀表題解。

〔八〕「故宥」句：指流放吴曦親屬。見本卷逆曦授首稱賀表題解。

〔九〕「用三」二句：指有幸遭逢如商湯網開三面一樣仁德寬厚的盛世。史記殷本紀：「湯出，見野張網四面。祝曰：『自天下四方皆入吾網。』湯曰：『嘻，盡之矣！』乃去其三面，祝曰：『欲左，左。欲右，右。不用命，乃入吾網。』諸侯聞之，曰：『湯德至矣，及禽獸。』」宅，宅心，用心。

〔一〇〕於萬斯年：稱頌太皇太后長壽。詩大雅下武：「於萬斯年，受天之祜。」鄭玄箋：「祜，福也。天下樂仰武王之德，欲其壽考之言也。」堯封：指中國的疆域。書舜典：「肇十有二州，封十有二山。」言堯命舜巡視天下，劃分爲十二州，并封土爲壇，用於祭祀。

逆曦授首賀皇后牋

逆臣負固，上貽正宁之憂〔一〕；密詔行誅，不待靈旗之指〔二〕。勳高古昔，喜溢宫庭。伏以分閫專征，本倚世臣之舊；野心叵測，輒干邦憲之嚴。妖禽自取於覆巢，靡草獨枯於長夏。尚加矜貸〔三〕，曲示涵容。故雖同産之親，止用徙鄉之典〔四〕。恭惟皇后殿下，道光嬀汭，德配坤元。侍膳慈闈〔五〕，克謹晨昏之奉；焦心中壼，每分宵旰之勞〔六〕。及此成功，允爲大慶。聳裔夷之觀聽〔七〕，增竹帛之光華。臣久已歸耕，莫陪入賀。身修家齊國治，實由内助之功；天時地利人和，行睹外攘之烈〔八〕。

【題解】

逆曦授首，見本卷逆曦授首稱賀表題解。皇后指寧宗楊皇后，見本卷皇帝御正殿賀皇后牋題解。本文爲慶賀誅滅吴曦上呈皇后的牋文。

本文原未繫年。歐譜繫於開禧三年（一二〇七），是。當作於該年二月。

參考本卷逆曦授首稱賀表、逆曦授首賀太皇太后牋。

【箋注】

〔一〕正宁：猶當宁，指皇帝。

〔二〕靈旗：出征前祭禱之戰旗，以求旗開得勝。漢書禮樂志：「招摇靈旗，九夷賓將。」顔師古注：「畫招摇於旗以征伐，故稱靈旗。」招摇指北斗七星。

〔三〕矜貸：憐恤寬恕。

〔四〕「故雖」二句：指流放吴曦親屬。見本卷逆曦授首稱賀表題解。

〔五〕慈闈：古稱母親，亦專指皇后。此指太皇太后。梁肅立皇后孟氏制：「明揚德閫之懿，簡在慈闈之公。」

〔六〕宵旰：即宵衣旰食，天不亮穿衣起牀，天黑了才吃飯。多用以形容帝王勤於政事。陸贄論兩河及淮西利害狀：「今師興三年，可謂久矣；稅及百物，可謂繁矣；陛下爲之宵衣旰食，可謂憂勤矣。」

〔七〕裔夷：邊遠夷人。左傳定公十年：「兩君合好，而裔夷之俘以兵亂之。」

〔八〕外攘：對外抵禦敵人。胡錡擬銀青光禄大夫提舉醴泉觀……加食邑實封制：「顧惟禮耕義種之賢，足副内修外攘之志。」烈：功業。

渭南文集箋校卷第二

南宫表牋

【釋體】

南宫，亦稱南省，即尚書省，屬禮部。宋史卷一六三職官志三：「（禮部郎中）凡慶會若謝，掌撰表文。」淳熙十六年二月初，宋孝宗内禪之前，親降手批，除陸游禮部郎中之職，至同年十一月二十八日遭諫議大夫何澹彈劾論罷。本卷即陸游在禮部郎中任上代丞相所擬之表、牋及道場疏。表、牋文體見卷一。又徐師曾文體明辨序説：「道場疏者，釋、老二家慶禱之詞也。慶詞曰生辰疏，禱詞曰功德疏，二者皆道場之所用也。」

本卷收録表十四首、牋五首、道場疏六首。

丞相率文武百僚請建重明節表

飛龍在天〔一〕，方仰君臨之德；流虹繞渚〔二〕，實開聖作之祥。宜紀昌辰，用彰盛際。恭惟皇帝陛下，承謨丕顯〔三〕，受命溥將。致養三宫〔四〕，備本朝之家法；參決萬務，得率土之民心〔五〕。正宁初臨，積陰頓解，於赫明離之象，益昭出震之符〔六〕。臣等不勝大願，請以九月四日爲重明節。伏望皇帝陛下，俯察群情，亟頒俞旨〔七〕。施尊名，建顯號，侈穹昊發祥之期〔八〕；披皇圖，稽帝文，伸臣民歸美之報〔九〕。著之令甲，副在有司。邦家增光，天下幸甚。

【題解】

重明節爲宋光宗聖節。宋史卷三六光宗紀：「（淳熙十六年二月）辛巳，以生日爲重明節。」又卷一一二禮志十五：「光宗以九月四日爲重明節。」本文爲請求光宗設立重明節上呈的表文。此題共三首。古代帝王謙讓有三讓之禮。文心雕龍章表：「曹公稱爲表不必三讓，又勿得浮華。」

本文原未繫年。歐譜繫於淳熙十六年（一一八九），是。當作於該年二月。時陸游在禮部郎中任上，下同。

參考本卷重明節明慶寺丞相率百僚啓建道場疏。

【箋注】

〔一〕飛龍在天：喻帝王在位。易乾卦：「九五，飛龍在天，利見大人。」孔穎達疏：「謂有聖德之人得居王位。」

〔二〕流虹繞渚：喻帝王誕生。參見卷一會慶節賀表注〔七〕。

〔三〕丕顯：猶英明。書康誥：「惟乃丕顯考文王，克明德慎罰。」

〔四〕三宮：指天子、太后、皇后。漢書王嘉傳：「自貢獻宗廟三宮，猶不至此。」顏師古注：「三宮，天子、太后、皇后也。」此指壽聖皇太后（高宗吴皇后）、至尊壽皇聖帝（宋孝宗）和壽成皇后（孝宗謝皇后）。

〔五〕率土：「率土之濱」之省稱，指境域之内。詩小雅北山：「率土之濱，莫非王臣。」

〔六〕於赫：歎美之詞。詩商頌那：「於赫湯孫，穆穆厥聲。」明離：指太陽。易離：「明兩作離，大人以繼明照于四方。」孔穎達疏：「明兩作離者，離爲日，日爲明。今有上下二體，故云明兩作離也。」出震：出於東方。八卦中的「震」卦位對應東方。徐陵勸進梁元帝表：「伏惟陛下出震等於勛華，鳴謙同於旦奭。」

〔七〕俞旨：表示同意之聖旨。司馬光辭樞密副使第三劄子：「臣前者兩次曾辭免樞密副使，未奉俞旨。」

〔八〕侈：誇大，張揚。穹昊：穹蒼，蒼天。謝靈運宋武帝誄：「如何一旦，緬邈穹昊。」發祥：此謂帝王創業登基。傅咸桑樹賦：「惟皇晉之基命，爰於斯而發祥。」

〔九〕「披皇」三句：文選班固東都賦：「於是聖皇乃握乾符，闡坤珍，披皇圖，稽帝文。」吕延濟注：「皇圖，謂河圖也。」帝文，指圖緯，上天所降文字。歸美，稱許，贊美。宋書武帝紀中：「由是四海歸美，朝野推崇。」

二

受命若帝之初，宜邦彝之悉舉〔一〕；盛德如天之覆〔二〕，豈人欲之或違。比罄忱辭，願標令節〔三〕，未回聰聽〔四〕，曷慰群情？伏以紀千秋之名，雖由唐舊〔五〕；允長春之請，則在宋興〔六〕。况今非獨循累代之成規，蓋亦以此侈重華之大慶〔七〕。顯號缺而未講，盛旦鬱而弗彰，謙雖益光，禮則未稱。伏望皇帝陛下，茂昭巨典，亟發德音。漢殿尊榮，親奉玉卮之壽〔八〕；周行抃蹈，各陳金鑑之書〔九〕。豈惟光簡册之傳〔一〇〕，實以副天下之望。

【箋注】

〔一〕邦彝：指國法。

〔二〕天之覆：上天覆被萬物，用以稱美帝王仁德廣被。漢書匈奴傳下：「今聖德廣被，天覆匈奴。」

〔三〕忱辭：至誠之辭。此指前上之表。令節：佳節，此指重明節。藝文類聚卷四引元正詩：「元正啓令節，嘉慶肇自兹，咸奏萬年觴，小大同悦熙。」

〔四〕聰聽：明於聽取，明於辨察。書酒誥：「聰聽祖考之彝訓。」

〔五〕「伏以」二句：指以皇帝誕辰爲聖節，是唐代的舊制，始自唐玄宗。唐會要節日：「開元十七年八月五日，左丞相源乾曜、右丞相張説等，上表請以是日爲千秋節。」

〔六〕「允長」二句：指建立長春節始於宋初。長春，即長春節，宋太祖聖節，宋史禮志十五：「建隆元年，群臣請以二月十六日爲長春節。」

〔七〕重華：原爲虞舜之美稱，後以代稱帝王。書舜典：「曰若稽古帝舜，曰重華，協于帝。」

〔八〕玉巵：玉製的酒杯。史記高祖本紀：「高祖奉玉巵，起爲太上皇壽。」

〔九〕周行：周官的行列，亦泛指朝官。詩周南卷耳：「嗟我懷人，寘彼周行。」毛傳：「行，列也。思君子，官賢人，置周之列位。」抃蹈：手舞足蹈，形容歡欣鼓舞。金鑑：指皇帝生日所上諷喻之書。新唐書張九齡傳：「（玄宗）千秋節，公、王并獻寶鑑，九齡上事鑑十章，號千秋金鑑録，以伸諷諭。」

〔一〇〕簡册：指史籍。劉知幾史通叙事：「夫以吳徵魯賦，禹計塗山，持彼往事，用爲今説，置於文章則可，施於簡册則否矣。」

三

淵聽未回〔一〕，確爾執謙之意；忱辭屢叩，歉然歸美之誠。彝典不可以久稽，衆心不可以屢咈〔二〕。敢控喁喁之請，再干穆穆之光〔三〕。竊以民之戴君，自古有訓；禮之飾治，後世尤詳。惟大德得其名，故因誕彌而紀節〔四〕；雖先王未之有，亦容增益之隨時。當渚虹樞電之辰，受嶽貢川珍之集，乃同常日，夫豈人情？今者博士議郎，固執於廷；秩宗奉常〔五〕，各揚其職。必期得請，疇敢自安。伏望皇帝陛下，聖度兼容，大明委照。帝辭三祝，足昭挹損之懷〔六〕；臣同一心，終冀允俞之命〔七〕。

【箋注】

〔一〕淵聽：指聖明的決斷。臣下稱頌皇帝聽斷奏議的套語。

〔二〕彝典：指舊典。隋書高祖紀下：「删正彝典，日不暇給。」咈：同「拂」，違背，違逆。

〔三〕喁喁：仰望期待貌。司馬光爲始平公祭晉祠文：「然原陸久燥，根荄未浹，畎畝喁喁，猶有待望。」穆穆：端莊恭敬貌。書舜典：「賓於四門，四門穆穆。」

〔四〕誕彌：原指懷孕足月，後用以指生日。詩大雅生民：「誕彌厥月。」毛傳：「彌，終。」誕，語助詞。

〔五〕秩宗：古代掌宗廟祭祀之官。書舜典：「俞，咨，伯，汝作秩宗。」奉常：秦九卿之一。漢書百官公卿表：「奉常，秦官，掌宗廟禮儀，有丞。景帝中六年更名太常。」

〔六〕三祝：舊時祝頌語，祝人壽、富、多子。挹損：謙遜。蔡邕和熹鄧后謚：「允恭挹損，密勿在勤。」

〔七〕允俞：准許，允諾。杜光庭謝允上尊號表：「果回日月之光，俯降允俞之詔。」

立皇后丞相率文武百僚稱賀壽皇表

北宫移仗〔一〕，方瞻與子之明；中禁正名〔二〕，復奉齊家之訓。化行綿宇，歡動群心。中賀。恭惟至尊壽皇聖帝陛下，盛德日新，聖圖天廣。雖名持守〔三〕，躬創業垂統之艱；不憚憂勤，示詒謀燕翼之法〔四〕。乃者獨觀道妙，將就葆頤〔五〕，猶祟朝親發於德音，謂初政莫先於内治〔六〕。茂建壺則〔七〕，所以垂萬世之典常；大明人倫，所以移四方之風俗。臣等獲塵朝著〔八〕，親奉睿謨。發册昕廷〔九〕，共仰光華之典；稱觴廣殿，益深抃舞之情。

【題解】

皇后，指光宗李皇后。壽皇，指壽皇聖帝，即孝宗。宋史卷三五：「（淳熙十六年）二月壬戌，孝宗吉服御紫宸殿，行内禪禮。」「帝（指光宗）還内，及上尊號曰至尊壽皇聖帝，皇后曰壽成皇后。壽皇聖帝詔立帝元妃李氏爲皇后。」李皇后於寧宗即位後被尊爲太上皇后，上尊號壽仁，慶元六年崩，謚慈懿。宋史卷二四三有傳。本文爲祝賀新立李皇后上呈壽皇聖帝的表文。

本文原未繫年。歐譜繫於淳熙十六年（一一八九），是。當作於該年二月。

參考本卷賀皇帝表、賀皇太后牋、賀壽成皇后牋、賀皇后牋。

【箋注】

〔一〕北宫：古代王后所居之宫。周禮天官内宰：「憲禁令于王之北宫而糾其守。」孫詒讓正義：「古者宫必南鄉，王路寢在前，謂之南宫……後六宫在王六寢之後，對南宫言之，謂之北宫。」

〔二〕中禁：皇帝所居之地。宗楚客奉和人日應制：「九重中禁啓，七日早春還。」

移仗：指天子出行。

〔三〕持守：守成。指孝宗繼承高宗之業。創業垂統：開創基業，傳承統緒。孟子梁惠王下：「君子創業垂統，爲可繼也。」

〔四〕詒謀燕翼：指爲子孫妥善謀劃，使其安樂。參見卷一天申節賀表注〔六〕。

〔五〕道妙：理論的精義。此指養身之道。葆頤：保養。葆，通「保」。

〔六〕崇朝：終朝，從天亮到早飯時。亦指整天。詩鄘風蝃蝀：「朝隮於西，崇朝其雨。」毛傳：「崇，終也。從旦至食時爲終朝。」德音：唐宋時詔書的一種，用於施惠寬恤之事，猶言恩詔。桓寬鹽鐵論詔聖：「高皇帝時，天下初定，發德音，行一切之令，權也，非撥亂反正之常也。」内治：指治理后宫。禮記昏義：「古者，天子后立六宫、三夫人、九嬪……以聽天下之内治，以明章婦順，故天下内和而家理。」鄭玄注：「内治，婦學之法也。」

〔七〕壼則：婦女行爲的準則。舊唐書后妃傳下：「顧史求箴，道先於壼則；撝謙率禮，教備於中闈。」

〔八〕獲廛朝著：謙辭，言得以列位朝班。

〔九〕昕廷：指帝后宫廷。

賀皇帝表

寶運紹開，椒塗首建〔一〕，典册以時而告具，蓍龜協吉而弗違〔二〕。慶集宫庭，歡傳海宇。中賀。伏以聖人有作，追參堯舜禹之盛時；壼範增光，上配姜任姒之至德〔三〕。矧惟内助，始自初潛。稽女史彤管之言，廣周南關雎之化〔四〕。兹正中宫之位號，實出壽皇之訓謨〔五〕。玉音誕敷〔六〕，汗簡登載。求於前世，邈矣未聞。顧家國之榮懷〔七〕，宜神祇之安樂。恭惟皇帝陛下，仁參蒼昊，德被黔黎〔八〕。永惟大學齊家之端〔九〕，先誠其意；推原春秋謹始之義〔一〇〕，以御於邦。故當天臨之初，務先坤載之厚〔一一〕。臣等身逢華旦，目覿彌文。燕至祀禖〔一二〕，行慶則百男之祐；鷄鳴問寢〔一三〕，敢祝於萬年之休。

【題解】

皇帝，指宋光宗。本文爲祝賀新立李皇后上呈宋光宗的表文。本文篇名前省略「立皇后丞相率文武百僚」數字，當與上篇同時所作。以下數篇同。

本文原未繫年。歐譜繫於淳熙十六年（一一八九），是。當作於該年二月。

參考本卷立皇后丞相率文武百僚稱賀壽皇表、賀皇太后牋、賀壽成皇后牋、賀皇后牋。

【箋注】

〔一〕寶運：國運，皇業。沈約武帝集序：「夫成天地之大功，膺樂推之寶運。」椒塗：皇后居住的宫室，用椒和泥塗壁。文選顔延之宋文皇帝元皇后哀策文：「蘭殿長陰，椒塗弛衛。」吕向注：「蘭殿、椒塗，后妃所居也……椒塗，以椒塗室也。」

〔二〕蓍龜：以蓍草與龜甲占卜凶吉。參見卷一光宗册寶賀太皇太后牋注〔一〕。

〔三〕壼範：婦女的儀範、典式。蔡襄程相公母制：「賢德本於天姿，儀度隆於壼範。」姜任姒：

齊侯之女姜后、周文王之母太任、周武王之母太姒三人的合稱。古代賢慧后妃的典範。劉向列女傳周宣姜后：「周宣姜后者，齊侯之女也。賢而有德，事非禮不言，行非禮不動。」太任、太姒，參見卷一皇帝御正殿賀皇后牋注〔四〕。

〔四〕女史：古代女官，掌管有關王后禮儀等事。彤管：用以記事的杆身漆朱之筆。後漢書皇帝紀序：「女史彤管，記功書過。」李賢注：「彤管，赤筆管也。」周南關雎：借指賢淑的后妃美德。詩周南關雎序：「關雎，后妃之德也。」

〔五〕「兹正」二句：指立李氏爲皇后乃孝宗之詔令。中宫：皇后居處，借指皇后。周禮天官内宰：「以陰禮教六宫。」鄭玄注：「六宫謂后也。若今稱皇后爲中宫矣。」

〔六〕誕敷：遍布。書大禹謨：「帝乃誕敷文德。」孔安國傳：「遠人不服，大布文德以來之。」

〔七〕榮懷：泛指國家强盛安寧。王安石賀冀國大長公主出降表：「親值榮懷之日，用忘呼舞之勞。」

〔八〕黔黎：黔首黎民，指百姓。風俗通怪神：「死生有命，吉凶由人，哀我黔黎，漸染迷謬。」

〔九〕齊家之端：指修身爲先。禮記大學：「欲齊其家者，先修其身。」

〔一〇〕謹始之義：指慎之於始。穀梁傳桓公元年：「『元年春，王。』桓無王，其曰王，何也？謹始也。」范甯注：「諸侯無專立之道，必受國於王，若桓初立，便以見治，故詳其即位之始，以明王者之義。」

〔一〕天臨：上天照臨下土，喻天子之治。顔延之應詔宴曲水作詩：「太上正位，天臨海鏡。」坤載：大地承載萬物，喻皇后之德。

〔二〕燕至祀禖：帝王於春暖燕來之日祀禖神以求嗣。禖，古代求子之祀，亦指所祀禖神。禮記月令：「（仲春之月）是月也，玄鳥至。至之日，以太牢祠於高禖。天子親往，后妃帥九嬪御。」

〔三〕雞鳴問寢：古時太子每日清晨向皇帝問安的禮儀。禮記文王世子：「文王之爲世子，朝於王季日三。雞初鳴而衣服，至於寢門外，問内豎之御者曰：『今日安否何如？』内豎曰：『安。』文王乃喜。」

賀皇太后牋

聖子問安，方極蘭陔之養〔一〕；神孫正内，肇新椒掖之華〔二〕。母道彌尊，人情溢喜。中賀。恭惟皇太后殿下，抱神以静，藏心於淵，德修蝙蝠蠖濩之中〔三〕，化行昆侖旁薄之外。唐虞盛際，乃出一家父子之親〔四〕；任姒徽音，仍見三朝婦姑之法〔五〕。方且享宗社尊安之福①，視本支蕃衍之祥，於古有光，與天無極。臣等幸逢熙運，獲綴清班〔六〕。至哉坤元，實首彝倫之叙〔七〕；養以天下，益觀孝治之隆。

【題解】

皇太后，指高宗吴皇后，紹興十三年立，孝宗即位後上尊號爲壽聖太上皇后，光宗即位後更號壽聖皇太后。光宗崩，主持立寧宗，慶元三年十一月崩，謚憲聖慈烈。宋史卷二四三有傳。本文爲祝賀新立李皇后上呈皇太后的牋文。

本文原未繫年。歐譜繫於淳熙十六年（一一八九），是。當作於該年二月。

參考本卷立皇后丞相率文武百僚稱賀壽皇表、賀皇帝表、賀壽成皇后牋、賀皇后牋。

【校記】

①「尊」，汲古閣本作「奠」。

【箋注】

〔一〕蘭陔：指孝養父母。詩小雅南陔序：「南陔，孝子相戒以養也……有其義而亡其辭。」束皙補亡詩：「循彼南陔，言采其蘭；眷戀庭闈，心不遑安。」

〔二〕椒掖：椒房和掖庭，指后妃所居宫室。北齊書神武帝紀下：「椒掖之内，進御以序。」

〔三〕蝴蜎蠖濩：深廣貌。漢書揚雄傳上：「蓋天子穆然，珍臺閒館，璿題玉英，蝴蜎蠖濩之中。」顔師古注：「蝴蜎蠖濩，言屋中之深廣也。」

〔四〕父子之親：指孝宗、光宗父子。

〔五〕徽音：指令聞美譽。詩大雅思齊：「大姒嗣徽音，則百斯男。」鄭玄箋：「徽，美也。」三朝婦姑：指高宗壽聖皇太后、孝宗壽成皇后和光宗李皇后三代皇后。婦姑，婆媳。

〔六〕熙運：興盛的國運。蘇頌司空平章軍國事贈太師開國正獻吕公挽詞五首其一：「二聖臨熙運，元精降佐臣。」清班：清貴的官班，多指文學侍從一類臣子。白居易初授拾遺獻書：「未申微效，又擢清班。」

〔七〕彝倫：指倫常。

賀壽成皇后牋

盛德繼承，爰本親傳之妙；中宫崇建，式光就養之尊〔一〕。慶集禁庭，歡傳海宇。中賀。恭惟壽成皇后殿下，婦功飭備，母道含洪〔二〕，躬老氏之儉慈，享周家之福禄〔三〕。密贊乾剛之斷，神器有歸〔四〕；助成離照之明〔五〕，天心允答。惟每思於静順〔六〕，故備極於安榮，衮龍兼彩服之紆，褕翟焕玉巵之奉〔七〕。貴無倫敵，日以舒長，簡册燁其有光，風俗爲之丕變。臣等偶逢熙運，獲相多儀。坤順承天，喜徽音之克嗣〔八〕；孫又有子，知壽祉之無窮〔九〕。

【題解】壽成皇后，指孝宗謝皇后。見卷一光宗册寳賀太皇太后牋題解。本文爲祝賀新立李皇后上呈壽成皇后的牋文。

本文原未繫年。歐譜繫於淳熙十六年(一一八九),是。當作於該年二月。

參考本卷立皇后丞相率文武百僚稱賀壽皇表、賀皇帝表、賀皇太后牋、賀皇后牋。

【箋注】

〔一〕就養:侍奉父母。禮記檀弓上:「事親有隱而無犯,左右就養無方。」孫希旦集解:「就養者,近就而奉養之也。」

〔二〕婦功:舊指紡織、刺繡、縫紉等事,爲婦女四德之一。禮記昏義:「教以婦德、婦言、婦容、婦功。」鄭玄注:「婦功,絲麻也。」含洪:同含弘。指恩德廣被,寬厚仁慈。

〔三〕老氏之儉慈:老子:「我有三寶,持而保之:一曰慈,二曰儉,三曰不敢爲天下先。」周家之福禄:詩大雅鳧鷖:「爾酒既清,爾肴既馨,公尸燕飲,福禄來成。」詩序:「鳧鷖,守成也。」

〔四〕密贊:密切輔佐。乾剛:天道剛健,指君主的威權。李綱上淵聖皇帝實封言事奏狀:「伏望陛下運以乾剛,照以離明,爲宗社生靈大計,斷而行之。」神器:代表國家政權的玉璽、寶鼎之類,借指帝位。文選左思魏都賦:「劉宗委馭,巽其神器。」吕延濟注:「神器,帝位。」

〔五〕離照:喻帝王之明察。岳飛辭男雲特轉恩命劄子:「伏望陛下揭離照之明,體乾健之斷,特賜睿旨，追還告命。」

〔六〕靜順：平靜和順，貞靜温順。素問五常政大論：「靜順之紀，藏而勿害。」

〔七〕衮龍：皇帝的朝服，上有龍紋。徐幹中論治學：「視衮龍之文，然後知被褐之陋。」紆：彎繞。褕翟：古代王后祭祀時所穿命服，上刻畫雉形。詩鄘風君子偕老：「其之翟也。」毛傳：「褕翟、闕翟，羽飾衣也。」鄭玄箋：「侯伯夫人之服，自褕翟而下，如王后焉。」

〔八〕徽音：猶德音，指令聞美譽。詩大雅思齊：「大姒嗣徽音，則百斯男。」鄭玄箋：「徽，美也。」

〔九〕壽祉：長命、幸福。司空圖唐故太子太師致仕盧公神道碑：「吾老如此，克躋壽祉。」

賀皇后牋

誕受丕基，方正宁凝旒之始〔一〕；協修陰教〔二〕，舉路朝發册之儀。厚載有光，群情咸悦。中賀。恭惟皇后殿下，慶鍾勛閥，道媲皇家。輔佐積勤，實自龍潛之日〔三〕；休祥有衍，早符熊夢之占〔四〕。壽皇所以親發於德音，聖主所以深資於内助。副笄奉三殿之養，大練受六宫之朝〔五〕。震耀簡編，感移風俗。臣等預聞巨典，實激歡悰。法地所以法天，仰戴坤儀之至德；事母同之事父，曷勝鰲抃之微誠？

【題解】

皇后，即光宗李皇后，見本卷立皇后丞相率文武百僚稱賀壽皇表題解。本文爲祝賀新立上呈李皇后的牋文。

本文原未繫年。歐譜繫於淳熙十六年（一一八九），是。當作於該年二月。

參考本卷立皇后丞相率文武百僚稱賀壽皇表、賀皇帝表、賀皇太后牋、賀壽成皇后牋。

【箋注】

〔一〕丕基：巨大的基業。舊五代史晉書少帝紀：「朕虔承顧命，獲嗣丕基。」凝旒：冕旒静止不動。形容帝王態度肅穆專注。韋莊和鄭拾遺秋日感事：「負扆勞天眷，凝旒念國章。」

〔二〕陰教：後宫之教化。本周禮天官内宰：「以陰禮教六宫，以陰禮教九嬪。」

〔三〕龍潛：喻帝王未即位。易乾：「潛龍勿用，陽氣潛藏。」

〔四〕休祥：吉祥。書泰誓中：「朕夢協朕卜，襲於休祥，戎商必克。」孔安國傳：「言我夢與卜俱合於美善。」熊夢：古人以夢中見熊羆爲生男的徵兆，後以爲生男的頌語。詩小雅斯干：「吉夢維何？維熊維羆。」又：「大人占之，維熊維羆，男子之祥。」鄭玄箋：「熊羆在山，陽之祥也，故爲生男。」

〔五〕副笄：古代貴族婦女的頭飾。編髮爲髻稱副，髻上插簪稱笄。詩鄘風君子偕老：「君子偕老，副笄六珈。」毛傳：「副者，后夫人之首飾，編髮爲之。笄，衡笄也。」鄭玄箋：「副，既笄而加飾，如今步搖上飾。」三殿：宋時太皇太后在世，與皇太后、皇后并稱三殿。大練：粗帛。後漢書皇后紀：「常衣大練，裙不加緣。」李賢注：「大練，大帛也。」六宫：古代皇后的寢宫，正寢一，燕寢五，合爲六宫。後用以稱后妃或其所居之地。周禮天官内宰：「上春，詔王后帥六宫之人，而生穜稑之種，而獻之於王。」

文武百僚謝春衣表

寶運紹開，方謹人時之授〔一〕；寵光下逮〔二〕，俾均春服之成。榮被簪紳〔三〕，歡騰拜舞。中謝。恭惟皇帝陛下，凝圖丕赫，撫運重熙〔四〕。租税所儲，靡專一己之奉；寒暑有賜，式厚群臣之恩。所以恤其澣濯之私〔五〕，蓋將責其忠嘉之報〔六〕。雖舊章之是舉，實初政之當先。臣等獲綴班聯，恭承錫予。去女工之蠹，已觀府庫之充；遺天下之衣，願廣乾坤之施。

【題解】

春衣，春日所穿服飾。宋史卷一五三輿服志五時服：「宋初因五代舊制，每歲諸臣皆賜時服，然止賜將相、學士、禁軍大校。建隆三年，太祖謂侍臣曰：『百官不賜，甚無謂也。』乃遍賜之。歲遇端午、十月一日，文武群臣將校皆給焉。」本文爲稱謝賞賜春衣上呈宋光宗的表文。

本文原未繫年。歐譜繫於淳熙十六年（一一八九），是。當作於該年五月。

參考本卷文武百僚謝冬衣表。

【箋注】

〔一〕人時：指有關耕獲的時令節氣，亦指曆法。書堯典：「乃命羲、和，欽若昊天，曆象日月星辰，敬授人時。」蔡沈集傳：「人時，謂耕穫之候，凡民事早晚之所關也。」

〔二〕寵光：謂恩寵光耀。左傳昭公十二年：「昭子曰：『必亡。宴語之不懷，寵光之不宣，令德之不知，同福之不受，將何以在？』」

〔三〕簪紳：簪帶，亦指朝臣。顔師古奉和正日臨朝：「肅肅皆鵷鷺，濟濟盛簪紳。」

〔四〕撫運：順應時運。劉禹錫爲京兆李尹賀遷獻懿二祖表：「伏以太祖景皇帝膺期撫運，啓封於唐。」重熙：稱頌君主累世聖明。何晏景福殿賦：「至於帝皇，遂重熙而累盛。」

〔五〕澣濯：洗滌。司空圖華帥許國公德政碑：「王恭勤備至，浣濯必親。」

〔六〕忠嘉：忠厚善良。曾鞏樞密遷官加殿學士知州制：「某忠嘉惠和，德操惟邵，先帝所遺，以輔朕躬。」

重明節明慶寺丞相率百僚啓建道場疏

【題解】

重明節爲宋光宗聖節，見本卷丞相率文武百僚請建重明節表一題解。明慶寺，寺廟名。咸淳臨安志卷七六：「明慶寺在木子巷北。唐大中二年，僧景初建爲靈隱院。大中祥符五年改今額。中興駐蹕，視東京大相國寺，凡朝廷禱雨暘、宰執百僚建散聖節道場，咸在焉。」宋史卷一一二禮志十五：「建隆元年，群臣請以二月十六日爲長春節。正月十七日，於大相國寺建道場以祝壽。至日，上壽退，百僚詣寺行香。」聖節前一月建道場祝壽遂爲宋代定制。重明節爲九月四日，建道場祝壽當在聖節前一月，即八月。本文爲慶禱重明節所擬的道場疏文。包括開起、滿散、進疏三首，分别爲開建道場、期滿散場和正式進呈的疏文。

本文原未繫年。歐譜繫於淳熙十六年（一一八九），是。當作於該年八月。

參考本卷丞相率文武百僚請建重明節表。

開起〔一〕

乾端澄肅，時爰及於杪秋〔二〕；離照光明，運方隆於中夏〔三〕。敢輸誠悃，仰祝壽齡。皇帝陛下，恭願宜君宜王，時萬時億〔四〕。泰元增漢帝之筴〔五〕，配天其休；洪範錫神禹之疇〔六〕，與民同福。

【箋注】

〔一〕開起：指開建道場。

〔二〕杪秋：晚秋。楚辭九辯：「靚杪秋之遥夜兮，心繚悷而有哀。」

〔三〕中夏：華夏，指中國。文選班固東都賦：「目中夏而布德，瞰四裔而抗稜。」吕向注：「中夏，中國。」

〔四〕時萬時億：指福壽無疆。詩小雅楚茨：「既齊既稷，既匡既敕。永錫爾極，時萬時億。」

〔五〕「泰元」句：史記孝武本紀：「天增授皇帝泰元神筴，周而復始。」泰元，天之别稱。

〔六〕「洪範」句：尚書洪範：「鯀則殛死，禹乃嗣興，天乃錫禹洪範九疇，彝倫攸叙。」洪範，謂大法。神禹，指大禹。

滿散〔一〕

肅霜協令，方觀萬寶之成〔二〕；繞電告祥，實契千齡之會。飭供既周於月律〔三〕，殫誠爰集於廷紳。冀憑薰祓之勤〔四〕，仰報照臨之德。皇帝陛下，恭願政敷有截〔五〕，壽格無疆。天地人之三才，共扶興運；堯舜禹之一道，永芘函生〔六〕。

【箋注】

〔一〕滿散：道場期滿謝神的一種儀式。趙昇朝野類要：「滿散者，終徹也。每遇聖節生辰，宰執赴明慶寺預先開啓祝壽道場，至期滿散畢，賜宴。」

〔二〕肅霜：指霜降而萬物收縮。詩豳風七月：「九月肅霜，十月滌場。」毛傳：「肅，縮也，霜降而收縮萬物。」孔穎達疏：「又九月之時，收縮萬物者，是露爲霜也。」朱熹集傳：「肅霜，氣肅而霜降也。」

萬寶之成：莊子庚桑楚：「春氣發而百草生，正得秋而萬寶成。」陸德明釋文：「天地以萬物爲寶，至秋而成也。」

〔三〕飭供：指道場的供奉。

月律：呂氏春秋將音律與曆法相附會，以十二律應十二月，故稱月律。

〔四〕薰祓：指以香燭齋戒消災求福。

〔五〕有截：整齊貌。代指九州，天下。詩商頌長發：「苞有三蘖，莫遂莫達，九有有截。」鄭玄箋：「九州齊一截然。」故後人以「有截」代指九州。

〔六〕芘：同「庇」。

函生：衆生。

進疏〔一〕

大易明兩作離〔二〕，允符繼照之盛；太極函三爲一〔三〕，誕擁無疆之休。壽何待於禱祠，運自臻於熙洽〔四〕。恭演仙真之秘旨〔五〕，實輸臣子之至情。皇帝陛下，恭願化冒群倫，治偕邃古〔六〕，奉親備天下之養，履位處域中之尊。至誠之道，可以前知，方卜億萬年之永命；諸福之物，莫不畢至，豈止百千所之上聞〔七〕。

【箋注】

〔一〕進疏：正式進呈疏文。

〔二〕「大易」句：易離：「明兩作離，大人以繼明照于四方。」孔穎達疏：「明兩作離者，離爲日，日爲明。今有上下二體，故云明兩作離也。」謂離卦離下離上，爲兩明前後相續之象。

〔三〕「太極」句：漢書律曆志上：「太極元氣，函三爲一。極，中也。元，始也。」顏師古注引孟康曰：「元氣始起於子，未分之時，天地人混合爲一，故子數獨一也。」三，指天、地、人。

〔四〕熙洽：清明和樂，安樂和睦。文瑩玉壺清話卷二：「今君臣熙洽，穆穆皇皇。」

〔五〕仙真：升仙得道之人。晏殊拂霓裳詞：「禱仙真。願年年今日，喜長新。」

〔六〕邃古：遠古。後漢書班固傳下：「伊考自邃古，乃降戾爰茲，作者七十有四人。」

〔七〕上聞：向朝廷呈報。鶡冠子王鈇：「柱國不政，使下情不上聞，上情不下究。」

會慶節明慶寺丞相率百僚啓建道場疏

【題解】

會慶節爲宋孝宗聖節，見卷一會慶節賀表題解。明慶寺、啓建道場疏，見本卷重明節明慶寺丞相率百僚啓建道場疏題解。會慶節爲爲十月二十二日，建道場祝壽當在聖節前一月，即九月。本文爲慶禱會慶節所擬的道場疏文。

本文原未繫年。歐譜繫於淳熙十六年（一一八九），是。當作於該年九月。參考本卷會慶節丞相率文武百僚賀壽皇表、卷一會慶節賀表。

開起

有開必先，天地肇興於景運〔一〕；無遠弗屆，華夷畢效於貢琛〔二〕。況在周行〔三〕，敢稽壽祝。至尊壽皇聖帝陛下〔四〕，伏願道超古昔，化洽黔黎。端居無黄屋之心，既高揖遜〔五〕；萬乘致彩衣之養〔六〕，彌極尊榮。

【箋注】

〔一〕景運：好時運。周書獨孤信傳：「今景運初開，椒闈肅建。」

〔二〕貢琛：進貢寶物。蘇軾賜于寘國黑汗王進奉示諭敕書：「卿遠馳信使，來效貢琛。」

〔三〕周行：泛指朝官。見卷一皇太子受册賀表注〔九〕。

〔四〕至尊壽皇聖帝：指宋孝宗。見本卷立皇后丞相率文武百僚稱賀壽皇表題解。

〔五〕端居：平常居處。黄屋：代指帝王權位。北史魏諸宗室傳論：「至如神武之不事黄屋，高揖萬乘，義感隣國，祚隆帝統。」揖遜：揖讓，禪讓。魏泰東軒筆録卷三：「翰林學士葉清臣等言：『本朝以揖遜得天下，而淑誣以干戈，且臣子非所宜言。』」

〔六〕彩衣之養：指孝養父母。列女傳：「昔楚老萊子孝養二親，行年七十，嬰兒自娱，常著五色斑斕衣，爲親取飲。」

滿散

電樞肇紀，適逢震夙之期〔一〕；月琯告周，洊罄延鴻之禱〔二〕。雖嘉祥之自至，顧歸美之敢稽。至尊壽皇聖帝陛下，伏願福等河沙，壽逾劫石〔三〕。堯仁舜孝，治功永焕於青編；天大佛尊，睟表長臨於黼扆〔四〕。

【箋注】

〔一〕電樞：比喻聖明的朝廷。肇紀：開始新的紀元。此指孝宗禪讓，光宗繼位。震夙：誕育。詩大雅生民：「載震載夙，載生載育。」高亨注：「震，通娠，懷孕。夙，當作孕，字形相近而誤。」

〔二〕月琯：月律，古代以十二月附會十二樂律。琯，同管，律管，古時也用以測定節氣。告周：周而復始。洊罄：屢盡。延鴻：長壽。蘇軾興龍節功德疏文：「下民歸仁，自享延鴻之壽。」

〔三〕河沙：佛教認爲佛世界如恒河沙數，不可勝數。後指數量之多無法計算。黄滔丈六金身碑：「謂之爲有，則河沙、芥子之説，虚誕難測。」劫石：指時間久遠。大智度論卷五：「劫義佛譬喻説。四千里石山，有長壽人百歲過持細軟衣一來拂拭，令是此大石山盡，劫故未盡。」

〔四〕晬表：温和慈祥的儀容。見卷一天申節賀表注〔九〕。黼扆：古代帝王座後的屏風，借指帝王。書顧命：「狄設黼扆綴衣。」孔安國傳：「扆，屏風，畫爲斧文，置户牖間。」

進疏

天爲群物之祖，可謂極尊；壽居五福之先〔一〕，實歸上聖。脱屣親傳於大寶，頤神方御於殊庭〔二〕。敢率群倫，恭培睿算〔三〕。至尊壽皇聖帝陛下，伏願誕膺戩穀，端拱穆清〔四〕。以八千歲而爲春〔五〕，永享舒長之景；卜七百年而過曆，茂隆貽燕之祥〔六〕。

【箋注】

〔一〕五福：書洪範：「五福：一曰壽，二曰富，三曰康寧，四曰攸好德，五曰考終命。」

〔二〕脱屣：脱鞋，比喻看得輕，無所顧戀。漢書郊祀志上：「嗟乎！誠得如黄帝，吾視去妻子如脱屣耳！」顔師古注：「屣，小履。脱屣者，言其便易，無所顧也。」大寶：指帝位。易繫辭下：「聖人之大寶曰位。」頤神：養神。後漢書王充傳：「裁節嗜欲，頤神自守。」殊庭：異域，指仙人居處。史記孝武本紀：「上親禪高里，祠后土。臨渤海，將以望祠蓬萊之屬，冀至殊庭焉。」司馬貞索隱引服虔曰：「殊庭者，異也，言入仙人異域也。」

〔三〕睿算：稱皇帝的年齡。歐陽修聖節五方老人祝壽文：「唯願慶源流遠，齊河海以無窮；睿算緜長，等乾坤而不老。」

〔四〕誕膺：承受。見卷一皇太子受册賀表注〔五〕。戩穀：福禄。詩小雅天保：「天保定爾，俾爾戩穀。」毛傳：「戩，福；穀，禄。」端拱：指閒適自得，清静無爲。晉書阮孚傳：「日月自朗，臣亦何可爝火不息？正應端拱嘯詠，以樂當年耳。」穆清：指太平祥和。

〔五〕八千歲：指年壽長久。莊子逍遥遊：「上古有大椿者，以八千歲爲春，八千歲爲秋。」

〔六〕七百年：指年歲久遠。左傳宣公三年：「成王定鼎於郟鄏，卜世三十，卜年七百，天所命也。」過曆：周之國祚實際長於上述占卜所得，漢書諸侯王表稱「周過其曆」。貽燕：子孫安逸。詩大雅文王有聲：「詒厥孫謀，以燕翼子。」

文武百僚謝冬衣表

霜露既降，著孟冬始裘之文〔一〕；法制具存，舉九月授衣之令〔二〕。進趨襜翼，拜舞光華。中謝。恭惟皇帝陛下，大度并包，至仁滲漉〔三〕。及是月也，初有祁寒之虞〔四〕；念無衣兮，俾膺好賜之厚〔五〕。疏恩榮於在列，斥府庫之餘藏。臣等誤荷選掄，獲霑錫予。睹萬里農桑之業，共樂時平〔六〕；誦群臣幣帛之詩〔七〕，誓圖忠報。

【題解】冬衣，冬日所穿服飾。見本卷文武百僚謝春衣表題解。本文爲稱謝賞賜冬衣上呈宋光宗的表文。

本文原未繫年。歐譜繫於淳熙十六年（一一八九），是。當作於該年十月。

參考本卷文武百僚謝春衣表。

【箋注】

〔一〕孟冬始裘：禮記月令：「（孟冬之月）是月也，天子始裘。」

〔二〕九月授衣：詩豳風七月：「七月流火，九月授衣。」毛傳：「九月霜始降，婦功成，可以授冬衣矣。」

〔三〕滲漉：比喻恩澤下施。文選謝莊宋孝武宣貴妃誄「六祈輟滲」，李善注：「滲謂滲漉，喻福祉也。」

〔四〕祁寒：嚴寒。書君牙：「冬祁寒，小民亦惟曰怨咨。」蔡沈集傳：「祁，大也。」

〔五〕好賜：國君對臣下的特别恩賜。周禮天官内饔：「凡王之好賜肉脩，則饔人共之。」鄭玄注：「好賜，王所善而賜也。」

〔六〕時平：時世承平。梁簡文帝南郊頌序：「塵清世晏，倉兕無用其武功；運謐時平，鵷鷺咸修其文德。」

〔七〕幣帛之詩：詩小雅鹿鳴序：「鹿鳴，燕羣臣嘉賓也，既飲食之，又實幣帛筐篚，以將其厚意。然後忠臣嘉賓，得盡其心矣。」

會慶節丞相率文武百僚賀壽皇表

錫羡無疆，丕顯生商之旦〔一〕；成功不處，適當命禹之時〔二〕。熙運親逢，群情胥慶。中賀。恭惟至尊壽皇聖帝陛下，仁涵動植，道配堪輿〔三〕。詩書所稱何有加，卓爾規模之大；唐虞之際斯爲盛，超然揖遜之風〔四〕。積勤致王業之成，端拱視天民之阜〔五〕。豈特極高而蟠厚，固已勒崇而垂鴻〔六〕。臣等誤置周行，久陶聖化。蓬萊隔弱水三萬里，獲進謁於殊庭〔七〕；上古有大椿八千秋，冀默符於睿算〔八〕。

【題解】

會慶節爲宋孝宗聖節，見卷一會慶節賀表題解。本文爲慶賀會慶節上呈壽皇聖帝的表文。本文原未繫年。歐譜繫於淳熙十六年（一一八九），是。當作於該年十月。參考本卷會慶節明慶寺丞相率百僚啓建道場疏、卷一會慶節賀表。

【箋注】

〔一〕錫羨：謂神明多多賜福，常用於祈求子嗣。李白明堂賦：「若乃高宗紹興，祐統錫羨。」生商：詩商頌玄鳥：「天命玄鳥，降而生商，宅殷土芒芒。」

〔二〕「成功」二句：指舜成功而禪位於禹。論語泰伯：「巍巍乎，舜禹之有天下，而不與焉。」

〔三〕堪輿：指天地。

〔四〕揖遜：指禪讓。參見本卷會慶節明慶寺丞相率百僚啓建道場疏開起注〔五〕。

〔五〕端拱：指閒適自得，清静無爲。天民：指人民；普通人。禮記王制：「少而無父者謂之孤，老而無子者謂之獨，老而無妻者謂之矜，老而無夫者謂之寡，此四者天民之窮而無告者也。」阜：盛，多。

〔六〕極高而蟠厚：頂天立地，遍及天地。勒崇而垂鴻：勒名金石，以垂鴻業。

〔七〕「蓬萊」二句：指有幸進入仙境般的殿堂。續仙傳下卷：「蓬萊隔弱水三十萬里，非舟楫可行，非飛仙無以到。」蓬萊，與方丈、瀛洲同爲神話中三座神山，位於渤海。弱水，位於中國西部，傳説其水不能浮鴻毛，故名。殊庭，異域，指仙人居處。

〔八〕「上古」二句：祝福壽皇聖帝高壽。莊子逍遥遊：「上古有大椿者，以八千歲爲春，八千歲爲秋。」睿算，稱皇帝的年齡。參見本卷會慶節明慶寺丞相率百僚啓建道場疏進疏注〔三〕。

丞相率文武百僚賀至尊壽皇聖帝冬至表

化國之日舒以長，一陽初復〔一〕；天子之父尊之至，萬壽維祺。亞歲肇新〔二〕，群心胥悦。中賀。恭惟至尊壽皇聖帝陛下，道兼倫制，化極範圍。剛長而亨，周測土圭之景〔三〕；功成則退，堯無黄屋之心〔四〕。薰然慈孝之兼隆，允矣古今之莫及。方且内享視膳問安之大養，外騰重熙累洽之頌聲〔五〕，風動華夷，光昭竹帛。臣等幸逢盛際，獲造昕廷。斗建子以定時〔六〕，是爲嘉會；星拱辰而在列〔七〕，同罄丹誠。

【題解】

冬至，與元旦、寒食并稱宋代三大節慶。天子受百官朝賀，儀式如元旦。官員休假五日，店肆罷市。孟元老東京夢華録冬至：「十一月冬至，京師最重此節，雖至貧者，一年之間，積累假借，至此日更易新衣，備辦飲食，享祀先祖。官放關撲，慶賀往來，一如年節。」吴自牧夢粱録：「大抵杭都風俗，舉行典禮，四方則之爲師，最是冬至歲節，士庶所重，如饋送節儀，及舉杯相慶，祭享宗禋，加於常節。」本文爲慶賀冬至節上呈壽皇聖帝的表文。

本文原未繫年。歐譜繫於淳熙十六年（一一八九），是。當作於該年十一月。

參考本卷丞相率文武百僚賀皇帝冬至表。

【箋注】

〔一〕一陽初復：易復：「后不省方。」孔穎達疏：「冬至一陽生，是陽動用而陰復於静也。」古人認爲陰陽二氣，每年夏至日陽氣至盛而陰氣始生，冬至日則陰氣至盛而陽氣開始復生，謂之「一陽來復」。

〔二〕亞歲：即冬至。曹植冬至獻履襪頌表：「亞歲迎祥，履長納慶。」

〔三〕剛長而亨：指白晝長而順利。剛柔和晝夜相對。易繫辭上：「剛柔者，晝夜之象也。」孔穎達疏：「晝則陽日照臨，萬物生而堅剛，是晝之象也。夜則陰潤浸被，萬物而皆柔弱，是夜之象也。」土圭：古代用以測日影、正四時、量土地的器具。周禮地官大司徒：「以土圭之法，測土深，正日景，以求地中。」景，同影。

〔四〕黄屋：代指帝王權位。参見本卷會慶節明慶寺丞相率百僚啓建道場疏開起注〔五〕。

〔五〕視膳：子女侍奉雙親進膳的禮節。禮記文王世子：「食上，必在視寒暖之節；食下，問所膳。」重熙累洽：功績相繼，累世昇平。見卷一謝賜曆日表二注〔六〕。

〔六〕斗建子：斗指北斗星，古人用其指向判斷時令節氣。淮南子天文訓：「斗指子則冬至。」逸周書周月：「（一月）是月，斗柄建子，始昏，北指。」周朝曆法以夏曆十一月（子月）爲歲首。

〔七〕星拱辰：衆星拱衛北辰。辰指北極星。論語爲政：「爲政以德，譬如北辰，居其所，而衆星共之。」

丞相率文武百僚賀皇帝冬至表

一之日以授時，黄鍾合律〔一〕；萬斯年而介福，赤伏膺符〔二〕。慶集邦家，歡騰海宇。中賀。恭惟皇帝陛下，仁同乾覆，道協時乘〔三〕。旦復旦以重光〔四〕，邦圖有永；新又新而不倦〔五〕，帝德難名。默觀造化之機，自得財成之妙〔六〕。清心省事，成歸根反本之功；任賢去邪，體進陽消陰之象。臣等幸逢熙運，獲邇威顔。和氣先回，豈待葭灰之應〔七〕；豐年已兆，敢陳雲物之占〔八〕。

【題解】

冬至，參考本卷丞相率文武百僚賀至尊壽皇聖帝冬至題解。本文爲慶賀冬至節上呈宋光宗的表文。

本文原未繫年。歐譜繫於淳熙十六年（一一八九），是。當作於該年十一月。

參考本卷丞相率文武百僚賀至尊壽皇聖帝冬至表。

【箋注】

〔一〕一之日：一月之日。一月指周曆正月、夏曆（農曆）十一月。詩豳風七月：「一之日觱發，二之日栗烈。」毛傳：「一之日，十之餘也；一之日，周正月也。」孔穎達疏：「一之日、二之日，猶言一月之日、二月之日。」　授時：記録天時以告民，後指頒行曆書。書堯典：「曆象日月星辰，敬授人時。」孔安國傳：「敬記天時以授人也。」　黄鍾：樂律十二律之第一律。　合律：禮記月令：「仲冬之月，日在斗，昏東壁中，旦軫中，其日壬癸，其帝顓頊，其神玄冥，其蟲介，其音羽，律中黄鍾。」鄭玄注：「黄鍾者，律之始也，九寸。仲冬氣至，則黄鍾之律應。」

〔二〕介福：大福。詩小雅楚茨：「報以介福，萬壽無疆。」　赤伏：即赤伏符，新莽末讖緯家所造符籙，謂劉秀上應天命，當繼漢統爲帝。見後漢書光武帝紀。後泛指帝王受命的符瑞。

〔三〕乾覆：天之覆蓋。梁簡文帝南郊頌序：「等乾覆之燾養，合坤載之靈長。」　時乘：指帝王即位。易乾：「時乘六龍以御天。」王弼注：「處則乘潛龍，出則乘飛龍……乘變化而御大器。」

〔四〕旦復旦：指光明，天明。尚書大傳：「日月光華，旦復旦兮。」鄭玄注：「言明明相代。」

〔五〕新又新：指日日更新。禮記大學：「湯之盤銘曰：『苟日新，日日新，又日新。』」

〔六〕財成：裁度以成。財，同裁。易泰：「天地交，泰。后以財成天地之道。」

〔七〕葭灰之應：古人燒葭莩成灰，置於律管中，置密室内，以占氣候。某一節候到，某律管中葭灰即飛出，表示該節候已到。見後漢書律曆志上。

〔八〕雲物之占：雲的色彩。周禮春官保章氏：「以五雲之物，辨吉凶、水旱降豐荒之祲象。」鄭玄注：「物，色也。視日旁雲氣之色。」

丞相率文武百僚請皇帝聽樂表

祖廟寧神，歲洊更於燧火〔一〕；禮經有制，時當備於簫韶〔二〕。敢控微衷，上干淵聽。伏以中月而禫，壽皇已循不易之規〔三〕；逾年改元，聖主方受惟新之命〔四〕。儻未舉鈞天之奏，何以慰率土之懷〔五〕。伏望皇帝陛下，俯察忱辭，仰稽故典。欲聞五聲八音六律〔六〕，以復朝廷之常；親帥三公九卿諸侯，共致慈闈之請〔七〕。笙鏞以間而人神喜，琴瑟在御而心體安〔八〕。茂昭庶政之惟和，孰謂太平之無象〔九〕。奉萬年之觴於廣殿，及此首春〔一〇〕；撞千石之鐘於大庭，震於四海。

【題解】

請皇帝聽樂，宋高宗於淳熙十四年十月崩，至淳熙十六年十月滿兩年，孝宗行大祥祭禮；大祥後隔一月爲十二月，除孝服，行禫禮。按宋代典故，此後可舉樂。詳見宋會要輯稿禮三五。本文爲高宗禫禮之後上呈宋光宗請求開樂的表文。

本文原未繫年。歐譜繫於淳熙十六年（一一八九），是。當用於十二月。文中「中月而禫」、「逾年改元」等語可證。本篇及以下五篇均爲宋光宗紹熙改元前後朝廷各項重要儀式而代作。但陸游已於淳熙十六年十一月二十八日被放罷，則此六篇表牋文或於離職前預爲撰就，或放罷後「返聘」擬撰。

【箋注】

〔一〕寧神：安定其心神。揚雄法言至孝序：「孝莫大於寧親，寧親莫大於寧神。」歲洊：同歲薦，每年定時祭祀。燧火：鑽燧所生之火。淮南子時則訓：「服八風水，爨萁燧火。」高誘注：「取其木燧之火炊之。」

〔二〕簫韶：原爲舜樂名，後泛指美妙仙樂。

〔三〕中月而禫：儀禮士虞禮：「又朞而大祥，曰：薦此祥事。中月而禫。」鄭玄注：「又，復也。」

賈公彦疏：「此謂二十五月大祥祭，故云復朞也。」鄭玄注：「中，猶間也；禫，祭名也。與大祥間一月，自喪至此二十七月。」大祥，父母喪後兩周年祭禮。禫，古代除去孝服時舉行的祭祀。「壽皇」句：高宗淳熙十四年十月崩，至淳熙十六年十月滿兩年，孝宗行大祥祭禮；大祥後隔一月爲十二月，除孝服，行禫禮。

〔四〕改元：指次年光宗改元爲紹熙元年。　惟新：更新。詩大雅文王：「周雖舊邦，其命維新。」毛傳：「乃新在文王也。」

〔五〕鈞天：「鈞天廣樂」的略語，指天上的音樂。劉勰文心雕龍樂府：「鈞天九奏，既其上帝。」率土：「率土之濱」的略語，指四海之内。爾雅：「率，自也。自土之濱者，舉外以包内，猶言四海之内。」

〔六〕五聲：指宫、商、角、徵、羽五種音階。　八音：指金、石、絲、竹、匏、土、革、木八種不同質材所製樂器。　六律：指陰陽各六的十二律。律爲定音器，共有十二個，各有固定的音高和名稱，合稱十二律。

〔七〕三公：指古代中央三種最高官銜，周以太師、太傅、太保爲三公；唐宋沿東漢之制，以太尉、司徒、司空爲三公。　九卿：指古代中央政府的九個高級官職，周以少師、少傅、少保、冢宰、司徒、宗伯、司馬、司寇、司空爲九卿，歷代略有不同。　諸侯：古時帝王所轄各小國的王侯。　慈闈：舊時母親的代稱，亦以稱皇后。

〔八〕笙鏞：古樂器名。鏞，大鐘。書益稷：「笙鏞以間，鳥獸蹌蹌。」孔穎達疏：「吹笙擊鐘，更迭而作。」琴瑟：兩種樂器。古人以琴瑟之聲爲雅樂正聲。荀子非相：「聽人以言，樂於鐘鼓琴瑟。」

〔九〕太平之無象：謂太平盛世并無一定標誌。新唐書牛僧孺傳：「僧孺奏曰：『臣等待罪輔弼，無能康濟，然臣思太平亦無象。今四夷不至交侵，百姓不至流散；上無淫虐，下無怨讟；私室無强家，公議無壅滯。雖未及至理，亦謂小康。』」

〔一〇〕首春：農曆正月。梁元帝纂要：「正月孟春，亦曰孟陽、孟陬、上春、初春、開春、發春、獻春、首春、首歲、初歲、開歲、獻歲、肇歲、芳歲、華歲。」

丞相率文武百僚賀皇太后受册牋

獻歲發春，太史奏元龜之吉〔一〕；展宷錯事，東朝慶大典之成〔二〕。佳氣一新，歡聲四溢。中賀。恭惟壽聖皇太后殿下，聰明睿智，壽富康寧。踐履艱難，佐高廟清之烈〔三〕；遵行恭儉，啓壽皇詒燕之圖〔四〕。肆因初元〔五〕，祗奉顯册，璽篆蟲魚之古〔六〕，樂陳鐘磬之和。内而百官有司，方屏息而觀盛事；外則萬方黎獻，咸拜手而頌閎休〔七〕。載稽前聞，可謂盡美。臣等偶叨在列，獲際升平。有子而又有孫，共仰本文之盛〔八〕；視今之猶視昔〔九〕，前知竹帛之傳。

【題解】

皇太后，指高宗吴皇后，光宗即位後更號壽聖皇太后，見本卷賀皇太后牋題解。宋史卷三六光宗本紀：「紹熙元年春正月丙辰朔，帝率群臣詣重華宫，奉上壽聖皇太后、至尊壽皇聖帝、壽成皇后册、寶。」本文爲慶賀受册上呈皇太后的賀牋。

本文原未繫年。歐譜繫於淳熙十六年（一一八九）。當用於紹熙元年（一一九〇）正月。

參考本卷賀皇太后牋。

【箋注】

〔一〕獻歲發春：新年起始，春氣發動。楚辭招魂：「獻歲發春兮，汩吾南征。」王逸注：「獻，進；征，行也。言歲始來進，春氣奮揚，萬物皆感氣而生。」元龜：大龜，古代用於占卜。書金縢：「今我即命于元龜。」孔安國傳：「就受三王之命於大龜，卜知吉凶。」

〔二〕展寀錯事：史記司馬相如列傳：「而後因雜薦紳先生之略術，使獲耀日月之末光絶炎，以展采錯事。」裴駰集解：「漢書音義曰：『采，官也。使諸儒記功著業，得睹日月末光殊絶之用，以展其官職，設厝其事業者也。』」寀，同「采」，官。展寀，猶供職。錯，同「措」。東朝：太后所居宫殿，亦借指太后。史記劉敬叔孫通列傳：「孝惠帝爲東朝長樂宫，及閒往，數蹕煩人，乃作複道。」裴駰集解引關中記：「長樂宮本秦之興樂宮也。漢太后常居之。」因長樂宮在未央宮之東，故稱。

〔三〕高廟：指宋高宗。　廓清之烈：指南渡建立南宋的功業。

〔四〕壽皇：指宋孝宗。　詒燕：爲子孫籌畫。詩大雅文王有聲：「詒厥孫謀，以燕翼子。」見卷一天申節賀表注〔六〕。

〔五〕初元：皇帝登極改元之元年。蘇軾次韻蔣穎叔錢穆父從駕景靈宮二：「與君并直記初元，白首還同入禁門。」

〔六〕蟲魚：即蟲魚篆，指鳥蟲書，篆書變體，筆劃似鳥蟲。資治通鑑後晉齊王開運三年：「契丹以所獻傳國寶追琢非工，又不與前史相應，疑其非真。」胡三省注引李心傳曰：「秦璽者，李斯之蟲魚篆也，其圍四寸。」

〔七〕黎獻：黎民中的賢者。書益稷：「萬邦黎獻，共惟帝臣。」蔡沈集傳：「黎民之賢者也。」拜手：亦稱拜首。男子跪拜禮之一，跪後兩手相拱，俯頭至手。書太甲中：「伊尹拜手稽首。」孔安國傳：「拜手，首至手。」　閎休：指大業美德。韓愈潮州刺史謝上表：「鋪張對天之閎休，揚厲無前之偉迹。」

〔八〕「有子」句：列子湯問：「雖我之死，有子存焉；子又生孫，孫又生子；子又有子，子又有孫；子子孫孫無窮匱也。」本支：同一家族的嫡系和庶出子孫。漢書韋玄成傳：「子孫本支，陳錫亡疆。」

〔九〕「視今」句：王羲之蘭亭集序：「後之視今，亦猶今之視昔。」

丞相率文武百僚賀壽成皇后受册牋

宫壼塗椒〔一〕，德配重華之盛；册書鏤玉，禮行路寢之嚴〔二〕。聖孝益隆，輿情交慶。中賀。恭惟壽成皇后殿下，儉慈性禀，柔順躬行。至哉坤元，象服早光於内治〔三〕；養以天下，寢門方奉於母儀〔四〕。今者稽參六籍之文〔五〕，博盡諸儒之議。建此顯號，邁於前聞。仰惟貴無敵而富無倫〔六〕，是謂仁之至而義之盡〔七〕。臣等偶緣在列，獲遂逢時。紀嬀汭、塗山之興〔八〕，幸窺簡牘；繼生民、思齊之作〔九〕，尚播聲詩。

【題解】

壽成皇后，指孝宗謝皇后，光宗即位後更號壽成皇后，見卷一光宗册寶賀太皇太后牋題解。宋史卷三六光宗本紀：「紹熙元年春正月丙辰朔，帝率群臣詣重華宫，奉上壽聖皇太后、至尊壽皇聖帝、壽成皇后册、寶。」本文爲慶賀受册上呈壽成皇后的賀牋。

本文原未繫年。歐譜繫於淳熙十六年（一一八九）。當用於紹熙元年（一一九〇）正月。

參考本卷賀壽成皇后牋。

【箋注】

〔一〕宫壺：指帝王後宫。南史后妃傳論：「文宣宫壺，無聞於喪德。」

〔二〕路寢：天子的正廳。見卷一謝明堂赦表注〔一〕。

〔三〕象服：后妃、貴夫人所穿禮服，上繪各種物象作爲裝飾。詩鄘風君子偕老：「象服是宜。」毛傳：「象服，尊者所以爲飾。」

〔四〕寢門：泛指宫殿内室之門。儀禮士喪禮：「君使人吊，徹帷，主人迎于寢門外，見賓不哭。」鄭玄注：「寢門，内門也。」

〔五〕稽參：參考，考察。漢書武帝紀：「稽參政事，祈進民心。」

〔六〕「仰惟」句：揚雄法言五百：「衆人愈利而後鈍，聖人愈鈍而後利。關百聖而不慚，蔽天地而不恥，能言之類，莫能加焉。貴無敵，富無倫，利孰大焉。」

〔七〕「是謂」句：禮記郊特牲：「蜡之祭也……仁之至，義之盡也。」孔穎達疏：「不忘恩而報之，是仁；有功必報之，是義也。」

〔八〕嬀汭：嬀水隈曲之處。相傳舜居於此，堯將二女嫁給他。塗山：相傳禹娶妻之山。

〔九〕生民：指詩大雅生民，毛詩序：「生民，尊祖也。后稷生於姜嫄，文武之功起於后稷，故推以配天焉。」思齊：指詩大雅思齊：「思齊大任，文王之母。」毛亨傳：「齊，莊也。」鄭玄箋：「常思莊敬者，大任也，乃爲文王之母。」二者均贊美母教及内助。

丞相率文武百僚上皇帝賀三殿受册表

重慶有光〔一〕，仰東朝之慈愛；雙親並奉，極北内之尊榮〔二〕。正歲肇新，彌文告備〔三〕，邦家之喜，夷夏所同。中賀。伏以堯舜禹之相承，蓋非一姓；姜任姒之善繼，又不同時。參稽前聞，孰擬昭代〔四〕。恭惟皇帝陛下，奄有萬宇，統和三靈〔五〕。由至公大義，膺寶運之傳〔六〕；講祲威盛容〔七〕，伸天下之養。太史灼龜而獻兆，曲臺綿蕝而具儀〔八〕。黄麾之仗夙陳，簪紳在列；白玉之册時舉，金石充庭。既已隆孝道而通神明，固將禮高年而厚風俗〔九〕。新又新而進德，老吾老以及人。臣等誤被選掄，獲塵班著。雖潤色討論於大典〔一〇〕，每慚稽古之疏；然登降跪拜於路朝，實竊逢辰之幸。

【題解】

三殿，程大昌演繁露三宫三殿：「國朝有太皇太后時，并皇太后、皇后稱三殿，其後，乘輿行幸，奉太后，偕皇后以出，亦曰三殿。」宋史卷三六光宗本紀：「紹熙元年春正月丙辰朔，帝率群臣詣重華宫，奉上壽聖皇太后、至尊壽皇聖帝、壽成皇后册、寶。」因此本文「三殿」即指壽聖皇太后（高宗吴皇后）、至尊壽皇聖帝（宋孝宗）和壽成皇后（孝宗謝皇后）。本文爲慶賀三殿受册上呈宋光宗的賀表。

本文原未繫年。歐譜繫於淳熙十六年（一一八九）。當用於紹熙元年（一一九〇）正月。

參考本卷丞相率文武百僚賀皇太后受册牋、丞相率文武百僚賀賀壽成皇后受册牋。

【箋注】

〔一〕重慶：指祖父母與父母俱存。楊萬里題曾景山通判壽衍堂：「人家具慶已燕喜，人家重慶更可偉。」樓鑰跋金花帖子綾本小録：「祖、父俱存者，今曰重慶。」此正切合宋光宗與「三殿」之關係。

〔二〕北内：指北宫，皇后所居之宫。見本卷立皇后丞相率文武百僚稱賀壽皇表注〔一〕。

〔三〕正歲：夏曆正月。周禮天官小宰：「正歲，帥治官之屬，而觀治象之法。」鄭玄注：「正歲，謂夏之正月，得四時之正。」彌文：指彌加文飾的禮制。王安石嫡母追封德國太夫人劉氏可追封許國太夫人：「先王制禮，及後世而彌文。顧所以順理而即人情，古今一也。」

〔四〕昭代：政治清明之時代，常用以稱頌本朝或當代。劍南詩稿卷四六朝饑示子聿：「生逢昭代雖虚過，死見先親幸有辭。」

〔五〕三靈：指天、地、人。文選班固典引：「答三靈之蕃祉，展放唐之明文。」李善注：「三靈，天、地、人也。」李周翰注：「放唐，謂堯也。」

〔六〕寶運：指國運，皇業。見本卷賀皇帝表注〔一〕。

〔七〕浸威盛容：盛大的聲威和典禮。

〔八〕灼龜：用火燒炙龜甲，視其裂紋以測吉凶。史記龜策列傳：「灼龜觀兆，變化無窮。」曲臺：漢代爲著記校書之處，亦指著述校書。漢書儒林傳：「倉説禮數萬言，號曰后氏曲臺記。」顏師古注引服虔曰：「在曲臺校書著記，因以爲名。」綿蕝：同綿蕞，指製訂朝儀典章。參見卷一皇帝御正殿賀表注〔四〕。

〔九〕高年：高齡老人。漢書武帝紀：「然則於鄉里先耆艾，奉高年，古之道也。」

〔一〇〕潤色討論：論語憲問：「爲命，裨諶草創之，世叔討論之，行人子羽脩飾之，東里子產潤色之。」

丞相率文武百僚賀壽皇正旦表

道妙混成，太極著兩儀之本〔一〕；天端更始，三朝受萬國之歸〔二〕。慶集有邦，歡騰率土。中賀。恭惟至尊壽皇聖帝陛下，濬哲稽古，清明在躬〔三〕。握乾符，闡坤珍〔四〕，難名蕩蕩之德；系唐統，接漢緒，誕受丕丕之基〔五〕。以海宇之富，而蹈巢由高世之風〔六〕；以父子之親，而行堯舜曠代之事〔七〕。迨此獻歲發春之日，實緊考圖數貢之時〔八〕。史册增華，搢紳太息。臣等幸承睿獎，獲睹昌期。鵷行畢集於大庭，共喜威顔之近；龍衮恪趨於小次，更知榮養之尊〔九〕。

【題解】

正旦，農曆正月初一。本文爲慶賀紹熙元年正旦上呈壽皇聖帝的賀表。

本文原未繫年。歐譜繫於淳熙十六年（一一八九）。當用於紹熙元年（一一九〇）正月。

參考本卷丞相率文武百僚賀皇帝正旦表。

【箋注】

〔一〕道妙：大道。混成：混沌之中自然生成。老子：「有物混成，先天地生。」王弼注：「混然不可得而知，而萬物由之生成，故曰混成也。」「太極」句：易繫辭上：「易有太極，是生兩儀，兩儀生四象，四象生八卦。」孔穎達疏：「太極謂天地未分之前，元氣混而爲一，即是太初、太一也。」

〔二〕天端：指春。公羊傳隱公元年：「春者何？歲之始也。王者孰謂？謂文王也。」漢何休注：「故上繫天端。」徐彦疏：「天端，即春也。」陳立義疏：「春爲天之始，繫王於春，故爲上繫天端。」三朝：正月初一爲歲、月、日之始，故曰三朝。文選班固東都賦：「春王三朝，會同漢京。」李善注：「三朝，歲首朔日也。」漢書孔光傳：「歲之朝，曰三朝。」顏師古注：「歲之朝，月之朝，日之朝，故曰三朝。」

〔三〕濬哲：深邃之智慧。沈約王亮王瑩加授詔：「尚書左僕射亮濬哲淵深，道風清邈。」清明：指政治清廉，法度明晰。詩大雅大明：「肆伐大商，會朝清明。」毛傳：「不崇朝而天下清明。」

〔四〕「握乾符」二句：把握、弘揚天地的符瑞。後漢書班固傳下：「於是聖皇乃握乾符，闡坤珍，披皇圖，稽帝文。」李賢注：「乾符、坤珍謂天地符瑞也。」

〔五〕丕丕之基：巨大的基業，指國家和帝位。書立政：「以并受此丕丕基。」孔安國傳：「并受此大大之基業。」

〔六〕巢由：巢父和許由的並稱。相傳皆爲堯時隱士，堯讓位於二人而不受。指隱居不仕者。

〔七〕曠代之事：指禪讓帝位。

〔八〕考圖數貢：考察圖經，點數貢物。韓愈平淮西碑：「睿聖文武皇帝既受群臣朝，乃考圖數貢。」五百家注昌黎文集有注：「謂考輿地之廣狹，計貢賦之至與不至。」

〔九〕龍衮：繡有龍紋的天子禮服。禮記禮器：「天子龍衮，諸侯黼，大夫黻。」恪：謹慎。小次：爲帝王郊祀所設小篷帳。周禮天官掌次：「朝日祀五帝，則張大次、小次，設重帟、重案。」鄭玄注：「次，謂幄也。」榮養：指兒女贍養父母。晉書文苑傳：「（趙至）曰：『我小未能榮養，使老父不免勤苦。』」

丞相率文武百僚賀皇帝正旦表

堯授舜，舜授禹，方瞻繼照之明；正次王，王次春，茂舉履端之慶〔一〕。乾坤開闢，日月光華。中賀。恭惟皇帝陛下，德上際而下蟠，化東漸而西被〔二〕。改元定號，稽列聖之舊章；發政施仁〔三〕，撫重熙之景運。内有可封之俗，外無不讋之戎〔四〕。方且采諸儒之議，以制朝儀；陳九奏之音〔五〕，以爲親壽。頒朔靡殊於遐邇，受圖高拱於穆清〔六〕，治功卓然，海内幸甚。臣等誤膺睿獎，獲綴通班。戮力同心，永惟春秋五始之義〔七〕；拜手稽首，敢奏天子萬年之詩〔八〕。

【題解】

正旦，農曆正月初一。本文爲慶賀紹熙元年正旦上呈宋光宗的賀表。

本文原未繫年。歐譜繫於淳熙十六年（一一八九）。當用於紹熙元年（一一九〇）正月。

參考本卷丞相率文武百僚賀壽皇正旦表。

【箋注】

〔一〕「正次王」三句：春秋記事，每年以「春，王正月」起始。參見卷一謝賜曆日表注〔一〕。履端，推算年曆始於正月朔日，謂之「履端」。左傳文公元年：「先王之正時也，履端於始，舉正於中，歸餘於終。」杜預注：「步曆之始，以爲術之端首。」孔穎達疏：「履，步也，謂推步曆之初始，以爲術曆之端首。」後因以指正月初一。

〔二〕「德上」二句：德化被於四海之内、天地之間。見卷一瑞慶節賀表注〔六〕、〔七〕。

〔三〕發政施仁：孟子梁惠王上：「今王發政施仁，使天下仕者皆欲立於王之朝。」

〔四〕不譓：指不順服者。文選司馬相如封禪文：「仁育羣生，義征不譓。」李善注：「譓，順也。」

〔五〕九奏：古代行禮奏樂九曲。書益稷「簫韶九成，鳳凰來儀」，孔安國傳：「備樂九奏而致鳳凰。」孔穎達疏：「成，謂樂曲成也。鄭云：『成，猶終也。每曲一終，必變更奏。』故經言九成，傳言九奏，周禮謂之九變，其實一也。」

〔六〕頒朔：帝王每年季冬將來年曆日布告天下諸侯。周禮春官大史：「頒告朔於邦國。」鄭玄注：「天子頒朔於諸侯，諸侯藏之祖廟。」受圖：指帝王受命登位。尚書中候載，河伯曾以河圖授大禹。穆清：指天。史記太史公自序：「漢興以來，至明天子，獲符瑞，封禪，改正朔，易服色，受命於穆清，澤流罔極。」

〔七〕五始：春秋紀事，始以元年、春、王、正月、公即位等五事。漢書王褒傳：「共惟春秋法五始之要，在乎審己正統而已。」顏師古注：「元者，氣之始；春者，四時之始；王者，受命之始；正月者，正教之始；公即位者，一國之始：是爲五始。」

〔八〕「拜手」二句：祝禱天子壽考萬歲。詩大雅江漢：「虎拜稽首：天子萬年。」鄭玄箋：「拜稽首者，受王命策書也。臣受恩無可以報謝者，稱言使君壽考而已。」

渭南文集箋校卷第三

劄子

【釋體】

徐師曾文體明辨序説：「按奏疏者，群臣論諫之總名也。奏御之文，其名不一，故以奏疏括之也。七國以前，皆稱上書。秦初改書曰奏。漢定禮儀，則有四品：一曰章，以謝恩；二曰奏，以按劾；三曰表，以陳請；四曰議，以執異……魏晉以下，啓獨盛行。唐用表狀，亦稱書疏。宋人則監前制而損益之，故有劄子，有狀，有書，有表，有封事，而劄子之用居多，蓋本唐人牓子、録子之制而更其名，乃一代之新式也。」又：「劄者，刺也。」又：「及論其文，則皆以明允篤誠爲本，辨析疏通爲要，酌古御今，治繁總要，此其大體也。」則劄子爲宋代使用最多的新式奏疏之體，亦稱「奏劄」。

本卷收録劄子十首。

本卷嘉定本闕，以弘治本補之。

蠟彈省劄　癸未二月，二府請至都堂撰。

朝廷今來特惇大信、明大義於天下①〔一〕，依周、漢諸侯及唐藩鎮故事〔二〕，撫定中原，不貪土地，不利租賦。除相度於唐、鄧、海、泗一帶置關依函谷關外〔三〕，應有據以北州郡歸命者，即其所得州郡，裂土封建。大者爲王②，帶節度鎮撫大使〔四〕，賜玉帶、金魚、塗金銀印〔五〕。其次爲郡王，帶節度鎮撫使，賜笏頭金帶、金魚、塗金銅印〔六〕。仍各賜鐵券、旌節、門戟從物〔七〕。元係蕃中姓名者，仍賜姓名。各以長子爲節度鎮撫留後〔八〕，世世襲封，永無窮已；餘子弟聽奏充部内防、團、刺史〔九〕，亦令久任。將佐比類金人官制，升等換授。其國置國相一員〔一〇〕，委本國選擇保奏，當降真命。餘官准此。七品以下聽便宜辟除〔一一〕。土地所出，并許截留，充賞給軍兵禄養官吏等用，更不上供。每歲正旦一朝，三年大禮一助祭。如有故，聽遣留後或國相代行③。天申、會慶節，止遣國官一員將命〔一二〕。應刑獄生殺，并委本國照紹興敕令，參酌施行，更不奏案。合行軍法者，自從軍法。四京各用近畿大國兼充留守〔一三〕。朝廷惟於春季遣使朝陵〔一四〕，餘時止用本處官吏侍祠〔一五〕。每遇朝貢〔一六〕，當議厚給茶綵香藥等充回賜，以示撫存。遇一國有警急，諸國迭相救援。如開斥生地〔一七〕，俘獲金寶，并就賜本國，仍永不置監司、帥臣及監軍等官〔一八〕。候議定，各遣子弟一人入覲〔一九〕，當特賜燕勞畢〔二〇〕，即時遣回。機會之來，時不可失，各宜勇決，以稱朝廷開納之意。

【題解】

「蠟彈」即「蠟丸」，古代軍中用於傳遞機密情報。宋趙昇朝野類要帥幕：「蠟彈，以帛寫機密事，外用蠟固，陷於股肱皮膜之間，所以防在路之浮沉漏泄也。」二府指中書省、樞密院，宋代中央政府的核心，分掌軍政，文事出中書，武事出樞密。都堂，指二府的官衙。本文爲陸游應二府邀請，至其官衙所撰。孝宗即位之初，爲集聚抗金力量，欲招撫中原軍閥。宋史卷三三孝宗本紀：「（隆興元年）二月壬戌朔，用史浩策，以布衣李信甫爲兵部員外郎，齎蠟書間道往中原，招豪傑之據有州郡者，許以封王世襲。」該蠟書當即爲此文。本文非奏劄，亦非詔令，以朝廷名義行文，故稱「省劄」。陸游所撰此類代言公文僅此一篇，故置於本卷之首。

本文題下自注作於「癸未二月」，即隆興元年（一一六三）二月。陸游時任樞密院編修官兼編類聖政所檢討官。

參考卷十三代二府與夏國主書。

【校記】

①「特惇」，弘治本、正德本空，注云「光宗廟諱」，據汲古閣本補。

②「王」，原作「玉」，形近而誤，據正德本、汲古閣本改。

③「或國相」，原作「國或相」，字序顛倒，據正德本、汲古閣本乙。

【箋注】

〔一〕惇：推崇，重視。

〔二〕藩鎮：唐初在重要各州設都督府，睿宗時設節度大使，玄宗時又在邊境設置十節度使，通稱「藩鎮」。各藩鎮掌管地區軍政大權，兼管民政、財政，勢力逐漸擴大，形成地方割據，常與朝廷對抗。

〔三〕相度：觀察估量。范仲淹耀州謝上表：「臣相度事機，誠合如此。」唐、鄧、海、泗：均爲州名，其治所分别在今河南泌陽、河南南陽、江蘇灌雲、安徽泗縣一帶。函谷關：關名，因其路在山谷中，深險如函，故名。秦時始置，在今河南靈寶，漢代移至今河南新安。

〔四〕帶節度：指帶節度使銜。宋初削奪節度使實權，使其成爲武官高級虚銜。鎮撫使：南宋初在與金、僞齊接壤的淮南、京西、湖北等路分置鎮撫使，其轄區至數府、州、軍，并兼知府或知州。後廢。

〔五〕玉帶：飾玉的腰帶。金魚：金質的魚符，外有套袋稱金魚袋，唐代作爲符契，宋代無魚符，官員繫魚袋於帶而垂於後。塗金銀印：塗金的銀質印章。這些服飾印記都用以表示品級身分。詳見宋史卷一五三輿服志五、卷一五四輿服志六。

〔六〕笏頭金帶：飾金的腰帶，亦稱「笏頭帶」。洪邁容齋四筆：「執政官宰相，方團毬文帶，俗謂之笏頭者是也。」見宋史卷一五三輿服志五。

〔七〕鐵券：鐵製的券契。古代皇帝頒賜功臣以世代享受某種特權的憑證。旌節：指旌和節。岳珂愧郯録旌節：「旌節之制，命大將帥及遣使於四方，則請而假之。旌以專賞，節以專殺。」「唐天寶中置。節度使受命日賜之，得以專制軍事。行即建節，府樹六纛。」門戟：唐宋時府州衙門、貴官私第等門前陳列的戟。數目各有定制，用來表示威儀。這些券契陳設也都用以表示身分特權。

〔八〕留後：唐代藩鎮坐大，節度使遇有事故，往往以其子侄或親信將吏代行職務，稱節度留後或觀察留後。亦有叛將推翻統帥，自稱留後，而後由朝廷補行正式任命者。新唐書兵志：「兵驕則逐帥，帥彊則叛上。或父死子握其兵而不肯代，或取捨由於士卒，往往自擇將吏，號爲『留後』，以邀命於朝。」

〔九〕防、團、刺史：指防禦使、團練使、刺史。均爲唐代始置職官，防禦使和團練使執掌各區、各州軍事，刺史爲一州行政長官。宋承唐制，置諸州防禦使、團練使、刺史，但無職掌，無定員，僅爲武將兼銜，官階高低依次爲防禦使、團練使、刺史。

〔一〇〕國相：指王國或封國輔政之臣。

〔一一〕便宜：指斟酌事宜，不拘陳規，自行決斷處理。史記廉頗藺相如列傳：「以便宜置吏，市租皆輸入莫府，爲士卒費。」辟除：徵聘授官。周禮地官胥鄭玄注：「自胥師以及司稽，皆司市所自辟除也。」

〔二〕國官：指藩王的屬官。隋書百官志下：「諸王置國官。」

〔三〕四京：宋代以開封府（東京）、河南府（西京）、應天府（南京）、大名府（北京）爲四京。宋史徽宗紀一：「己酉，降德音於四京，減囚罪一等，徒以下釋之。」近畿：謂京城附近地區。江淹蕭太尉子侄爲領軍江州兖州豫州淮南黄門謝啓：「兄子臣鸞，忝守近畿。」

〔四〕朝陵：帝王拜掃祖先陵墓。孟元老東京夢華録清明節：「禁中前半月發宫人車馬朝陵，宗室南班近親，亦分遣詣諸陵墳享祀。」

〔五〕侍祠：陪同祭祀。史記孝文本紀：「諸侯王列侯使者侍祠天子，歲獻祖宗之廟。」裴駰集解引張晏曰：「王及列侯，歲時遣使詣京師，侍祠助祭也。」

〔六〕朝貢：藩屬國或外國使臣入朝，貢獻方物。後漢書烏桓傳：「遼西烏桓大人郝旦等九百二十二人率衆向化，詣闕朝貢，獻奴婢牛馬及弓虎豹貂皮。」

〔七〕開斥：擴充，開拓。語本漢書地理志下：「至武帝攘卻胡、越，開地斥境。」

〔八〕監司：指諸路轉運使司、提點刑獄司、提舉常平司等，有監察各州官吏之責。帥臣：指諸路安撫司的長官。監軍：監督軍隊的官員。

〔九〕入覲：諸侯秋季入朝進見天子。詩大雅韓奕：「韓侯入覲，以其介圭，入覲於王。」鄭玄箋：

「諸侯秋見天子曰覲。」也指地方官員入朝進見皇帝。

〔二〇〕燕勞：設宴慰勞。蘇軾王仲儀真贊序：「公至，燕勞將佐而已。」

論選用西北士大夫劄子

臣伏聞天聖以前，選用人才，多取北人，寇準持之尤力〔一〕，故南方士大夫沉抑者多〔二〕。仁宗皇帝照知其弊，公聽并觀，兼收博采，無南北之異。於是范仲淹起於吳，歐陽脩起於楚，蔡襄起於閩，杜衍起於會稽，余靖起於嶺南〔三〕，皆爲一時名臣，號稱聖宋得人之盛。及紹聖、崇寧間，取南人更多，而北方士大夫復有沉抑之歎。陳瓘獨見其弊〔四〕，昌言於朝曰：「重南輕北，分裂有萌。」嗚呼！瓘之言，天下之至言也。臣伏睹方今雖中原未復，然往者衣冠南渡，蓋亦衆矣。其間豈無抱才術、蘊器識者？而班列之間北人鮮少，甚非示天下以廣之道也。欲望聖慈命大臣近臣各舉趙、魏、齊、魯、秦、晉之遺才〔五〕，以漸試用，拔其尤者而任之，庶上遵仁祖用人之法，下慰遺民思舊之心。其於國家，必將有賴。伏惟留神省察。取進止〔六〕。

【題解】

本文爲陸游上呈宋孝宗的劄子，總結宋代選用人才「兼收博采，無南北之異」的經驗，主張應當注重任用北方人才。

本文原未繫年。歐譜繫於隆興元年，誤。當作於紹興三十二年（一一六二）九月，陸游時任樞密院編修官兼編類聖政所檢討官。本文列於代乞分兵取山東劄子之前亦可證。

【箋注】

〔一〕寇準（九六一—一〇二三）：字平仲，華州下邽（今陝西渭南）人。太平興國五年進士。頗敢直諫，太宗比之爲魏徵。景德元年拜相。天禧三年再相。仁宗朝追謚忠愍。著有寇萊公集。宋史卷三四五有傳。

〔二〕沉抑：指受壓抑而致埋没。葛洪抱朴子廣譬：「逸才沈抑，則與凡庸爲伍。」

〔三〕范仲淹（九八九—一〇五二）：字希文，蘇州吴縣（今江蘇蘇州）人。少時家貧力學。大中祥符八年進士。歷興化令、祕閣校理等。仁宗時擢右司諫，出知睦州、蘇州，召回權知開封府、陝西都轉運使、陝西經略安撫副使兼知延州。慶曆中入爲樞密副使，旋拜參知政事，推行慶曆新政。出知邠州兼陝西四路安撫使等。著有范文正公集。宋史卷三一四有傳。歐陽脩（一〇〇七—一〇七二）：字永叔，吉州廬陵（今江西吉安）人。幼貧而好學。天聖八年進士。任館閣校勘，貶夷陵令。慶曆中知諫院，擢知制誥，贊助慶曆新政。出知滁、揚、潁等州，召回遷翰林學士。嘉祐中知貢舉，任樞密副使，拜參知政事。神宗初出知亳、青、蔡三州，致仕。著有歐陽文忠公集等。宋史卷三一九有傳。蔡襄（一〇一二—一〇六七）：字君謨，興化軍仙遊（今屬福建）人。天聖八年進士。慶曆間知諫院，贊助慶曆新政。後出知福州，改福建路轉運使。召回歷知制誥、知開封府等，又出知福州、泉州。入爲翰林學士。英宗朝出知杭州。卒謚忠惠。工書法，詩文清妙。著有蔡忠惠集等。宋史卷三二〇有傳。杜衍（九七八—一〇五七）：字世昌。越州山陰（今浙江紹興）人。大中祥符元年進士。慶曆三年任樞密使，次年拜相。支持慶曆新政，爲相百日而罷，出知兗州。以太子少師致仕。卒謚正獻。宋史卷三一〇有傳。余靖（一〇〇〇—一〇六四）：本名希古，字安道，韶州曲江（今廣東韶關）人。天聖二年進士。因上疏諫罷范仲淹被貶，慶曆中爲右正言，出使契丹，還任知制誥、史館修撰。知桂州、潭州、青州。出任廣西體量安撫使，知廣州。著有武溪集。宋史卷三二〇有傳。

〔四〕陳瓘（一〇五七—一一二四）：字瑩中，號了翁，南劍州沙縣（今屬福建）人。元豐二年進士。歷仕校書郎、左司諫、權給事中等，歷知衛州、泰州。崇寧中入黨籍，除名遠竄，安置通州。著有尊堯集。宋史卷三四五有傳。

〔五〕聖慈：聖明慈祥。舊時對皇帝或皇太后的諛稱。後漢書孔融傳：「臣愚以爲諸在沖亂，聖慈哀悼，禮同成人，加以號謚者，宜稱上恩，祭祀禮畢，而後絶之。」

〔六〕取進止：古代奏疏末所用套語。猶言聽候旨意，以決行止。

代乞分兵取山東劄子

臣等恭睹陛下特發英斷，進討京東〔一〕，以爲恢復故疆、牽制川陝之謀。臣等獲侍清光，親奉睿旨〔二〕，不勝欣抃，然亦有惓惓之愚〔三〕，不敢隱默者。竊見傳聞之言，多謂虜兵困於西北，不復能保京東，加之苛虐相承〔四〕，民不堪命，王師若至，可不勞而取。若審如此説，則弔伐之兵〔五〕，本不在衆，偏師出境〔六〕，百城自下，不世之功，何患不成？萬一未至盡如所傳，虜人尚敢旅拒〔七〕，遺民未能自拔，則我師雖衆，功亦難必，而宿師於外〔八〕，守備先虚。我猶知出兵京東以牽制川陝，彼獨不知侵犯兩淮、荆襄以牽制京東耶〔九〕？爲今之計，莫若戒敕宣撫司〔一〇〕，以大兵及舟師十分之九固守江淮，控扼要害，爲不可動之計；以十分之一，遴選驍勇有紀律之將，使之更出迭入，以奇制勝。俟徐、鄆、宋、亳等處撫定之後〔一一〕，兩淮受敵處少，然後漸次那大兵前進〔一二〕。如此，則進有闢國拓土之功，退無勞師失備之患，實天下至計也。蓋京東去虜巢萬里〔一三〕，彼雖不能守，未害其彊。兩淮近在畿甸〔一四〕，一城被寇，尺地陷没，則朝廷之憂復如去歲。此臣所以夙夜憂懼，寢不能瞑，而爲陛下力陳其愚也。且富家巨室，未嘗不欲利也，然其徒欲賈於遠者，率不肯以多貲付之〔一五〕。其意以爲山行海宿，要不可保，若傾囊而付一人，或一有得失，悔其可及哉！此言雖小，可以喻大。願陛下留神察焉。臣等誤蒙聖慈，待罪樞筦〔一六〕，攻守大計，實任其責。伏惟陛下照其愚忠，臣等不勝幸甚。取進止。

【題解】

山東，指文中「徐、鄆、宋、亳」一帶，詳見本文注〔一一〕。據題中「代」字及文末「待罪樞莞」句，可知本文爲陸游代樞密院長官所作上呈宋孝宗的劄子。宋、金的軍事對峙，大略可分爲東、中、西三線：東線爲江淮，中線爲荆襄，西線爲川陜。本文提出了穩定江淮、進擊山東的戰略。

本文原未繫年。歐譜繫於紹興三十二年（一一六二），于譜繫於隆興元年（一一六三）。歐譜是。文中有云：「兩淮近在畿甸，一城被寇，尺地陷没，則朝廷之憂復如去歲。」此當指紹興三十一年（一一六一）九月金主完顏亮率軍渡淮，陷揚州，爲虞允文擊敗於采石事。又陸游除樞密院編修官在紹興三十二年九月，則本文當作於該年九月之後。陸游時任樞密院編修官兼編類聖政所檢討官。

【箋注】

〔一〕京東：指宋代京東路，轄境相當於今河南東南部、江蘇和安徽北部及山東大部，治應天府

（今河南商丘）。曾分爲東、西二路，後又合并。金改京東路爲山東路。

〔二〕睿旨：聖人的意旨。後指皇帝的詔令。劉勰文心雕龍史傳：「然睿旨幽隱，經文婉約，丘明同時，實得微言。」

〔三〕惓惓：忠心耿耿貌。漢書劉向傳：「欲終不言，念忠臣雖在甽畝，猶不忘君，惓惓之義也。」顔師古注：「惓惓，忠謹之意。惓讀與拳同。」

〔四〕苛虐：嚴厲殘暴。宋書少帝紀：「刑罰苛虐，幽囚日增。」

〔五〕弔伐：即弔民伐罪，慰問受害百姓，討伐有罪之人。宋書索虜傳：「興雲散雨，慰大旱之思；弔民伐罪，積後己之情。」

〔六〕偏師：指主力軍以外的小部分軍隊。左傳宣公十二年：「韓獻子謂桓子曰：『彘子以偏師陷，子罪大矣。』」

〔七〕旅拒：亦作旅距，聚衆抗拒，違抗。後漢書馬援傳：「若大姓侵小民，黠羌欲旅距，此乃太守事宜。」王先謙集解：「旅距，聚衆相拒耳。」

〔八〕宿師：指駐紮軍隊。

〔九〕兩淮：宋代淮南路曾分爲東、西二路，即淮南東路（淮東）、淮南西路（淮西），合稱兩淮。荆襄：泛指古荆州和襄陽郡地區，即今湖北荆州、襄陽一帶。

〔一〇〕宣撫司：即宣撫使司，宣撫使治所，多置於邊境軍事重鎮。

〔一〕徐、鄆、宋、亳：均爲州名，其治所分别在今江蘇徐州、山東鄆城、河南商丘和安徽亳州一帶。

〔二〕那：同挪，移動。

〔三〕虜巢：指金上京會寧府，在今黑龍江阿城南。

〔四〕畿甸：指京城地區。周書蕭詧傳：「昔方千而畿甸，今七里而磐縈。」

〔五〕背付：計量、交付。

〔六〕樞筦：即樞管，指樞密院。宋代以樞密院爲最高軍事機關，掌軍國機務、兵防、邊備、軍馬等政令，出納機密命令，與中書分掌軍政大權。

上二府論事劄子 壬午六月五日

某伏見大理寺奏北界蒙城縣官邢珪罪狀〔一〕，竊緣有司之議，據其侵犯邊城，殺害義旅〔二〕，雖置極典〔三〕，未足當罪。然既已具奏，則當有特旨，恐與有司之議不可同日而語。何者？有司謹守律令，朝廷當斷以大義故也。按邢珪生於涿、易〔四〕，非祖宗涵養之人；仕於僞界〔五〕，非國家禄使之吏。身有官守，一旦危急，力雖不及，猶能死守，雖懵於逆順〔六〕，不知革面〔七〕，然春秋之義，天下之善一也。若遂誅之，恐非所以勸天下之爲人臣者。奏陳之際，儻爲一言，貸其草芥微命〔八〕，以示中國禮義，實非小補。又慮議者以謂張安國殺耿京事與此略同〔九〕，恐啓寬貸之路〔一〇〕，無以慰歸附之人，則某謂不然。張安國中國人，又嘗受旗榜招安〔一一〕，見利而動，賊殺耿京，反覆奸猾，罪惡明白，與珪實爲不類。兼邢珪所犯，在未被大赦蕩滌之前；張安國所犯，在已受旗榜招安之後。伏乞鈞察。

【題解】

本文爲陸游上呈二府（中書省、樞密院）的劄子，對邢珪的罪狀提出異議，辨析張安國和邢珪的區别。

本文題下自注作於「壬午六月五日」，即紹興三十二年（一一六二）六月五日。陸游時任大理寺司值兼宗正簿。

【箋注】

〔一〕大理寺：掌管刑獄的官署，負責詳斷各地奏報的案件，送審刑院復審後，同署上報。　北界：指北方金人控制的地界。　蒙城：縣名，今屬安徽亳州。

〔二〕義旅：義師。徐陵册陳公九錫文：「英圖邁俗，義旅如雲。」

〔三〕極典：指死刑。岳珂桯史汪革謡讖：「革亶坐手殺平人，論極典，從者末減。」

〔四〕涿、易：均爲州名，其治所分别在今河北涿州和易縣。

〔五〕僞界：即上文「北界」。

〔六〕懵於逆順：指對於宋、金政權孰爲正統認識不清。懵，心智迷亂。

〔七〕革面：比喻徹底悔改。葛洪抱朴子用刑：「洗心而革面者，必若清波之滌輕塵。」

〔八〕草芥：比喻細微、輕賤。孟子離婁上：「視天下悦而歸己，猶草芥也，惟舜爲然。」

〔九〕張安國殺耿京：耿京爲濟南人，金主完顔亮南侵，中原百姓不堪其擾，紛紛組織義軍，耿京等豎起抗金大旗，聚衆數十萬。紹興三十二年正月，耿京遣諸軍都督提領賈瑞、掌書記辛棄疾等人奉表南下，尋求南宋朝廷的支持。宋高宗嘉其忠義，授耿京爲天平節度使、知東平府，下屬也各授官職。辛棄疾等尚未北歸覆命，耿京被叛徒張安國殺害，義軍大部潰散。宋史卷三二高宗本紀：「（紹興三十二年閏二月）張安國等攻殺耿京，李寶將王世隆攻破安國，執之以獻。」

〔一〇〕寬貸：寬恕，赦免。後漢書順帝紀：「惟閻顯、江京近親，當伏辜誅，其餘務崇寬貸。」

〔一一〕旗榜：指標有名號的旗子與榜文。岳飛奏招楊欽狀：「尋遣軍分頭賫執旗牓，諭以禍福。」

上殿劄子 壬午十一月

臣恭惟陛下天縱聖智〔一〕，生知文武，御極之初〔二〕，内出大號，所以加惠於海内甚渥，猶以爲未足也。乃八月戊子寬恤之令繼下〔三〕，至誠惻怛①〔四〕，纖悉備具，歡欣之聲，達於遠邇，可謂盛矣。然今既累月，不知有司皆已推而致之民乎？若猶未也，是不免爲空文而已，無乃不可乎？又有大不可者。陛下初即大位，乃信詔令以示人之時，前日數十條，或曰當置典憲〔五〕，或曰當議根治，或曰當議顯戮〔六〕，可謂丁寧切至，赫然非常之英斷也。若復爲官吏將帥一切翫習〔七〕，漫不加省，一旦國家有急，陛下詔令戒敕之語，將何加此，而欲使人捐肝腦以衛社稷乎？周官冢宰以正月之吉始和，布治於邦國都鄙，垂象之法，徇以木鐸，曰：「不用法者，國有常刑〔八〕。」正月，周正，今之十一月也。正歲，夏正，今之正月也。自十一月至正月，若未甚久，而申敕告戒，俟以刑辟〔九〕，已如此其嚴。今命下累月，而有司或恬然不以爲意，臣竊惑之。欲望聖慈以所下數十條者申諭中外〔一〇〕，使恪意奉行，毋或失墜。仍命諫官、御史及外臺之臣精加考核，取其尤沮格者與衆棄之〔一一〕。不惟聖澤速得下究〔一二〕，亦使文武小大之臣，聳然知詔令之不可慢如此〔一三〕，實聖政之所當先也。伏惟留神省察。取進止。

【題解】宋史卷三九五陸游傳：「孝宗即位，遷樞密院編修官，兼編類聖政所檢討官。史浩、黃祖善薦游善詞章、諳典故。召見。上曰：『游力學有聞，言論剴切。』遂賜進士出身。入對，言：『陛下初即位，乃信詔令以示人之時，而官吏將帥一切玩習，宜取其尤沮格者與衆棄之。』」本文爲陸游此次入對上殿時上呈宋孝宗的劄子，共三首，分别闡述（一）嚴加考覈，加强詔令威信；（二）悉除繁文，恢復祖宗舊制；（三）政事法度，一以宋仁宗爲法。

本文題下自注作於「壬午十一月」，即紹興三十二年（一一六二）十一月。陸游時任樞密院編修官兼編類聖政所檢討官。

【校記】

①「怛」，原作「但」，據正德本、汲古閣本改。

【箋注】

〔一〕聖智：指聰明睿智，無所不通。墨子尚同中：「是故選擇天下賢良聖知辯慧之人，立以爲天子，使從事乎一同天下之義。」

〔二〕御極：登極，即位。劉勰文心雕龍時序：「明帝秉哲，雅好文會，升儲御極，孳孳講藝。」

〔三〕寬恤之令：寬大體恤百姓的詔令。宋史孝宗本紀：「（紹興三十二年八月）丁亥，班寬恤事十八條。」

〔四〕至誠惻怛：真摯懇切。

〔五〕典憲：法典，典章。舊唐書酷吏傳下：「不唯輕侮典憲，實亦隳壞紀綱。」

〔六〕顯戮：明正典刑，陳屍示衆。書泰誓下：「功多有厚賞，不迪有顯戮。」

〔七〕翫習：玩忽。後漢書桓帝紀：「詔書連下，分明懇惻，而所在玩習，遂至怠慢，選舉乖錯，害及元元。」

〔八〕「周官」七句：周禮天官大宰：「正月之吉，始和，布治於邦國都鄙，乃縣治象之法于象魏，使萬民觀治象，挾日而斂之。」鄭玄注：「正月，周之正月，吉謂朔日。大宰以正月朔日布王治之事於天下。至正歲又書而縣於象魏，振木鐸以徇之，使萬民觀焉。」周禮天官小宰：「正歲，率治官之屬而觀治象之法，徇以木鐸，曰：『不用法者，國有常刑。』」鄭玄注：「正歲，謂夏之正月，得四時之正，以出教令者，審也。古者將有新令，必奮木鐸以警衆，使明聽也。木鐸，木舌也。文事奮木鐸，武事奮金鐸。」徇，對衆宣示。木鐸，以木爲舌的大鈴，銅質。古代宣布政教法令時，巡行振鳴以引起衆人注意。

〔九〕刑辟：刑法，刑律。左傳昭公六年：「昔先王議事以制，不爲刑辟，懼民之有争心也。」楊伯峻注：「刑辟即刑律。」

〔一〇〕申諭：曉諭。江統徙戎論：「此等皆可申諭發遣，還其本域。」中外：指朝廷内外、中央和地方。

〔一一〕沮格：阻止，阻撓。新唐書張説傳：「説畏其擾，數沮格之。」

〔一二〕下究：下達。淮南子主術訓：「是故號令能下究，而臣情得上聞。」

〔一三〕聳然：敬畏貌。聳，同「竦」。司空圖疑經後述：「今夏孫郃自淮陽緘所著新文而至，愚雅以孫文不尚辭，待之頗易，乃見其卜年論，又聳然加敬。」

二

臣聞夏尚忠，商尚質，周尚文〔一〕，三者迭用，非以爲異，因時制宜，有不得不然者。臣竊觀太祖、太宗之世，法度典章，廣大簡易，律令可以禁奸，無滋彰之患；文移可以應務〔二〕，無叢委之弊〔三〕。君臣上下，如家人父子，論説徑直，誠意洞達，所詳者大，所略者小，事易舉，功易成，其氣象風俗，人物議論，至於今可考也。太平既久，日趨於文，放而不還，末流愈遠，浮虚失實，華藻害道。雖號爲粲然備具，而文移書判增至數倍，居官者窮日之力，實不暇給，猾吏奸人乘隙以逞。其始也，所詳者小，所略者大。其極也，并小者不復能詳，則一切鹵莽〔四〕，聽吏之所爲而已。太上皇帝中興大業〔五〕，當宁歎息〔六〕，思有以救之。於是漸加訂正，以還其舊，兩省復通爲一〔七〕，以革迂滯之風，寺監幾省其半〔八〕，以去支離之害。簡禮容，删律令，規模措置，蓋欲悉除繁文，復從祖宗之質而後已。有司奉承，未能盡如本指〔九〕。此陛下今日所當力行不可緩也。臣愚欲望聖慈明詔輔臣，使帥其屬，因今六曹、寺監、百執事所掌〔一〇〕，講求祖宗舊制①，以趨於廣大簡易之域。繁碎重複，無益實事者，一皆省去，使小大之臣，咸有餘力以察奸去蠹，修舉其職〔一一〕，則太平之基，自此立矣。元祐中，司馬光請改三省職事，一如昔日中書之制〔一二〕。蘇轍亦請收昔日三司之權，悉歸户部〔一三〕。則臣所謂因今所掌，以求祖宗舊制，誠不爲難，顧陛下力行何如爾。干冒天聽〔一四〕，伏深戰慄。取進止。

【校記】

①「祖宗」，原作「宗祖」，據正德本、汲古閣本乙。

【箋注】

〔一〕「臣聞」三句：此謂夏、商、周三代文化傾向不同。語本禮記表記：「夏道尊命，事鬼敬神而遠之，近人而忠焉，先禄而後威，先賞而後罰，親而不尊；其民之敝，惷而愚，喬而野，朴而不文。殷人尊神，率民以事神，先鬼而後禮，先罰而後賞，尊而不親；其民之敝，蕩而不静，勝而無耻。周人尊禮尚施，事鬼敬神而遠之，近人而忠焉，其賞罰用爵列，親而不尊；其民之敝，利而巧，文而不慚，賊而蔽。」論語爲政：「孔子曰：『殷因於夏禮，所損益可知也；周因於殷禮，所損益可知也；其或繼周者，雖百世可知也。』」朱熹集注引馬氏曰：「所因，謂三綱五常，所損益，謂文質三統。」熹按：「文質，謂夏尚忠，商尚質，周尚文。」

〔二〕文移：文書，公文。後漢書光武帝紀上：「於是置僚屬，作文移，從事司察，一如舊章。」

〔三〕叢委：繁多，堆積。范仲淹舉歐陽修充經略掌書記狀：「而或奏議上聞，軍書叢委，情須可達，辭貴得宜。」

〔四〕鹵莽：苟且，馬虎。皇甫湜制策一道：「怙衆以固權位，行賄以結恩澤，因循鹵莽，保持富貴而已。」

〔五〕太上皇帝：指宋高宗。

〔六〕當宁：指皇帝臨朝聽政。宁，古代宫室門内屏外之地。君主在此接受諸侯的朝見。禮記曲禮下：「天子當宁而立，諸公東面，諸侯西面，曰朝。」孔穎達疏：「天子當宁而立者，此爲春夏受朝時也。」

〔七〕兩省：中書省和門下省的合稱。資治通鑑後周世宗顯德四年：「九月，中書舍人竇儼上疏……乞令即日宰相於南宫三品、兩省給舍以上，各舉所知。」胡三省注：「兩省，謂中書、門下省也。」

〔八〕寺監：太常寺、光禄寺、將作監、都水監等寺、監兩級官署的并稱。司馬光論錢穀宜歸一劄子：「其舊日三司所管錢穀財用，事有散在五曹及諸寺監者，并乞收歸户部。」

〔九〕本指：同本旨。原意。史記張耳陳餘列傳：「（貫高）具道本指所以爲者王不知狀。」

〔一〇〕六曹：指尚書省吏、户、禮、兵、刑、工六部。　百執事：百官。國語吴語：「王總其百執事，以奉其社稷之祭。」韋昭注引賈逵曰：「百執事，百官。」

〔一一〕修舉：恢復。　范仲淹奏乞兩府兼判：「至歲終，具禮樂有所損益，或廢墜有所修舉，畫一進呈。」

〔一二〕司馬光（一〇一九—一〇八六）：字君實，陝州夏縣（今屬山西）人。寶元元年進士。歷館閣校勘、天章閣待制兼侍講、知諫院。神宗時擢翰林學士，除權御史中丞，反對王安石變法，出知永興軍，判西京御史台，退居洛陽十五年。哲宗時召拜門下侍郎、尚書左僕射，主持朝政，廢除新法。同年病卒。謚文正。著有資治通鑑、傳家集。宋史卷三三六有傳。　三省：指中書省、門下省、尚書省。宋初三省雖存，并無實權，政歸中書、樞密院及三司。元豐五年改制，分建三省，與樞密院同爲最高權力機構。元祐間三省同取旨，實際上又合三爲一。司馬光卒於元祐元年，此稱「元祐中」或有疏誤。見傳家集卷五七乞合兩省爲一劄子。

〔一三〕蘇轍（一〇三九—一一一二）：字子由，蘇軾弟，眉州眉山（今屬四川）人。嘉祐二年進士，復舉制科。歷三司條例司檢詳文字、河南留守推官、監筠州鹽酒税等。哲宗時召爲秘書省校書郎，改右司諫，歷中書舍人、户部侍郎、翰林學士知制誥，拜尚書右丞，進門下侍郎。落職知汝州，提舉宫觀，致仕。著有欒城集。宋史卷三三九有傳。　三司：官署名。宋承唐末五代之制，以鹽鐵、度支、户部爲三司，統籌國家財政。後或分或合。元豐改制，廢三司，將其大部分事務歸於户部及其所屬機構。見欒城集卷四一請户部復三司諸案劄子。

〔一四〕干冒：觸犯，冒犯。周禮秋官士師：「四曰犯邦令。」鄭玄注：「干冒王教令者。」賈公彦疏：「鄭云干冒王教令者，謂犯邦令不肯依行。」

三

臣竊觀周自后稷、公劉以來〔一〕，積德深遠，卜世長久〔二〕。爲之子孫者，宜皆取法焉，然而獨曰「儀刑文王」，又曰「儀式刑文王之典」〔三〕。漢自高帝創業，其後嗣亦多賢君，然史臣獨曰：「漢言文、景〔四〕，美矣！」至武帝之功烈〔五〕，猶以不遵文、景之恭儉爲恨。唐三百年，一祖三宗〔六〕，皆號盛世，而太宗貞觀政要之書獨傳〔七〕，寶以爲大訓〔八〕。元祐中，學士范祖禹亦曰〔九〕：「祖宗畏天愛民，子孫皆當取法。惟仁宗在位最久，德澤深厚，結於天下。誠能專法仁宗，則成康之隆〔一〇〕，不難致也。」嗚呼！祖禹之言，天下之至言也。迨我太上皇帝〔一一〕，躬履艱難，慨然下詔，專法仁祖之政，且竊聞燕閒惟考觀仁祖政事〔一二〕，是以於萬斯年，無疆惟休〔一三〕，亦享仁祖垂拱之福〔一四〕，可謂盛矣。陛下紹體聖緒〔一五〕，正當師太上專法仁祖之意，申命邇英進讀之臣〔一六〕，日以寶訓反覆敷繹，以究微意〔一七〕。仍命輔臣，政事法度，一以仁祖爲法。臣將見陛下福禄川至，治效日見，年穀屢豐，四夷率服，慶曆、皇祐之盛〔一八〕，復見於今。雖遐方絶壤，皆當梯航而至矣〔一九〕，況中原故地，其有不復者哉！臣不勝至願，伏惟聖慈留神省察。取進止。

【箋注】

〔一〕后稷：周之先祖。相傳爲姜嫄踐天帝足迹懷孕所生子，曾被棄而不養，故名「棄」。虞舜命其爲農官，教民耕稼，稱爲「后稷」。詩大雅生民：「厥初生民，時維姜嫄……載生載育，時維后稷。」公劉：古代周族的領袖。相傳爲后稷曾孫。遷徙豳地定居，不貪圖享受，努力發展農業生産。後作爲仁君的楷模。詩大雅公劉序：「成王將涖政，戒以民事。美公劉之厚於民，而獻是詩也。」

〔二〕卜世：占卜預測傳國的世代之數，此泛指國運。左傳宣公三年：「成王定鼎於郟鄏，卜世三十，卜年七百，天所命也。」

〔三〕儀刑、儀式刑：均指效法、取法。詩大雅文王：「儀刑文王，萬邦作孚。」朱熹集傳：「儀，象。刑，法。」詩周頌我將：「儀式刑文王之典，日靖四方。」朱熹集傳：「儀、式、刑，皆法也。」

〔四〕文景：西漢文帝與景帝的並稱。兩帝前後相繼，輕徭薄賦，與民休息，社會比較安定富裕，史稱「文景之治」。

〔五〕功烈：功勳業績。左傳襄公十九年：「銘其功烈，以示子孫。」

〔六〕一祖三宗：指唐高祖、唐太宗、唐高宗、唐玄宗。

〔七〕貞觀政要：唐吴兢編著，凡十卷，分類編撰貞觀年間唐太宗與魏徵、房玄齡等大臣的問答，記録當時的法制政令，以爲治國借鑒。

〔八〕大訓：先王聖哲的教言。書顧命：「嗣守文、武大訓，無敢昏逾。」孔安國傳：「言奉順繼守文、武大教，無敢昏亂逾越。」

〔九〕范祖禹（一〇四一—一〇九八）：字淳甫，成都華陽人。舉進士甲科，從司馬光編修資治通鑑，著有唐鑑、帝學、范太史集等。宋史卷三三七有傳。

〔一〇〕成康：見卷一會慶節賀表注〔五〕。

〔一一〕太上皇帝：指宋高宗。

〔一二〕燕閒：閒暇，公餘之時。 考觀：研究審察。漢書韋賢傳論：「考觀諸儒之議，劉歆博而篤矣。」

〔一三〕於萬斯年：極言年代久長。詩大雅下武：「於萬斯年，受天之祜。」無疆惟休：無窮美善。書召誥：「惟王受命，無疆惟休，亦無疆惟恤。」孔穎達疏：「所以戒成王，天改殷命，惟王受之，乃無窮惟美，亦無窮惟當憂之。」

〔一四〕垂拱：垂衣拱手。指不親理事務，用以稱頌帝王無爲而治。書武成：「惇信明義，崇德報功，垂拱而天下治。」孔穎達疏：「謂所任得人，人皆稱職，手無所營，下垂其拱。」

〔一五〕紹體：承繼。聖緒：帝王的統緒。史記三王世家：「陛下奉承天統，明開聖緒，尊賢顯功，興滅繼絶。」

〔一六〕邇英：邇英殿的省稱。宋代禁苑宮殿名，義取親近英才。進讀：在皇帝前朗讀詩文。漢書叙傳上：「每奏事，斿以選受詔進讀羣書。」顔師古注：「於天子前讀書。」

〔一七〕寶訓：皇帝的言論詔諭。蘇轍亡兄子瞻端明墓誌銘：「嘗侍上讀祖宗寶訓，因及時事。」敷繹，敷陳尋繹。微意：隱藏之意，精深之意。蘇軾杜處士傳：「子能詳微意，知所激刺，亦無患子矣。」

〔一八〕慶曆、皇祐：均爲宋仁宗年號。慶曆爲一〇四一至一〇四八年，皇祐爲一〇四九至一〇五四年。

〔一九〕梯航：梯山航海的省語。指長途跋涉。唐玄宗賜新羅王詩：「玉帛遍天下，梯杭歸上都。」杭，同「航」。

擬上殿劄子　壬午准備輪對，會内禪遂不果上。

臣觀小毖之詩，見成王孜孜求助，特在初載〔一〕，意其臨天下之久，閲義理之多，則當默識獨斷，雖無待於群臣可也。及考之書，然後知其不然。舜伐三苗，年九十有三，聞伯益一言，則退而敷文德，舞干羽，無一毫自用之意〔二〕。武王受貢獒，年九十有一，召公作訓，累數百言，武王納之，不以爲過〔三〕。嗚呼！爲人臣而不以舜、武王望其君者，不恭其君也。伏以陛下生知之聖，度越百王，稽古之學，博極墳典〔四〕，歷試諸難，身濟大業，更事閲理多矣。自公卿大臣，皆陛下四十年教養所成，況於小儒賤士，見聞淺陋，曾何足以仰清光、備顧問哉？然其所陳，則未必無尺寸之長。何者？舉吏部之籍，縉紳之士幾人，其得見君父者幾人，白首州縣而不得一望闕門者多矣〔五〕。則凡進見之人，固宜夙夜殫思竭誠，以幸千載之遇，雖其間有論事梗野不達大體者，究其設心，亦願際會〔六〕。犯威顔以徇俗，捨富貴以取名，臣竊謂無是理也。欲望陛下昭然無置疑於聖心，克己以來之，虛心以受之，不憚捨短而取長，以求千慮之一得，庶幾下情得以畢達。群臣無伯益、召公之賢，陛下以舜、武王之心爲心，則是聖德巍巍，過於舜、武王矣。如其屈萬乘之尊，躬日昃之勞〔七〕，顧於疏遠之言，無大施用，姑以天地之度容之而已，是獨言者一身之幸也。干冒天威，臣無任惶怖俟罪之至。

【題解】

宋制：在京職事官自侍從以下，五日輪一員上殿面奏時政，并提出建議，稱「輪當面對」，簡稱「輪對」。參見趙昇朝野類要班朝。本文爲陸游準備輪對上殿時上呈宋高宗的劄子，希望高宗如舜、武王一樣虚心納諫，但最終因「内禪」而未能呈上。「内禪」指帝王傳位給内定的繼承人，此指紹興三十二年六月宋高宗傳位於孝宗。

本文題下自注作於「壬午」「内禪」之前，即紹興三十二年（一一六二）六月之前。陸游時任大理寺司值兼宗正簿。

【箋注】

〔一〕「臣觀」三句：謂小毖所載成王求助，在其初年。小毖爲詩經篇名。詩周頌小毖序：「小毖，嗣王求助也。」鄭玄箋：「毖，慎也。天下之事，當慎其小，小時而不慎，後爲禍大。故成王求忠臣早輔助己爲政，以救患難。」初載，初年，早期階段。詩大雅大明：「文王初載，天作之合。」

〔二〕「舜伐」六句：謂舜命禹伐三苗，伯益向禹進言，禹遂收兵。舜施行禮樂教化，三苗爲感化。三苗，古國名。書舜典：「竄三苗於三危。」孔安國傳：「三苗，國名，縉雲氏之後，爲諸侯，號饕餮。三危，西裔。」史記五帝本紀：「三苗在江淮、荆州數爲亂。」張守節正義：「吴起曰：『三苗之國，左洞庭而右彭蠡……今江州、鄂州、岳州，三苗之地也。』」書大禹謨：「益贊于禹曰：『惟德動天，無遠弗届。滿招損，謙受益，時乃天道……』禹拜昌言曰：『俞！』班師振旅。帝乃誕敷文德，舞干羽於兩階，七月有苗格。」伯益，東夷部落的首領，爲嬴姓各族的祖先。敷文德，施行禮樂教化。舞干羽，指施行禮樂，干羽爲舞者所執舞具，文舞執羽，武舞執干。自用，自行其是，不接受别人的意見。書仲虺之誥：「能自得師者王，謂人莫己若者亡。好問則裕，自用則小。」

〔三〕「武王」六句：謂周武王克商，與蠻夷諸國建立起聯繫。西方小國旅進貢了猛犬獒，召公就作旅獒篇，用來教誨武王。書旅獒：「惟克商，遂通道于九夷八蠻。西旅底貢厥獒，太保乃作旅獒，用訓于王。」太保即召公，姬姓，名奭，周之支族，食邑於召（今陝西岐山）。佐武王滅商，曾任太保之職。

〔四〕墳典：三墳、五典的并稱，後爲古代典籍的通稱。左傳昭公十二年：「是能讀三墳、五典、八索、九丘。」杜預注：「皆古書名。」書序：「討論墳典。」

〔五〕闕門：兩觀之間。此指朝廷。

〔六〕梗野：率直粗魯。新唐書方伎傳：「武后召見（尚獻甫），由道士擢太史令，辭曰：『臣梗野，不可以事官長。』」設心：用心，居心。孟子離婁下：「其設心以爲不若是，是則罪之大者。」際會：聚首，聚會。禮記大傳：「異姓主名，治際會。」鄭玄注：「際會，昏禮交接之會也。」

〔七〕日昃：太陽偏西，約下午二時左右。易離：「日昃之離，何可久也？」

上二府乞勿受慶雲圖劄子　癸未春

伏睹尚書省劄子〔一〕，知閬州吕游問奏慶雲見〔二〕，并圖一軸，奉聖旨降付編類聖政所〔三〕。仰見主上聖孝，推美太上皇帝之心〔四〕。然竊聞太上皇帝建炎之初，京東進芝草〔五〕，親詔却之，盛德煌煌，光映簡册。今乃以慶雲見爲聖政，恐非太上皇帝之本意。兼閬州所奏，專以慶雲見於普安郡〔六〕，及在主上即位前一日，爲受命之符〔七〕，諛佞牽合，不識大體，政與京東芝草相類。若受而不却，雖不報行，其誰不知？深恐自此草木之妖，氛氣之怪，緯候之説〔八〕，歌頌之文，紛紛來上，却之則自啓其端，不却則遂將成俗。欲望鈞慈以太上皇帝却芝草故事〔九〕，委曲奏陳，主上剛明英斷，必有以處此矣。干冒鈞嚴，不勝恐怖之至。

【題解】

慶雲，爲五色雲，古人以爲喜慶、吉祥之氣。漢書天文志：「若煙非煙，若雲非雲，郁郁紛紛，蕭蕭輪囷，是謂慶雲。慶雲見，喜氣也。」古代地方官常以上奏祥瑞來討好皇帝。本文爲陸游請求編類聖政所不接受慶雲圖而上呈三府（中書省、樞密院）的劄子。

本文題下自注作於「癸未春」，即隆興元年（一一六三）春。陸游時任樞密院編修官兼編類聖政所檢討官。

【箋注】

〔一〕尚書省：官署名，與中書省、門下省合稱三省。宋初無實際職掌。元豐改制後，尚書省掌執行皇帝命令，設左右僕射爲宰相，并分兼門下侍郎和中書侍郎。建炎三年，尚書左右僕射皆加同中書門下平章事。乾道八年，改左右僕射爲左右丞相。

〔二〕閬州：州名。唐代始置，轄境在今四川蒼溪、閬中、南部等地。宋屬利州路。

〔三〕編類聖政所：官署名，簡稱聖政所。紹興三十二年九月由敕令所改名，專掌編纂高宗建炎、紹興年間所頒詔旨條例和重要政事，以及前代勳臣、義士之事迹。隆興元年五月并歸日曆所。

〔四〕推美：推崇美德，推重贊美。李絳王紹神道碑：「内守持盈之誡，外宏推美之度。」太上皇帝：指宋高宗。

〔五〕芝草：靈芝，菌類。古代以爲瑞草，服之能成仙。韓愈與崔群書：「鳳皇芝草，賢愚皆以爲美瑞。」

〔六〕普安郡：郡名，即劍州，屬利州路。轄境在今四川劍閣、梓潼等地。隆興二年升普安軍節度。

〔七〕受命：受天之命。此指孝宗受内禪即位。書召誥：「惟王受命，無疆惟休，亦無疆惟恤。」

〔八〕氛氣：凶邪之氣。漢書董仲舒傳：「今陰陽錯繆，氛氣充塞。」顔師古注：「氛，惡氣也。」

緯候：讖緯之學。多指天象符瑞、占驗災異之術。北齊書方伎宋景業：「明周易，爲陰陽緯候之學，兼明曆數。」

〔九〕鈞慈：對帝王或長官的敬稱。謂其仁厚慈愛。岳飛申劉光世乞兵馬糧食狀：「欲望鈞慈，捐一二千之衆，假十餘日之糧，令飛得激厲士卒，徑赴賊壘。」

上二府論都邑劄子

某自頃奏記，迨今累月，自顧賤愚不肖，無尺寸可以上補聰明，而徒以無益之事上勤省閲，實有罪焉，故久不敢以姓名徹左右〔一〕。今者偶有拳拳之愚，竊謂相公所宜聞者〔二〕，伏冀少留觀覽，幸甚幸甚。伏聞北虜累書請和，仰惟主上聖武，相公威名，震疊殊方〔三〕，足以致此，而天下又方厭兵，勢且姑從之矣。然某聞江左自吴以來，未有捨建康他都者〔四〕。吴嘗都武昌，梁嘗都荆渚，南唐嘗都洪州〔五〕，當時爲計，必以建康距江不遠，故求深固之地。然皆成而復毁，居而復徙，甚者遂至於敗亡，相公以爲此何哉？天造地設，山川形勢，有不可易者也。車駕駐蹕臨安，出於權宜〔六〕，本非定都，以形勢則不固，以饋餉則不便〔七〕，海道逼近，凜然常有意外之憂。至於讖緯俗語〔八〕，則固所不論也。今一和之後，盟誓已立，動有拘礙，雖欲營繕，勢將艱難。某竊謂及今當與之約，建康、臨安，皆係駐蹕之地，北使朝聘〔九〕，或就建康，或就臨安。如此，則我得以閒暇之際建都立國，而彼既素聞，不自疑沮。黠虜欲借以爲辭，亦有不可者矣。今不爲，後且噬臍〔一〇〕。至於都邑措置，當有節目〔一一〕，若相公以爲然，某且有以繼進其說，不一二年，不拔之基立矣。某智術淺短，不足以議大計，然受知之深，不敢自以疏遠爲疑。干冒鈞聽，下情恐懼之至〔一二〕。

【題解】

隆興元年（一一六三），宋、金和議將啓。本文爲陸游建議籌畫建都建康而上呈二府（中書省、樞密院）的劄子。

本文原未繫年。歐譜繫於隆興二年，誤。陸游時任鎮江通判，已離朝廷。當作於隆興元年（一一六三）春。陸游時任樞密院編修官兼編類聖政所檢討官。本文列於上二府乞勿受慶雲圖劄子之後亦可證。

【箋注】

〔一〕自頃：近來。奏記：書面向公府等長官陳述意見。漢書丙吉傳：「賀即位，以行淫亂廢，光與車騎將軍張安世諸大臣議所立，未定。吉奏記光曰……」賤愚不肖：自謙之辭。徹：達，到。

〔二〕相公：舊時對宰相的敬稱。文選王粲從軍詩：「相公征關右，赫怒震天威。」李善注：「曹操爲丞相，故曰相公也。」

〔三〕震疊：震驚，恐懼。殊方：遠方，異域。班固西都賦：「踰崑崙，越巨海，殊方異類，至於三萬里。」

〔四〕江左：江東。指長江下游以東地區。丘光庭兼明書雜説江左：「晉、宋、齊、梁之書，皆謂江東爲江左。」魏禧日録雜説：「江東稱江左，江西稱江右，何也？曰：自江北視之，江東在左，江西在右耳。」建康：今江蘇南京。東晉、南朝宋、齊、梁、陳五朝定都於此，爲六朝經濟、文化中心。唐置昇州。宋改江寧府。南宋建炎三年改稱建康府，并設行宫。

〔五〕荆渚：今湖北荆州西。南朝梁元帝、後梁蕭詧曾建都於此。洪州：今江西南昌。南唐李璟建爲南都。

〔六〕駐蹕：指帝王出行，途中停留暫住。左思吴都賦：「于是弭節頓轡，齊鑣駐蹕。」臨安：今浙江杭州。南宋建炎三年設行宫於此，紹興八年定都於此。權宜：指暫時適宜的措施。

後漢書西羌傳論：「計日用之權宜，忘經世之遠略。」

〔七〕饋餉：指運送糧餉。曾鞏上歐陽學士第二書：「承藉世德，不蒙矢石，備戰守，馭車僕馬，數千里饋餉。」

〔八〕讖緯：漢代流行的神學迷信。「讖」爲讖語，指巫師或方士製作的一種隱語或預言，作爲吉凶的符驗或徵兆。「緯」爲緯書，指方士化的儒生編集起來附會儒家經典的各種著作。後漢書方術傳上：「（廖扶）專精經典，尤明天文、讖緯、風角、推步之術。」

〔九〕朝聘：古代諸侯親自或派使臣按期朝見天子。禮記王制：「諸侯之於天子也，比年一小聘，三年一大聘，五年一朝。」鄭玄注：「比年，每歲也。小聘，使大夫；大聘，使卿；朝，則君自行。」

〔一〇〕噬臍：自齧腹臍。比喻後悔不及。左傳莊公六年：「亡鄧國者，必此人也。若不早圖，後君噬齊。」杜預注：「若齧腹齊，喻不可及也。」齊，同「臍」。

〔一一〕節目：指程式。

〔一二〕下情：謙詞。指自己的心情或情況。晉書陸納傳：「（納）後伺温（桓温）閒，謂之曰：『外有微禮，方守遠郡，欲與公一醉，以展下情。』」

渭南文集箋校卷第四

劄子

【釋體】

本卷文體同卷三，收録劄子十二首。

本卷嘉定本闕，以弘治本補。

上殿劄子

臣聞善觀人之國者無他，惟公道行與否爾。書曰：「毋虐煢獨，而畏高明〔一〕。」詩曰：「柔亦不茹，剛亦不吐〔二〕。」此爲國之要也。若夫虐煢獨，畏高明，茹柔吐剛，而能使天下治者，自古未之有也①。朝廷之體，責大臣宜詳，責小臣宜略；郡縣之政，治大姓宜詳，治小民宜略；賦斂之事〔三〕，宜先富室；征税之事，宜覈大商。是之謂至平，是之謂至公。行之一邑則一邑治，行之一郡則一郡治，行之天下而治不逮於古者，萬無是理也。伏見朝廷頃因人言，必顯有功狀，乃畀職名〔四〕。行之數年，而大臣、近侍不得職者幾人，帥臣、監司之加職者又比比而有，至於銓曹、格法所以厄小官者，則未嘗少弛張也〔五〕。慶典之行，所及至廣，貼職以上，例皆甄復，雖阿附秦氏得罪者亦在焉〔六〕。至於常調孤遠，固多久絓刑憲者〔七〕，今更赦令，雖使皆得霑被，銓法拘攣，必不如是之曠蕩也〔八〕。無乃責大吏反略而責小臣反詳乎？郡縣之吏，不能自立，觀望揣摩，惟强是畏。豪右雖犯重辟②〔九〕，官吏貪者、黠者則公與之爲市，廉者、懦者則又自營曰，得無反爲所害乎？凡嫁禍平人誘罪僮奴者，皆有司爲之道地也〔一〇〕。凶年饑歲，雖貧富俱病，然富者利源至多，貧者惟守田畝，孰爲當恤？視郡縣之庭，鞭笞流血、杻械被體者〔一一〕，皆貧民也。吴蜀萬里，關征相望〔一二〕，富商大賈，先期遣人懷金錢以賂津吏〔一三〕，大舸重載，通行無苦。終更小官，造廷進士，垂橐蕭然〔一四〕，齎糧有限③，而稽留苛暴〔一五〕，略不之恤。如是謂之平可乎？謂之公可乎？臣昧死伏望陛下推至平至公之道，自朝廷始，然後下詔戒敕四方，而繼之以誅賞。不過歲月，治效自見，惟在陛下執之重如山嶽、堅若金石爾。荀卿論鬬國之説曰：「兼并易能也，堅凝之難〔一六〕。」夫豈獨兼并哉，凡爲政，施行之甚易，堅凝之甚難。臣區區之言，陛下或以爲萬有一可采焉，敢并以堅凝爲獻。取進止。

【題解】

于譜：「（淳熙十五年）冬，除軍器少監，入都。」宋史卷三九五陸游傳：「再召，入見，上曰：『卿筆力回斡甚善，非他人可及。』除軍器少監。」宋史卷三五孝宗本紀：「（淳熙十五年十一月）甲辰，詔百官輪對，毋過三奏。」本文爲陸游應詔輪對時上呈宋孝宗的劄子，共三首，分别闡述（一）希望以堅定的決心，推行公平治道；（二）弘揚「氣高天下」的精神，鼓舞抗金士氣；（三）總結和戰交替的規律，提醒加强邊備。

本文原未繫年。歐譜繫於淳熙十五年（一一八八），是。當作於該年冬。陸游時任軍器少監。

【校記】

①「自」，原作「目」，據正德本、汲古閣本改。

②「辟」，原作「郡」，據正德本、汲古閣本改。

③「齎」，原作「齋」，據正德本、汲古閣本改。

【箋注】

〔一〕「毋虐」二句：書洪範：「無虐煢獨，而畏高明。」孔安國傳：「煢，單，無兄弟也。無子曰獨。

單獨者不侵虐之。寵貴者不枉法畏之。」煢獨，孤苦伶仃之人。

〔二〕「柔亦」二句：詩大雅烝民：「人亦有言，柔則茹之，剛則吐之。維仲山甫，柔亦不茹，剛亦不吐，不侮矜寡，不畏彊禦。」鄭玄箋：「柔，猶濡毳也；剛，堅强也。剛柔之在口，或茹之，或吐之。喻人之於敵强弱。茹，廣雅云：食也。」後用「茹柔吐剛」比喻欺軟怕硬，凌弱避强。此處「柔亦不茹，剛亦不吐」，贊揚仲山甫不凌弱，不畏强。

〔三〕賦斂：田賦，税收。左傳成公十八年：「薄賦斂，宥罪戾。」

〔四〕功狀：報告立功情況的文書。三國志孫堅傳：「刺史臧旻列上功狀，詔書除堅鹽瀆丞。」畀：給予。職名：指職銜。

〔五〕銓曹：主管選拔官員的部門。包湑會昌解頤録：「銓曹往例，各合得一官，或薦他人亦得。」格法：法度，成法。弛張：比喻處事的鬆緊、進退、寬嚴等。劉勰文心雕龍論説：「夫説貴撫會，弛張相隨，不專緩頰，亦在刀筆。」

〔六〕貼職：兼職。劉禹錫復荆門縣記：「初，公以縣之之便聞於上也，禹錫方以郎位貼職於計曹。」甄復：經審查後復職。秦氏：此指秦檜。

〔七〕常調：按常規遷選官吏。高適宋中遇劉書記有别詩：「幾載困常調，一朝時運催。」孤遠，指遠離皇帝，地位低微。曾鞏梅福封壽春真人制：「敕某：在漢之際，數以孤遠，極言天下之事，其志壯哉。」絓：觸犯。刑憲：刑法。王充論衡答佞：「聖王刑憲，佞在惡中；聖王賞勸，賢在善中。」

〔八〕銓法：選拔、任用官吏的條例。新唐書選舉志下：「初，銓法簡而任重。」拘攣：拘束，拘泥。揚雄太玄賦：「蕩然肆志，不拘攣兮。」曠蕩：寬宥，從寬論處。宋書薛安都傳：「四方阻逆，無戰不禽，主上皆加以曠蕩，即其才用。」

〔九〕豪右：富豪家族、世家大户。後漢書明帝紀：「濱渠下田，賦與貧人，無令豪右得固其利。」李賢注：「豪右，大家也。」重辟：極刑，死罪。陳書孔奂傳：「時左民郎沈炯爲飛書所謗，將陷重辟，事連臺閣，人懷憂懼。」

〔一〇〕平人：無罪之人，良民。資治通鑑後唐明宗天成元年：「友謙妻張氏帥家人二百餘口，見紹奇曰：『朱氏宗族當死，願無濫及平人。』」道地：事先疏通，以留餘地。漢書酷吏傳：「丞相議奏延年『主守盜三千萬，不道』。霍將軍召問延年，欲爲道地。」顏師古注：「爲之開通道路，使有安全之地也。」

〔一一〕杻械：脚鐐手銬。泛指刑具。杜甫草堂詩：「眼前列杻械，背後吹笙竽。」

〔一二〕關征：收税的關卡。

〔一三〕津吏：管理渡口、橋樑的官吏。趙曄吴越春秋闔閭内傳：「(椒丘訢)過淮津，欲飲馬於津，津吏曰：『水中有神。』」

〔一四〕垂橐：垂着空袋。指空無所有。韓愈答竇秀才書：「錢財不足以賄左右之匱急，文章不足以發足下之事業，稛載而往，垂槖而歸，足下亮之而已！」

〔一五〕稽留：延遲，停留。墨子號令：「傳言者十步一人，稽留言及乏傳者斷。」孫詒讓閒詁引蘇時學曰：「稽留謂不以時上聞。」

〔一六〕闢國：開國。荀子議兵：「兼并易能也，唯堅凝之難焉。」堅凝：牢固，堅定。

二

臣伏讀御製蘇軾贊〔一〕，有曰：「手抉雲漢，斡造化機①〔二〕，氣高天下，乃克爲之。」嗚呼！陛下之言，典謨也〔三〕。軾死且九十年，學士大夫徒知尊誦其文，而未有知其文之妙在於氣高天下者。今陛下獨表而出之，豈惟軾死且不朽，所以遺學者顧不厚哉！然臣竊謂天下萬事，皆當以氣爲主，軾特用之於文爾。趙普氣蓋諸國，故能成混一之功〔四〕；寇準氣吞醜虜，故能成却敵之功〔五〕；范仲淹氣壓靈夏，故西討而元昊款伏〔六〕；狄青氣懾嶺海，故南征而智高殄滅〔七〕。至於韓琦、富弼、文彦博之勳勞，唐玠、包拯、孔道輔之風節〔八〕，大抵以氣爲主而已。蓋氣勝事則事舉，氣勝敵則敵服。勇者之鬥，富者之博，非有他也，直以氣勝之耳。今天下才者衆矣，而臣猶有憂者，正以任重道遠之氣〔九〕，未能盡及古人也。方無事時，亦何所賴此，一旦或有非常，陛下擇群臣，使之假鉞而董三軍，擁節而諭萬里〔一〇〕，雖得賢厚篤實之士，氣不素養，臨事惶遽〔一一〕，心動色變，則其舉措豈不誤陛下事耶？伏望萬機之餘〔一二〕，留神於此，作而起之，毋使委靡，養而成之，毋使沮折。及乎人才爭奮，士氣日倍，則緩急惟陛下所使而已〔一三〕。且吴、蜀、閩、楚之俗，其渾厚勁朴，固已不及中原矣。若夫日趨於拘窘怯薄之域〔一四〕，臣實懼國勢之寖弱也。不勝私憂，犯分獻言，恭惟陛下裁赦〔一五〕。取進止。

【校記】

①「斡」，原作「幹」，據正德本、汲古閣本改。

【箋注】

〔一〕御製蘇軾贊：指宋孝宗乾道九年（一一七三）所作御製文集序末的贊文。序文評價蘇軾文章稱：「成一代之文章，必能立天下之大節。立天下之大節，非其氣足以高天下者，未之能焉。孔子曰：『臨大節而不可奪，君子人歟！』孟子曰：『我善養吾浩然之氣，以直養而無害，則塞乎天地之間。』養存之於身謂之氣，見之於事謂之節。節也，氣也，合而言之，道也。以是成文，剛而無餒，故能參天地之化，關盛衰之運。不然，則雕蟲篆刻童子之事耳，烏足以論一代之文章哉！故贈太師謚文忠蘇軾，忠言讜論，立朝大節，一時廷臣無出其右，負其豪氣，志在行其所學，放浪嶺海，文不少衰，力斡造化，元氣淋漓，窮理盡性，貫通天人，山川風雲，草木華實，千彙萬狀，可喜可愕，有感於中，一寓之於文，雄視百代，自作一家，渾涵光芒，至是而大成矣。……常置左右，以爲矜式，可謂一代文章之宗也歟！」陸游此劄，本此立論。蘇軾（一〇三七—一一〇一），字子瞻，眉州眉山（今屬四川）人。嘉祐二年進士，復舉制科。歷鳳翔府簽書判官、判登聞鼓院、直史館、開封府推官等。熙寧中出爲杭州通判，徙知密、徐、湖三州。元豐二年因諷刺新法下御史獄，貶黄州團練副使。哲宗即位，召爲起居舍人，遷中書舍人、翰林學士、知制誥、兼侍讀。出知杭州、潁州、揚州等，又召爲兵部尚書，改禮部。紹聖初貶知英州，惠州安置，再貶昌化軍安置。元符三年赦還，次年病卒。高宗時追贈太師，謚文忠。著有東坡七集等。宋史卷三三八有傳。

〔二〕雲漢：銀河，天河。詩大雅棫樸：「倬彼雲漢，爲章于天。」毛傳：「雲漢，天河也。」斡造化機：掌握自然變化的樞機。

〔三〕典謨：原指尚書中堯典、舜典和大禹謨、皋陶謨等篇的並稱，後引申爲經典、法言。

〔四〕「趙普」二句：指趙普協助趙匡胤陳橋兵變，建立宋朝，統一天下。趙普（九二二—九九二），字則平，幽州薊縣（今北京）人。宋初名相。宋史卷二五六有傳。

〔五〕「寇準」二句：指寇準力主抗遼，擊退契丹，訂立澶淵之盟。寇準，字平仲。參見卷三論選用西北士大夫劄子注〔三〕。醜虜，謂契丹，源於東胡，居今遼河上游西拉木倫河一帶，以遊牧爲生。北魏時，自號契丹。唐末，首領阿保機統一各部族，稱帝建遼國。宋宣和七年（一一二五）爲金所滅。舊唐書北狄傳契丹：「契丹，居潢水之南，黃龍之北，鮮卑之故地。」

〔六〕「范仲淹」二句：指范仲淹經略陝西，號令嚴明，防禦西夏，制服元昊。范仲淹（九八九—一〇五二），字希文。參見卷三論選用西北士大夫劄子注〔三〕。靈夏，即西夏，宋仁宗明道元年（一〇三二），党項族拓跋氏建立大夏王國，最盛時據有今寧夏、陝西北部、甘肅西北部、青海東北部和內蒙古西部一帶。宋人稱之爲西夏。共傳十主，宋理宗寶慶三年（一二二七）爲元所滅。元昊，西夏開國皇帝。款伏，誠心歸附。舊唐書任瓌傳：「瓌在馮翊積年，人情諳練，願爲一介之使，銜命之關，同州已東，必當款伏。」

〔七〕「狄青」二句：指狄青震懾兩廣，南征奏捷，消滅儂智高。狄青（一〇〇八—一〇五七），字漢臣，汾州西河（今山西汾陽）人。北宋名將。宋史卷二九〇有傳。嶺海，指今兩廣地區，北倚五嶺，南面大海。韓愈潮州刺史謝上表：「雖在萬里之外，嶺海之陬，待之一如畿甸之間，輦轂之下。」智高，即儂智高，宋廣源州土族首領。宋仁宗慶曆元年（一〇四一）建立大曆國。皇祐四年（一〇五二）起兵叛宋，次年被狄青破之於邕州，遁入大理國，不知所終。

〔八〕韓琦（一〇〇八—一〇七五）：字稚圭，相州安陽（今河南安陽）人。宋史卷三一二有傳。富弼（一〇〇四—一〇八三）：字彦國，洛陽（今河南洛陽）人。宋史卷三一三有傳。文彦傅（一〇〇六—一〇九七）：字寬夫，汾州介休（今山西介休）人。宋史卷三一三有傳。三人均爲北宋名相，功勳卓著。唐玠：疑即唐介（一〇一〇—一〇六九），字子方，江陵（今湖北江陵）人。宋史卷三一六有傳。包拯（九九九—一〇六二）：字希仁，廬州合肥（今安徽合肥）人。宋史卷三一六有傳。孔道輔（九八七—一〇四〇）：字原魯，孔子四十五代孫。宋史卷二九七有傳。三人均北宋名臣，以敢言直諫著稱。風節：風骨節操。三國志王淩毌丘儉等傳論：「王淩風節格尚，毌丘儉才識拔幹。」

〔九〕任重道遠：論語泰伯：「曾子曰：士不可以不弘毅，任重而道遠。任以爲己任，不亦重乎？死而後已，不亦遠乎？」

〔一〇〕假鉞：即假黄鉞，指代表皇帝親征。資治通鑑晉武帝咸寧五年：「冬十一月，大舉伐吴……命賈充爲使持節、假黄鉞、大都督，以冠軍將軍楊濟副之。」胡三省注：「黄鉞，天子之器，非人臣所得專用，故曰假。」董：監督管理。二軍：漢代禁衛軍有南軍和北軍。擁節：執持符節，後借指出任一方。隋書高祖紀下：「燕南趙北，實爲天府，擁節杖旄，任當連率。」

〔一一〕惶遽：恐懼慌張。三國志夏侯惇傳：「持質者惶遽叩頭曰：『我但欲乞資用去耳！』」

〔一二〕萬幾：指帝王日常處理的紛繁政務。書皋陶謨：「無教逸欲有邦，兢兢業業，一日二日萬幾。」孔安國傳：「幾，微也，言當戒懼萬事之微。」

〔一三〕緩急：指危急之事或發生變故之時。史記絳侯周勃世家：「孝文且崩時，誡太子曰：『即有緩急，周亞夫真可任將兵。』」

〔一四〕拘窘：局促窘迫。怯薄：薄弱。陸游老學庵筆記卷三：「今人禀賦怯薄，故按古方用藥，多不能愈病。」

〔一五〕裁赦：裁決赦免。漢書翼奉傳：「非有聖明，不能一變天下之道。臣奉愚戇狂惑，唯陛下裁赦。」

三

臣聞天下有無窮之變，而有必然之理。惟默觀陰察，能得其理，則事變之來，雖千態萬狀①，可以坐制而無虞矣〔一〕。天下之變，最幽眇倉卒不可測知者〔二〕，莫如雷霆鬼物。然雷霆冬伏而春作②，鬼物晝隱而夜見，則其理之必然，有不待智者而知之矣。今朝廷内無權家世臣③，外無强藩悍將〔三〕，所慮之變，惟一金虜。虜，禽獸也，譎詐反覆，雖其族類，有不能測，而臣竊以謂是亦有可必知者④。夫何故？寬猛之相繼〔四〕，如寒暑晝夜之必相代也。故自金虜猖獗以來，靖康、建炎之間，窮凶極暴，則有紹興之和〔五〕；通和既久，則有辛巳之寇〔六〕；寇而敗亡，則又有隆興之和〔七〕。今邊陲晏然，枹鼓不作逾二十年⑤〔八〕，與紹興通和之歲月略相若矣。不知此虜終守和約，至數十百年而終不變耶？將如晝夜寒暑必相代也？且虜非中國比也，無君臣之禮，無骨肉之恩，惟制之以力，劫之以威，則粗能少定。今力憊勢削，有亂而已。其亂不起於骨肉相殘，則起於權臣專命，又不然，則奸雄襲而取之耳〔九〕，三者有一焉。反虜酋之政，以悦其國人，且何爲哉？雖陛下聰明英睿，自有所處，然臣竊觀士大夫之私論，則往往幸虜之懦以爲安。不知通和已二十餘年，如歲且秋矣，而謂衣裘爲不必備，豈不殆哉！大抵邊境之備，方無事時觀之，事事常若有餘，一旦有變，乃知不足。伏望陛下與腹心之臣，力圖大計，宵旰弗怠〔一〇〕，繕修兵備，搜拔人才，明號令，信賞罰，常如羽書狎至、兵鋒已交之日〔一一〕。使虜果有變，大則掃清燕、代〔一二〕，復列聖之讎；次則平定河、洛〔一三〕，慰父老之望。豈可復如辛巳倉卒之際，斂兵保江，凜然更以宗社爲憂耶？臣世食君禄，且蒙陛下省録姓名〔一四〕，已二十餘年。念無以報天地父母之大恩，故其陳於陛下者，惟懼不盡⑥，而不知狂愚之爲大罪也。取進止。

【校記】

①「態」，原作「態」，據正德本、汲古閣本改。

②「春」，原作「眷」，據正德本、汲古閣本改。

③「今」，原作「令」，據正德本、汲古閣本改。

④「而」，原作「面」，據正德本、汲古閣本改。

⑤「枹」，原作「抱」，據汲古閣本改。

⑥「懼」，原作「懽」，據正德本、汲古閣本改。

【箋注】

〔一〕坐制：指輕易制敵。魏書于栗磾傳：「若搏之不勝，豈不虚斃一壯士！自可驅致御前，坐而制之。」

〔二〕幽眇：精深微妙。韓愈進學解：「補苴罅漏，張皇幽眇。」倉卒：亦作倉猝，匆忙急迫。漢書王嘉傳：「今諸大夫有材能者甚少，宜豫畜養可成就者……臨事倉卒乃求，非所以明朝廷也。」

〔三〕權家世臣：豪門貴族，功勳舊臣。劉向説苑政理：「陂池之魚，入于權家。」禮記曲禮下：「大夫不名世臣、姪娣。」鄭玄注：「世臣，父時老臣。」强藩悍將：强大的藩鎮，兇悍的戰將。新唐書憲宗紀贊：「自吴元濟誅，彊藩悍將皆欲悔過而效順。」

〔四〕寬猛相繼：寬大和嚴厲互爲補充。左傳昭公二十年：「仲尼曰：『善哉，政寬則民慢，慢則糾之以猛；猛則民殘，殘則施之以寬。寬以濟猛，猛以濟寬，政是以和。』」孔子家語正論：「寬以濟猛，猛以濟寬，寬猛相濟，政是以和。」

〔五〕紹興之和：指紹興八年（一一三八）和十一年（一一四一）宋、金間兩次簽訂和議。

〔六〕辛巳之寇：指紹興三十一年（一一六一，辛巳年）金主完顔亮率兵大舉攻宋。

〔七〕隆興之和：指隆興二年（一一六四）宋、金再次簽訂和議。

〔八〕晏然：安寧，安定。莊子山木：「聖人晏然體逝而終矣。」枹鼓：指警鼓，用於報警告急。荀悦漢紀宣帝紀三：「由此桴鼓希鳴，世無偷盜。」

〔九〕奸雄：奸人之魁首，也指弄權欺世、竊取高位之人。漢書司馬遷傳贊：「論大道則先黄老而後六經，序遊俠則退處士而進奸雄。」

〔一〇〕宵旰：宵衣旰食。天不亮就起身，天黑後才吃飯。形容帝王勤於政事。旰，天色晚。

〔一一〕羽書狎至：指羽書接連而來。王符潛夫論救邊：「旬時之間，虜復爲害，軍書交馳，羽檄狎至，乃復怔忪如前。」羽書指軍事文書，插鳥羽以示緊急。

〔一二〕燕代：戰國時燕國、代國之地，即今河北西北部、山西東北部地區。史記陳涉世家：「趙南據大河，北有燕、代。」

〔一三〕河洛：黄河、洛水間之地，今河南中部。江淹北伐詔：「驍雄競奮，火烈風掃，剋定中原，肅清河洛。」

〔一四〕省録姓名：指紹興三十二年（一一六二）孝宗即位後，陸游被賜進士出身，距此時已二十六年。

乞祠禄劄子 戊申四月

照對某昨任主管成都府玉局觀〔一〕，將滿，陳乞再任，蒙恩差知嚴州〔二〕，於淳熙十三年七月三日到任。郡政乖刺，雨澤不時〔三〕，上勞宵旰①〔四〕，死有餘責。賴蒙朝廷哀矜，山郡瘠土之民，重賜蠲放，廣行賑恤〔五〕，上格和氣〔六〕，下安衆心，入秋得雨，陸種倍收，六縣並無流徙人户〔七〕。今春以來，雨暘尤爲調適，二麥繼熟〔八〕，民間亦以爲所收倍於常年。賑濟訖事，稍紓吏責。某雖去替不遠，實緣年齡衰邁②，氣血凋耗〔九〕，夏秋之際，痼疾多作〔一〇〕，欲望鈞慈特賜矜憫，許令復就玉局微禄，養痾故山〔一一〕，及天氣尚凉，早得就道，實爲至幸。

【題解】

宋史職官志十：「宋制，設祠禄之官，以佚老優賢。先時員數絶少，熙寧以後乃增置焉。」根據這一制度，大臣罷職，令管理道教宫觀，以示優禮，無職事，但借名食俸，謂之「祠禄」。陸游一生多次奉祠禄，本文爲嚴州任期將滿時上呈宋孝宗請求祠禄的劄子。同時所作上書乞祠詩云：「上書又乞奉祠歸，夢到湖邊自扣扉。此去敢辭依馬磨，向來真貫擁牛衣。致身途遠年齡暮，報國心存氣力微。誓墓那因一懷祖，人間處處是危機。」

本文題下自注作於「戊申四月」，即淳熙十五年（一一八八）四月。時陸游知嚴州。參考劍南詩稿卷二十上書乞祠、上書乞祠輒述鄙懷。

【校記】

①「盰」，原作「肝」，據正德本、汲古閣本改。

②「衰」，原作「哀」，據正德本、汲古閣本改。

【箋注】

〔一〕「照對」句：宋史卷三九五陸游傳：「（江西任後）召還，給事中趙汝愚駁之，遂與祠。」據于譜：淳熙九年（一一八二）四、五月間，「除朝奉大夫（從六品）主管成都府玉局觀」。成都府玉局觀，宋代著名道觀。設於玉局化，在今四川成都北。資治通鑑後唐莊宗同光六年：「蜀主詔於玉局化設道場。」胡三省注引宋彭乘修玉局觀記：「後漢永壽元年，李老君與張道陵至此，有局脚玉牀自地而出，老君昇坐，爲道陵説南北斗經。既去而坐隱，地中因成洞穴，故以『玉局』名之。」

〔二〕「蒙恩」句：宋史陸游傳：「起知嚴州。」據于譜：淳熙十三年（一一八六）春，「除朝請大夫（從六品）知嚴州」。

〔三〕乖剌：違忤，不和諧。漢書劉向傳：「朝臣舛午，膠戾乖剌。」顔師古注：「言意志不和，各相違背。」　雨澤不時：雨水不合時。

〔四〕上勞宵旰：使皇上辛勞，宵衣旰食。

〔五〕蠲放：免除。范仲淹奏乞兩府兼判：「每至歲終，盡其減省冗費之數，增息財利之數，蠲放困窮之數，具目進呈。」賑恤：以錢物救濟貧苦或受災之人。後漢書郎顗傳：「立春以來，未見朝廷賞録有功，表顯有德，存問孤寡，賑恤貧弱。」

〔六〕格：感通。和氣：指天地間陰陽交合而成之氣，萬物由此而生。朱子語類卷一〇六：「自古救荒只有兩說：第一是感召和氣，以致豐穰；其次只有儲蓄之計。」

〔七〕陸種：指種植旱地作物。晉書食貨志：「故每有水雨，輒復橫流，延及陸田。言者不思其故，因云此土不可陸種。」六縣：嚴州所轄建德、淳安、桐廬、分水、遂安、壽昌六縣。

〔八〕雨暘：指雨天和晴天。語本書洪範：「曰雨，曰暘。」二麥：指大麥、小麥。宋書武帝紀：「今二麥未晚，甘澤頻降，可下東境郡，勤課墾殖。」

〔九〕凋耗：衰敗，損耗。韓愈薦士詩：「逶迤抵晉宋，氣象日凋耗。」

〔一〇〕痼疾：積久難治之病。東觀漢記光武帝紀：「是時醴泉出於京師，郡國飲醴泉者，痼疾皆愈，獨眇蹇者不瘥。」

〔一一〕養屙：養病。後漢書文苑傳下：「公今養痾傲士，故其宜也。」

上殿劄子

臣恭惟陛下躬聖人之資，履天子之位，而致養三宮〔一〕，承顏左右，盛事赫奕〔二〕，冠映千古，尚何待塵露之增山海哉！顧臣竊抱惓惓之愚，不敢輒默。伏惟陛下聖孝純至，禀於天性，昔在潛邸，及登儲宫以來〔三〕，夙夜孜孜，何嘗頃刻不以壽皇爲心。壽皇罷朝而悦，進膳而美，則陛下欣然喜動於色；壽皇罷朝而不悦，進膳而少味，則陛下愀然憂見於色。方是時，徒能喜之憂之而已。今則致親之悦者，責在陛下，其可以不深念乎？所謂悦親之道，非薦旨甘、奉輕煖也〔四〕，非晨昏定省、冬夏温凊也〔五〕，非千門萬户之宫、鈞天簫韶之樂也〔六〕，惟在陛下得天下之愛戴，以寧壽皇之心而已。雞鳴而攬衣，辨色而視朝〔七〕，必曰此昔者問安之時也。今以萬機之繁，不能日朝重華〔八〕，歉然於懷，豈有限極。然躝問安之常，禮之小也；致天下之治，孝之大也。吾其力爲其大者乎？此固壽皇所望於陛下，亦天下所望於陛下也。治功已成，中外無事，陛下時備法駕〔九〕，率群臣上萬年之觴，豈非天下之大慶？不然，太史或以災異上聞，四方或以寇盜來告，壽皇聞之，萬分有一微輟玉食〔一〇〕，陛下雖居萬乘之貴，孰與解憂哉？臣昧死願陛下於進退人才、罷行政事之際，率以是爲念。自三思、十思以至百思，不爲過也；自一日、五六日至於旬時〔一一〕，不爲緩也；謀及卜筮，謀及卿士，謀及庶人，不爲廣也。一有小失，豈獨上勞宵旰①，壽皇亦與焉。故陛下今日憂勤恭儉，百倍於古帝王，乃僅可耳。譬如臣民之家，上有尊親，則所以交四鄰，訓子弟，備饑饉〔二〕，禦盜賊，比之他人，自當謹戒百倍〔三〕。何則？彼亦懼憂之及其親也。犬馬小臣，貪於增廣聖孝，不知言之涉於狂妄，冒犯天威，伏候斧鉞。

【題解】

宋史卷三六光宗本紀：「（淳熙十六年二月）壬申，詔内外臣僚陳時政闕失，四方獻歌頌者勿受……丁亥，詔百官輪對。」本文爲光宗即位後不久要求臣僚陳政背景下上呈宋光宗的劄子。共兩首，分别闡述（一）悦親之道在得民愛戴，天下大治乃爲大孝；（二）帝王所貴在杜絶嗜好，清心寡欲乃爲王道。

本文原未繫年。歐譜繫於淳熙十六年（一一八九），是。根據下組劄子奏於四月十二日，本文約作於該年三月間。陸游時任禮部郎中。

參考卷二丞相率文武百僚請建重明節表、丞相率文武百僚上皇帝賀三殿受册表。

【校記】

①「旰」，原作「肝」，據正德本、汲古閣本改。

【箋注】

〔一〕三宫：原指天子、太后、皇后。此指壽聖皇太后（高宗吴皇后）、至尊壽皇聖帝（宋孝宗）和壽成皇后（孝宗謝皇后）。參見卷二丞相率文武百僚上皇帝賀三殿受册表題解。

〔二〕赫奕：顯赫、美盛貌。應劭風俗通過譽：「謹按春秋：『王人之微，處於諸侯之上。』坐則專席，止則專館，朱軒駕駟，威烈赫奕。」

〔三〕潛邸：指皇帝即位前的住所。歐陽修代人辭官狀：「屬潛邸之署官，首膺表擢，陪學黌之講道，無所發明。」儲宮：太子所居宮室，此借指太子。潘尼贈陸機出爲吴王郎中令詩：「乃漸上京，乃儀儲宮。」

〔四〕「非薦」句：不僅是吃好穿暖。旨甘，美食。常指養親之食品。禮記內則：「昧爽而朝，慈以旨甘；日出而退，各從其事；日入而夕，慈以旨甘。」慈，孝敬進奉。輕暖，指輕軟暖和的衣服。孟子梁惠王上：「爲肥甘不足於口與？輕煖不足於體與？」

〔五〕「非晨」句：不僅是早晚、四季問候。禮記曲禮上：「凡爲人子之禮，冬温而夏清，昏定而晨省。」鄭玄注：「定，安其牀衽也；省，問其安否何如。」後因稱子女早晚向親長問安爲「晨昏定省」。清，涼，清涼。

〔六〕「非千」句：不僅是住華殿、聽美樂。鈞天，見卷二丞相率文武百僚請皇帝聽樂表注〔五〕。簫韶，見卷一會慶節賀表二注〔一三〕。

〔七〕辨色：天色將明，能辨清東西的時候，指黎明。禮記玉藻：「朝，辨色始入。」鄭玄注：「辨猶正也，别也。」

〔八〕重華：此指重華宮，宋孝宗退位後所居宮殿。

〔九〕法駕：天子車駕的一種。史記呂太后本紀：「迺奉天子法駕，迎代王於邸。」裴駰集解引蔡邕曰：「天子有大駕、小駕、法駕。法駕上所乘，曰金根車，駕六馬，有五時副車，皆駕四馬，侍中參乘，屬車三十六乘。」

〔一〇〕玉食：美食。書洪範：「惟辟作福，惟辟作威，惟辟玉食。」孔傳：「言惟君得專威福，爲美食。」孫星衍疏：「玉食，猶言好食。」

〔一一〕「自一日」句：光宗即位之初，詔五日一朝重華宮，後改爲一月四朝，以示孝順。見宋史卷三六光宗本紀。

〔一二〕饑饉：災荒，莊稼收成很差或顆粒無收。詩大雅雲漢：「天降喪亂，饑饉降臻。」

〔一三〕謹戒：敬慎戒懼。

又

臣聞詩曰：「上天之載，無聲無臭〔一〕。」人君與天同德，惟當清心省事，澹然虚静，損之又損，至於無爲〔二〕。大臣不得而窺所好，則希合苟容之害息〔三〕；小臣不得而窺所好，則諂諛側媚之風止〔四〕。不以從其所好而加賞，則憸人伏〔五〕；不以逆其所好而加罪，則端士進〔六〕。玩好無益之物不好，則不接於目；詼諧敗度之言不好〔七〕，則不聞於耳。大抵危亂之根本，讒巧之機牙〔八〕，奸邪之罅隙，皆緣所好而生。臣下雖有所偏好，而或未至大害者，無奉之者也。人君則不然，絲毫之念形於中心，雖未嘗以告人，而九州四海已悉向之矣，况發於命令、見於事爲乎？且嗜好之爲害，不獨聲色狗馬、宫室寶玉之類也。好儒生而不得真，則張禹之徒足以爲亂階〔九〕；好文士而不責實，則韋渠牟之徒足以敗君德〔一〇〕。其他可推而知矣。昔者漢文帝及我仁宗皇帝所以爲萬世帝王之師者，惟無所嗜好而已。恭惟陛下龍飛御極之初，天下傾耳拭目之時，所當戒者，惟嗜好而已。「無有作好，遵王之道〔一一〕」，天之所以錫神禹也。伏惟陛下留神省察，實天下幸甚。取進止。

【箋注】

〔一〕「上天」二句：詩大雅文王：「上天之載，無聲無臭。」鄭玄箋：「天之道難知也，耳不聞聲音，鼻不聞香臭。」指天道幽微，難以感知。

〔二〕「損之」二句：老子：「爲學日益，爲道日損，損之又損，以至於無爲。」指日去其華僞以歸於純樸無爲。

〔三〕希合：迎合，投合。三國志孫晧傳「所在戰克」，裴松之注引吴録：「（張）悌少知名，及處大任，希合時趣，將護左右，清論譏之。」　苟容：屈從附和以取容於世。荀子臣道：「不恤君之榮辱，不恤國之臧否，偷合苟容以持禄養交而已耳，謂之國賊。」

〔四〕側媚：用不正當的手段討好别人。書冏命：「慎簡乃僚，無以巧言令色，便辟側媚。」孔穎達疏：「側媚者，爲僻側之事以求媚於君。」

〔五〕憸人：奸邪小人。書冏命：「爾無昵於憸人，充耳目之官。」

〔六〕端士：正人君子。大戴禮記保傅：「於是皆選天下端士，孝悌閒博有道術者以輔翼之，使之與太子居處出入，故太子乃目見正事，聞正言，行正道，左視右視前後皆正人，夫習與正人居，不能不正也。」

〔七〕敗度：敗壞法度。書太甲中：「予小子不明于德，自底不類，欲敗度，縱敗禮，以速戾于厥躬。」孔安國傳：「言已放縱情欲，毁敗禮儀、法度，以召罪於其身。」

〔八〕讒巧：讒邪巧佞。曹植贈白馬王彪詩之三：「蒼蠅間白黑，讒巧令親疏。」機牙：比喻要害、關鍵。韓愈許國公神道碑銘：「公先事候情，壞其機牙，奸不得發。」

〔九〕張禹：字子文，西漢河内軹人。精習易、論語，爲博士。成帝河平四年（前二五）拜相。晚年以特進爲天子師。永始、元延間（前一二年左右），吏民多上書言災異之應，諷刺外戚王氏專權。張禹恐爲王氏所怨，稱吏民之言爲「亂道誤人」，成帝信之。漢書卷八一有傳。傳末贊稱張禹等「咸以儒宗居宰相位」，「皆持禄保位，被阿諛之譏」。

〔一〇〕韋渠牟（七四九—八〇一）：唐京兆萬年人。少慧悟，涉覽經史。善遊説，官至右諫議大夫。

本傳稱其「形神佻躁，無士君子器，志向不根道德」。唐德宗時韋與裴延齡等權傾相府，倚仗恩勢招引趨炎附勢者。舊唐書卷一三五、新唐書卷一六七有傳。

〔二〕「無有」二句：指無因私欲放縱嗜好，必須遵循先王之道。書洪範：「無有作好，遵王之道；無有作惡，遵王之路。」孔安國傳：「言無有亂爲私好惡，動必循先王之道路。」

上殿劄子 二 己酉四月十二日

臣聞王者以一人之身，臨制四海〔一〕，人情錯出，事變遝至，惟静以俟之，則心虚而明，惟重以持之，則體大而正，無偏聽之過，無輕舉之失。天何言哉！舜何爲哉〔二〕！後世士大夫學術卑陋，識慮褊淺〔三〕，顧謂王者得位，必有以聳動天下〔四〕，於是厭常喜新之論興，飾智駭俗之政作〔五〕，衆人之所喜，而君子之所深憂也。臣伏見陛下自在潛邸，以至龍飛御宇，三十年間，天下之事，何所不習，雖日出百令，固亦易爾。乃謙恭退托〔六〕，而安静無爲；沉潛淵默〔七〕，而聰明不作。上則承壽皇之睿謨，下則盡群臣之公議。及乎議有未決，徐而斷之，政有當行，從而舉之，理愜事允，出臣下思慮之表，有心者誠服，有口者頌歎，則所謂静與重者，陛下既得之矣。嗚呼！一郡一邑之長，視事之始，尚且以新奇眩衆，以敏速釣名〔八〕，陛下有天下之利勢而不用，有聖智之絶識而不施，超越群倫，奚啻萬億〔九〕？而或者方以聳動天下爲獻，此固兒童之見，而陛下所不取也。竊恐群臣獻此説者寖多，雖陛下決不取，然臣不勝惓惓愛君之愚忠，思有以堅聖心而廣初政①。昔魏鄭公憂貞觀之政漸不克終〔一〇〕，蘇轍亦謂但如元祐之初足矣〔一一〕。若夫進鋭退速，能動耳目之觀聽，而無至誠惻怛之心以終之，如明皇之焚錦繡、德宗之放馴象，實陛下之龜鑑也〔一二〕。故臣願陛下圖事揆策〔一三〕，不厭於從容；行賞議罰，無取於快意。兢兢業業常如此，三月之間，則成、康、文景之盛〔一四〕，復見於今日矣。犬馬小臣，出位妄言〔一五〕，冒犯天威，臣無任〔一六〕。

【題解】

宋史卷三六光宗本紀：「（淳熙十六年二月）壬申，詔内外臣僚陳時政闕失，四方獻歌頌者勿受……丁亥，詔百官輪對。」本文亦爲光宗即位後不久要求臣僚陳政背景下上呈宋光宗的劄子。共兩首，分别闡述（一）治理天下當從容持重，慎始善終。（二）當務之急在蠲省賦税，紓民困弊。

本文題下自注作於「己酉四月十二日」，即淳熙十六年（一一八九）四月十二日。陸游時任禮部郎中。

【校記】

①「思」，原作「恩」，據正德本、汲古閣本改。

【箋注】

〔一〕臨制：監臨控制。史記淮南衡山列傳：「當今陛下臨制天下，一齊海内，汎愛蒸庶，布德施惠。」

〔二〕「天何」二句：論語陽貨：「子曰：『天何言哉！四時行焉，百物生焉。天何言哉！』」論語衛靈公：「子曰：『無爲而治者，其舜也與！夫何爲哉？恭己正南面而已矣。』」

〔三〕褊淺：心地、見識等狹隘短淺。楚辭九辯：「性愚陋以褊淺兮，信未達乎從容。」

〔四〕聳動：恐懼震動，使人震驚。聳，同悚。南史江夷傳：「每從遊幸，與羣僚相隨，見傳詔馳來，知當呼己，聳動愧恧，形於容貌。」

〔五〕飾智：裝作有智慧，弄巧欺人。管子正世：「民淫躁行私，而不從制，飾智任詐，負力而争。」

〔六〕退托：退讓，謙遜。蘇軾賜許將辭免恩命不允詔：「渴聞讜論，少副虚懷，而乃退托無能，力辭舊物，既非所望，其可曲從？」

〔七〕沉潛：指沉浸其中，深入探究。韓愈上兵部李侍郎書：「（愈）遂得究窮於經傳史記百家之説，沉潛乎訓義，反復乎句讀，礱磨乎事業，而奮發乎文章。」淵默：深沉静默。莊子在宥：「尸居而龍見，淵默而雷聲。」

〔八〕敏速：敏捷，迅速。晉書車胤傳：「（車胤）及長，風姿美劭，機悟敏速，甚有鄉曲之譽。」

〔九〕奚啻：何止，豈但。呂氏春秋當務：「蹠之徒問於跖曰：『盜有道乎？』跖曰：『奚啻其有道也。』」

〔一〇〕魏鄭公：即魏徵（五八〇—六四三），字玄成，館陶（今河北館陶）人，唐初著名政治家，封鄭國公，著有魏鄭公集。舊唐書卷七一、新唐書卷九七有傳。貞觀十二年（六三八），魏徵上奏十漸不克終疏，列舉唐太宗執政後逐漸怠惰、懶於政事、追求奢靡的十種表現，提醒他要居安思危。

〔一一〕「蘇轍」句：蘇轍曾上奏乞分別邪正劄子，稱：「臣願陛下謹守元祐之初政，久而彌堅；慎用左右止近臣，毋雜邪正。」

〔一二〕「如明皇」三句：指唐玄宗、唐德宗不能善始善終是最大的教訓。明皇，即唐玄宗。曾於即位之初，焚錦繡、禁珠玉以示節儉。新唐書卷五玄宗本紀：「（開元二年）七月乙未，焚錦繡珠玉於前殿。戊戌，禁采珠玉及爲刻鏤器玩、珠繩帖縧服者，廢織錦坊。」他開創了開元、天寶間的大治，但晚年沉溺享樂，終於導致安史之亂。德宗，即唐德宗。即位之初，亦曾放馴象，出宫女以示戒奢。舊唐書卷十二德宗本紀上：「（大曆十四年閏五月）丁亥，詔文單國所獻舞象三十二，令放荆山之陽，五坊鷹犬皆放之，出宫女百餘人。」他一度使唐代「中興」，但後期宦官專權、藩鎮割據，唐代趨於衰落。馴象，即舞象，會跳舞的大象。龜鑑，比喻可學習的榜樣或可借鑒的教訓。周書皇后傳序：「至於邪僻既進，法度莫修，治容迷其主心，私謁蠹其朝政，則風化凌替，而宗社不守矣。夫然者，豈非皇王之龜鑑與？」鑑，鏡子。龜可以卜吉凶，鏡可以比美醜。

〔三〕圖事揆策：指處理事務，出謀劃策。王褒聖主得賢臣頌：「昔賢者之未遭遇也，圖事揆策，則君不用其謀。」

〔四〕成康、文景：指周成王、周康王和漢文帝、漢景帝，分別見卷一會慶節賀表一注〔五〕和卷三上殿劄子三首之三注〔四〕。

〔五〕出位：越位，超越本分。易艮：「君子以思不出其位。」王弼注：「各止其所，不侵害也。」

〔六〕無任：敬辭，即不勝。常用於表章奏議之末。蘇軾徐州謝獎諭表：「庶殫朽鈍，少補絲毫，臣無任。」

又

臣聞天下有定理決不可易者〔一〕，饑必食，渴必飲，疾必藥，暑必箑〔二〕，豈容以他物易之也哉。臣伏觀今日之患，莫大於民貧；救民之貧，莫先於輕賦。若賦不加輕，別求他術，則用力雖多，終必無益，立法雖備，終必不行。以臣愚計之，朝廷若未有深入遠討、犁庭掃穴之意〔三〕，能於用度之間事事裁損，陛下又躬節儉以勵風俗，則賦於民者，必有可輕之理。緩急之備，固不可無，姑以歲月徐爲之可也。如是，則和氣浹洽〔四〕，必無水旱之災，歡聲洋溢，必無盜賊之警，何慮國用之不足耶？設使裔夷弗賓〔五〕，侵犯王略，所謂率其子弟，攻其父母，直可舞干羽而格之爾〔六〕。頃者建炎、紹興戡定變亂之日，一切賦斂，有非承平之舊者。高宗皇帝宵旰焦勞①，每欲俟小定而悉除之，故詔令布告天下曰：「惟八世祖宗之澤，豈汝能忘；顧一時社稷之憂，非予獲已。止俟捍防之隙，首圖蠲省之宜〔七〕。」臣幼年親見民誦斯詔，至於感泣，雖傾貲以助軍興，而不敢愛〔八〕。旋屬國家多故，逆亮畔盟〔九〕，雖所蠲已多，終未仰稱聖意。壽皇聖帝臨御以來，所以節用裕民者，皆繼承高宗蠲省之指也，則陛下今日豈可不以爲先務哉？臣昧死欲望聖慈恢大度，明遠略，詔輔臣計司〔一〇〕，博盡論議，量入而用，量用而取，可蠲者蠲，可省者省。富藏於民，何異府庫？果有非常，孰不樂輸以報君父淪肌浹髓之恩哉〔一一〕？若有事之時，既竭其財矣；幸而無事，又曰儲積以爲他日之備也；雖恢復中原，又將曰邊境日廣矣，屯戍日衆矣〔一二〕，則斯民困弊，何時而已耶！瀆犯天威〔一三〕，罪當萬死，惟陛下裁赦。取進止。

【校記】

①「盱」，弘治本作「肝」，據正德本、汲古閣本改。

【箋注】

〔一〕定理：確定的法則或道理。韓非子解老：「凡理者，方圓、短長、麤靡、堅脆之分也。故理定而後可得道也。故定理有存亡，有死生，有盛衰。夫物之一存一亡，乍死乍生，初盛而後衰者，不可謂常。」

〔二〕箑：扇子。淮南子精神訓：「知冬日之箑，夏日之裘，無用於己。」高誘注：「箑，扇也。楚人謂扇爲箑。」

〔三〕犁庭掃穴：犁平敵方大本營，掃蕩其巢穴。比喻徹底摧毀敵方。漢書匈奴傳下：「固已犁其庭，掃其閭，郡縣而置之。」庭，指龍庭，匈奴祭祀天神的處所，也是匈奴統治者的軍政中心。

〔四〕浹洽：普遍沾潤。漢書禮樂志：「於是教化浹洽，民用和睦，災害不生，禍亂不作。」顏師古注：「浹，徹也；洽，霑也。」

〔五〕裔夷：邊遠夷人。左傳定公十年：「兩君合好，而裔夷之俘以兵亂之。」賓：服從，歸順。王略：指王法。左傳成公二年：「兄弟甥舅，侵敗王略，王命伐之，告事而已。」杜預注：「略，經略，法度。」

〔六〕舞干羽：施行教化。見卷三擬上殿劄子注〔一〕。格：感通。

〔七〕「惟八世」六句：出建炎德音，見汪藻浮溪集。八世祖宗，指宋室至高宗，已歷太宗、太祖、真宗、仁宗、英宗、神宗、哲宗、徽宗、欽宗共九世。有謂徽、欽二宗被擄北庭，應爲七世。蠲省，指免除賦税。

〔八〕愛：吝惜。

〔九〕逆亮畔盟：指紹興三十一年（一一六一）金主完顔亮大舉攻宋。

〔一〇〕計司：古代掌管財政、賦税、貿易等事務官署的統稱。權德輿唐故度支郎中裴公神道碑銘序：「其佐鍾陵也，領留府之重，居議郎也，贊計司之職。」

〔一一〕淪肌浹髓：滲入肌肉骨髓。比喻程度之深。見卷一會慶節賀表二注〔一一〕。

〔一二〕屯戍：駐防。史記孝文本紀：「今縱不能罷邊屯戍，而又飭兵厚衛，其罷衛將軍軍。」

〔一三〕瀆犯：冒犯。蘇軾上神宗皇帝書：「臣近者不度愚賤，輒上封章言買燈事，自知瀆犯天威，罪在不赦。」

除修史上殿劄子

臣伏見真宗皇帝至道三年冬修太宗實録〔一〕，至明年咸平元年八月而畢，甫九閱月〔二〕。修書者，錢若水、柴成務、宗度、吴淑、楊億五人而已①〔三〕。書成，又詔重修太祖實録，至明年六月而畢，亦甫九閲月。修書者，王元之、梁顥、趙安仁、李宗諤四人而已②〔四〕。臣竊考之，太祖討澤、潞，取揚州，平吴滅蜀，定荆、楚，下五嶺〔五〕；太宗撫有吴、越，蕩定汾、晉，用師薊門，問罪夏臺〔六〕，皆大舉動。業廣事叢，議論煩委，兵機戎政，攻守饋餉，功罪黜陟之事，可謂夥矣。至於制禮作樂，明刑治曆，修廢官，舉墜典，革五季之弊，復漢唐之盛，側席求治〔七〕，可謂勤矣。宜其摹寫日月，形容造化，雖累歲不成。而奏書之速，不淹三時〔八〕，上足以慰羹墻之思，下足以厭薦紳之望〔九〕，非獨此數人者畢精竭思之力也。意者當時命令重，刑賞必，尊君體國之俗成〔一〇〕，凡史官紬繹之所須者〔一一〕，上則中書密院，下則百司庶府〔一二〕，以至四方萬里郡國之遠，重編累牘，如水赴海，源源而集。然後以耳目所接，察隧碑行述之諛辭〔一三〕，以衆論所存，刊野史小説之謬妄〔一四〕，取天下之公，去一家之私，而史成矣。九閲月而奏書，臣誠未見其爲速也。臣乞身累年〔一五〕，忽蒙聖恩，起之山澤之間，使與聞大典，既不累以他職，又特寬其朝謁〔一六〕，責委之意可謂重矣〔一七〕。然臣之愚慮有欲陳者，未敢遽以仰瀆天聽，而略具梗概於前，欲乞聖慈明詔大臣，俟臣供職，有所陳請，擇其可者，出自朝廷主張施行。如臣不能自力，曠職守，負聖知，則竄殛之刑〔一六〕，所不敢避。取進止。

【題解】

宋史陸游傳：「嘉泰二年，以孝宗、光宗兩朝實録及三朝史未就，詔游權同修國史、實録院同修撰，免奉朝請。」時在五月，陸游於六月十四日入都。本文爲陸游到任後上呈宋寧宗的劄子，陳述前賢撰修實録的艱難，要求此次修史同樣得到朝廷各方面支持。

本文原未繫年。歐譜繫於嘉泰二年（一二〇二），是。當作於該年六月。陸游時任權同修國史、實録院同修撰。

參考卷十二修史謝丞相啓。

【校記】

①「淑」，各本均作「淵」。考宋史卷二六六錢若水傳：「俄詔修太宗實録，若水引柴成務、宗度、吴淑、楊億同修，成八十卷。」又卷四四一吴淑傳：「至道二年，兼掌起居舍人事，預修太宗實録，再遷職方員外郎。」則預修太宗實録者當爲「吴淑」，淑、淵形近而誤，因據改。

②「顥」，各本均作「灝」。宋史卷二九六梁顥傳：「時詔錢若水重修太祖實録，表顥參其事。」又宋史卷二六六錢若水傳：「既又重修太祖實録，參以王禹偁、李宗諤、梁顥、趙安仁，未周歲畢。」

則預修太祖實録者當爲「梁顥」，據改。

【箋注】

〔一〕實録：古代編年史的一種。專記某一皇帝統治時期的大事。始於南朝梁代，至唐初，由史臣撰寫已故皇帝一朝政事爲實録，成爲定制，今存最早的實録是韓愈所撰順宗實録。宋代沿襲了這一制度。

〔二〕甫：剛，才。　閲月：經一月。新唐書李景儉傳：「及延英奉辭，景儉自陳見抑遠，穆宗憐之，追詔爲倉部員外郎，不遣。閲月，拜諫議大夫。」九閲月爲經過九月。

〔三〕錢若水（九六〇—一〇〇三）：字澹成，河南新安（今屬河南）人。雍熙進士，歷任知制誥、翰林學士等，官至同知樞密院事。預修太宗實録，重修太祖實録。宋史卷二六六有傳。　柴成務（九三四—一〇〇四）：字寶臣，曹州濟陰（今山東定陶）人。乾德中進士。歷知制誥、給事中、知揚州、判尚書刑部。預修太宗實録。宋史卷三〇六有傳。　宗度（生卒不詳）：蔡州上蔡（今屬河南）人。登進士第，累官侍御史、京西轉運使。預修太宗實録。宋史卷四五七附宗翼傳。　吴淑（九四七—一〇〇二）：字正儀，潤州丹陽（今屬江蘇）人。宋初授大理評事，歷秘閣校理、職方員外郎。預修太平御覽、太平廣記、文苑英華，又預修太宗實録。宋史卷四四一有傳。　楊億（九七四—一〇二〇）：字大年，建州浦城（今屬福建）人。淳化中賜進士及第，官至翰林學士、工部侍郎。預修太宗實録，主修册府元龜，爲宋初「西昆體」

代表作家。宋史卷三〇五有傳。

〔四〕王元之：即王禹偁（九五四—一〇〇一），字元之，濟州巨野（今山東巨野）人。太平興國進士，歷知制誥、翰林學士、知黄州等。預修太祖實録。宋史卷二九三有傳。梁顥：（九六三—一〇〇四），字太素，鄆州須城（今山東東平）人。雍熙進士，歷知制誥、翰林學士、權知開封府等。預重修太祖實録。宋史卷二九六有傳。趙安仁（九五八—一〇一八）：字樂道，河南洛陽人。雍熙進士，歷右正言、知制誥、翰林學士、御史中丞。預重修太祖實録。宋史卷二八七有傳。李宗諤（九六五—一〇一三）：字昌武，深州饒陽（今屬河北）人。李昉之子。端拱進士，歷起居舍人、知制誥、翰林學士。預重修太祖實録。宋史卷二六五有傳。案：據宋史梁顥傳、錢若水傳（見本文校記二），重修太祖實録亦由錢若水牽頭，則實際參與重修者亦爲五人。

〔五〕澤潞：澤州、潞州，宋代屬河東路，在今山西澤州、上黨一帶。五嶺：大庾嶺、越城嶺、騎田嶺、萌渚嶺、都龐嶺的總稱，位於江西、湖南、廣東、廣西四省之間，是長江與珠江流域的分水嶺。史記張耳陳餘列傳：「北有長城之役，南有五嶺之戍。」

〔六〕汾晉：指汾水流域。亦特指山西太原地區。杜甫八哀詩贈司空王公思禮：「千秋汾晉間，事與雲水白。」薊門：即薊丘，今北京西。蔣一葵長安客話古薊門：「京師古薊地，以薊草多得名……今都城德勝門外有土城關，相傳是古薊門遺址，亦曰薊丘。」夏臺：夏代獄名。

又名均臺。在今河南省禹縣南。史記夏本紀：「桀不務德而武傷百姓，百姓弗堪。乃召湯而囚之夏臺。」司馬貞索隱：「獄名，夏曰均臺。皇甫謐云『地在陽翟』是也。」

〔七〕側席：指謙恭以待賢者。後漢書章帝紀：「朕思遲直士，側席異聞。」李賢注：「側席，謂不正坐，所以待賢良也。」

〔八〕不淹三時：指一天不滯留。淹，滯，久留。三時，指早、午、晚。高適燕歌行：「殺氣三時作陣雲，寒聲一夜傳刁斗。」

〔九〕羹墻：指追念前輩或仰慕聖賢。後漢書李固傳：「昔堯殂之後，舜仰慕三年，坐則見堯於墻，食則睹堯於羹。」薦紳：縉紳。古代高官的裝束。亦指有官職或做過官的人。薦，同搢。韓非子五蠹：「堅甲厲兵以備難，而美薦紳之飾。」

〔一〇〕體國：體念國家。岳飛奏措置曹成事宜狀：「奉聖旨令：……其馬友等并聽帥臣岳飛節制，各務體國，共力破賊。」

〔一一〕紬繹：理出端緒。指撰著。葛洪抱朴子尚博：「其所祖宗也高，其所紬繹也妙。」

〔一二〕中書密院：指中書省、樞密院。百司庶府：指百官、朝廷各部門。

〔一三〕隧碑：指墓碑、墓誌銘一類碑誌文。行述：即行狀，記述死者世系、籍貫、生卒年月和生平概略的文章。

〔一四〕刊：删除。野史：指私人著述的史書，與「正史」相對。陸龜蒙奉酬襲美苦雨見寄詩：

「自愛垂名野史中，寧論抱困荒城側。」

〔一五〕乞身：古代以作官爲委身事君，故稱請求辭職爲乞身。語本史記張儀列傳：「今齊王甚憎儀，儀之所在，必興師伐之，故儀願乞其不肖之身之梁，齊必興師伐之。」

〔一六〕寬其朝謁：指照顧陸游年邁，免奉朝請。

〔一七〕責委：責成、委托。

〔一八〕竄殛：流放和殺戮。葛洪抱朴子用刑：「唐虞之盛，象天用刑，竄殛放流，天下乃服。」

乞致仕劄子 三 癸亥二

臣輒冒重誅〔一〕，仰干洪造。伏念臣生逢千載，仕歷四朝〔二〕，晚蒙旒扆之知，爰錫弓旌之召〔三〕。濫司汗簡，擢長仙蓬〔四〕，曾未幾時，亟躋近列〔五〕。雖願輸於塵露，顧已迫於桑榆。記問荒疏，文辭衰退，重負夜行之責，難貪晝接之榮〔六〕。又況與奏成書，獲經睿覽。時則可矣，敢少緩於控陳〔七〕；天實臨之，冀俯從於懇款〔八〕。伏望聖慈許臣守本官職，依前致仕。

【題解】

陸游於慶元五年（一一九九）五月首次致仕。嘉泰二年（一二〇二）六月應詔入都修史。至嘉泰三年四月，孝宗實録五百卷、光宗實録一百卷修成進呈。陸游時已七十九歲，要求再次致仕。本文爲陸游請求守本官致仕上呈宋寧宗的劄子。共兩首。首次不允，再上劄子，始得敕，除提舉江州太平興國宫，仍未正式批准致仕。陸游於五月十四日去國。

本文題下自注作於「癸亥」，即嘉泰三年（一二〇三）。當作於該年四月。陸游時任寶謨閣待制、秘書監。

參考卷二一心遠堂記、卷二九跋韓晉公牛、跋畫橙。

【箋注】

〔一〕重誅：指極刑。戰國策秦策三：「臣（白起）寧伏受重誅而死，不忍爲辱軍之將。」

〔二〕四朝：指高宗、孝宗、光宗、寧宗四朝。

〔三〕旒扆：旒爲帝王的冕旒，扆爲帝王座位後的屏風，藉以稱帝王。姚崇于知微碑：「朝庭稱歎，聲聞旒扆。」弓旌：弓和旌，古代徵聘之禮，用弓招士，用旌招大夫。後泛指招聘賢者的信物。左傳昭公二十年：「昔我先君之田也，旃以招大夫，弓以招士。」

〔四〕濫司汗簡：指主持撰修兩朝實録。汗簡，指史册、典籍。擢長仙蓬：指嘉泰二年十二月除秘書監。仙蓬，即大蓬，秘書監的别稱。洪邁容齋四筆官稱别名：「唐人好以他名標牓官稱……祕書監爲大蓬。」

〔五〕近列：近臣的行列。司馬光上皇帝謝轉正議大夫表：「伏念臣學不適時，才非經世，謬塵近列。」

〔六〕夜行：夜間出行。此指自己年老而復出修史。　晝接：「晝日三接」的省語。一日之間三次接見，形容深受寵愛禮遇。易晉：「康侯用錫馬蕃庶，晝日三接。」孔穎達疏：「晝日三接者，言非惟蒙賜蕃多，又被親寵頻數，一晝之間，三度接見也。」

〔七〕控陳：申訴。葉適辭免提舉崇福宮狀：「七十既至，一再控陳，但得歸休，便爲止足。」

〔八〕臨：從高處往下看，有監視意。韓愈祭鄭夫人文：「昔在韶州之行，受命於元兄，曰：『爾幼養於嫂，喪服必以期！』今其敢忘？天實臨之。」　懇款：懇切忠誠之情。王維請施莊爲寺表：「上報聖恩，下酬慈愛，無任懇款之至。」

二

臣近緣實録院進書已畢〔一〕，具奏乞守本官職，依前致仕，准尚書省劄子，奉聖旨不允者。伏念臣學緣病廢，志與年衰，步蹇弗支〔二〕，髮存無幾。出入鵷行之内〔三〕，惕然有靦於面顔；追參豹尾之間〔四〕，觀者亦爲之指目。豈容冒昧，久竊寵榮？敢干咫尺之威，洊貢再三之請〔五〕。萬籤黄卷〔六〕，悵已負於初心；十具烏犍〔七〕，冀獲安於故里。伏望聖慈，特賜開允〔八〕。

【箋注】

〔一〕實録院：宋代專門撰修實録的官署，與掌修國史的國史院曾同寓史館。後罷史館，兩院均根據實際需要設置。嘉泰二年後，國史、實録兩院并置。

〔二〕步蹇：跛行，行動遲緩。

〔三〕鵷行：指朝官的行列。梁書張緬傳：「殿中郎缺。高祖謂徐勉曰：『此曹舊用文學，且居鵷行之首，宜詳擇其人。』」

〔四〕豹尾：借指天子屬車，即豹尾車。崔豹古今注輿服：「豹尾車，周制也，所以象君子豹變，尾言謙也，古軍正建之，今惟乘輿得建之。」宋史輿服志一：「豹尾車，古者軍正建豹尾。漢制，後車一乘垂豹尾，豹尾以前即同禁中。」唐貞觀後，始加此車於皇帝的儀仗隊内。

〔五〕洊貢：再次上呈。洊，同「薦」，再，屢次。

〔六〕萬籤黄卷：指著述之多。黄卷，指書籍。陸游寄題徐載叔秀才東莊：「萬籤插架號東莊，多稼連雲亦何有。」

〔七〕十具烏犍：十頭耕牛。晉書苻堅載記：「丞相臨終，托卿以十具牛爲田，不聞爲卿求位。」烏犍，指閹過的公牛，馴順、强健、易御。常泛指耕牛。陸游獨立思故山：「青箬買來衝雨釣，烏犍租得及時畊。」

〔八〕開允：允許。江淹蕭相國讓進爵爲王第二表：「避賢辭智之請，終無開允。」

三　甲子一

臣輒傾愚悃〔一〕，仰達聖聰。伏念臣衰悴餘齡，已開九秩〔二〕；遭逢盛際，逮事四朝。擢置周行，初出高皇之獨斷〔三〕；進登法從〔四〕，晚蒙陛下之異知。期歲强顔〔五〕，秋毫無補。及瀝乞身之請，更蒙優老之除〔六〕。久此叨塵，豈勝危懼。雖天地之恩未報，而犬馬之力已窮。杜曲桑麻〔七〕，儻遂扶犂之初願；灞橋風雪，更尋策蹇之舊游〔八〕。誓教訓於子孫，用報酬於君父。伏望聖慈許臣守本官職致仕。

【題解】

陸游於嘉泰三年四月兩朝實録進呈後，兩上劄子要求致仕，除提舉江州太平興國宫後，於五月去國回鄉。嘉泰四年初，陸游再爲請求致仕上劄。本文爲陸游第三次請求守本官致仕上呈宋寧宗的劄子。作於該年三月丙子的常州奔牛閘記文末繫銜爲「太中大夫充寶謨閣待制致仕山陰縣開國子食邑五百户賜紫金魚袋」，則獲准致仕當在二、三月間。

本文題下自注作於「甲子」，即嘉泰四年（一二〇四）。當作於該年初。陸游時任提舉江州太平興國宫。

參考卷一謝致仕表。

【箋注】

〔一〕愚懇：愚衷。指自己内心的謙辭。康駢劇談録王侍中題詩：「今日陪奉英髦，不免亦陳愚懇。」

〔二〕開九秩：開始望九的十年。時陸游已八十歲。十年爲一秩，故稱。白居易思舊詩：「已開第七秩，飽食仍安眠。」

〔三〕「初出」句：指高宗紹興三十年陸游至行在，被除敕令所删定官，進入朝官行列。

〔四〕法從：跟隨皇帝車駕，追隨皇帝左右。漢書揚雄傳上：「又是時趙昭儀方大幸，每上甘泉，常法從，在屬車間豹尾中。」顔師古注：「法從者，以言法當從耳，非失禮也。一曰從法駕也。」

〔五〕期歲：指一年。强顔：厚顔，不知羞耻。指勉强參與修史。蘇軾乞常州居住表：「與其强顔忍耻，干求於衆人，不若歸命投誠，控告於君父。」

〔六〕優老之除：指除提舉江州太平興國宫。

〔七〕杜曲桑麻：指隱居之地。見卷一除寶謨閣待制謝表注〔一三〕。

〔八〕灞橋：指分别之處。灞橋即霸橋，橋名。據三輔黄圖：霸橋在在長安東，跨水作橋。漢人送客至此橋，折柳贈别。策蹇：「策蹇驢」的省稱。乘跛足驢，比喻行動遲慢。葛洪抱朴子金丹：「何異策蹇驢而追迅風，棹藍舟而濟大川乎？」

渭南文集箋校卷第五

狀

【釋體】

徐師曾文體明辨序説：「按奏疏者，群臣論諫之總名也。奏御之文，其名不一，故以奏疏括之也……宋人則監前制而損益之，故有劄子，有狀，有書，有表，有封事，而劄子之用居多。」又：「上書章表，已列前編；其他篇目，更有八品，今取而總列之：……五曰狀。狀者，陳也。狀有二體，散文、儷語是也。……至於疏、對、啓、狀、劄五者，又皆以『奏』字冠之，以别於臣下私相對答往來之稱。」又：「及論其文，則皆以明允篤誠爲本，辨析疏通爲要，酌古御今，治繁總要，此其大體也。」

本卷收録狀八首。

天申節進奉銀狀

效頌祝於萬年，適逢盛際；備貢輸於九牧〔一〕，敢竭微誠。前件銀祇率典章，獲參包篚〔二〕。大庭旅百，愧非梯山航海之琛〔三〕；神嶽呼三，但切就日望雲之意〔四〕。

【題解】

天申節爲宋高宗聖節。進獻一定數量的銀兩，爲地方官慶賀聖節的禮儀之一。本文爲慶賀天申節上奏宋高宗的狀文。

本文原未繫年。歐譜繫於淳熙七年（一一八〇），是。當作於該年五月，時陸游在撫州提舉江西常平茶鹽公事任上。

參考卷一天申節賀表，卷二三天申節樞密院開啓道場疏、滿散道場疏、天申節功德疏二，卷四二天申節致語。

【箋注】

〔一〕「備貢」句：指地方官進貢各地土産。貢輸，指進貢輸送方物。桓寬鹽鐵論本議：「往者郡國諸侯各以其方物貢輸，往來煩雜，物多苦惡，或不償其費。」九牧，九州之長。周禮秋官掌交：「九牧之維。」鄭玄注：「九牧，九州之牧。」禮記曲禮下：「九州之長，入天子之國曰牧。」

鄭玄注：「每一州之中，天子選諸侯之賢者，爲之牧也。」

〔二〕祇率：恭敬地遵循。包篚：筐篚。借指爲饋贈之禮品。沈約與約法師書：「此生篤信精深，甘此藿食，至於歲時包篚，每見請求，凡厥菜品，必令以薦。」

〔三〕大庭：指朝廷。旅百：形容陳列之物衆多。左傳宣公十四年：「小國之免於大國也，聘而獻物，於是庭實旅百。」杜預注：「旅，陳也。百，言物備也。」梯山航海：指長途跋涉。琛：珍寶。

〔四〕神嶽呼三：指高呼萬歲。參見卷一會慶節賀表二注〔六〕。就日望雲：比喻崇仰天子。史記五帝本紀：「帝堯者，放勳。其仁如天，其知如神。就之如日，望之如雲。」

辭免賜出身狀

准尚書省劄子，奉聖旨賜進士出身者。孤遠小臣，比蒙召對，從容移刻，褒稱訓諭，至於再三〔一〕。仰惟天地父母之恩，固當誓死圖報。惟是科名之賜〔二〕，近歲以來，少有此比，不試而與，尤爲異恩〔三〕。揣分量材，實難忝冒〔四〕。欲望敷奏，特賜追寢，以安冗散之分〔五〕。

【題解】

宋史陸游傳：「孝宗即位……史浩、黃祖舜薦游善詞章，諳典故。召見。上曰：『游力學有聞，言論剴切。』遂賜進士出身。」本文爲陸游辭謝賜進士出身上奏宋孝宗的狀文。先後共兩首。

本文原未繫年。歐譜繫於紹興三十二年（一一六二），是。當作於該年十一月。宋會要輯稿選舉九：「（紹興）三十二年十一月四日，賜樞密院編修陸游、尹穡并進士出身。樞臣薦游等力學有聞，故有是命。」時陸游任樞密院編修官兼編類聖政所檢討官。

參考卷七謝賜出身啓。

【箋注】

〔一〕孤遠：指遠離皇帝，地位低微。曾鞏梅福封壽春真人制：「某在漢之際，數以孤遠極言天下之事，其志壯哉。」　召對：君主召見臣下令其回答有關政事、經義等方面的問題。蘇轍謝除中書舍人又表：「一封朝奏，夕聞召對之音；衆口交攻，終致南遷之患。」　移刻：指時間短暫。司馬光涑水記聞卷十二：「京師晝晦如墨，移刻而止。」　訓諭：訓誨，開導。杜甫元日示宗武詩：「訓喻青衿子，名慚白首郎。」

〔二〕科名：科舉功名。韓愈答陳生書：「子之汲汲於科名，以不得進爲親之羞者，惑也。」

〔三〕異恩：特殊恩典。曾鞏曲珍四廂都指揮使絳州防禦使制：「尚有異恩，待爾來效。」

〔四〕揣分：衡量名位、能力。柳宗元柳州謝上表：「揣分則然，惟天知鑒。」　忝冒：猶言濫竽充數。白居易初授拾遺獻書：「但言忝冒，未吐衷誠。」

〔五〕追寢：收回，停止不行。蘇轍四論熙河邊事劄子：「朝廷既追寢成命，臣亦粗可以塞言責矣。」冗散：閒散，無固定職守。後漢書蔡邕傳：「而今在任無復能省，及其還者，多召拜議郎、郎中。若器用優美，不宜處之冗散。」

二

近蒙恩賜進士出身，嘗具狀乞行追寢，以謂「科名之賜，近歲以來，少有此比，不試而與，尤爲異恩，揣分量材，實難忝冒」。今月六日，准尚書省劄子，奉聖旨不許辭免。螻蟻至微，曲煩申諭〔一〕；雷霆在上〔二〕，其敢飾辭。然義有未安，若不自列，强顔冒寵〔三〕，獲罪愈大。蓋特賜科名，雖有故事〔四〕，必得非常之人，乃副非常之舉，甚非所以重儒科、杜倖門也〔五〕。重念某一介疏賤，行能亡取〔六〕，比蒙召對，面加訓獎，退而感激，至於涕泗。今者但使獲安冗散之分，以效尺寸之勞，則於上報主恩，不敢憚死。

【箋注】

〔一〕螻蟻：比喻地位低微、無足輕重之人。南史循吏傳郭祖深：「所以不憚鼎鑊區區必聞者，正以社稷計重而螻蟻命輕。」申諭：反復開導。三國志孫晧傳：「陳事勢利害，以申諭晧。」

〔二〕雷霆：對帝王或尊者暴怒的敬稱。後漢書獨行傳彭脩：「脩排閤直入，拜於庭，曰：『明府發雷霆於主簿，請聞其過。』」

〔三〕冒寵：指無勳德而受恩寵。

〔四〕故事：先例，舊日的典章制度。漢書楚元王傳附劉向：「宣帝循武帝故事，招名儒俊材置左右。」

〔五〕倖門：奸邪小人或僥倖者進身的門户。白居易雜興詩之三：「奸邪得藉手，從此倖門開。」

〔六〕行能：品行與才能。史記平津侯主父列傳：「臣弘（公孫弘）行能不足以稱，素有負薪之病，恐先狗馬填溝壑，終無以報德塞責。」

條對狀

准今月六日詔書節文〔一〕，令侍從、臺諫取當今弊事〔二〕，悉意以聞，退率其屬，極言毋諱。臣恭依詔旨，條具下項：

一、有國之法，當防其微；人臣之戒，尤在於偪〔三〕。異姓封王，偪之尤者也。蓋封王始於漢初，天下未定，權宜之制〔四〕。然韓、彭、英、盧〔五〕，皆以此敗，漢亦幾至大亂。遂與群臣盟曰「非劉氏不王」。後世懲創其失〔六〕，魏、晉、隋、唐，皆起草昧有天下〔七〕，豈無功臣？止於公侯而已。國初，趙普有社稷大功〔八〕，亦未嘗生加王爵也。唐將封王始於安禄山，而本朝則始於童貫〔九〕。此豈可法？而比年以來，寖以爲常，識者莫不憂之。欲乞聖慈明詔有司，自今非宗室外家〔一〇〕，雖實有勛勞，毋得輒加王爵。藏之金匱，副在有司，永爲甲令〔一一〕，實宗社無疆之福。

【題解】

條對指逐條對答皇帝的垂詢。宋史孝宗本紀：「（紹興三十二年十二月）戊辰，詔侍從、臺諫集議當今弊事，仍命盡率其屬，使極言無隱。」本文爲陸游應詔列舉當今弊事上奏宋孝宗的狀文。共論七項：（一）不在宗室外家之外封異姓王；（二）不在各路職守之外派遣小臣專命；（三）革除以上侵下的弊政，設官分職要正名分；（四）選用有才智學術之士任監司，審知郡守之政；（五）廢除凌遲之刑，以明朝廷至仁之心；（六）宦侍罷進養子，以免童幼横罹刀鋸；（七）嚴禁民間妖幻邪人，以消異時竊發之患。

本文原未繫年。歐譜繫於紹興三十二年（一一六二），是。當作於該年十二月。文中稱「准今月六日詔書節文」，紹興三十二年十二月六日正是戊辰日。時陸游任樞密院編修官兼編類聖政所檢討官。

【箋注】

〔一〕節文：減省文字。後漢書應劭傳：「（臣）輒撰具律本章句、尚書舊事、廷尉板令、決事比例……及春秋斷獄凡二百五十篇，蠲去復重，爲之節文。」

〔二〕侍從：宋代稱翰林學士、給事中、六部尚書、侍郎爲侍從。蘇軾論役法差雇利害起請劃一狀：「臣身爲侍從，又忝長民，不可不言。」臺諫：宋代以專司糾彈的御史爲臺官，以職掌建言的給事中、諫議大夫等爲諫官。兩者職責往往相混，故多合稱「臺諫」。臺指御史臺，諫指諫院。李綱上淵聖皇帝實言封事：「立乎殿陛之間與天子争是非者，臺諫也。」

〔三〕偪：同「逼」。侵迫。

〔四〕權宜：指暫時適宜的措施。後漢書西羌傳論：「計日用之權宜，忘經世之遠略。」

〔五〕韓、彭、英、盧：漢初諸侯王韓信、彭越、英布、盧綰。事迹見漢書卷三四韓彭英盧吴傳。漢書贊曰：「昔高祖定天下，功臣異姓而王者八國。張耳、吴芮、彭越、黥布、臧荼、盧綰與兩韓信，皆徼一時之權變，以詐力成功，咸得裂土，南面稱孤。見疑强大，懷不自安，事窮勢迫，卒謀叛逆，終於滅亡。」

〔六〕懲創：懲戒，警戒。韓愈讀東方朔雜事：「方朔不懲創，挾恩更矜誇。」

〔七〕草昧：草野，民間。梅堯臣讀范桐廬述嚴先生祠堂碑：「所遇在草昧，既貴不爲起。」

〔八〕趙普：宋初名相。參見卷四上殿劄子二注〔四〕。

〔九〕安禄山(七〇三—七五七):本姓康,名軋犖山。營州(今遼寧朝陽)人。唐代三鎮節度使、安史之亂禍首。天寶間曾封爲東平郡王。舊唐書卷二〇〇、新唐書卷二二五有傳。童貫(一〇五四—一一二六):字道夫,開封人。宦官。與蔡京勾結,官至開府儀同三司、領樞密院事,掌握兵權二十年,權傾一時。宣和七年封爲廣陽郡王。欽宗繼位後被謫竄,途中被誅。宋史卷四六八有傳。

〔一〇〕宗室:與帝王同宗族之人,猶言皇族。國語魯語下:「宗室之謀,不過宗人。」外家:指外戚,帝王的母族、妻族。後漢書崔駰傳:「漢興以後,迄於哀、平,外家二十,保族全身四人而已。」李賢注:「外家,當爲后家也。」

〔一一〕甲令:最早的法令,重要的法令。易蠱「先甲三日,後甲三日」孔穎達疏:「甲者創制之令者,甲爲十日之首,創造之令爲在後諸令之首,故以創造之令謂之甲。故漢時謂令之重者,謂之甲令,則此義也。」

一、伏見比來朝廷間遣小臣、幹辦於外〔一〕,既銜專命,又無統屬,造作威福,矜詫事權〔二〕,所在騷然,理有必致。如措置酒坊,招捕海賊,未有毫髮成效,而擾害之事,已饜滿聞聽〔三〕。則此事害多利少,可以無疑。若以輕君命、失國體言之,則雖有厚利,亦不可行。臣謂如此二事之類,止當專委户部長貳、轉運司及安撫使、提點刑獄措畫〔四〕。如其不職，自有典憲，誠不足一一上煩聖慮。昔祖宗置走馬承受〔五〕，本欲便於奏報耳，而小人恃勢，日增歲長。及改稱廉訪使者，則監司帥守反出其下〔六〕，敗亂四方，危及社稷，實走馬承受之末流也，可不畏哉！此事乞陛下與輔臣長慮遠計，亟行廢罷。若止如近日改易其人，及令聽安撫使節制之類，根本未除，終必爲害。若朝廷或有大事，勢須遣使，即乞於廷臣中遴選材望〔七〕，庶幾不負任使，不啓弊端，實天下之幸。

【箋注】

〔一〕小臣：指卑微的小吏。禮記禮運：「故政不正，則君位危；君位危，則大臣倍，小臣竊。」孔穎達疏：「大臣謂大夫以上……小臣，士以下。」幹辦：亦稱「幹辦公事」，原名「勾當公事」。由長官委派處置各種事務的小官，制置使、總領、安撫使、鎮撫使、轉運使、提點刑獄公事等屬官。葉紹翁四朝聞見録天上台星：「舊制諸路監司屬官，曰勾當公事。建炎初，避高宗嫌名，易爲幹辦。時軍興屬公數倍，平時有題於傳舍云：『北去將軍少，南來幹辦多。』蓋始此。」

〔二〕矜詫：誇耀。周煇清波雜誌卷六：「以至交通閹寺，矜詫幸恩，市井不爲，搢紳共耻。」

〔三〕饜滿：充滿。聞聽：猶聽聞。多特指上達帝王。鄭棨開天傳信記序：「竊以國朝故事，莫盛於開元、天寶之際。服膺簡策，管窺王業，參於聞聽，或有闕焉。」

〔四〕長貳：指官的正副職。陸游老學庵筆記卷三：「宣和中，百司庶府悉有内侍官爲承受，實專其事，長貳皆取決焉。」轉運司：即轉運使司，轉運使的官署。轉運使爲宋代路一級的長官，掌管財賦和官吏監察。安撫使：宋代一路負責軍務治安的長官。提點刑獄：宋代負責一路司法刑獄、巡察賊盜的長官。

〔五〕走馬承受：宋代官名，以三班使臣或宦官擔任，代皇帝偵伺各地情況。徽宗時改稱廉訪使者，與各路長官對抗。南宋初廢罷。宋史職官志七：「走馬承受，諸路各一員，隸經略安撫總管司，無事歲一入奏，有邊警則不時馳驛上聞。」徐度却掃編卷中：「諸路帥司皆有走馬承受公事二員，一使臣，一宦者，屬官也。每季得奏事京師，軍旅之外，他無所預。徽宗朝易名廉訪使者，仍俾與監司序官，凡耳目所及皆以聞，於是與帥臣抗禮，而脅制州縣，無所不至。」

〔六〕監司帥守：泛指各路長官。見卷三蠟彈省劄注〔一八〕。

〔七〕材望：指有才德和名望之人。

一、自古有國，設官分職，非獨下不得僭上〔一〕，上亦不得侵下，所以正名分也。公師之官，將相之位，人臣之至貴，天子所尊禮，非百官有司比也。方宣和間，王黼以太宰而行應奉司〔二〕，蔡攸以三孤而直保和殿〔三〕，紊亂之事，遂爲禍萌。中興以來〔四〕，所宜痛革。而頃者遂有以師傅而領殿前都指揮使者〔五〕，天下固已怪矣。近復有以太尉而領閤門事者〔六〕。閤門古之中涓〔七〕，太尉服章班列，蓋視二府〔八〕，瀆亂名器〔九〕，莫此爲甚。欲乞聖慈詔輔臣議之，例加訂正，著爲定制，亦革弊所當先也。

【箋注】

〔一〕僭上：指越分冒用尊者的儀制或宮室、器物等。漢書食貨志上：「宗室有土，公卿大夫以下争於奢侈，室廬車服僭上亡限。」

〔二〕王黼（一〇七九—一一二六）：字將明，開封祥符（今河南開封）人。崇寧進士，多智善佞，因助蔡京而迅速升遷拜相，勢傾一時。代蔡京執政，大肆搜刮，盤剥百姓，進太傅。欽宗即位後被貶，遭人誅殺。宋史卷四七〇有傳。太宰：宋崇寧間改左僕射爲太宰、右僕射爲少宰，均爲宰相。應奉司：官署名。崇寧四年置應奉局總領花石綱，後罷。宣和三年復置應奉司。宋史王黼傳：「加少保、太宰。請置應奉局，自兼提領，中外名錢皆許擅用，竭天下財力以供費。官吏承望風旨，凡四方水土珍異之物，悉苛取於民，進帝所者不能什一，餘皆入其家。」

〔三〕蔡攸（一〇七七—一一二六）：字居安，興化軍仙遊（今屬福建）人。蔡京長子。崇寧三年賜進士出身，快速升遷至少保，出入宮禁。後與其父各立門户，相互敵視。促使徽宗内禪。靖康間蔡京死，攸亦被欽宗遣使誅殺。宋史卷四七二有傳。三孤：指少師、少傅、少保。書周官：「少師、少傅、少保曰三孤。」孔安國傳：「此三官名曰三孤。孤，特也。言卑於公，尊於卿，特置此三者。」保和殿：殿名。在宣和殿後，用以貯藏古玉、印璽、禮器、法書、圖畫等。

〔四〕中興：此指高宗南渡恢復宋室。陸游南唐書蕭儼傳：「儼獨建言：帝王，己失之，己得之，謂之反正；非己失之，自己復之，謂之中興。」

〔五〕師傅：太師、太傅或少師、少傅的合稱。史記儒林列傳：「自孔子卒後，七十子之徒散游諸侯，大者爲師傅卿相，小者友教士大夫。」殿前都指揮使：軍職名。掌管諸班值及殿前司軍。從二品。

〔六〕太尉：宋三公之一，武臣官階最高一級。閤門：宋代負責官員朝參、宴飲、禮儀等事宜的機關。吴自牧夢粱録閤職：「閤門，在和寧門外，掌朝參、朝賀、上殿、到班、上官等儀範。有知閤、簿書、宣贊及閤門祗候、寄班等官。」

〔七〕中涓：君主親近的侍從官。漢書曹參傳：「高祖爲沛公也，參以中涓從。」顔師古注：「涓，絜也，言其在内主知絜清灑埽之事，蓋親近左右也。」

〔八〕服章：古代表示官階身份的服飾。左傳宣公十二年：「君子小人，物有服章。」杜預注：「尊卑别也。」班列：指官階，品級。視：比照。二府：宋代稱中書省和樞密院。宋史職官志二：「宋初，循唐五代之制，置樞密院，與中書對持文武二柄，號爲『二府』。」

〔九〕瀆亂：混亂，使混亂。蘇洵上皇帝書：「今以中國之大，使夷敵視之不甚畏，敢有煩言以瀆亂吾聽。」名器：名號與車服儀制，用以别尊卑貴賤的等級。左傳成公二年：「唯器與名，不可以假人，君之所司也。」杜預注：「器，車服；名，爵號。」

一、伏睹詔書，委監司條具部内知州治行〔一〕，仰見陛下撫恤百姓，欲使各安田里之意。然臣竊謂惟賢乃可以知賢，而無瑕者乃可以議人。不審今之監司皆已賢乎？若猶未也，旦夕臧否來上〔二〕，而按行黜陟，無乃未可乎。雖使諫官、御史劾奏其不當者，然人之識見，自有分限〔三〕，若本無才智，又無學術，乃使品藻賢否，而劾其不當，是猶强盲者使察秋毫，而責其不見也。臣欲望聖慈令三省具諸路監司姓名〔四〕，精加討論，其不足當委寄者〔五〕，例皆别與差遣，選有才智學術之士代之。則前日之詔不爲空文，既一清監司之選，又審知郡守之政，實今日先務也。

【箋注】

〔一〕監司：宋代諸路轉運使司、提點刑獄司、提舉常平司等，有監察各州官吏之責，總稱監司。

條具：分條開列。蘇軾試館職策問三首師仁祖之忠厚法神考之勵精：「願深明所以然之故，而條具所當行之事，悉箸於篇，以備採擇。」治行：政績。管子八觀：「治行爲上，爵列爲下，則豪桀材臣不務竭能，便辟左右不論功能。」

〔二〕臧否：品評，褒貶。張衡西京賦：「若其五縣遊麗辯論之士，街談巷議，彈射臧否，剖析毫釐，擘肌分理。」黜陟：指人才進退，官吏升降。書周官：「諸侯各朝於方嶽，大明黜陟。」

〔三〕分限：限制，約束。尉繚子兵教下：「五曰分限，謂左右相禁，前後相待，垣車爲固，以逆以止也。」

〔四〕三省：指中書省、門下省、尚書省。

〔五〕委寄：指委任付托。魏書樊子鵠傳：「時尒朱榮在晉陽，京師之事，子鵠頗預委寄，故在臺閣，征官不解。」

一、伏睹律文，罪雖甚重，不過處斬。蓋以身首異處，自是極刑，懲惡之方，何以加此。五季多故〔一〕，以常法爲不足，於是始於法外特置凌遲一條〔二〕。肌肉已盡，而氣息未絶；肝心聯絡，而視聽猶存。感傷至和，虧損仁政，實非聖世所宜遵也。議者習熟見聞，以爲當然，乃謂如支解人者〔三〕，非凌遲無以報之。臣謂不然，若支解人者必報以凌遲，則盜賊蓋有滅人之族者矣，蓋有發人之丘墓者矣，則亦將滅其族、發其丘墓以報之乎？國家之法，奈何必欲稱盜賊之殘忍哉！若謂斬首不足禁奸，則臣亦有以折之。昔三代以來用肉刑，而隋唐之法杖背〔四〕，當時必亦謂非肉刑、杖背不足禁奸矣。及漢文帝、唐太宗一日除之，而犯法者乃益稀少，幾致刑措〔五〕。仁之爲效，如此其昭昭也。欲望聖慈特命有司除凌遲之刑，以明陛下至仁之心，以增國家太平之福，臣不勝至願。

【箋注】

〔一〕五季：即後梁、後唐、後晉、後漢、後周五代。

〔二〕凌遲：又稱「剮刑」，封建時代一種殘酷的死刑。始於五代，元、明、清俱列入正條，清末始廢。宋史刑法志一：「凌遲者，先斷其支體，乃抉其吭，當時之極法也。」

〔三〕支解：古代碎裂肢體的一種酷刑。戰國策秦策三：「（吴起）功已成矣，卒支解。」鮑彪注：「斷其四支。」

〔四〕三代：指夏、商、周。論語衛靈公：「斯民也，三代之所以直道而行也。」邢昺疏：「三代，夏、殷、周也。」肉刑：殘害肉體的刑罰，古指墨、劓、剕、宫、大辟等。荀子正論：「治古無肉刑，而有象刑。」杖背：隋唐時期五刑（笞、杖、徒、流、死）之一。以大荆條、大竹板或棍棒抽擊人的背、臀或腿部。

〔五〕刑措：亦作「刑錯」，置刑法而不用。史記周本紀：「故成康之際，天下安寧，刑錯四十餘年不用。」裴駰集解引應劭曰：「錯，置也。民不犯法，無所置刑。」漢書文帝紀贊：「斷獄數百，幾致刑措。」

一、臣恭以陛下仁心惻怛，聖澤深廣，四方萬里之遠，昆蟲草木之微，生成長養，惟恐或傷。近者天下奏獄〔一〕，雖盜賊奸蠹〔二〕，罪狀已明，一毫可寬，悉蒙原減，豈有無辜就刑而不加恤者？臣是以不量疏賤，敢昧死有請。夫宦侍之臣〔三〕，自古所有，然晚唐以來，始進養子。童幼何罪，横罹刀鋸。古制宫刑之慘，纔下大辟一等〔四〕，是雖顯有負犯〔五〕，猶在所矜，而况於童幼乎？向使宿衛不足〔六〕，供奉闕人，暫開禁防，尚爲有説。今道路之言，咸謂員已倍冗，司局皆溢，而日增歲加，未聞限止，誠恐非陛下愛人恤物、蕃育群生之意也。臣伏睹太祖皇帝開寶四年詔：内侍官年三十無養父，聽養一子，并以名上宣徽院，違者抵死〔七〕。真宗皇帝咸平中復申前詔〔八〕。仁宗皇帝嘉祐四年又詔入内内侍省權罷進養子〔九〕。三聖詔令，炳如丹青，遵而行之，實在陛下。且方今聖政日新，入無苑囿之觀，出無逸遊之好，諸軍無承受，諸路無走馬〔一〇〕，中人所領〔一一〕，不過兩宮掃除之職而已。顧久弛成憲〔一二〕，以從其私，干犯至和，虧損仁政，臣雖甚愚，猶知其不可也。伏惟聖慈少留聽焉。

【箋注】

〔一〕奏獄：地方司法機構不能判決的疑難案件上奏朝廷復審。

〔二〕奸蠹：指危害國家社會的不法行爲。後漢書梁統傳：「小人奸蠹，比屋可誅。」

〔三〕宦侍之臣：指宦官。

〔四〕宮刑：古代五刑之一，指閹割生殖器。約始於商周時。書呂刑：「宮辟疑赦。」孔安國傳：「宮，淫刑也。男子割勢，婦人幽閉，次死之刑。」大辟：古代五刑之一，指死刑。書呂刑：「大辟疑赦，其罰千鍰。」孔安國傳：「死刑也。」孔穎達疏：「釋詁云：辟，罪也。死是罪之大者，故謂死刑爲大辟。」

〔五〕負犯：指違犯法紀。韓愈瀧吏：「潮州底處所？有罪乃竄流。儂幸無負犯，何由到而知。」

〔六〕宿衛：在宮禁中值宿，擔任警衛。史記齊悼惠王世家：「後四年，封章弟興居爲東牟侯，皆宿衛長安中。」

〔七〕「臣伏睹」五句：宋史卷二太祖本紀：「（開寶四年秋七月）戊午，復著内侍養子令。」内侍官，掌管宮内事務的宦官，宋代有内侍、殿頭内侍、高品内侍、高班内侍諸名，分屬内侍省和入内内侍省。宣徽院，官署名。總領宫中諸司及三班内侍的名籍和郊祀、朝會、宴饗、供帳等事宜。唐肅宗始置，以宦官擔任。宋承唐制，但以大臣充當，常以樞密院官兼任，元豐改制後廢。抵死，處死刑。

〔八〕「真宗」句：宋史卷六真宗本紀：「（咸平五年五月）甲辰，詔申明内侍養一子制。」

〔九〕「仁宗」句：宋史卷十二仁宗本紀：「（嘉祐四年五月）庚子，詔：内臣員多，權罷進養子入内。」入内内侍省，與内侍省同爲内侍管理機構。入内内侍省稱前省，負責宫内執役，尤爲親幸。内侍省又稱後省，負責殿中執役。

〔一〇〕「諸軍」二句：指各地不再有宦官擔任走馬承受。參見本文第二條注〔五〕。

〔一一〕中人：指宦官。漢書百官公卿表上：「將行，秦官，景帝中六年更名大長秋，或用中人，或用士人。」顔師古注：「中人，奄人也。」

〔一二〕成憲：原有的法律、制度。書説命下：「監于先王成憲，其永無愆。」

一、自古盜賊之興，若止因水旱饑饉，迫於寒餓，嘯聚攻劫〔一〕，則措置有方，便可撫定，必不能大爲朝廷之憂。惟是妖幻邪人，平時誑惑良民，結連素定〔二〕，待時而發，則其爲害未易可測。伏緣此色人處處皆有，淮南謂之二禬子，兩浙謂之牟尼教，江東謂之四果，江西謂之金剛禪，福建謂之明教、揭諦齋之類〔三〕，名號不一。明教尤甚，至有秀才、吏人、軍兵亦相傳習，其神號曰明使。又有肉佛、骨佛、血佛等號，白衣烏帽，所在成社。僞經妖像，至於刻版流布，假借政和中道官程若清等爲校勘，福州知州黄裳爲監雕〔四〕。以祭祖考爲引鬼，永絶血食，以溺爲法水，用以沐浴〔五〕。其他妖濫，未易概舉。燒乳香〔六〕，則乳香爲之貴；食菌蕈〔七〕，則菌蕈爲之貴。更相結習，有同膠漆。萬一竊發〔八〕，可爲寒心。漢之張角，晉之孫恩，近歲之方臘〔九〕，皆是類也。欲乞朝廷戒敕監司守臣，常切覺察，有犯於有司者，必正典刑，毋得以習不根經教之文，例行闊略〔一〇〕。仍多張曉示，見今傳習者，限一月聽齎經像衣帽赴官自首，與原其罪。限滿，重立賞，許人告捕。其經文印版，令州縣根尋〔一一〕，日下焚毁〔一二〕。仍立法，凡爲人圖畫妖像及傳寫刊印明教等妖妄經文者，并從徒一年論罪〔一三〕，庶可陰消異時竊發之患。

【箋注】

〔一〕嘯聚：互相招呼着聚集起來。後漢書西羌傳論：「永初之間，羣種蜂起……轉相嘯聚，揭木爲兵，負柴爲械。」

〔二〕結連：聯結，結合。漢書趙充國傳：「臣恐羌變未止此，且復結聯他種，宜及未然之備。」

〔三〕二襘子：宋代摩尼教的一支，主要活動在淮南一帶。牟尼教：即摩尼教，也稱明教。西元三世紀由波斯人摩尼創立，七世紀末傳入中國，後混有道教、佛教的成分。教義認爲光明與黑暗是善與惡的本源，經過三個階段鬥争，光明必定戰勝黑暗。教徒服飾尚白，提倡節儉、素食、戒酒、裸葬，崇拜日月，不事鬼神。團結互助，稱爲一家。五代和宋時常被農民利用爲組織起義的工具。四果：宋代民間教派名。金剛禪：民間秘密宗教組織名。葉夢得避暑録話卷下：「近世江浙有事魔吃菜者，云其原出於五斗米而誦金剛經，其説皆與今佛者之言異，故或謂之金剛禪。」明教：即摩尼教。揭諦齋：不詳，或是明教的另一叫法。

〔四〕道官：掌道教之官。宣和遺事前集：「政和四年春正月，置道階品秩，凡二十六等……又置道官……凡十六等。」黄裳（一〇四四—一一三〇）：字冕仲，南平人。元豐五年進士。政和四年以龍圖閣學士知福州，累遷端明殿學士、禮部尚書。喜道家玄秘之書，自號紫玄翁，曾監雕五千餘卷的萬壽道藏。著有演山集。宋史翼卷六有傳。

〔五〕祖考：祖先。詩小雅信南山：「祭以清酒，從以騂牡，享于祖考。」血食：指吃魚肉之類葷腥食物。梁書諸夷傳扶南國：「王常樓居，不血食，不事鬼神。」溺：同尿，小便。

〔六〕乳香：本名薰陸，爲橄欖科常緑喬木的凝固樹脂。爲薰香原料，又供藥用。沈括夢溪筆談藥議：「薰陸，即乳香也，以其滴下如乳頭者，謂之乳頭香，鎔塌在地上者，謂之塌香。」

〔七〕菌蕈：生長在樹林裏或草地上的高等菌類植物，傘狀，種類很多，有的可食，有的有毒。

〔八〕竊發：暗中發動。晉書汝南王亮楚王瑋等傳序：「如梁王之禦大敵，若朱虛之除大憝，則外寇焉敢憑陵，内難奚由竊發！」

〔九〕張角（？—一八四）：東漢末鉅鹿人。奉事黃老，創太平道。靈帝時借治病傳教，聚衆數十萬人。中平元年頭纏黃巾起義，稱黃巾軍。旋病死。後漢書卷七一有傳。孫恩（？—四〇二）：東晉琅邪人。世奉五斗米道，隆安三年聚衆起事，吴中八郡響應者數十萬。隆安五年進攻建康，爲劉裕所敗。後赴海自沉。晉書卷一〇〇有傳。方臘（？—一一二一）：一名方十三，睦州青溪（今浙江淳安）人。宣和二年利用摩尼教聚衆揭竿起義，從衆數十萬，攻破州縣，聲震江南。宣和三年遭宋廷大軍鎮壓，退守青溪幫源洞，戰敗被俘，八月被殺。宋史卷四六八有傳。

〔一〇〕不根：荒謬，没有根據。漢書嚴助傳：「朔、皋不根持論，上頗俳優畜之。」顏師古注：「議論委隨，不能持正，如樹木之無根柢也。」闊略：寬恕，寬容。漢書王嘉傳：「人情不能不有過差，宜可闊略，令盡力者有所勸。」顏師古注：「當寬恕其小罪也。」

〔一一〕根尋：跟蹤查找，追根尋底。

〔一二〕日下：即日，當天。葉紹翁四朝聞見録虎符：「御批云：『已降御筆付三省，韓侂胄已與在外宫觀，日下出國門，仰殿前司差兵士三十人防護，不許疏失。』」

〔一三〕徒：指徒刑。古代五刑之一，將罪犯拘禁於一定場所，剥奪其自由，并强制勞動的刑罰。

奏筠州反坐百姓陳彦通訴人吏冒役狀

臣近因民間詞訴，勘會到本路筠州百姓陳彦通，因訴事夾帶，稱高安縣押録陳諒，經兩次徒杖罪斷罷，不合冒役事〔一〕。其本州於淳熙六年十月内，以爲陳彦通所論冒役不實，遂引用乾道六年八月二日臣僚陳請妄訴冒役科反坐刑名，仍引在法諸州縣公人曾因犯罪勒停，謂於法不該收叙及未該收叙者。放罷編配，再行投募充役者，許人告；諸州縣收叙公人於令格有違者，徒二年；公人依法不該收叙，而隱落過犯或改易姓名别行投募者，准此，將百姓陳彦通決脊杖十三〔二〕。臣竊詳反坐之法，本謂如告人放火而實不曾放火，告人殺人而實不曾殺人，誣諂善良，情理重害，故反其所坐。然有司亦不敢即行，多具情法，奏取聖裁。今愚民無知，方其爲奸胥猾吏之所屈抑〔三〕，中懷冤憤，訴之於官。但聞某人曾以罪勒罷，又有許告指揮〔四〕，則遂於狀内夾帶冒役之語。村野小民，何由身入官府，親見案牘，小有差誤，亦當末減〔五〕，以通下情。縱使州郡欲治其虚妄蓦越之類〔六〕，亦自有見行條法，笞四十至杖八十極矣，與反坐之法有何干涉？若一言及吏人冒役，便可捃摭〔七〕，置之徒罪，則百姓被苦豈復敢訴？吏何其幸，民何其不幸也。自昔善爲政者，莫不嚴於馭吏，厚於愛民。今乃反之，事屬倒置。兼見今諸處冒役吏人，雖究見是實，亦不過從杖罪科斷罷役而已，未有即置之徒罪者。豈有百姓訴吏人冒役，却決脊杖之理。臣本欲即按治筠州官吏，又緣有上件乾道六年八月二日臣僚陳請到指揮，顯見因此陳請，致得州郡憑藉，用法深刻〔八〕。臣蒙恩遣使一路，出自聖知拔擢，苟有所見，不敢隱默，欲望聖慈更賜詳酌。如以臣所奏爲然，即乞特降睿旨，寢罷乾道六年八月二日因臣僚陳請所降指揮〔九〕，庶使百姓不致枉被深重刑責，且下情獲通，胥吏稍有畏憚，天下幸甚。

【題解】

陸游於淳熙六年十二月到江西撫州任提舉江西常平茶鹽公事。這一職務掌管本路役錢、青苗錢、義倉、賑濟、水利、茶鹽等事，與轉運使、提點刑獄公事分管財賦，并監察各州官吏。筠州百姓陳彦通聽信傳言，在訴訟中告小吏陳諒曾兩次被判刑，却更名重新投役（即冒役），筠州官府認爲是誣告不實，以反坐罪判陳彦通脊杖。陸游認爲以反坐判決過重，爲政要「嚴於馭吏，厚於愛民」。本文爲陸游爲此事上奏宋孝宗的狀文。筠州，在今江西高安一帶，宋代屬江南西路。反坐是對誣告罪的刑罰，即把被誣告的罪名所應得的刑罰加在誣告人身上。

本文原未繫年。歐譜繫於淳熙七年（一一八〇），是。當作於該年十一月前。時陸游在撫州提舉江西常平茶鹽公事任上。

【箋注】

〔一〕詞訴：指訴訟。俞文豹吹劍四録：「臨川黄崖宰是邑，謂此錢出於訟獄之人，恐惹詞訴。」勘會：審核議定。陸贄貞元改元大赦制：「京畿及近縣所欠百姓和糴價直，委度支即勘會支給。」 夾帶：指夾雜。朱子語類卷十六：「只是應物之時，不可夾帶私心。」 押録：即押司。趙彦衛雲麓漫鈔卷十二：「國朝州郡役人之制：衙前入役曰鄉户，曰押録。」

〔二〕刑名：指刑律。史記秦始皇本紀：「秦聖臨國，始定刑名。」 勒停：勒令停職。續資治通鑑宋仁宗景祐三年：「逢年等二十二人決配遠州軍牢城，其爲從者皆勒停。」 放罷：罷免職務。續資治通鑑宋孝宗乾道二年：「帝曰：『李道輒恃戚里，敢爾妄作，可與放罷。』」 編配：編列流配。司馬光論赦劄子：「比見臣僚多以私意偏見奏赦前事，乞不原赦，或更特行編配，重於不經赦之人，朝廷皆從其請。」 收叙：録用。北史隋紀下煬帝：「是以龐眉黄髮，更令收叙。」 令格：泛指國家的法令或規章。新唐書刑法志：「令者，尊卑貴賤之等數，國家之制度也；格者，百官有司之所常行之事也。」 脊杖：古時一種施於背部的杖刑。韓愈論變鹽法事宜狀引唐張平叔所奏鹽法條件：「連狀聚衆人等，各決脊杖二十。」

〔三〕奸胥猾吏：奸猾的小吏。 屈抑：枉屈，壓抑。 胥吏：官府中的小吏。北齊書彭城王浟傳：「守令參佐，下及胥吏，行遊往來，皆自賫糧食。」

〔四〕指揮：唐宋詔敕和命令的統稱。李心傳建炎以來繫年要録建炎二年六月：「尚書省言，檢會靖康元年已降指揮：人户願將金帛錢糧獻助者，計價依條補授名目。」

〔五〕末減：指從輕論罪或減刑。左傳昭公十四年：「（叔向）三數叔魚之惡，不爲末減。」杜預注：「末，薄也；減，輕也。」

〔六〕驀越：超越。王梂燕翼詒謀録卷四：「太祖皇帝乾德二年正月己巳，詔應論訴人不得驀越陳狀，違者科罪。」

〔七〕捃摭：指搜羅材料以打擊别人。蘇軾與鄭靖老書四：「某見張君俞，乃始知公中間亦爲小人所捃摭。」

〔八〕深刻：嚴峻苛刻。史記酷吏列傳：「是時趙禹、張湯以深刻爲九卿矣。」

〔九〕寢罷：廢除，停止。范仲淹上攻守二策狀：「今採於邊人，而成末議，固不敢望其必行，在朝庭以衆論參之，擇其可否。如無所取，乞賜寢罷。」

除寶謨閣待制舉曾黯自代狀

準令，侍從授告訖，限三日内舉官一員充自代者。右，臣伏睹從政郎、總領淮東軍馬錢糧所準備差遣曾黯〔一〕，克承家學，早取世科，操行可稱，文詞有法〔二〕。臣實不如，舉以自代。

【題解】

于譜嘉泰三年：「正月，除寶謨閣待制，舉從政郎曾黯自代。」本文爲陸游除寶謨閣待制後上呈宋寧宗的狀文，推薦曾黯以自代。曾黯，字温伯，贛州（今屬江西）人。曾幾之曾孫。舉進士，官從政郎、總領淮東兵馬錢糧。陸游後爲其作字序。

本文原未繫年。歐譜繫於嘉泰三年（一二〇三），是。當作於該年正月。時陸游任秘書監。

參考卷一除寶謨閣待制謝表、卷十二除寶謨閣待制謝丞相啓、謝費樞密啓、卷十五曾温伯字序。

【箋注】

〔一〕總領：官名，即總領財賦或總領某路財賦軍馬錢糧，分掌各路上供財賦、供辦諸軍錢糧，并與聞軍政。紹興十一年置淮東、淮西和湖廣三總領，十五年復置四川總領。總領官署稱總領所。準備差遣：總領屬官，備臨時派遣處置各種事務。

〔二〕家學：家族世代相傳之學。後漢書黨錮傳孔昱：「昱少習家學，大將軍梁冀辟，不應。」世科：指科舉及第。操行：操守、品行。史記伯夷列傳論：「操行不軌，專犯忌諱，而終身逸樂，富厚累世不絕。」

辭免轉太中大夫狀

中大夫、充寶謨閣待制、提舉江州太平興國宮陸某狀奏〔一〕：臣以修進兩朝實録，今月二十三日伏準告命〔二〕，授臣太中大夫、依前充寶謨閣待制、提舉江州太平興國宮者。序進一階，雖循故事；擢登四品，實出殊私〔三〕。勞薄賞醲，人微恩重。而况臣遭逢頗異，涉歷寖深〔四〕，四朝嘗綴於廷紳，八十更持於從橐〔五〕。惟寵光之永絶，庶視息之少延〔六〕。敢控愚衷，冀回鴻造〔七〕。

【題解】

于譜嘉泰三年：「（秋）轉太中大夫（從四品），有辭免狀及謝表。」該年四月中，陸游上孝宗、光宗兩朝實録，以進書畢，請守本官致仕，不允。再上劄子，敕除提舉江州太平興國宮，五月中去國。秋日轉此職。本文爲獲轉太中大夫後上呈宋寧宗的狀文，請求免於升轉。

本文原未繫年，歐譜繫於嘉泰三年（一二〇三），是。當作於該年秋。陸游時任寶謨閣待制、提舉江州太平興國宮。

參考卷一轉太中大夫謝表。

【箋注】

〔一〕中大夫：宋代文臣階官三十七階之第十二階，從四品下。提舉：宮觀官官職名。宋代宮觀官有宮觀使、副使、判官、都監及提舉、提點、管勾、勾當、主管等多種名目。

〔二〕告命：指告身，授官之符。岳飛辭建節第四劄：「敢望聖慈察臣之愚，實非矯飾。所有告命見在鄂州軍資庫寄納，伏乞特賜追還，以安愚分。」

〔三〕序進一階：指從文臣階官的第十二階中大夫升遷至第十一階太中大夫。　殊私：指帝王對臣下的特別恩寵。北史姚僧垣傳：「（宣帝）謂曰：『嘗聞先帝呼公爲姚公，有之？』對曰：『臣曲荷殊私，實如聖旨。』」

〔四〕涉歷：經歷，經過。王符潛夫論勸將：「故曰兵之設也久矣，涉歷五代，以迄於今，國未嘗不以德昌而兵彊也。」

〔五〕「四朝」二句：指四朝中先後任職朝廷，近八十歲還負橐修史。從橐，指負橐簪筆，以備顧問。此指任修史職。語出漢書趙充國傳：「安世本持橐簪筆事孝武帝數十年。」顏師古注引張晏曰：「橐，契囊也。近臣負橐簪筆，從備顧問，或有所紀也。」

〔六〕視息：僅存視覺、呼吸等。謂苟全活命。蔡琰悲憤詩：「爲復彊視息，雖生何聊賴。」

〔七〕冀回鴻造：指希望收回轉太中大夫的鴻恩。

薦舉人材狀

太中大夫、充寶謨閣待制致仕臣陸某，近承紹興府牒：備承尚書吏部符，准都省劄子，奉聖旨節文，令前侍從各舉人材三兩人〔一〕。臣爲已致仕累年，竊慮與在外侍從，見任藩郡及宫觀人事體不同，遂具申審〔二〕。今准都省劄子，照得寶謨閣待制致仕俞澂薦舉萬夢實等訖，劄送臣照會者〔三〕。臣切見宣教郎、知臨安府臨安縣鞏豐〔四〕，材識超卓，文辭宏贍；從政郎、前隨州州學教授王田〔五〕，學問淹貫，議論開敏〔六〕。以上并可備文字之職。文林郎、監潭州南嶽廟趙蕃〔七〕，力學好修〔八〕，杜門自守，入仕以來，惟就祠禄，今已數任，若將終身。或蒙朝廷稍加識拔，足以爲静退之勸，抑躁競之風〔九〕，於聖時不爲無補。如或不如所舉，甘坐責罰〔一〇〕。

【題解】

宋史卷三八寧宗本紀：「（開禧二年秋七月）辛巳，詔侍從、臺諫、兩省、卿監、郎官、監司、郡守、前宰執侍從，各舉人材二三人。」本文爲陸游依據都省劄子向朝廷薦舉鞏豐、王田、趙蕃三人的狀文。

本文原未繫年，歐譜繫於開禧三年（一二〇七）。當作於開禧二年（一二〇六）秋。陸游時任太中大夫、寶謨閣待制致仕。

參考卷一轉太中大夫謝表。

【箋注】

〔一〕牒：文書。符：朝廷傳達命令或徵調兵將用的憑證。都省：指尚書省。高承事物紀原會府臺司都省：「漢以僕射總理六尚書，謂之都省，至唐垂拱中，改尚書省曰都省，是則都省之號始自漢也。」

〔二〕事體：體制。北史張普惠傳：「班勞所施，慮違事體。」　申審：申請審核。

〔三〕照得：查察而得。舊時下行公文和布告中常用。曹彥約豫章苗倉受納榜：「今照得所在郡縣受納苗米加耗數目，已失祖宗之舊。」　俞澂：字子清，吴興（今浙江湖州）人。以蔭入仕，官至刑部侍郎，以寶謨閣待制致仕。放意山水，善畫竹石。卒年七十八。圖繪寶鑒、萬姓統譜卷十二有傳。　照會：參照。宋史河渠志三：「訪聞先朝水官孫民先、元祐六年水官賈種民各有河議，乞取索照會。」

〔四〕宣教郎：即宣德郎。文臣階官三十七階中第二十六階。政和四年改宣教郎。　鞏豐（一一四八—一二一七）：字仲至，婺州武義（今屬浙江）人。少受學於吕祖謙。以太學上舍對策及第，歷官知臨安縣、提轄左藏庫。政尚寬簡。擅文辭，尤工詩。葉適集卷二二有墓誌銘、宋史翼卷二八有傳。

〔五〕從政郎：原名通仕郎，文臣階官中第三十五階。　隨州：轄境在今湖北隨州、棗陽一帶。教授：州學學官，以經術、行義訓導、考核學生，執行學規。

〔六〕淹貫：深通廣曉。楊炯杜袁州墓誌銘：「淹貫義方，周覽典籍。」　開敏：通達明敏。漢書循吏傳文翁：「乃選郡縣小吏開敏有材者張叔等十餘人親自飭厲，遣詣京師。」

〔七〕文林郎：文臣階官中第三十三階。潭州：屬荆湖南路，轄境在今湖南雙峰、醴陵、益陽一帶。趙蕃（一一四三—一二二九）：字昌父，號章泉，鄭州人，徙居信州玉山（今屬江西）。以蔭入仕。歷官太和主簿、辰州司理參軍，屢詔不拜，歷受祠禄，以直秘閣致仕。晚問學朱熹，喜作詩。宋史卷四四五有傳。

〔八〕好修：喜愛修飾儀容。借指重視道德修養。楚辭離騷：「民生各有所樂兮，余獨好脩以爲常。」

〔九〕静退：恬淡謙遜，不競名利。韓非子主道：「人主之道，静退以爲寶。」躁競：急於進取而争競。嵇康養生論：「今以躁競之心，涉希静之塗。」

〔一〇〕甘坐：甘願被定罪。

渭南文集箋校卷第六

啓

【釋體】劉勰文心雕龍奏啓：「啓者開也。高宗云：『啓乃心，沃朕心。』取其義也。孝景諱啓，故兩漢無稱。至魏國箋記，始云『啓聞』；奏事之末，或云『謹啓』。自晉來盛啓，用兼表奏。陳政言事，既奏之異條；讓爵謝恩，亦表之别幹。必斂飭入規，促其音節，辨要輕清，文而不侈，亦啓之大略也。」四庫全書總目稱：「自六代以來，箋啓即多駢偶，然其時文體皆然，非以是别爲一格也。至宋而歲時通候，仕宦遷除，吉凶慶吊，無一事不用啓，無一人不用啓，其啓必以四六，遂於四六之内别有專門。」則啓之一體，已成爲宋代仕途交際的必備文體，宋人文集中幾乎家家有啓。五百家播芳大全文粹收啓達四十二卷，分爲賀啓、謝除授啓、謝到任啓、其他謝啓、上啓、回啓等類。渭南文集中收録啓文凡七卷，計一百十三首。

本卷收録啓十二首。

謝解啓

倦游場屋〔一〕，分已歸耕；首置賢書，出於過聽〔二〕。得非其分，榮不蓋慚。伏念某行己迂疏，禀資窮薄〔三〕。生逢聖代，豈願老於漁樵〔四〕；性嗜古文，了不通於世俗。因息四方之志，專爲一壑之謀〔五〕。比游都城，適睹明詔，復踴躍而自獻，信習氣之難除。内負初心〔六〕，外慚舊友。然而廢放已久〔七〕，盡忘科舉之章程；得失既輕，頗有山林之氣象。譬之進昌歜於玉食，陳侏儒於燕朝〔八〕，方以怪而見珍，故雖樸而不廢。恭惟某官行爲世表〔九〕，經爲人師。早學長安，識子雲之奇字〔一〇〕；晚游吴會，得中郎之異書〔一一〕。心術正而無邪，文章簡而有法，憤雕蟲之積弊，疑草野之可收〔一二〕。遂致庸虚〔一三〕，輒先豪俊。自知不稱，敢辭同進之争名〔一四〕；所懼流言，竊謂主司之好異〔一五〕。其爲愧悚，實倍尋常。

【題解】

解，指發解。唐宋科舉之制，應解試合格者，由所在州郡發遣解送至京參與禮部會試，稱「發解」。陸游於紹興二十三年（一一五三）應浙漕鎖廳試（有現任官員參加的考試），時兩浙轉運司考試官爲陳之茂，字阜卿，得陸游卷，擢爲第一。劍南詩稿卷四十詩題稱：「陳阜卿先生爲兩浙轉運司考試官。時秦丞相孫以右文殿修撰來就試，直欲首送，阜卿得余文卷，擢置第一。秦氏大怒。予明年既顯黜，先生亦幾蹈危機。」宋史本傳：「鎖廳薦送第一，秦檜孫塤適居其次，檜怒，至罪主司。明年，試禮部，主試復置游前列，檜顯黜之，由是爲所嫉。」本文爲陸游得發解後上呈陳之茂的謝啓。

本文原未繫年。歐譜繫於紹興二十三年（一一五三），是。南宋解試一般都在八月舉行，故本文當作於該年秋。

參考劍南詩稿卷四十陳阜卿先生爲兩浙轉運司考試官時秦丞相孫以右文殿修撰來就試直欲首送阜卿得余文卷擢置第一秦氏大怒予明年既顯黜先生亦幾蹈危機。

【箋注】

〔一〕場屋：指科場。王禹偁謫居感事詩：「空拳入場屋，拭目看京師。」

〔二〕賢書：賢能之書，指舉薦賢能的名録，後用以指考試中式的名榜。洪适回傳解元狀：「造牓外臺，占賢書而獨步。」過聽：誤聽。此用爲謙辭。

〔三〕行己：立身行事。論語公冶長：「子謂子産有君子之道四焉：其行己也恭，其事上也敬，其養民也惠，其使民也義。」迂疏：指迂遠疏闊。權德輿自楊子歸丹陽初遂閒居聊呈惠公詩：「蹇淺逢機少，迂疏應物難。」稟資：指稟賦。窮薄：淺薄。蘇洵與吴殿院書：「嗚呼！豈其命之窮薄至於此耶？」

〔四〕漁樵：指隱居。劉孝威奉和六月壬午應令：「神心重丘壑，散步懷漁樵。」

〔五〕一壑之謀：指隱居山林溝壑。

〔六〕初心：本意。干寶搜神記卷十五：「既不契於初心，生死永訣。」

〔七〕廢放：廢棄。蘇軾御試制科策：「天下者，大器也，久置而不用，則委靡廢放，日趨於弊而已矣。」

〔八〕「譬之」二句：就像將昌歜當作待客的高等食品，將侏儒陳列於宫殿的内庭。强調其「怪而見珍」、「樸而不廢」。昌歜，菖蒲根的醃製品。又稱昌菹。古代用以饗他國的使者，以示優禮。左傳僖公三十年：「冬。王使周公閲來聘。饗有昌歜，白黑，形鹽。」杜預注：「昌歜，昌蒲菹。白熬稻，黑熬黍。形鹽，鹽形象虎。」

〔九〕恭惟某官：舊時啓文中間轉折爲稱頌對方的習用語。「某官」當爲收入文集時統一改定。以下各篇同。

〔一〇〕子雲之奇字：子雲，漢揚雄字。奇字，漢王莽時六體書之一。漢書揚雄傳下：「間請問其故，乃劉棻嘗從雄學作奇字，雄不知情。」顔師古注：「古文之異者。」隋書經籍志一：「漢時以六體教學童，有古文、奇字、篆書、隸書、繆篆、蟲鳥。」

〔一〕吴會：東漢時分會稽郡爲吴、會稽二郡，并稱吴會。後泛指兩郡故地爲吴會。後漢書蔡邕傳：「邕慮卒不免，乃亡命江海，遠迹吴會。」中郎：指東漢蔡邕，曾任中郎將。異書：指王充論衡。後漢書王充傳：「著論衡八十五篇。」李賢注引晉袁山松後漢書：「充所作論衡，中土未有傳者，蔡邕入吴始得之，恒秘玩以爲談助。其後王朗爲會稽太守，又得其書，及還許下，時人稱其才進。或曰：『不見異人，當得異書。』」

〔二〕雕蟲：比喻從事不足道的小技藝，常指寫作詩文辭賦。揚雄法言吾子篇：「或問：『吾子少而好賦？』曰：『然。童子雕蟲篆刻。』俄而曰：『壯夫不爲也。』」草野：指鄉野，民間。與「朝廷」相對。王充論衡書解：「知屋漏者在宇下，知政失者在草野，知經誤者在諸子。」

〔三〕庸虚：才能低下，學識淺薄。自謙之詞。資治通鑑陳宣帝太建十二年：「吾以庸虚，受兹顧命。」胡三省注：「庸，言身無所能；虚，言胸中無所有。謙詞也。」

〔四〕同進：指同求進取者。羅隱讒書答賀蘭友書：「僕少而羈窘，自出山二十年，所向推沮，未嘗有一得幸於人，故同進者忌僕之名，同志者忌僕之道。」

〔五〕主司：科舉考試的主試官。新唐書選舉志上：「舉人既及第，綴行通名，詣主司第謝。」

賀台州曾直閣啓

恭審寵辭使節，移鎮便藩〔一〕。上待老成〔二〕，惟恐弗當其意；士聞静退〔三〕，自消競進之心。凡有識知，誰不歡喜。恭惟某官淵乎似道，清而有容〔四〕。古學名家，鬱爲諸儒之領袖；高文擅世〔五〕，坐還兩漢之風流。早踐清華，屢當要劇〔六〕。民依愷悌之政〔七〕，吏畏道德之威。不言而令已行，寡欲而人自化。好直無矯枉之過〔八〕，爲善無近名之嫌。歷考平生，追配古人而奚愧；中更俗吏，益知儒者之有功。比由真館之宴閒，起奉外臺之委寄〔九〕，翔而後集，泛然敢辭〔一〇〕。子房避三萬户之封，曼容至六百石而去〔一一〕。當宁爲之太息，舉朝仰其高風，故擇名邦，示優耆德〔一二〕。然而公議所屬，久安實難，第恐賜環之來〔一三〕，弗容坐席之暖。某早嘗問道，晚益受知。春服方成，悵又違於師範〔一四〕；郡齋猶冷，翼深衛於生經〔一五〕。

【題解】

台州曾直閣，即曾幾。曾幾（一〇八四—一一六六）字吉甫，河南（今河南洛陽）人。入太學，賜上舍出身。歷校書郎、提刑江西、浙西等。紹興八年，因兄開觸怒秦檜，同被罷官，寓居上饒茶山寺七年。檜死復官，紹興末反對乞和。官至敷文閣待制，致仕。有茶山集。宋史卷三八二有傳。紹興二十五年十月秦檜死後，宋高宗逐步起用老臣。曾幾於十一月被起爲提點兩浙東路刑獄。次年三月改知台州。曾文清公墓誌銘：「逾年，召赴行在所，力以疾辭。除直秘閣，歸故官。」台州，唐武德五年始置，因境内天台山得名。治所在今浙江台州。直閣，官名。宋代稱供職龍圖閣、祕閣等機構者爲「直閣」，位次於修撰。本文爲陸游爲曾幾獲除直秘閣而上呈的賀啓。

本文原未繫年。歐譜繫於紹興二十七年（一一五七），是。當作於該年四月。台州府志卷九職官表一：「（紹興）二十六年，曾幾三月二十日以左朝請大夫知，明年二月十七日召，四月八日除直秘閣回任，九月二十日再召。」

參考卷三二曾文清公墓誌銘、劍南詩稿卷一送曾學士赴行在。

【箋注】

〔一〕「恭審」三句：指曾幾獲除直秘閣，并回任台州知府。恭審，舊時啓文慣用的篇首語，尚有「伏審」、「恭聞」等。

〔二〕老成：指舊臣，老臣。黄庭堅司馬文正公挽詞之一：「元祐開皇極，功歸用老成。」

〔三〕静退：静默恬淡，不競名利。韓愈舉薦張籍狀：「右件官學有師法，文多古風，沉默静退，介然自守。」

〔四〕淵乎似道：深邃難測，胸懷沖虚。後漢書黄憲傳：「余曾祖穆侯以爲憲隤然其處順，淵乎其似道。」李賢注：「老子曰：『道沖而用之，或不盈，淵乎似萬物之宗。』言淵不可知也。」　有容：有所包含，寬宏大量。書君陳：「有容德乃大。」孔安國傳：「有所包容，德乃爲大。」

〔五〕高文：對對方詩文的敬稱。曾鞏回傳侍講啓：「高文大策，久聳動於朝端。」　擅世：蓋世。

〔六〕清華：指門第或職位清高顯貴。顔之推顔氏家訓雜藝：「王褒地胄清華。」　要劇：指政務煩劇的重要部門。曾鞏給事中制：「惟精敏不懈可以統治要劇，惟剛方不苟可以辨白是非。」

〔七〕愷悌：和樂平易。左傳僖公十二年：「詩曰：『愷悌君子，神所勞矣。』」杜預注：「愷，樂也；悌，易也。」

〔八〕矯枉：矯正彎曲。比喻糾正偏邪。孟子滕文公下：「枉己者，未有能直人者也。」趙岐注：「人當以直矯枉耳。」

〔九〕真館：指宫觀，神祠。卷六賀謝提舉啓：「自去清班，久安真館。」宴閒：同燕閒。安寧，安閒。曾鞏中書舍人除翰林學士制：「今宇内嘉靖，朝廷燕閒。」外臺：東漢刺史號爲外臺，此指曾幾知台州。委寄：委任托付。

〔一〇〕「翔而」二句：指曾幾起知台州，又被召回，「力以疾辭，除直秘閣，歸故官」。論語鄉黨：「色斯舉矣，翔而後集。」原指野雞飛翔盤旋，又聚集一處。莊子田子方：「臧丈人昧然而不應，泛然而辭。」泛然，漫不經心貌。

〔一一〕子房：西漢張良字。史記留侯世家：「漢六年正月，封功臣。良未嘗有戰鬥功，高帝曰：『運籌策帷帳中，決勝千里外，子房功也。自擇齊三萬户。』良曰：『始臣起下邳，與上會留，此天以臣授陛下。陛下用臣計，幸而時中，臣原封留足矣，不敢當三萬户。』乃封張良爲留侯，與蕭何等俱封。」曼容：西漢邴漢兄子。漢書兩龔傳：「（邴漢）兄子曼容亦養志自修，爲官不肯過六百石，輒自免去，其名過出於漢。」

〔二〕耆德：年高德劭、素孚衆望者。書伊訓：「敢有侮聖言，逆忠直，遠耆德，比頑童，時謂亂風。」韓愈論孔戣致仕狀：「憂國忘家，用意深遠，所謂朝之耆德老成人者。」

〔三〕賜環：指放逐之臣遇赦召還。語本荀子大略：「絶人以玦，反絶以環。」楊倞注：「古者臣有罪待放於境，三年不敢去，與之環則還，與之玦則絶，皆所以見意也。」

〔四〕「春服」二句：指曾幾任新職，自己不能效法曾點嚮往的師生同遊共歸的生活。論語先進：「（曾點）曰：『莫春者，春服既成，冠者五六人，童子六七人，浴乎沂，風乎舞雩，詠而歸。』夫子喟然歎曰：『吾與點也。』」

〔五〕「郡齋」二句：指居所寒冷，希望注重養生之道。郡齋，郡守起居之所。生經，養生之道。莊子庚桑楚：「老子曰：『衛生之經，能抱一乎？』」郭象注：「防衛其生，令合道也。」

賀曾秘監啓

恭審趣登文陛，進冠蘭臺〔一〕。簡册光華，孰謂太平之無象〔二〕；薦紳歎息，共欣大老之來歸〔三〕。誠爲中外之榮觀，非復門闌之私慶〔四〕。竊嘗聞諸耆舊，昔在祖宗，朝有道德魁偉之臣，士鄙刑名功利之學，政術既斥夫卑陋，國勢自極於尊安。豈惟右文飾治之方，是亦折衝消萌之要〔五〕。至於主盟儒道，典領書林〔六〕，必求名勝之宗〔七〕，尤極清華之選。不圖近歲，頓異前規。老吏亦驚，茲豈膏粱之地〔八〕；遺編何罪，至遭鋒鏑之腥〔九〕。廷範之污清流，哥奴之非時望〔一〇〕，較之於此，誠何足言。天未墜於斯文，上眷求於舊德。恭惟某官文貴乎道，氣合於神，學稽古以知天，心集虛而應物〔一一〕。舊聞入洛之盛事〔一二〕，疑於古人；追數過江之諸賢〔一三〕，屹然獨在。雖身居湖海之遠，而名滿覆載之間〔一四〕。友化人而遊帝居〔一五〕，顧肯復求於外物；登太山而小天下〔一六〕，蓋嘗俯陋於諸儒。昨者法宮決事之初，起於琳館燕居之際〔一七〕，力歸使節，自乞守符〔一八〕。觀其勇退於急流，真若無意於斯世，迫功名之不赦，凜風節之愈高。姑復領䄂館閣之遊，行即几杖廟堂之上〔一九〕。某自惟幸會，最辱知憐。識度闕之雲，距今十載〔二〇〕；從浴沂之樂〔二一〕，終後諸生。孤蹤愈遠於師門，精意空馳於夢想〔二二〕。

【題解】

曾秘監，即曾幾。曾幾於紹興二十七年九月被宋高宗復召入對。曾文清公墓誌銘：「既對，太上皇帝勞問甚渥，曰：『聞卿名久矣。』公因論：『士氣不振既久，陛下興起之於一朝，矯枉者必過直，雖有折檻斷鞅、牽裾還笏，若賣直沽名者，願皆優容獎激之。』……太上大悅。除秘書少監。」秘監，即秘書監。此指秘書少監，秘書省副長官。本文爲陸游爲曾幾獲除秘書少監而上呈的賀啓。

本文原未繫年。歐譜繫於紹興二十七年（一一五七），是。當作於該年九月。

參考卷三二曾文清公墓誌銘。

【箋注】

〔一〕文陛：宮殿的階石。借指朝廷。文選沈約齊故安陸昭王碑文：「升降文陛，逶迆魏闕。」張銑注：「文陛，天子殿階也，以文石砌之。」 蘭臺：唐宋時指秘書省。李商隱無題詩：「嗟余聽鼓應官去，走馬蘭臺類轉蓬。」馮浩箋注：「舊唐書職官志：秘書省，龍朔初改爲蘭臺，光宅時改爲麟臺，神龍時復爲秘書省。」

〔二〕簡册：指史籍。劉知幾史通敘事：「夫以吳徵魯賦，禹計塗山，持彼往事，用爲今説，置於文章則可，施於簡册則否矣。」秘書省掌管古今經書、史籍。 太平無象：謂太平盛世無一定標誌。資治通鑑唐文宗太和六年：「會上御延英，謂宰相曰：『天下何時當太平，卿等亦有意於此乎？』僧孺對曰：『太平無象。今四夷不至交侵，百姓不至流散，雖非至理，亦謂小康。陛下若別求太平，非臣等所及。』」

〔三〕薦紳：縉紳。古代高級官吏的裝束。亦指有官職或做過官的人。薦，通「搢」。 史記孝武本紀：「元年，漢興已六十餘歲矣，天下乂安，薦紳之屬皆望天子封禪改正度也。」司馬貞索隱：「上音搢。搢，挺也。言挺笏於紳帶之間，事出禮内則。今作薦者，古字假借耳。」大老：德高望重的老人。孟子離婁上：「二老者，天下之大老也。」二老指伯夷、太公。

〔四〕門闌：此指師門。王安石賀韓魏公啓：「瞻望門闌，不任鄉往之至。」

〔五〕右文：崇尚文治。歐陽修謝賜漢書表：「竊以右文興化，乃致治之所先。」飾治：指粉飾太平。折衝：使敵人戰車後撤，即制敵取勝。衝，衝車。戰車的一種。吕氏春秋召類：「夫脩之於廟堂之上，而折衝乎千里之外者，其司城子罕之謂乎？」高誘注：「衝，車。所以衝突敵之軍，能陷破之也……使欲攻己者折還其衝車於千里之外，不敢來也。」消萌：消除動亂萌芽。

〔六〕典領：主持，領導。漢書王商傳：「蓋丞相以德輔翼國家，典領百寮，協和萬國，爲職任莫重焉。」

〔七〕名勝：有名望的才俊之士。晉書王導傳：「會三月上巳，帝親觀禊，乘肩轝，具威儀，敦、導及諸名勝皆騎從。」

〔八〕膏粱之地：指富貴之處所。膏粱，肥肉和細糧。國語晉語七：「夫膏粱之性難正也。」韋昭注：「膏，肉之肥者；粱，食之精者。」

〔九〕遺編：指前人留下的著作。舊唐書章懷太子賢傳：「往聖遺編，咸窮壼奥。」鋒鏑之腥：

指戰亂之腥味。鋒鏑，戰争。梅堯臣和潁上人南徐十詠鐵甕城：「前朝經喪亂，曾是輕鋒鏑。」

〔一〇〕廷範：晚唐優人，被朱全忠用爲太常卿。新唐書柳璨傳：「廷範者，以優人爲全忠所愛，扈東遷爲御營使，進金吾衛將軍、河南尹。全忠欲以爲太常卿，宰相裴樞持不可，繇是樞罷去。柳璨希旨下詔，責中外不得妄言流品清濁，卒用廷範太常卿。」哥奴：唐宰相李林甫小字。新唐書李林甫傳：「源乾曜執政……乾曜子爲林甫求司門郎中，乾曜素薄之，曰：『郎官應得才望，哥奴豈郎中材邪？』哥奴，林甫小字也。」

〔一一〕集虚：指摒除雜念，心境虚静純一。莊子人間世：「（顔）回曰：『敢問心齋。』仲尼曰：『若一志。無聽之以耳而聽之以心，無聽之以心而聽之以氣。聽止於耳，心止於符。氣也者，虚而待物者也。唯道集虚。虚者，心齋也。』」應物：順應事物。莊子知北游：「邀於此者，四枝彊，思慮恂達，耳目聰明，其用心不勞，其應物無方。」

〔一二〕入洛之盛事：世説新語輕詆：「桓公入洛，過淮、泗，踐北境，與諸僚屬登平乘樓，眺矚中原，慨然曰：『遂使神州陸沉，百年丘墟，王夷甫諸人，不得不任其責！』袁虎率爾對曰：『運自有廢興，豈必諸人之過？』」

〔一三〕過江之諸賢：世説新語言語：「過江諸人，每至美日，輒相邀新亭，藉卉飲宴。周侯中坐而歎曰：『風景不殊，正自有山河之異！』皆相視流淚。惟王丞相愀然變色曰：『當共戮力王室，克復神州，何至作楚囚相對！』」

〔一四〕覆載：指天地。漢書外戚傳下：「猶被覆載之厚德兮，不廢捐於罪郵。」

〔一五〕化人：仙人。杜光庭温江縣招賢觀衆齋詞：「歷代化人，隨機濟物。大惟邦國，普及幽明。俱賴神功，咸承景貺。」

〔一六〕太山：即泰山。孟子盡心上：「孔子登東山而小魯，登泰山而小天下。」

〔一七〕法宫：宫室的正殿。帝王處理政事之處。漢書晁錯傳：「臣聞五帝神聖，其臣莫能及，故自親事，處於法宫之中，明堂之上。」琳館：仙宫。歐陽修景靈朝謁從駕還宫：「琳館清晨藹瑞氛，玉旒朝罷奏韶鈞。」燕居：閒居。

〔一八〕守符：居官獨掌一地之政。元稹賀聖體平復御紫宸殿受朝賀表：「帝御紫宸，千官畢賀，臣以守符外郡，不獲稱慶明庭。」

〔一九〕「姑復」二句：曾文清公墓誌銘：「公既以老臣自外超用，名震京都，及入朝，鬢鬚皓然，衣冠甚偉。雖都人老吏，皆感欷，以爲太平之象。於是公去館中三十有八年矣，舉故事與同舍賦詩飲酒，縱談前輩言行，臺閣典章，從容每竟日。」几杖，坐几和手杖，皆老人所用。

〔二〇〕「識度」二句：指從曾幾問學，已有十年。度關之雲，老子騎青牛西遊，有紫氣浮關。史記卷六三老子列傳司馬貞索隱：「按列仙傳：『老子西游，關令尹喜望見有紫氣浮關，而老子果乘青牛而過也。』」

〔二二〕浴沂之樂：指弟子從師的樂趣。見本卷賀台州曾直閣啓注〔一四〕。

〔二三〕精意：誠意，專心一意。國語周語上：「精意以享，禋也；慈保庶民，親也。」

賀謝提舉啓

伏審顯膺帝制，起擁使華〔一〕。雖輿論歉然〔二〕，謂未究大賢之藴；然用人如此，誰不知公道之行。恭惟某官躬真獨簡貴之資，藴篤實誠明之學〔三〕，早并游於洛下，晚獨步於江東〔四〕，談笑多聞，文章爾雅〔五〕。履常應變，雖與時而偕行；據古守經，蓋絶世而獨立。風采聞於天下，勞烈簡於上心〔六〕。自去清班，久安真館。付功名於昨夢，若無意然；顧富貴之迫人，恐不免耳。迨法宫之決事，付便郡以優賢〔七〕。曾未逾年，已聞報政〔八〕，入膺三接之寵，出臨千里之畿〔九〕。明詔始傳，吾黨相慶，以謂名流之施設，當有前輩之規摹〔一〇〕。班超之策平平，陽城之考下下〔一一〕，至於俗吏，乃求奇功。所願一洗簿書之塵，庶幾少稱臺閣之望〔一二〕。此自明公之所及，豈須賤子之具陳。冒瀆之深，慚惶無措〔一三〕。

【題解】

提舉，宋代地方官中有提舉常平倉、提舉茶鹽、提舉水利等官，此處謝提舉爲誰不詳。本文爲陸游爲謝某除提舉之職所致的賀啓。

本文原未繫年。歐譜繫於紹興二十八年（一一五八）。據前後文繫年，是。時陸游在寧德縣主簿任上。

【箋注】

〔一〕顯膺帝制：榮耀地接受皇帝的制誥。 起擁使華：擢拔出爲提舉之職。

〔二〕輿論：公衆的言論。三國志魏書王朗傳：「設其傲狠，殊無入志，懼彼輿論之未暢者，并懷伊邑。」 歉然：不滿足貌。

〔三〕躬：自身具有。漢書刑法志：「聖人既躬明哲之性，必通天之心。」顔師古注：「躬，謂身親有之。」 真獨簡貴：獨處時謹慎，富貴時簡省。世説新語品藻：「真獨簡貴，不減父祖。」 篤實：純厚樸實。易大畜：「大畜剛健，篤實輝光，日新其德。」 誠明：至誠明德。禮記中庸：「自誠明謂之性，自明誠謂之教，誠則明矣，明則誠矣。」鄭玄注：「由至誠而有明德，是聖人之性者也。」

〔四〕洛下：指洛陽。此指都城。劉令嫻祭夫徐悱文：「調逸許中，聲高洛下。」 獨步江東：江東獨一無二，無與倫比。晉書王坦之傳：「坦之字文度，弱冠與郗超俱有重名，時人爲之語曰：『盛德絶倫郗嘉賓，江東獨步王文度。』」江東，古時指長江下游蕪湖、南京以下的南岸地區，也泛指長江下游地區。

〔五〕文章爾雅：文章雅正。史記儒林列傳：「文章爾雅，訓辭深厚。」司馬貞索隱：「謂詔書文章雅正。」

〔六〕勞烈：勞績，功業。韋端符衛公故物記：「公之勞烈，如是其大，固有以感之。」簡：記。

〔七〕便郡：政務清簡之郡。蘇舜欽贈太子太保韓公行狀：「或謂真定不當北衝，改知澶州，屬以控扼之計。數以疾請便郡，移亳州。」

〔八〕報政：陳報政績。史記魯周公世家：「周公卒，子伯禽固已前受封，是爲魯公。魯公伯禽之初受封之魯，三年而報政周公。」

〔九〕三接：三度接見，指恩寵優獎。易晉：「晉，康侯用錫馬蕃庶，晝日三接。」孔穎達疏：「晝日三接者，言非惟蒙賜蕃多，又被親寵頻數，一晝之間，三度接見也。」千里之畿：指王城周圍千里的地域。周禮夏官職方氏：「乃辨九服之邦國，方千里曰王畿。」

〔一〇〕施設：安排，措置。漢書尹翁歸傳：「會田延年爲河東太守，行縣至平陽，悉召故吏五六十人。延年親臨見，令有文者東，有武者西。閱數十人，次到翁歸，獨伏不肯起，對曰：『翁歸文武兼備，唯所施設。』」規摹：亦作規模，制度，程式。張衡東京賦：「是以西匠營宮，目翫阿房，規摹踰溢，不度不臧。」

〔一一〕「班超」句：後漢書班梁列傳：「初，超被徵，以戊己校尉任尚爲都尉，與超交代。尚謂超曰：『君侯在外國三十餘年，而小人猥承君後，任重慮淺，宜有以誨之！』超曰：『年老失智，任君數當大位，豈班超所能及哉！必不得已，願進愚言：塞外吏士，本非孝子順孫，皆以罪過徙補邊屯；而蠻夷懷鳥獸之心，難養易敗。今君性嚴急，水清無大魚，察政不得下和，宜蕩佚簡易，寬小過、總大綱而已。』超去後，尚私謂所親曰：『我以班君當有奇策，今所言，平平耳。』尚至數年而西域反亂，以罪被徵，如超所戒。」「陽城」句：舊唐書陽城傳：「陽城字亢宗，北平人也……出爲道州刺史……賦税不登，觀察使數加誚讓。州上考功第，城自署其第曰：『撫字心勞，徵科政拙，考下下。』」蘇軾徐州謝獎諭表：「寬如定遠之言，平平無取；拙比道州之政，下下宜然。」

〔二〕臺閣：漢時指尚書臺。後泛指中央政府機構。後漢書仲長統傳：「光武皇帝慍數世之失權，忿彊臣之竊命，矯枉過直，政不任下，雖置三公，事歸臺閣。」李賢注：「臺閣，謂尚書也。」

〔三〕冒瀆：冒犯，褻瀆。元稹上令狐相公詩啓：「詞旨瑣劣，冒瀆尊嚴，俯伏刑書，不敢逃讓，死罪死罪。」慚惶：羞愧惶恐。梁簡文帝答徐摛書：「竟不能黜邪進善，少助國章，獻可替否，仰裨聖政，以此慚惶，無忘夕惕。」

賀禮部曾侍郎啓

恭審顯奉制書，進司邦禮〔一〕。所養既厚，萬鍾亦何足言〔二〕；衆望所歸，九遷猶以爲緩〔三〕。惟是老成之用，式昭至治之符〔四〕，凡有識知，誰不歡喜。竊考六官之制，本皆三代之餘〔五〕。惟宗伯之清華，極近臣之遴選〔六〕。誠使此地常得其人，則朝廷日尊，自弭未形之患；論議守正，亦折群邪之萌。一昨多艱，寖忘大體〔七〕。刑名錢穀，獨號劇曹〔八〕；文物典常，僅同虛器〔九〕。蓋道由時而升降，官以人而重輕，苟凡材非據於其間，則舊章何恃而不廢。孰謂斯文之幸，復聞公議之伸。恭惟某官直哉惟清〔一〇〕，淵乎似道。心至虛而善應，名弗求而愈高。紬繹六經〔一一〕，推明上世之絶學；度越兩漢，追配先秦之古文。早并遊於洛中，晚獨步於江左。人誦其德，家有其書。使少貶於諸公，已亟升於華貫〔一二〕。顧久幽而彌厲，凛自信之不回。上屢興見晚之嗟，公猶懷勇退之志，勉收功業於無復意之後，起踐富貴於不得已之餘。黄髮皤然，德容穆若〔一三〕。昔者慶曆之盛，側席而致衆賢〔一四〕；元祐之初，加璧而聘諸老〔一五〕。今兹盛事，可謂無慚。然猶漸進於省中〔一六〕，未足大慰於天下。竊謂德齒之貴，宜登師保之崇〔一七〕，入則几杖三雍之間，出則卷繡百工之上〔一八〕。使勳貴斂衽，畏楊綰之清〔一九〕；朝野洗心，化毛公之儉〔二〇〕。紀話言於竹帛，肖形像於丹青。垂之無窮，然後爲稱。某頃陶善誘，嘗辱異知。雖借勢於王公大人〔二一〕，非迂愚之敢及；惟侍坐於先生長者〔二二〕，尚夢寐之不忘。逖聞綸綍之傳，獨阻門闌之慶〔二三〕。仰懷曩遇，不勝下情〔二四〕。

【題解】

禮部曾侍郎，即曾幾。曾幾於紹興二十八年七月被擢任尚書禮部侍郎。曾文清公墓誌銘：「初，公兄楙，歷禮部侍郎至尚書；兄開，亦爲禮部侍郎。至是公復繼之，衣冠尤以爲盛事。」侍郎，謂禮部侍郎。尚書省禮部掌管有關禮樂、祭祀、朝會、宴饗、學校、貢舉等政令。本文爲陸游爲曾幾獲除禮部侍郎而上呈的賀啓。

本文原未繫年。歐譜繫於紹興二十八年（一一五八），是。當作於該年七月。時陸游在寧德縣主簿任上。

參考卷三二曾文清公墓誌銘。

【箋注】

〔一〕邦禮：國家禮治之事。書周官：「宗伯掌邦禮，治神人，和上下。」孔安國傳：「春官卿，宗廟官長，主國禮治，天地、神祇、人鬼之事及國之吉凶。」

〔二〕萬鍾：指優厚的俸禄。鍾，古量名。孟子告子上：「萬鍾則不辯禮義而受之，萬鍾於我何加焉。」

〔三〕九遷：指多次升遷。蔡邕表太尉董公可相國：「昭發上心，故有一日九遷。」

〔四〕至治：指安定昌盛、教化大行的時世。書君陳：「至治馨香，感于神明；黍稷非馨，明德惟馨。」

〔五〕「竊考」二句：指宋代六官之制承襲夏商周三代。周禮以天官冢宰、地官司徒、春官宗伯、夏官司馬、秋官司寇、冬官司空分掌邦國之政，總稱六官或六卿。唐宋中央政權置吏、户、禮、兵、刑、工六部，六部之尚書總稱六官，基本與三代之制一一對應。

〔六〕宗伯：周代六卿之一，掌管禮治。周禮春官宗伯：「乃立春官宗伯，使帥其屬而掌邦禮，以佐王和邦國。」鄭玄注：「宗伯，主禮之官。」後世禮部職責與之相應，故稱禮部尚書爲大宗伯或宗伯，禮部侍郎爲小宗伯。遴選：挑選，選拔。新唐書賈曾傳：「玄宗爲太子，遴選宫僚，以曾爲舍人。」

〔七〕一昨：前些日子。淳化閣帖晉王羲之帖：「多日不知君聞，得一昨書，知君安善爲慰。」寖：逐漸。大體：指有關大局的道理。史記平原君虞卿列傳論：「（平原君）未睹大體。」

〔八〕刑名：刑律。史記秦始皇本紀：「秦聖臨國，始定刑名。」錢穀：錢幣、穀物。常借指賦税。史記陳丞相世家：「（孝文皇帝）問：『天下一歲錢穀出入幾何？』勃又謝不知。」此指掌管刑律、賦税的小吏，俗稱「刑名師爺」、「錢穀師爺」。劇曹：泛指政務繁劇的屬吏。孫逖送趙大夫護邊詩：「欲傳清廟略，先取劇曹郎。」

〔九〕典常：常道，常法。虚器：虚設而不用，指形同虚設。北史隋紀下煬帝：「自時厥後，軍國多虞，雖復黌宇時建，示同愛禮，函丈或陳，殆爲虚器。」

〔一〇〕直哉惟清：正直清明。尚書虞書：「夙夜惟寅，直哉惟清。」孔安國傳：「夙，早也。言早夜敬思其職，典禮施政教，使正直而清明。」

〔一一〕紬繹：理出頭緒。

〔一二〕華貫：顯要的行列。舊唐書杜審權傳：「踐歷華貫，餘二十年。」

〔一三〕黄髮：老人髮白，白久則黄。皤然：鬒髮白貌。南史范縝傳：「年二十九，髮白皤然，乃作傷春詩、白髮詠以自嗟。」德容：有道者之儀容。劍南詩稿卷一别曾學士：「所願瞻德容，頑固或少痊。」穆若：和美貌。蕭統文選序：「頌者所以遊揚德業，褒贊成功。吉甫有『穆若』之談，季子有『至矣』之歎。」

〔一四〕側席：指謙恭以待賢者。後漢書章帝紀：「朕思遲直士，側席異聞。」李賢注：「側席，謂不正坐，所以待賢良也。」

〔一五〕加璧：即束帛加璧，束帛之上再加玉璧，表示禮物的貴重。禮記禮器：「束帛加璧，尊德也。」

〔一六〕省中：宫禁之中。蔡邕獨斷：「禁中者，門户有禁，非侍御者不得入，故曰禁中。孝元皇后父大司馬陽侯名禁，當時避之，故曰省中。」

〔一七〕德齒：指賢德而年高之人。語出孟子公孫丑下：「天下有達尊三：爵一，齒一，德一。朝廷莫如爵，鄉黨莫如齒，輔世長民莫如德。」師保：輔弼帝王和教導王室子弟的官職，稱師稱保，統稱師保。易繫辭下：「無有師保，如臨父母。」

〔一八〕三雍：亦稱「三雍宫」。漢時對辟雍、明堂、靈臺的總稱。漢書河間獻王傳：「武帝時，獻王來朝，獻雅樂，對三雍宫及詔策所問三十餘事。」顔師古注應劭曰：「辟雍、明堂、靈臺也。雍，和也，言天地君臣人民皆和也。」百工：百官。書堯典：「允釐百工，庶績咸熙。」孔安國傳：「工，官。」

〔一九〕勳貴：功臣權貴。顔之推顔氏家訓雜藝：「唯不可令有稱譽，見役勳貴，處之下坐，以取殘盃冷炙之辱。」斂衽：整飭衣襟，表示恭敬。戰國策楚策一：「一國之衆，見君莫不斂衽而拜，撫委而服。」楊綰之清：舊唐書楊綰傳：「綰素以德行著聞，質性貞廉，車服儉樸，居廟堂未數月，人心自化。」楊綰字公權，華州華陰人，天寶進士，官至中書侍郎、同中書門下平章事。舊唐書卷一一九、新唐書卷一四二有傳。

〔二〇〕洗心：洗滌心胸。比喻除去惡念或雜念。易繫辭上：「聖人以此洗心。」

〔二一〕借勢：借助別人的權勢。韓愈與鳳翔邢尚書書：「布衣之士，身居窮約，不借勢於王公大臣，則無以成其志。」

〔二二〕侍坐：在尊長近旁陪坐。禮記曲禮上：「侍坐於所尊敬，毋餘席。」孔穎達疏：「謂先生坐一席，己坐一席，己必坐於近尊者之端，勿得使近尊者之端更有空餘之席。」

〔三〕逖聞：在遠處聽到。表示恭敬。王安石賀韓魏公啓：「逖聞新命，竊仰遐風，瞻望門闌，不任鄉往之至。」綸綍：同綸紱。古代官吏繫印用的青絲帶。門闌：指師門。

〔四〕下情：謙詞。指自己的心情。晉書陸納傳：「後伺温（桓温）閒，謂温曰：『外有微禮，方守遠郡，欲與公一醉，以展下情。』」

賀辛給事啓

恭審光奉制書，就升巨鎮〔一〕。用人惟己，上方詢事而考言〔二〕；知我其天，公豈枉尋而直尺〔三〕？世不容而何病，道有命而後行。雖殿藩猶屈於經綸，然親擢益知於眷注〔四〕。縉紳頌歎，道路歡欣。伏聞先王相我後人，上天爲生賢佐〔五〕；若時大任之降，將啓非常之元。故必雍容回翔，以養其康濟之才〔六〕；排擯斥疏，以積夫邇遐之望〔七〕。遺之險艱以勵其志，待之耆老以全其能〔八〕。周公居東，歸相成王之善治〔九〕；謝傅高卧，晚爲江表之宗臣〔一〇〕。勳名卒至於偉然〔一一〕，物理殆非於偶爾。恭惟某官氣守剛大，性資方嚴〔一二〕。其在朝廷，有金玉王度之益〔一三〕；其位嶽牧，有股肱帝室之勞〔一四〕。指朋黨於蔽蒙膠漆之時，發姦蠹於潛伏機牙之始〔一五〕。庭叱義府，面折公孫〔一六〕，可否一語而不移，利害十年而後驗。人服其識，家誦其言。皓首來朝，方共推於宿望〔一七〕；丹心自信，寧少貶於諸公。洗鄙夫患失之風，增善類敢言之氣〔一八〕。俯仰無愧〔一九〕，進退兩高。不可誣者忠邪之情，不可掩者是非之實，出守未幾，見思已深。惟是謀帥之難〔二〇〕，孰先舊德之舉。然而方政機之虚席，宜召節之在途〔二一〕，開慰斯民〔二二〕，始自今日。某迂愚不肖，窮薄多奇，雖道德初心之已非，猶節義大閑之可勉〔二三〕。側聞休命，深激懦衷〔二四〕，輒忘奏記之狂，蓋出執鞭之慕〔二五〕。仰祈閎量，曲貸嚴誅。

【題解】

辛給事，即辛次膺（一〇九二—一一七〇），字起季，萊州人。政和二年進士。擢右正言，主張抗金，力斥和議，爲秦檜誣陷，奉祠十六年。秦檜死，起知婺州，擢權給事中，尋罷。紹興二十九年除福州路安撫使兼知福州。孝宗即位，除御史中丞。隆興元年（一一六三）同知樞密院事。尋拜參知政事，以疾力辭。爲官清正，敢於直言。善屬文，尤工詩。宋史卷三八三有傳。給事，即給事中，屬門下省，掌封駁政令之失當者。本文爲陸游爲辛次膺獲除福州路安撫使兼知福州而致的賀啓。

本文原未繫年。歐譜繫於紹興二十九年（一一五九），是。時陸游在福州決曹任上。

參考卷一三上辛給事書。

【箋注】

〔一〕巨鎮：此指福州。白居易和渭北劉大夫借便秋遮虜寄朝中親友詩：「巨鎮爲邦屏，全材作國楨。」

〔二〕用人惟己：指用人之言，如同己出。尚書仲虺之誥：「用人惟己，改過不吝。」孔安國傳：「用人之言，若自己出。」詢事而考言：查考所做的事和所説的話。書舜典：「帝曰：『格！汝舜。詢事考言，乃言底可績，三載。』」蔡沈集傳：「堯言詢舜所行之事而考其言。」

〔三〕知我者天：指唯天知己。論語憲問：「子曰：『莫我知也夫。』子貢曰：『不怨天，不尤人。下學而上達。知我者其天乎！』」何晏注：「聖人與天地合其德，故曰唯天知己。」枉尋而直尺：指因小失大。孟子滕文公下：「枉尺而直尋，宜若可爲也。」朱熹集注：「枉，屈也；直，伸也。八尺曰尋，所屈者小，所伸者大也。」後因以「枉尺直尋」比喻小有所損，而大有所獲。「枉尋直尺」則反其意用之。

〔四〕殿藩：排名藩鎮最後。此指福州。經綸：指治理國家的抱負和才能。秦觀滕達道挽詞：「經綸未了埋黄土，精爽還應屬斗牛。」眷注：亦作睠注。垂愛關注。王禹偁送僕射相公赴西京：「弼諧終在我，睠注更同誰。」

〔五〕賢佐：賢明的輔臣。管子宙合：「夫繩扶撥以爲正，准壞險以爲平，鈎入枉而出直，此言聖君賢佐之制舉也。」

〔六〕雍容：舒緩，從容不迫。文選班固兩都賦序：「雍容揄揚，著於後嗣。」吕向注：「雍，和；容，緩。」回翔：往返，往復。曾鞏侍中制：「某行蹈中和，學通古今。從容應物，有適用之材；慷慨立朝，多據經之論。比回翔於禁闥，遂更踐於樞庭。」康濟：指安民濟世。北齊書武帝紀：「君有康濟才，終不徒然。」

〔七〕排擯：排斥擯棄。史記平津侯主父列傳：「齊諸儒生相與排擯，不容於齊。」斥疏：疏遠。史記韓長孺列傳：「安國始爲御史大夫及護軍，後稍斥疏，下遷。」邇遐：猶遐邇。遠近。蘇軾賀楊龍圖啓：「伏審新改直職，擢司諫垣，傳聞邇遐，竦動觀聽。」

〔八〕耆老：老成人。禮記檀弓上：「魯哀公誄孔子曰：『天不遺耆老，莫相予位焉。』」陳澔集説：「言天不留此老成，而無有佐我之位者。」

〔九〕「周公」二句：周公姬旦爲武王之弟，封於魯，輔佐武王之子成王，天下大治。參見史記卷三三魯周公世家。

〔一〇〕「謝傳」二句：東晉謝安早年隱居不仕，後起桓温司馬，任征討大都督，指揮淝水之戰大敗前秦，名震江南。參見晉書卷七九謝安傳。高卧，指隱居不仕。世説新語排調：「卿（謝安）屢違朝旨，高卧東山，諸人每相與言：『安石不肯出，將如蒼生何？』」江表，指長江以南南朝統治地區。宗臣，世所敬仰的名臣。漢書蕭何曹參傳贊：「淮陰、黥布等已滅，唯何、參擅功名，位冠羣臣，聲施後世，爲一代之宗臣，慶流苗裔，盛矣哉！」顔師古注：「言爲後世之所尊仰，故曰宗臣也。」

〔一〕偉然：卓異超群貌。牛僧孺玄怪録岑順：「王神貌偉然，雄姿罕儔。」

〔二〕剛大：剛直正大。宋史李燾傳：「燾性剛大，特立獨行。」方嚴：方正嚴肅。三國志魯肅傳：「（肅卒），權爲舉哀。」裴松之注引韋昭吴書：「肅爲人方嚴，寡於玩飾。」

〔三〕金玉王度：指王者的德行器度如金如玉。左傳昭公十二年：「思我王度，式如玉，式如金。」孔穎達疏：「思使我王之德度，用如玉然，用如金然，使之堅而且重，可寶愛也。」

〔四〕嶽牧：傳説爲堯舜時四嶽十二牧的省稱。後用以泛指封疆大吏。史記伯夷列傳：「堯將遜位，讓於虞舜，舜、禹之間，嶽牧咸薦，乃試之於位，典職數十年。」股肱：輔佐，捍衛。左傳僖公二十六年：「昔周公、大公股肱周室，夾輔成王。」

〔五〕蔽蒙：蒙蔽。膠漆：比喻親密無間。鄒陽獄中上書：「感於心，合於意，堅如膠漆，昆弟不能離，豈惑於衆口哉！」姦蠹：行爲不法的壞人。南齊書裴叔業傳：「搜蕩山源，糾虔姦蠹。」機牙：比喻要害、關鍵。韓愈許國公神道碑銘：「二寇患公居間，爲己不利，卑身佞辭，求與公好，薦女請昏，使日月至。既不可得，則飛謀釣謗，以間染我。公先事候情，壞其機牙，姦不得發。」

〔六〕「庭叱」二句：唐高宗時，宰相李義府專權枉法，侍御史王義方大義凜然，廷劾義府，爲高宗所貶。參見舊唐書卷一八七王義方傳。漢武帝時，汲黯當面揭露儒家公孫弘等「懷詐飾智，以阿人主取容」。參見漢書卷五〇張馮汲鄭傳。

〔一七〕皓首：白頭，指年老。李陵答蘇武書：「丁年奉使，皓首而歸。老母終堂，生妻去帷。」宿望：素負重望之人。三國志張既傳：「令既之武都」裴松之注引摯虞三輔決録注：「（游殷）以子楚托之；既謙不受，殷固托之。既以殷邦之宿望，難違其旨，乃許之。」

〔一八〕鄙夫：庸俗淺陋之人。患失：即患得患失。論語陽貨：「子曰：『鄙夫可與事君也與哉？其未得之也，患得之；既得之，患失之。苟患失之，無所不至矣！』」何晏集解：「『患得之』者，患不能得之。楚俗言。」善類：善良有德之人。子華子孔子贈：「明旌善類而誅鋤醜厲者，法之正也。」

〔一九〕俯仰：指一舉一動。蔡邕和熹鄧后謚議：「鄉黨叙孔子，威儀俯仰無所遺；彤管記君王，纖微大小無不舉。」

〔二〇〕謀帥：尋求元帥人選。韓愈酬别留後侍郎詩：「爲文無出相如右，謀帥難居郤縠先。」左傳僖公二十七年：「作三軍，謀元帥。趙衰曰：『郤縠可。』」

〔二一〕政機：政務。三國志傅嘏傳：「及經邦治戎，權法並用，百官羣司，軍國通任，隨時之宜，以應政機。」虚席：空位待賢。駱賓王上司刑太常伯啓：「加以分庭讓士，虚席禮賢。」召節：召唤節義之士。

〔二二〕開慰：寬解安慰。隋書源雄傳：「今日已後，不過數旬之別，遲能開慰，無以累懷。」

〔二三〕大閑：基本的行爲準則。語本論語子張：「大德不踰閑。」

〔二四〕側聞：從旁聽到，指聽説。賈誼弔屈原賦：「側聞屈原兮，自沉汨羅。」休命：美善的命令。多指天子的旨意。書説命下：「敢對揚天子之休命。」懦衷：胸無大志。用於自謙。蘇軾賀提刑馬宣德啓：「恭承榮問，有激懦衷。」

〔二五〕奏記：用書面向長官陳述意見。漢書丙吉傳：「賀即位，以行淫亂廢，光與車騎將軍張安世諸大臣議所立，未定。吉奏記光曰……」執鞭：持鞭駕車，表示景仰追隨。史記管晏列傳論：「假令晏子而在，余雖爲之執鞭，所忻慕焉。」

答福州察推啓

識面卜鄰〔一〕，固常懷於鄙志；杜門掃軌，殊未接於英游〔二〕。於此相逢，慨然永歎。恭惟某官城南舊望，江左名流，高韻照人，清言絶俗〔三〕。過眼不再，真讀五車之書〔四〕；落筆可驚，倒流三峽之水〔五〕。豈有如公之人物，猶令隨牒於海邦〔六〕。政恐驛召之行，弗容席暖之久〔七〕。某奔馳斗粟，流落二年，久親柱後之惠文〔八〕，高束牀頭之周易，政須名理之語，一洗簿書之塵〔九〕。

【題解】

察推，觀察推官的省稱。宋各州幕設節度和觀察推官，主管本州司法事務。此福州察推爲誰不詳。鄒志方陸游研究認爲「福州察推當爲樊光遠」，時任福州路提刑。本文爲陸游寫給福州察推的答啓。

本文原未繫年。歐譜繫於紹興二十九年（一一五九），是。時陸游在福州決曹任上。

【箋注】

〔一〕識面：相見。杜甫奉贈韋左丞丈：「李邕求識面，王翰願卜鄰。」卜鄰：選擇鄰居。左傳昭公三年：「且諺曰：『非宅是卜，唯鄰是卜。』二三子先卜鄰矣。」杜預注：「卜良鄰。」

〔二〕掃軌：掃除車輪痕迹。比喻與人事隔絶。後漢書黨錮傳杜密：「同郡劉勝，亦自蜀郡告歸鄉里，閉門掃軌，無所干及。」李賢注：「軌，車迹也。言絶人事。」英游：英俊之輩。范仲淹楊文公寫真贊：「當時臺閣英游，蓋多出於師門矣。」

〔三〕舊望：指舊家望族。高韻：高雅的風度。世説新語品藻：「冀州刺史楊淮二子喬與髦，俱總角爲成器。淮與裴頠、樂廣友善，遣見之。頠性弘方，愛喬之有高韻，謂淮曰：『喬當及卿，髦小減也。』」

〔四〕五車之書：形容書多，學問淵博。莊子天下：「惠施多方，其書五車。」

〔五〕「倒流」句：杜甫醉歌行：「詞源倒流三峽水，筆陣獨掃千人軍。」

〔六〕隨牒：隨選官之文牒。漢書匡衡傳：「平原文學匡衡材智有餘，經學絶倫，但以無階朝廷，故隨牒在遠方。」顏師古注：「隨牒，謂隨選補之恒牒，不被超擢者。」海邦：古指近海邦國。詩魯頌閟宫：「遂荒大東，至於海邦。」鄭玄箋：「海邦，近海之國也。」此指福州。

〔七〕政：同正。驛召：以驛馬傳召。歐陽修胡先生墓表：「皇祐中，驛召至京師議樂，復以爲大理評事兼太常寺主簿。」弗容席暖：不容席子坐暖，形容無暇久留。語本淮南子脩務訓：「孔子無黔突，墨子無煖席。」

〔八〕柱後惠文：執法官、御史等所戴的冠名。漢書張敞傳：「秦時獄法吏冠柱後惠文。」顏師古注引晉灼曰：「漢注法冠也，一號柱後惠文，以纚裹鐵柱卷。秦制執法服，今御史服之。」陸游所任「決曹」，應即司理參軍，掌州之獄訟勘鞫，故言。

〔九〕政：同正。名理：指魏晉清談家辨析事物名理之言。三國志魏志鍾會傳：「及壯，有才數技藝，而博學精練名理。」簿書：官署中的文書簿册。此指俗務。漢書賈誼傳：「而大臣特以簿書不報，期會之間，以爲大故。」

賀何正言除左司諫啓

恭聞親詔，登用大賢〔一〕，以白首魁偉之臣，膺明時諫諍之任〔二〕。善類相慶，公道遂行。竊以逆指犯顏〔三〕，人疑於甚難，而君子謂之易；盛朝治世，衆安於無事，而識者以爲憂。然非身居獻替之官，與夫素著中外之望〔四〕，雖抱此識，何自而言。邈乎太平之難逢，考之前史而可見。以正人遺聖主，實惟祖宗敷佑之心〔五〕；而公議在朝廷，豈非廟社無疆之福〔六〕。恭惟某官心潛百聖，學貫群經。老成之風，師表一世；直養之氣，充塞兩儀。立朝寬大而持平，論事雍容而守正〔七〕。虚舟觸物〔八〕，此自信其無心；怒髮衝冠〔九〕，彼安知夫有體。居多聖政之助，始明儒者之功，非獨誠僞不可以欺，要之忠邪久而自判。上眷既厚，人望又歸〔一〇〕，遂當登四輔之聯，豈久置七人之列〔一一〕。某頃以樸學，嘗預諸生〔一二〕。雖在泥塗〔一三〕，猶是門闌之舊物；竟無名第〔一四〕，亦竊場屋之虚聲。敢俟明公勳業之成，勉繼輿人歌頌之作〔一五〕。不足爲報，姑盡此心。

【題解】

何正言，即何溥，字通遠，永嘉人。紹興進士。歷臨安府學教授，授删定官，出通判婺州，忤秦檜罷。檜死，除監察御史，遷左正言，紹興二十九年除左司諫，試右諫議大夫。在言路六年，知無不言，號爲稱職。權工部侍郎，除翰林學士、兼權吏部尚書，授龍圖閣學士。永嘉縣志卷十四人物志有傳。建炎以來繫年要録卷一八一：「（紹興二十九年二月庚辰）左正言何溥爲左司諫。」正言、司諫，均諫官名。宋初承唐制，置左、右補闕和左、右拾遺，左隸門下省，右隸中書省。後改左、右補闕爲左、右司諫，左、右拾遺爲左、右正言，掌規諫諷諭。據文中「某頃以樸學，嘗預諸生」語，陸游曾從其學，或在其任臨安府學教授時。本文爲陸游爲何溥獲除左司諫所致的賀啓。

本文原未繫年。歐譜繫於紹興二十九年（一一五九），是，當作於該年二月。時陸游在福州決曹任上。

【箋注】

〔一〕登用：進用。史記夏本紀：「舜登用，攝行天子之政。」

〔二〕明時：指政治清明的時代。常用以稱頌本朝。曹植求自試表：「志欲自效於明時，立功於聖世。」諫諍：直言規勸。韓詩外傳卷十：「言文王咨嗟，痛殷商無輔弼諫諍之臣而亡天下矣。」

〔三〕逆指：違逆旨意。楊惲報孫會宗書：「言鄙陋之愚心，則若逆指而文過。」犯顔：敢於冒犯君王的威嚴。韓非子外儲說左下：「犯顔極諫，臣不如東郭牙，請立以爲諫臣。」

〔四〕獻替：即獻可替否。指對君主進諫，勸善規過。語本左傳昭公二十年：「君所謂可而有否焉，臣獻其否以成其可。君所謂否而有可焉，臣獻其可以去其否。」中外：指朝廷內外。司馬光與吴相書：「竊見國家自行新法以來，中外恟恟，人無愚智，咸知其非。」

〔五〕正人：正直之人，正派之人。書冏命：「小大之臣，咸懷忠良，其侍御僕從罔匪正人。」孔穎達疏：「其左右侍御僕從無非中正之人。」敷佑：指敷布德澤以佑助百姓。書金縢：「乃命於帝庭，敷佑四方。」孔安國傳：「汝元孫受命於天庭爲天子，布其德教，以佑助四方。」

〔六〕廟社：宗廟和社稷。魏書城陽王鸞傳：「古者，軍行必載廟社之主，所以示其威惠各有攸歸。」

〔七〕立朝：指在朝爲官。曾鞏乞出知潁州狀：「伏念臣性行迂拙，立朝無所阿附。」持平：持守公平。董仲舒春秋繁露山川頌：「水則……盈科後行，既似持平者。」守正：恪守正道。史記禮書：「循法守正者見侮於世，奢溢僭差者謂之顯榮。」

〔八〕虚舟：比喻胸懷恬淡曠達。駱賓王秋日於益州李長史宅宴序：「長史公玄牝凝神，虚舟應物。」

〔九〕怒髮衝冠：形容盛怒。史記廉頗藺相如列傳：「相如因持璧卻立，倚柱，怒髮上衝冠。」

〔一〇〕人望：衆人所屬望。後漢書王昌傳：「郎以百姓思漢，既多言翟義不死，故詐稱之，以從人望。」

〔一一〕四輔：相傳古代天子身邊的四個輔佐之臣。書洛誥起有「四輔」之稱。七人：指古代天子的七位諍臣。孝經諫諍：「昔者天子有争臣七人，雖無道不失其天下。」鄭玄注：「七人謂三公及左輔、右弼、前疑、後丞。」唐玄宗注：「争謂諫也。」後以「七臣」泛指諫臣。

〔一二〕樸學：泛指儒家經學。漢書儒林傳歐陽生：「寬有俊材，初見武帝，語經學。上曰：『吾始以尚書爲樸學，弗好，及聞寬説，可觀。』」諸生：衆弟子。韓愈太學生何蕃傳：「歲舉進士，學成行尊，自太學諸生推頌，不敢與蕃齒，相與言於助教博士。」

〔一三〕泥塗：比喻地位卑下。左傳襄公三十年：「武不才，任君之大事，以晉國之多虞，不能由吾子，使吾子辱在泥塗久矣，武之罪也。」

〔一四〕名第：科舉考試中式的名次。王定保唐摭言聽響卜：「韋甄及第年，事勢固萬全矣，然未知名第高下。志在鼎甲，未免撓懷。」

〔一五〕輿人：衆人。國語晉語三：「惠公入，而背外内之賂。輿人誦之。」韋昭注：「輿，衆也。」

賀湯丞相啓

恭審顯膺典册，進冠公台〔一〕。廷告未終，搢紳相慶；郵傳所及〔二〕，夷夏歸心。焕君臣嘉會之逢〔三〕，侈廟社無疆之福。恭惟某官民之先覺〔四〕，國之宗臣，精義探繫表之微〔五〕，英辭鼓天下之動。至誠貫日，歷萬變而志意愈堅；屹立如山，决大事而喜愠不見。一昨力辭重任之降，屈居次輔之聯〔六〕，三年有成，九功惟叙〔七〕。方當詔令之誕布，孰測謀謨之所從〔八〕。凡有大政事之慰斯民，咸曰右丞相之告於上。雖家置一喙以頌德，士予千金而示恩，竊揆其情〔九〕，未至於此。蓋廟堂之寄，代天而理物；帷幄之算，經遠而折衝〔一〇〕。平居用小大之材，欲其披肝膽以自盡；一旦付疆埸之事，欲其捐性命而不辭。自非有以素服衆心，則將誰與共濟大業。晉文側席於子玉，回紇下拜於汾陽〔一一〕。王商以忠謇立朝，則單于不敢仰視〔一二〕；平津以媕婀充位，則淮南謂若發蒙〔一三〕。自昔論世之盛衰，莫如置相之當否。譬猶震風凌雨之動地，夏屋愈安〔一四〕；鴻流巨浸之稽天，方舟獨濟〔一五〕。人望所屬，國體自尊。今者大明弼亮之勳，正席辯章之任〔一六〕。守文致理，將見隆古極治之時〔一七〕；應變制宜，必有仁人無敵之勇。聖主以此屬元輔〔一八〕，學者以此望真儒，行或使之，天所命也。某猥以孤遠，辱在記憐〔一九〕。如其少逭衣食之憂〔二〇〕，猶能頌中興之盛德；必也遂老江湖之外，亦自號太平之幸民。窮達皆出於恩私，生死不忘於報稱〔二一〕。

【題解】

湯丞相，即湯思退（？—一一六四），字進之，處州青田人。紹興十五年中博學鴻詞科，除秘書省正字。依附秦檜，官至簽書樞密院事兼權參知政事。檜死，除知樞密院事，拜尚書右僕射同中書門下平章事，紹興二十九年九月，進左僕射，次年劾罷。隆興元年再相，力主和議，許割海、泗、唐、鄧四州，并撤除戰備，復爲言者所論，責居永州，憂悸而死。宋史卷三七一有傳。宰相（丞相）爲輔佐皇帝、總攬政務之官。宋代元豐改制，以尚書令佐貳左、右僕射爲宰相。建炎三年，尚書左、右僕射皆加同中書門下平章事，爲左、右相。乾道八年又改尚書左、右僕射爲左、右丞相，成爲定制。本文爲陸游爲湯思退進左相所上呈的賀啓。

本文原未繫年。歐譜繫於紹興二十九年（一一五九），是。當作於該年九月。時陸游在福州決曹任上。

【箋注】

〔一〕進冠公台：指進左相。公台，古以三台象徵三公，因借指三公之位。後漢書胡廣傳：「（廣）自在公台三十餘年，歷事六帝，禮任甚優。」

〔二〕郵傳：傳播，口耳相傳。柳宗元與裴塤書：「有喙有耳者，相郵傳作醜語耳。」

〔三〕嘉會：指衆美相聚。易乾：「亨者，嘉之會也……嘉會足以合禮。」孔穎達疏：「言君子能使萬物嘉美集會，足以配合於禮，謂法天之亨也。」

〔四〕先覺：覺悟早於常人者。孟子萬章上：「天之生此民也，使先知覺後知，使先覺覺後覺也。」

〔五〕繫表：指言辭之外。庾信哀江南賦：「聲超於繫表，道高於河上。」

〔六〕次輔：指右相。宰相中以左相爲首輔，右相爲次輔。此指湯思退先任右相。

〔七〕「三年」二句：三年乃有成效，九功依次實現。論語子路：「苟有用我者，期月而已可也，三年有成。」書大禹謨：「禹曰：『於！帝念哉！德惟善政，政在養民。水、火、金、木、土、穀，惟修；正德、利用、厚生，惟和；九功惟叙，九叙惟歌。戒之用休，董之用威，勸之以九歌，俾勿壞。』帝曰：『俞！地平天成，六府三事允治，萬世永賴，時乃功。』」孔安國傳：「言六府三事之功，有次序，皆可歌樂，乃德政之致。」

〔八〕謀謨：謀劃。管子四稱：「昔者有道之臣……居處則思義，語言則謀謨，動作則事，居國則富。」

〔九〕揆：揣測。

〔一〇〕帷幄：指天子決策之處或將帥的幕府、軍帳。史記太史公自序：「運籌帷幄之中，制勝於無形。」經遠：指作長遠謀劃。三國志魏志毛玠傳：「袁紹、劉表，雖士民衆彊，皆無經遠之慮，未有樹基建本者也。」折衝：制敵取勝。

〔一一〕「晉文」二句：晉文公謙恭地對待子玉，郭子儀使回紇酋長下拜。説苑尊賢：「楚有子玉得臣，文公爲之側席而坐。」晉文公，名重耳，春秋時晉國國君。子玉，楚國人，官令尹。新唐書郭子儀傳：「子儀以數十騎出，免冑見其大酋曰：『諸君同艱難久矣，何忽亡忠誼而至是邪？』回紇舍兵下馬拜曰：『果吾父也。』子儀即召與飲，遺錦彩結歡，誓好如初。」汾陽，安史之亂後，郭子儀率唐軍收復長安、洛陽，受封汾陽郡王，世稱郭汾陽。

〔一二〕「王商」二句：王商憑忠誠正直主持朝政，匈奴單于畏懼不敢仰視。漢書王商傳：「商代匡衡爲丞相，益封千户，天子甚尊任之。爲人多質有威重，長八尺餘，身體鴻大，容貌甚過絶人。河平四年，單于來朝，引見白虎殿。丞相商坐未央廷中，單于前，拜謁商。商起，離席與言，單于仰視商貌，大畏之，遷延卻退。天子聞而歎曰：『此真漢相矣！』」忠謇：忠誠正直。

〔一三〕「平津」二句：公孫弘靠曲意逢迎充任相位，淮南王認爲對付他輕而易舉。史記淮南衡山列傳：「一日發兵，使人即刺殺大將軍青，而説丞相下之，如發蒙耳。」裴駰集解引韋昭曰：「如蒙巾，發之甚易。」平津：指公孫弘，以布衣爲相，封平津侯。媕婀：亦作媕娿，依違阿曲，無主見。韓愈石鼓歌：「中朝大官老於事，詎肯感激徒媕娿。」

〔一四〕「譬猶」二句：譬如就像狂風暴雨動地，大厦更顯安穩。揚雄法言吾子：「震風陵雨，然後知夏屋之爲帡幪也。」帡幪：覆蓋，庇護。

〔一五〕「鴻流」二句：洪水巨浪滔天，方舟獨自渡河。莊子逍遥遊：「大浸稽天而不溺。」成玄英疏：「稽，至也。」莊子山木：「方舟而濟於河，有虚船來觸舟，雖有惼心之人不怒。」成玄英疏：「兩舟相并曰方舟。」

〔一六〕大明：此指君主。魏書張袞傳：「今大明臨朝，澤及行葦，國富兵强，能言率職。」弼亮：輔佐。書畢命：「弼亮四世，正色率下。」孔安國傳：「言公……輔佐文、武、成、康，四世爲公卿。」孔穎達疏：「亮，佐也。」正席：擺正坐席，使合規定。論語鄉黨：「君賜食，必正席先嘗之。」辯章：使明白清楚。漢書叙傳上：「近者陸子優繇，新語以興；董生下帷，發藻儒林；劉向司籍，辯章舊聞。」

〔一七〕守文：原謂遵循文王法度，後泛指遵循先王法度。公羊傳文公九年：「繼文王之體，守文王之法度。」史記外戚世家：「自古受命帝王及繼體守文之君，非獨内德茂也，蓋亦有外戚之助也。」司馬貞索隱：「守文猶守法也，謂非受命創制之君，但守先帝法度爲之主耳。」隆古：遠古。蕭穎士過河濱和文學張志尹：「隆古日以遠，舉世喪其淳。」

〔一八〕元輔：專指宰相。舊唐書杜讓能傳：「卿位居元輔，與朕同休共戚，無宜避事。」

〔一九〕孤遠：指遠離皇帝，地位低微。曾鞏梅福封壽春真人制：「某在漢之際，數以孤遠極言天下之事，其志壯哉。」記憐：紀念和憐愛。陸佃謝賜生日禮物表：「敢意記憐，曲加慶賚。」

〔二〇〕逭：逃避。書太甲中：「欲敗度，縱敗禮，以速戾于厥躬。天作孽，猶可違；自作孽，不可逭。」孔安國傳：「孽，災；逭，逃也。言天災可避，自作災不可逃。」

〔二一〕窮達：困頓與顯達。墨子非儒下：「窮達賞罰，幸否有極，人之知力，不能爲焉。」恩私：恩惠，恩寵。杜甫北征：「顧慚恩私被，詔許歸蓬蓽。」報稱：報答。漢書孔光傳：「誠恐一旦顛仆，無以報稱。」

除删定官謝丞相啓

收置鈞陶〔一〕，固已逾於素望；責功鉛槧〔二〕，仍俾效其寸長。神觀頓還〔三〕，塵埃一洗，欲叙丹衷之感，不知危涕之横〔四〕。伏念某獨學寡聞，倦遊不遂。瀾翻記誦〔五〕，愧口耳之徒勞；跌宕文辭〔六〕，顧雕蟲而自笑。低回久矣〔七〕，感歎凄然。使有一人之見知，亦勝終身之不遇。然而稟資至薄，與世寡諧，在鄉閭則里胥亭長之所叱訶〔八〕，仕州縣則書佐鈴下之所蹈藉〔九〕。聲名湮晦〔一〇〕，衣食空無，方所向而輒窮，已分甘於永棄〔一一〕。侵尋末路，邂逅殊私〔一二〕，招之於衆人鄙遠之餘，挈之於半世浮沉之後，既賞音於一旦〔一三〕，又誦句於諸公。豈料前史之美談，乃獲此身之親見。兹蓋伏遇某官斯民先覺，吾道宗師。大學誠明，上下同流於天地〔一四〕；至仁溥博，遠近一視於華夷〔一五〕。和氣行禮樂之間，治道出政刑之外。惟公故無所不取，惟大故無所不容，訖令頑鈍之資，亦預甄收之數〔一六〕。重念某家世儒學，非有旂常鍾鼎之勳〔一七〕；交友漁樵，又無金張許史之助〔一八〕。特緣薄技，獲齒諸生〔一九〕。形顧影以知歸，口語心而誓報。死而後已，天實臨之〔二〇〕。

【題解】

删定官，編修敕令所的職事官。編修敕令所掌裒集詔旨，分類編纂成書。其提舉官以宰執兼任，詳定官以侍從官兼任，删定官爲職事官。宋史本傳：「以薦者除敕令所删定官。」建炎以來繫年要録卷一八五：「（紹興三十年五月），左從政郎新紹興府府學教授徐履、右從事郎陸游，并爲敕令所删定官。游，山陰人也。」據宋史宰輔表，紹興三十年湯思退任左相，陳康伯任右相。聯繫上篇，此丞相當指湯思退。本文爲陸游獲除删定官上呈丞相湯思退的謝啓。

本文原未繫年。歐譜繫於紹興三十年（一一六〇），是。當作於該年五月。時陸游獲除敕令所删定官。

【箋注】

〔一〕收置：安置，安頓。新唐書叛臣傳下高駢：「駢恐用之屠其家，乃收置署中。」鈞陶：用鈞製造陶器。比喻造就。蘇軾謝韓舍人啓：「將天下實被其鈞陶，豈一夫獨遂其私願。」

〔二〕責功：責求事功。曹植上責躬應詔詩表：「舍罪責功者，明君之舉也。」鉛槧：指寫作，校勘。韓愈送無本師歸范陽：「老懶無鬬心，久不事鉛槧。」

〔三〕神觀：指精神面貌。新唐書裴度傳：「度退然纔中人，而神觀邁爽，操守堅正，善占對。」

〔四〕危涕：指哀傷涕泣。文選江淹恨賦：「或有孤臣危涕，孽子墜心。」李善注：「孟子曰：『孤臣孽子，其操心也危，其慮患也深。』登樓賦曰：『涕横墜而弗禁。』……然心當云危，涕當云墜。江氏愛奇，故互文以見義。」

〔五〕瀾翻：比喻言辭滔滔不絶。韓愈記夢：「絜携陬維口瀾翻，百二十刻須臾間。」

〔六〕跌宕：亦作跌蕩。指文筆豪放，富於變化。朱子語類卷一二五：「莊子跌蕩，老子收斂。」

〔七〕低回：指情感、思緒縈回。

〔八〕鄉閭：家鄉，故里。阮籍大人先生傳：「少稱鄉閭，長聞邦國。」里胥：指里長。漢書食貨志上：「春，將出民，里胥平旦坐於右塾，鄰長坐於左塾，畢出然後歸，夕亦如之。」顔師古注引孟康曰：「里胥，如今里吏也。」亭長：秦漢時在鄉村每十里設一亭，置亭長，掌治安，捕盜賊，理民事，兼管停留旅客。史記高祖本紀：「（高祖）爲泗水亭長。」張守節正義：「秦法，十里一亭，十亭一鄉。亭長，主亭之吏。」叱訶：怒斥，吆喝。蘇軾却鼠刀銘：「有穴於垣，侵堂及室，跳牀撼幕，終夕窣窣，叱訶不去。」

〔九〕書佐：主辦文書的佐吏。漢書王尊傳：「太守奇之，除補書佐，署守屬監獄。」鈴下：指侍衛、門卒或僕役。應劭漢官儀：「太常駕四馬，主簿前車八乘，有鈴下、侍閣、辟車、騎吏、五百等員。」蹈藉：亦作蹈籍，指欺凌。後漢書馮緄傳：「詔策緄曰：『蠻夷猾夏，久不討攝，各焚都城，蹈籍官人。』」

〔一〇〕湮晦：埋没，消失。晉書忠義傳嵇含：「悼大道之湮晦，遂含悲而吐曲。」

〔一一〕分甘：原指分享歡樂，後亦用以指慈愛、關切等。後漢書楊震傳李賢注引孝經援神契：「母之於子也，鞠養殷勤，推燥居濕，絶少分甘也。」

〔一二〕侵尋：漸進，漸次發展。史記孝武本紀：「是歲，天子始巡郡縣，侵尋於泰山矣。」裴駰集解引晉灼曰：「遂往之意也。」司馬貞索隱：「小顔云：『浸淫漸染之義。』蓋尋淫聲相近，假借用耳。」末路：指没有前途的境地。高適酬龐十兵曹詩：「懷書訪知己，末路空相識。許國不成名，還家有慙色。」邂逅：不期而遇。詩鄭風野有蔓草：「有美一人，清揚婉兮，邂逅相遇，適我願兮。」毛傳：「邂逅，不期而會。」殊私：指帝王對臣下的特别恩寵。北史姚僧垣傳：「（宣帝）謂曰：『嘗聞先帝呼公爲姚公，有之？』對曰：『臣曲荷殊私，實如聖旨。』」

〔一三〕賞音：知音。曹植求自試表之一：「夫臨博而企竦，聞樂而竊抃者，或有賞音而識道也。」

〔一四〕「大學」二句：大學精神至誠明德，充斥涵蓋上下天地。孟子盡心上：「夫君子，所過者化，所存者神，上下與天地同流。」

〔一五〕「至仁」二句：最高仁德周遍廣遠，遠近華夷一視同仁。莊子天運：「曰：『謂問至仁？』莊子曰：『至仁無親。』」禮記中庸：「溥博淵泉，而時出之。」孔穎達疏：「溥，謂無不周徧；博，謂所及廣遠。」

〔一六〕頑鈍：愚昧遲鈍。班固白虎通辟雍：「頑鈍之民，亦足以别於禽獸而知人倫。」甄收：審核録用。蘇軾謝量移汝州表：「豈謂草芥之賤微，尚煩朝廷之紀録，開其惆悔，許以甄收。」

〔一七〕旂常鍾鼎：指王侯貴族。旂常，王侯的旗幟。周禮春官司常：「日月爲常，交龍爲旂……王建大常，諸侯建旂。」貴族的用具，多銘刻紀事表功的文字。舊唐書長孫無忌傳：「自古皇王，褒崇勳德。既勒銘於鍾鼎，又圖形於丹青。」

〔一八〕金張許史：指權門貴族。漢代金日磾、張安世並爲顯宦，許廣漢、史恭均爲后族，四家皆極寵貴。後因以四姓並稱，借指權門。揚雄解嘲：「有談范蔡之説於金張許史之間，則狂矣。」

〔一九〕獲齒：得以列入。諸生：此指儒生。

〔二〇〕死而後已：形容奮鬥終身。論語泰伯：「士不可以不弘毅，任重而道遠。仁以爲己任，不亦重乎？死而後已，不亦遠乎？」天實臨之：上天在監視。韓愈祭鄭夫人文：「昔在韶州之行，受命於元兄。曰：『爾幼養於嫂，喪服必以期。』今其敢忘？天實臨之。」

謝内翰啓

來自遠方，驟參要局〔一〕。知其愛閒而多病，故爲澒俗吏之塵〔二〕；勇於悼屈而哀窮，故使污清流之末〔三〕。繄禁近吹噓之過〔四〕，蒙廟堂選拔之優，俯仰以思〔五〕，愧懼交至。伏念某讀書有限，識字不多，歲月供簿領之勞〔六〕，衣食奪山林之志，窮雖已甚，狂不自懲〔七〕。性本儒孱，輒妄希於骨鯁〔八〕；仕由資蔭，乃深惡於膏粱〔九〕。坐此湮阨而莫收，未忍依違而少貶〔一〇〕。比遊輦轂，久困氛埃〔一一〕。望見車騎之雍容，傳誦文章之閎麗。不勝慕鄉，求備使令〔一二〕。門墻纔許其一登〔一三〕，聲價已增於十倍。夫富貴外物，惟事賢可謂至榮；父子雖親，然相知猶或不盡。曾是疏遠至孤之迹，又無瓌奇可喜之能。不自省其何繇，乃遽叨於斯遇〔一四〕。非常之幸，從古罕聞。此蓋伏遇某官自明而誠，養氣以直，行著四方之防範，文專一代之統盟〔一五〕。勤於教人，務傳聖師之道〔一六〕；廣於求士，用報睿主之知。豈謂孤生，亦蒙至意〔一七〕。稱於天下曰知己，誰復間然〔一八〕。雖使古人而復生，未易當此。惟誓堅於名節〔一九〕，庶不辱於恩私。

【題解】

内翰，唐宋時稱翰林爲内翰。宋中興學士院題名：「（周麟之）紹興二十九年閏六月除翰林學士。三十年七月除同知樞密院事。」則此内翰當爲周麟之。周麟之（一一一八—一一六四），字茂振，泰州海陵（今江蘇泰州）人。紹興十五年進士，應博學宏詞科合格。歷中書舍人、著作郎、兵部侍郎、翰林學士，官至權吏部尚書、同知樞密院事。兩次使金。後被劾授秘書少監分司南京，筠州居住。宋史翼卷十三有傳。承接上篇，本文爲陸游獲除删定官上呈内翰周麟之的謝啓。

本文原未繫年。歐譜繫於紹興三十年（一一六〇），是。當作於該年五月。時陸游獲除敕令所删定官。

【箋注】

〔一〕要局：重要部門。此指編修敕令所。

〔二〕湔：洗滌。後漢書方術傳下華佗：「若在腸胃，則斷截湔洗，除去疾穢，既而縫合，傅以神膏。」

〔三〕悼屈：爲懷才不遇者感傷。韓愈上兵部李侍郎書：「伏以閣下内仁而外義，行高而德鉅，尚賢而興能，哀窮而悼屈。」清流：指德行高潔、素有名望的士大夫。三國志桓階陳羣等傳評：「陳羣動仗名義，有清流雅望。」

〔四〕緊：相當於「是」。國語吴語：「君王之於越也，緊起死人而肉白骨也。」禁近：禁中帝王身邊之人，多指翰林學士等文學近侍之臣。元稹令狐楚衡州刺史制：「早以文藝，得踐班資；憲宗念才，擢居禁近。」此指内翰。吹噓：指獎掖，汲引。宋書沈攸之傳：「卵翼吹噓，得升官秩。」

〔五〕俯仰：形容沉思默想。北史李密傳：「（宇文）化及默然，俯仰良久，乃瞋目大言曰：『共你論相殺事，何須作書傳雅語！』」

〔六〕簿領：指官府記事的簿册、文書。此指陸游此前任寧德主簿、福州決曹等職。後漢書南匈奴傳：「當決輕重，口白單于，無文書簿領焉。」

〔七〕狂不自懲：狂放的習性并未戒止。

〔八〕懦孱：畏怯軟弱。宋祁上端公啓：「由抆飾之驟加，俾懦孱而與進。」骨鯁：指剛直之氣。葛洪抱朴子疾謬：「然落拓之子，無骨骾而好隨俗者，以通此者爲親密，距此者爲不恭。」

〔九〕仕由資蔭：宋史本傳：「年十二，能詩文。蔭補登仕郎。」資蔭，憑先代的勳功或官爵而被授官封爵。顔之推顔氏家訓終制：「但以門衰，骨肉單弱，五服之内，傍無一人，播越他鄉，無復資蔭，使汝等沉淪廝役，以爲先世之耻。」膏粱：指富貴人家及其後嗣。袁宏後漢紀順帝紀二：「諸侍中皆膏粱之餘，勢家子弟，無宿德名儒可顧問者。」

〔一〇〕湮阨：沉淪困頓。韓愈感二鳥賦：「余生命之湮阨，曾二鳥之不如。」依違：依順，依仗。宋書鄭鮮之傳：「（高祖）爲宰相，頗慕風流，時或言論，人皆依違之，不敢難也。」

〔一一〕輦轂：皇帝的車輿。代指京城。三國志魏志楊俊傳：「今境守清静，無所展其智能，宜還本朝，宣力輦轂，熙帝之載。」氛埃：指塵世或俗念。劍南詩稿卷四夜思：「簿領沉迷無日了，試憑詩思洗氛埃。」

〔一二〕慕鄉：同慕嚮。思慕嚮往。漢書公孫弘傳贊：「（武帝）方欲用文武，求之如弗及，始以蒲輪迎枚生，見主父而歎息，羣士慕嚮，異人并出。」使令：差遣，使唤。孟子梁惠王上：「便嬖不足使令於前與？」

〔一三〕門墻：指師門。語本論語子張：「夫子之牆數仞，不得其門而入，不見宗廟之美，百官之富。得其門者或寡矣。」

〔一四〕何繇：同「何由」。從什麼途徑。楚辭天問：「上下未形，何由考之？」叨：忝，叨承，承受。謙詞。陳子昂爲副大都督蘇將軍謝罪表：「臣妄以庸才，謬叨重任。」

〔一五〕防範：堤壩和模具。比喻約束物。揚雄法言五百：「川有防，器有範。」晉李軌注：「川防禁溢，器範檢形，以諭禮教人之防範也。」統盟：統領，盟主。

〔一六〕聖師：指孔子。三國志秦宓傳：「如揚子雲潛心著述，有補於世，泥蟠不滓，行參聖師，於今海内，談詠厥辭。」

〔一七〕孤生：孤陋之人。謙詞。後漢書周榮傳：「榮曰：『榮江淮孤生……今復得備宰士，縱爲竇氏所害，誠所甘心。』」至意：極誠摯的情意。後漢書孔融傳：「苦言至意，終身誦之。」

〔一八〕間然：非議，異議。論語泰伯：「子曰：『禹，吾無間然矣。』」

〔一九〕名節：名譽與節操。漢書龔勝傳：「二人相友，並著名節。」

謝諫議啓

來自遠方，驟參要局。因書生鉛槧之業，使效尺寸之長；脱俗吏簿領之煩，曲從疏野之性〔一〕。儻非恩舊，每賜揄揚，自顧缺然，何以得此〔二〕？伏念某讀書有限，識字不多，歲月供道路之勞，衣食奪山林之志，窮雖已甚，狂不自懲。材本懦庸〔三〕，輒妄希於骨鯁；仕由資蔭，乃深嫉於膏粱。衆惡所叢，孤生餘幾。自頃並遊於場屋，亦嘗辱遇於宗師〔四〕，徒竊虚聲，莫酬真賞〔五〕，一斥遂甘於蹭蹬，殘年絶望於騫騰〔六〕。此在常情，所宜顯棄，豈謂并容之度〔七〕，未移宿昔之私。既許瞻君子盛德之容，淵乎似道；又使知大人接物之際，歡然有恩。訖致庸虚，誤蒙甄録。此蓋伏遇某官養氣以直，自誠而明。大學、中庸〔八〕，發揮千歲之旨；生民、清廟〔九〕，主盟一代之文。吾道由此而復傳，善人有恃而不恐。施及區區之舊物〔一〇〕，不忘眷眷之深情。求粗稱於門墻，惟益堅於名節。死而後已，天實臨之。

【題解】

諫議，即諫議大夫，掌規諫諷喻。建炎以來繫年要録卷一八三：「（紹興二十九年十二月丙寅）左司諫何溥試右諫議大夫。」宋會要輯稿選舉一之一六：「（紹興三十年正月九日）右諫議大夫何溥同知貢舉。」則此諫議當爲何溥。何溥，字通遠。參見本卷賀何正言除左司諫啓題解。承接上篇，本文爲陸游獲除删定官上呈諫議何溥的謝啓。

本文原未繫年。歐譜繫於紹興三十年（一一六〇），是。當作於該年五月。時陸游獲除敕令所删定官。

【箋注】

〔一〕曲從：委曲順從。漢書鮑宣傳：「以苟容曲從爲賢，以拱默尸禄爲智。」

〔二〕儻：同倘。恩舊：指舊交。後漢書孔融傳：「（李膺）問曰：『高明祖父尚與僕有恩舊乎？』融曰：『然，先君孔子與君先人李老君同德比義，而相師友，則融與君累世通家。』」揄揚：宣揚。班固兩都賦序：「雍容揄揚，著於後嗣，抑亦雅頌之亞也。」缺然：有所不足。莊子逍遥遊：「吾自視缺然，請致天下。」成玄英疏：「自視缺然不足，請將帝位讓與賢人。」

〔三〕懦庸：軟弱庸陋。岳飛辭男雲特轉恩命劄子：「伏望聖慈俯垂天鑒，追還異恩，庶使雲激勵懦庸，别圖報效。」

〔四〕宗師：衆所崇仰，堪稱師表之人。後漢書朱浮傳：「尋博士之官，爲天下宗師，使孔聖之言傳而不絶。」

〔五〕真賞：確能賞識。南史王筠傳：「知音者希，真賞殆絶。」

〔六〕蹭蹬：困頓，失意。杜甫上水遣懷：「蹭蹬多拙爲，安得不皓首。」騫騰：指地位上升。盧綸早春遊樊川野居卻寄李端校書兼呈崔峒補闕司空曙主簿耿湋拾遺：「颯然成一叟，誰更慕騫騰。」

〔七〕并容：廣爲包容。曾鞏移滄州過闕上殿疏：「真宗皇帝繼統遵業，以涵蓄煦生養，蕃育齊民，以并容遍覆，擾服異類。」

〔八〕大學、中庸：均爲禮記篇名。朱熹以之與論語、孟子合稱「四書」。

〔九〕生民、清廟：均爲詩經篇名。

〔一〇〕舊物：舊人。此陸游自稱。蘇轍移岳州謝狀：「豈意聖神御極，恩貸深廣，不遺舊物，尚許北還。」

渭南文集箋校卷第七

啓

【釋體】本卷文體同卷六，收録啓十六首。

謝曾侍郎啓

結綬彈冠〔一〕，既過尋常之望；懷鉛抱槧，獲輸尺寸之長。永言卵翼之恩〔二〕，忽焉涕淚之集。伏念某讀書有限，與世無緣，吟梁甫於草廬，倒天吴於短褐〔三〕。借助於金張許史〔四〕，既家世之不爲；從事於米鹽簿書〔五〕，又生平之末學。一昨奔馳薄宦，流落殊方〔六〕。土風頓異於中州，宿疾遽侵於壯歲〔七〕。食有蛙蛇之異，醫無針石之良，凛然懷性命之憂〔八〕，不暇計饑寒之迫。毀車殺馬〔九〕，逝從此以徑歸；賣劍買牛〔一〇〕，分餘生之永已。豈謂始終之不棄，俯憐緩急之誰投。出泥塗而濯清風，披泉扃而起白骨〔一一〕。稱於天下曰知己，顧豈在於他門；雖使古人而復生，亦難勝於此賜。兹蓋伏遇某官盡心知性，惟道集虛〔一二〕，氣塞天地之間，辭編詩書之策。授業解惑，務廣先師之傳；揚善進賢，用爲聖主之報。廣則或至於雜，恕則不責其全，是致庸虛，亦污題品〔一三〕。然而仰觀明公之勇退，每蹈前哲之難能〔一四〕，超軼絶塵，優游卒歲〔一五〕。雖賢愚之甚遠，顧師慕之敢忘〔一六〕，誓當力戒它岐〔一七〕，益堅素守。禍福有命，豈其或置於胸中；名節儻全，是則不辱於門下。終期末路〔一八〕，可復斯言。

【題解】

曾侍郎，即曾幾，時任尚書禮部侍郎。承接上篇，本文爲陸游獲除删定官上呈曾幾的謝啓。

本文原未繫年。歐譜繫於紹興三十年（一一六〇），是。當作於該年五月。時陸游獲除敕令所删定官。

參考卷六賀台州曾直閣啓、賀曾秘監啓、賀禮部曾侍郎啓。

【箋注】

〔一〕結綬彈冠：佩繫印綬，整理冠戴。指出仕爲官。漢書蕭育傳：「（蕭育）少與陳咸、朱博爲友，著聞當世。往者有王陽、貢公，故長安語曰『蕭朱結綬，王貢彈冠』，言其相薦達也。」

〔二〕卵翼：鳥類孵卵時用翅膀護卵。比喻養育或庇護。語本左傳哀公十六年：「子西曰：『勝如卵，余翼而長之。』」

〔三〕梁甫：亦作梁父。此爲梁甫吟（梁父吟）的省稱。梁甫吟屬漢樂府相和歌楚調曲，郭茂倩樂府詩集解題云：「按梁甫，山名，在泰山下。」三國志蜀書諸葛亮傳：「（父）玄卒，亮躬耕隴畝，好爲梁父吟。」倒天吳：指穿著打了補丁的粗布短衣。杜甫北征：「海圖坼波濤，舊繡移曲折。天吳及紫鳳，顛倒在裋褐。」天吳，水神名；紫鳳，神鳥名。二者亦指古代官服上的波濤和鳳鳥圖案，因用作補丁而形成上下顛倒。短褐：粗布短衣，古代窮人或僮僕之服。墨子非樂上：「昔者齊康公，興樂萬，萬人不可衣短褐，不可食糟糠。」孫詒讓閒詁：「短褐，即裋褐之借字。」

〔四〕金張許史：指權門貴族。參見卷六除刪定官謝丞相啓注〔一八〕。

〔五〕米鹽簿書：指繁雜瑣碎的文書事務。史記天官書：「皋、唐、甘、石因時務論其書傳，故其占驗凌雜米鹽。」張守節正義：「凌雜，交亂也；米鹽，細碎也。」

〔六〕薄宦：卑微的官職。陶潛尚長禽慶贊：「尚子昔薄宦，妻孥共早晚。」殊方：遠方，異域。

班固西都賦：「踰崑崙，越巨海，殊方異類，至於三萬里。」此指福州。

〔七〕土風：當地的風俗。袁宏後漢紀明帝紀上：「夫民之性也，各有所禀。生其山川，習其土風。」中州：指中原地區。三國志吴書全琮傳：「是時中州士人，避亂而南依琮者以百數。」宿疾：舊病，久治不愈的疾病。酈道元水經注若水：「又有温水，冬夏常熱，其源可燖雞豚，下湯沐洗，能治宿疾。」壯歲：壯年。白居易晚歲詩：「壯歲忽已去，浮榮何足論。」

〔八〕凛然：此指驚恐貌。

〔九〕毁車殺馬：亦作殺馬毁車。比喻歸隱意志堅決。語本後漢書周燮傳：「（馮良）年三十，爲尉從佐。奉檄迎督郵，即路慨然，耻在廝役，因壞車殺馬，毁裂衣冠，乃遁至犍爲，從杜撫學。」蘇軾捕蝗詩之二：「殺馬毁車從此逝，子來何處問行藏。」

〔一〇〕賣劍買牛：賣掉武器，從事農耕。漢書循吏傳龔遂：「民有帶持刀劍者，使賣劍買牛，賣刀買犢，曰：『何爲帶牛佩犢！』春夏不得不趨田畝，秋冬課收斂，益蓄果實菱芡。勞來循行，郡中皆有畜積，吏民皆富實。獄訟止息。」

〔一一〕泥塗：比喻困苦的境地。何遜與建安王謝秀才箋：「州民泥塗，何遜死罪。」泉扃：墓門。江淹蕭太傅謝追贈父祖表：「寵煇泉扃，恩凝松石。」

〔一二〕惟道集虚：指專心於道，心境虚静。參見卷六賀曾秘監啓注〔一一〕。

〔一三〕庸虛：才能低下，學識淺薄。謙詞。陳書高祖紀上：「高祖泣謂休悦曰：『僕本庸虛，蒙國成造。』」題品：品評。世説新語政事「若得門庭長如郭林宗者，當如所白」，劉孝標注引郭泰别傳：「泰字林宗，有人倫鑒識。題品海内之士，或在幼童，或在里肆，後皆成英彦六十餘人。」

〔一四〕勇退：勇於隱退，見機急退。謝瞻於安城答靈運詩：「歲寒霜雪嚴，過半路愈峻。量己畏友朋，勇退不敢進。」前哲：前代的賢哲。左傳成公八年：「夫豈無辟王，賴前哲以免力。」

〔一五〕超軼絶塵：軼亦作「逸」。指出類拔萃，不同凡響。蘇軾太息一章送秦少章秀才：「張文潛、秦少游此兩人也，士之超逸絶塵者也。」優游卒歲：悠閒度日。語本左傳襄公二十一年：「詩曰：『優哉游哉，聊以卒歲。』」

〔一六〕師慕：指對老師仰慕。曾鞏賀趙大資致政啓：「鞏蚤荷陶鈞，與遊門館。觀大賢出處之迹，足勸士倫；知儒者進退之宜，敢忘師慕。」

〔一七〕它岐：正途以外的途徑。岐，通「歧」。元稹上令狐相公詩啓：「稹初不好文，徒以仕無它岐，强由科試。及有罪譴棄之後，自以爲廢滯潦倒，不復以文字有聞於人矣。」

〔一八〕末路：指晚年，老年。文選謝靈運酬從弟惠連詩：「末路值令弟，開顔披心胸。」李周翰注：「末，衰也。衰老始得逢令弟。」

删定官供職謝啓

拔茅以征，冒處清流之末〔一〕；及瓜而往，曾無累月之淹〔二〕。恩重如山，感深至骨。伏以刑措不用，邈矣成康之隆〔三〕；法家者流，肆於秦漢之際。以吏爲師，而先王之澤熄；以律爲書，而聖人之道微。是以鄙夫深文而不知還〔四〕，儒者高談而靡適用。惟我國家之制，克合古今之宜，置局而總以弼臣〔五〕，拔材而列之官屬。必有遠關盛衰之法，以授有司；故非深達體要之人〔六〕，不預此選。豈容懵甚〔七〕，亦在數中。兹蓋伏遇某官學極誠明，才全經緯〔八〕。道樞善應〔九〕，萬變不外於吾心；仁風遠翔，庶物悉陶於和氣〔一〇〕。矜憐墜緒〔一一〕，收拾遺材，致兹流落之餘，被此生成之賜。某敢不討尋廢忘，激勵懦庸。念彼三尺法安出哉，要必通於古誼〔一二〕；否則一獄吏所决耳，尚奚取於諸生。冀收毫髮之勞，庶逃俯仰之愧〔一三〕。

【題解】

供職即任職。本文爲陸游任職删定官後向敕令所長官呈遞的謝啓。編修敕令所提舉官以宰執兼任，則此啓呈遞對象亦當爲左相湯思退。

本文原未繫年。歐譜繫於紹興三十年（一一六〇），是。當作於該年五月。時陸游任敕令所删定官。

【箋注】

〔一〕拔茅：即拔茅連茹。比喻遞相推薦引進。語本易泰：「拔茅茹，以其彙。」王弼注：「茅之爲物，拔其根而相牽引者也。茹，相牽引之貌也。」冒處：無功而居其位。司馬光上太皇太后辭免正議大夫表：「義所當辭，情難冒處。」

〔二〕及瓜：指任職期滿。左傳莊公八年：「齊侯使連稱、管至父戍葵丘，瓜時而往，曰：『及瓜而代。』」言任期一年，今年瓜時往來年瓜時代之。淹：淹留。此指自己福州決曹一年任滿。

〔三〕刑措不用：置刑法而不用。措亦作錯。荀子議兵：「傳曰：『威厲而不試，刑錯而不用。』」成康，西周成王、康王。參見卷一會慶節賀表一注〔五〕。

〔四〕鄙夫：庸俗淺陋之人。論語子罕：「有鄙夫問於我，空空如也。」深文：指制定法律條文苛細嚴峻。史記酷吏列傳：「（張湯）與趙禹共定諸律令，務在深文，拘守職之吏。」

〔五〕置局：設置官署。宋史司馬光傳：「光常患歷代史繁，人主不能遍覽，遂爲通志八卷以獻。英宗悦之，命置局祕閣，續其書。」弼臣：輔佐之臣。蘇軾代張方平諫用兵書：「其始也，弼臣執國命者，無憂深思遠之心。」

〔六〕體要：指體統，體制。宋書沈攸之傳：「（攸之）謂人曰：『州官鞭府職，誠非體要，由小人淩侮士大夫。』」

〔七〕懵甚：極其糊塗者。此爲謙稱。

〔八〕經緯：指規劃治理。舊唐書褚無量傳：「其義可以幽贊神明，其文可以經緯邦國。」

〔九〕道樞：道之樞紐、關鍵。莊子齊物論：「彼是莫得其偶，謂之道樞。樞始得其環中，以應無窮。」

〔一〇〕庶物：衆物，萬物。易乾：「保合大和，乃利貞。首出庶物，萬國咸寧。」

〔一一〕墜緒：指行將絶滅的學説。韓愈進學解：「尋墜緒之茫茫，獨旁搜而遠紹。」

〔一二〕三尺法：史記酷吏列傳：「客有讓（杜）周曰：『君爲天子決平，不循三尺法，專以人主意指爲獄。獄者固如是乎？』周曰：『三尺安出哉？前主所是著爲律，後主所是疏爲令，當時爲是，何古之法乎！』」裴駰集解引漢書音義曰：「以三尺竹簡書法律也。」古誼：同古義。古代典籍之義理。魏書禮志二：「良由去聖久遠，經禮殘缺，諸儒注記，典制無因。雖稽考異聞，引證古誼，然用捨從世，通塞有時，折衷取正，固難詳矣。」

〔一三〕俯仰：指一舉一動。蔡邕和熹鄧后謚議：「鄉黨叙孔子，威儀俯仰無所遺；彤管記君王，纖微大小無不舉。」

賀黃樞密啓

恭審顯膺制書，進貳樞府〔一〕，威望之重，宗社所憑。天其相有永之圖〔二〕，日以冀中興之治。竊以朝廷之政，屬在帷幄之臣。方無事之時，雍容坐談，則夫人而皆可；應一旦之變，酬酢曲當〔三〕，非有道者不能。歷觀昔人，蓋鮮全美。王導之襟量而學不至，德裕之術略而器未優〔四〕，故晉卒安於江東，唐莫追於貞觀。有志之士，太息於斯。恭惟某官心正意誠〔五〕，任重道遠，躬卓行於苟且自恕之俗〔六〕，推絶學於散缺不全之經。凜然一家之言，發乎千載之閟〔七〕。加之博極墳史〔八〕，得興亡治亂之由；綜練典章，識沿革始終之際〔九〕。氣足以懾奸慝〔一〇〕，明足以察忽微。其在掖垣〔一一〕，惟公議是達；其侍經幄〔一二〕，惟王道是陳。果由師錫之同，入總本兵之寄〔一三〕。然而方時多故，爲計實難。夷狄鴟張〔一四〕，肆猖狂不遜之語；邊障狼顧〔一五〕，懷震擾弗寧之心。東有淮江之衝，西有楚蜀之塞〔一六〕。降附踵至〔一七〕，人心雖歸而强弱尚殊；踊躍請行，士氣雖揚而勝負未決。堅壁保境，則曷尉后來之望〔一八〕；闢國復土，則又有兵連之虞。竊惟明公，素已處此。某頃聯官屬，獲侍燕居〔一九〕，每妄發其戇愚〔二〇〕，輒誤蒙於許可。雖輟食竊憂於謀夏，而荷戈莫效於防秋〔二一〕。敢誓糜捐，以待驅策〔二二〕。

【題解】

黃樞密，即黃祖舜，福州福清人。登進士第。累官員外郎、知州、郎中、刑部侍郎兼權給事中。

紹興三十一年九月，除同知樞密院事。著有論語講義。宋史卷三八六有傳。黃祖舜於孝宗即位後曾向其推薦陸游。本文爲陸游爲黃祖舜獲除同知樞密院事而上呈的賀啓。

本文原未繫年。歐譜繫於紹興三十一年（一一六一），是。當作於該年九月。時陸游任大理司直兼宗正簿。

【箋注】

〔一〕進貳：提拔爲次官。宋祁代楊太尉讓加節度使第一表：「猥蒙大度之容，進貳中樞之職。」樞府：主管軍政大權的中樞機構。宋代多指樞密院。歐陽修歸田録卷一：「曹侍中在樞府，務革僥倖，而中官尤被裁抑。」

〔二〕相：協助。有永之圖：即永圖。長久打算，長治久安。書太甲上：「慎乃儉德，惟懷永圖。」孔安國傳：「言當以儉爲德，思長世之謀。」

〔三〕酬酢：斟酌，考慮。孫光憲北夢瑣言卷四：「蓋公於束縑内選擇邊幅，舒卷揲之，第其厚薄，酬酢可否。」曲當：委曲得當，完全恰當。荀子王制：「三節者不當，則其餘雖曲當，猶將無益也。」楊倞注：「曲當，謂委曲皆當。」

〔四〕「王導」二句：王導氣度寬宏而學問不夠，李德裕謀略精明而才幹欠缺。王導（二七六—三三九），字茂宏，琅邪臨沂人。歷仕東晉元帝、明帝、成帝，官至丞相。晉書卷六五有傳。襟量，氣度，氣量。李德裕（七八七—八五〇），字文饒，趙郡人。唐武宗時任丞相，爲李黨首領，與牛僧孺爲首的牛黨争鬥，後被貶。舊唐書卷一七四、新唐書卷一八〇有傳。術略，韜略，謀略。

〔五〕心正意誠：心意純正不偏。禮記大學：「意誠而後心正，心正而後身修。」

〔六〕卓行：高尚的品行。　苟且：得過且過。

〔七〕閟：掩蔽，隱藏。漢書盧綰傳：「上使使召綰，綰稱病。又使辟陽侯審食其、御史大夫趙堯往迎綰，因驗問其左右。綰愈恐，閟匿。」顔師古注：「閟，閉也，閉其蹤迹，藏匿其人也。」

〔八〕墳史：指典籍史書。魏書裴延儁傳：「涉獵墳史，頗有才筆。」

〔九〕綜練：博習，廣泛究習。晉書葛洪傳：「洪傳玄業，兼綜練醫術。」　沿革：沿襲和變革。指事物發展變化的歷程。徐陵在北齊與楊僕射書：「至於禮樂沿革，刑政寬猛，則謳歌已遠，萬舞成風。」　始終：指産生和滅亡。陸機吊魏武帝文：「夫始終者，萬物之大歸；死生者，性命之區域。是以臨喪殯而復悲，睹陳根而絶哭。」

〔一〇〕奸慝：邪惡之人。左傳昭公十四年：「詰姦慝，舉淹滯。」孔穎達疏：「姦，邪；慝，惡。」

〔一一〕掖垣：唐代門下、中書兩省，因分别在禁中左右掖，故稱。後世用以稱類似的中央部門。新唐書權德輿傳：「左右掖垣，承天子誥命，奉行詳覆，各有攸司。」黄祖舜曾任權給事中，爲門下省諫官。見宋史本傳。

〔一二〕經幄：即經筵。黄祖舜曾兼侍講，進論語講義。見宋史本傳。

〔一三〕師錫：指衆人舉薦推許。書堯典：「師錫帝曰：『有鰥在下，曰虞舜。』」孔傳：「師，衆；錫，與也。」本兵：執掌兵權。新唐書姚崇傳：「崇建言：『臣事相王，而夏官本兵，臣非惜死，恐不益王。』乃召改春官。」

〔一四〕夷狄：古稱東方部族爲夷，北方部族爲狄。此指金人。鴟張：如鴟鳥張翼。比喻囂張，兇暴。三國志孫堅傳：「卓不怖罪而鴟張大語，宜以召不時至，陳軍法斬之。」

〔一五〕邊障：邊境上的城堡、要塞。新唐書回鶻傳下劉昌傳：「昌在邊凡十五年，身率士墾田，三年而軍有羨食，兵械鋭新，邊障妥寧。」狼顧：狼行常回頭看，以防襲擊。比喻有所畏懼。戰國策齊策一：「秦雖欲深入，則狼顧，恐韓、魏之議其後也。」

〔一六〕淮江之衝：淮河、長江之間的要衝。楚蜀之塞：楚地、蜀地之間的要塞。

〔一七〕降附：投降歸附。後漢書伏隆傳：「隆招懷綏緝，多來降附。」踵至：接踵而來。

〔一八〕尉：同「慰」。后：同「後」。

〔一九〕頃聯官屬：黄祖舜曾任權刑部侍郎兼詳定敕令司，陸游則任敕令所删定官，故稱。燕居：退朝而處，閒居。禮記仲尼燕居：「仲尼燕居，子張、子貢、言游侍。」鄭玄注：「退朝而處曰燕居。」

〔二〇〕戇愚：愚昧，愚直。墨子非儒下：「其親死，列尸弗斂，登屋窺井，挑鼠穴，探滌器，而求其人矣。以爲實在，則戇愚甚矣。」

〔二〕輟食：停止進食。謀夏：外族覬覦中土。左傳定公十年記齊魯夾谷之會，孔子申盟有「裔不謀夏，夷不亂華，俘不干盟，兵不偪好」語。荷戈：舉着武器。防秋：西北遊牧部落往往趁秋高馬肥時南侵。守邊軍士加强警衛，調兵防守，故稱防秋。舊唐書陸贄傳：「又以河隴陷蕃已來，西北邊常以重兵守備，謂之防秋。」

〔三〕糜捐：粉身碎骨，捨棄生命。曾鞏明州到任謝兩府啓：「誓在糜捐，用酬鈞播。」驅策：驅使，役使。三國志蔣濟傳：「行稱一州，智效一官，忠信竭命，各奉其職，可并驅策，不使聖明之朝有專吏之名也。」

除編修官謝丞相啓

揆才無似〔一〕，得禄已優，不知何取於聖時，顧使輒塵於清選〔二〕。既難稱塞〔三〕，但有慚惶。伏念某學術空疏，文詞朴拙。頃游場屋，未能絶出於原夫〔四〕；久返山林，但欲追酬於欸乃〔五〕。至於手編簡册，身綴鵷鸞〔六〕，豈惟忘魏闕之心，固已息邯鄲之夢〔七〕。敢圖一旦，輒越稠人〔八〕，與聞國典之權輿，猥備樞廷之掾史〔九〕。此蓋伏遇某官斯民先覺，盛世元臣〔一〇〕，亮天以格物之誠，化俗用修身之道〔一一〕。雖江海至廣，固無待於細流；念燕雀兼容，亦何傷於大厦。故令濫進，以廣旁求〔一二〕。然而某天賦甚窮，自量尤審〔一三〕。層臺起於累土，雖深知獎拔之心；浮屠成於合尖〔一四〕，冀終遂迂愚之分。敢忘惕勵，用對陶成〔一五〕。

【題解】

編修官，即樞密院編修官，爲樞密院編修司屬官，掌編修樞密院文籍。宋史本傳：「孝宗即位，遷樞密院編修官兼編類聖政所檢討官。」紹興三十二年六月，宋孝宗即位。九月，除陸游樞密院編修官兼編類聖政所檢討官。據宋史宰輔表四，其時陳康伯任左相。陳康伯（一〇九七—一一六五）字長卿，信州弋陽人。宣和進士。秦檜當權，不阿附。紹興二十七年自吏部尚書除參知政事，後拜右相，三十一年遷左相。力主抗金，薦虞允文參謀軍事，大敗金兵於采石。隆興二年再任左相兼樞密使，進封魯國公。次年卒。贈太師，謚文恭，後改謚文正。宋史卷三八四有傳。本文爲陸游獲除樞密院編修官上呈丞相陳康伯的謝啓。

本文原未繫年。歐譜繫於紹興三十二年（一一六二），是。當作於該年九月。時陸游任大理司直兼宗正簿。鄒志方陸游研究認爲：陸游被任命爲樞密院編修官實在紹興三十一年趙昚尚未即位時，本傳有誤。紹興三十二年九月再任編類聖政所檢討官。録以備考。

【箋注】

〔一〕揆：測度，量度。詩鄘風定之方中：「揆之以日，作於楚室。」毛傳：「揆，度也。」無似：猶言不肖。謙詞。禮記哀公問：「寡人雖無似也，願聞所以行三言之道，可得聞乎？」鄭玄注：「無似，猶言不肖。」

〔二〕輒塵：猶言卻蒙。謙詞。鄒浩辭免起居舍人第二狀：「顧臣何能，輒塵妙選。」清選：清班，清貴的官班，多指文學侍從之類。南史庾於陵傳：「舊東宮官屬通爲清選，洗馬掌文翰，尤其清者。」

〔三〕稱塞：稱職盡責。陳亮謝張司諫啓：「僥倖至此，稱塞若何？」

〔四〕「絶出」句：指科舉考試中所作律賦傑出。絶出，傑出，突出。原夫，典出唐摭言卷十二：「賈島不善程試，每試，自疊一幅，巡鋪告人曰：『原夫之輩，乞一聯！乞一聯！』」「原夫」本是程試律賦中用於篇首或篇中轉折的語助詞，「原夫之輩」借指善作律賦之流。錢鍾書管錐編第二册頁七〇一有考證。參考程章燦博文誰最喜歡説原夫。

〔五〕「追酬」句：指努力實現蕩槳歸隱的願望。欸乃，摇櫓聲。象聲詞。元結欸乃曲：「誰能聽欸乃，欸乃感人情。」題注：「棹舡之聲。」

〔六〕鵷鸞：鳳凰一類鳥，飛行有序。高適東平旅遊奉贈薛太守二十四韻：「鵷鸞粉署起，鷹隼柏臺秋。」此指朝官官服上所繡圖形。

〔七〕邯鄲之夢：比喻虚幻之事。沈既濟枕中記載：盧生在邯鄲客店中遇道士吕翁，用其所授瓷枕，睡夢中歷數十年富貴榮華。及醒，店主炊黄粱未熟。王安石中年詩：「中年許國邯鄲夢，晚歲還家壙埌遊。」

〔八〕稠人：衆人。舊唐書懿宗紀：「帝姿貌雄傑，有異稠人。」

〔九〕國典：國家的典章制度。國語魯語上：「夫祀，國之大節也；而節，政之所成也，故慎制祀，以爲國典。」　權輿：起始。詩秦風權輿：「今也每食無餘，于嗟乎！不承權輿。」朱熹集傳：「權輿，始也。」樞廷：政權中樞，内庭。曾鞏侍中制：「比回翔於禁闥，遂更踐於樞庭。」　掾吏：官府中佐助官吏的通稱。東觀漢記吴良傳：「爲郡議曹掾。歲旦，與掾吏入賀。」此指樞密院編修官。

〔一〇〕元臣：重臣，老臣。韓愈送汴州監軍俱文珍序：「當藩垣屏翰之任，有弓矢鈇鉞之權，皆國之元臣，天子所左右。」

〔一一〕亮天：指輔佐君王。亮，輔佐。書舜典：「惟時亮天功。」　格物：推究事物之理。禮記大學：「致知在格物，物格而後知至。」　化俗：變化風俗。後漢書曹褒傳：「以禮理人，以德化俗。」　修身：陶冶身心，涵養德性。元稹授杜元穎户部侍郎依前翰林學士制：「慎獨以修身，推誠以事朕。」

〔一二〕濫進：指進用人才不加選擇。此爲謙辭。　旁求：四處徵求，廣泛搜求。書太甲上：「旁求俊彦，啓迪後人，無越厥命以自覆。」

〔一三〕自量：估計自己的才能和力量。葛洪抱朴子刺驕：「今世人無戴阮之自然，而效其倨慢，亦是醜女闇於自量之類也。」審：詳細，周密。

〔一四〕浮屠：指佛塔。佛教語。酈道元水經注河水一：「阿育王起浮屠於佛泥洹處，雙樹及塔今無復有也。」合尖：造塔工程最後一步爲塔頂合尖。新五代史雜傳李崧：「（晉高祖）陰遣人謝崧曰：『爲浮屠者，必合其尖。』蓋欲使崧終始成己事也。」

〔一五〕惕勵：亦作惕厲。警惕謹慎，警惕激勵。語本易乾：「君子終日乾乾，夕惕若厲，無咎。」陶成：陶冶使成就。揚雄法言先知：「聖人樂陶成天下之化，使人有士君子之器者也。」

謝參政啓

揆才無似，得禄已優，不知何取於聖時，顧使輒塵於清選。既難稱塞，但有慚惶〔一〕。伏念某至拙無能，下愚不肖。分章析句於蓬樞瓮牖之下，學但慕於俚儒〔二〕；娱憂紓悲於山巔水涯之旁〔三〕，文不供於世用。比坐啼號之迫，浪爲衣食之謀。投檄無緣，强顔可笑〔四〕。橘逾淮而爲枳〔五〕，竊自慨然；泥出井而作塵，望胡及此。手編簡册，身綴鵷鸞，筆研重尋，氛埃一洗〔六〕。兹蓋伏遇某官至仁無間，大德有容，文兼衆作而不以窮人，識高一代而樂於成物〔七〕。雖江海至廣，本無待於細流；念燕雀兼容，亦何傷於大厦。致兹久困，遂得少通。然而某天賦甚窮，自量尤審。層臺起於累土，雖深知獎拔之心；浮屠成於合尖，冀終遂迂愚之分。敢忘惕勵，用對陶成。

【題解】

參政，即參知政事，宋初置爲副宰相，輔佐宰相處理政事。後權位逐步提高，與宰相略齊。據宋史宰輔表四，其時任參政者爲汪澈、史浩。據不久史浩向孝宗推薦陸游來看，陸游所謝參政當爲史浩。史浩（一一〇六—一一九四）字直翁，明州鄞縣人。紹興進士。歷太學正、國子博士、秘書省校書郎、宗正少卿、太子右庶子。孝宗即位，累官中書舍人、翰林學士、知制誥、參知政事。隆興元年拜右相兼樞密使，曾申岳飛之冤。後罷。淳熙五年復爲右相。尋罷，拜少傅、保寧軍節度使，充醴泉觀使兼侍讀。十年除太保致仕，封魏國公。喜薦人才，後皆擢用。宋史卷三九六有傳。承接上篇，本文爲陸游獲除樞密院編修官上呈參政史浩的謝啓。

本文原未繫年。歐譜繫於紹興三十二年（一一六二），是。當作於該年九月。時陸游任大理司直兼宗正簿。

【箋注】

〔一〕「揆才」六句：本篇開頭詞句多有與上篇重複者，此亦乃啓文常例。

〔二〕蓬樞甕牖：類蓬户甕牖。以蓬草拴門，以破甕作窗。史記陳涉世家引賈誼過秦論：「然而陳涉甕牖繩樞之子。」淮南子原道訓：「蓬户甕牖，揉桑爲樞。」高誘注：「編蓬爲户，以破瓮蔽牖。」俚儒：見識淺陋的儒生。

〔三〕娱憂：排遣憂愁。楚辭九章思美人：「吾將蕩志而愉樂兮，遵江夏以娱憂。」紓悲：緩解悲傷。

〔四〕投檄：投棄徵召的文書。借指棄官。韓愈憶昨行和張十一：「今君縱署天涯吏，投檄北去何難哉！」强顔：厚顔，不知羞耻。司馬遷報任少卿書：「及以至是，言不辱者，所謂强顔耳，曷足貴乎？」

〔五〕「橘逾淮」句：比喻事物易地而變質。晏子春秋雜下十：「晏子避席對曰：『嬰聞之，橘生淮南則爲橘，生於淮北則爲枳，葉徒相似，其實味不同。所以然者何？水土異也。』」

〔六〕筆研：亦作筆硯。此指文墨書寫之事。顔之推顔氏家訓雜藝：「猶以書工，崎嶇碑碣之間，辛苦筆硯之役。」氛埃：污濁之氣，塵埃。楚辭遠遊：「風伯爲余先驅兮，氛埃辟而清涼。」

〔七〕窮人：使旁人陷於困頓。成物：使外物有所成就。禮記中庸：「誠者，非自成己而已也，所以成物也。成己，仁也；成物，知也。性之德也，合外内之道也。」

謝賜出身啓

明廷錫對，晨趨甲帳之嚴〔一〕；親札疏恩，暮拜丙科之寵〔二〕。感深涕隕，愧極汗流。竊以國家取士之方，固非一路；學者進身之始，又惡多岐〔三〕。故祖宗非私於俊造之科〔四〕，而公卿罕出於選舉之外。至膺特詔〔五〕，尤號異人。頌詩足以配弦歌，則梅堯臣出於皇祐〔六〕；文章足以垂竹帛，則王安國起於熙寧〔七〕。或友朋借譽而不以爲私，或兄弟當途而莫之或議〔八〕。厥繇至當，故可無慚。如某者，才樸拙而無奇，學迂疏而寡要，自悲薄命，久擯名場〔九〕。敢謂一朝，遂叨賜第。門外之袍立鵠〔一〇〕，恍記少時；詔中之字如鴉〔一一〕，猶疑夢事。茲蓋伏惟某官股肱王室，領袖儒林。以謂設一目之羅，蓋非得爵之道〔一二〕；至於售千金之骨，抑明市駿之心〔一三〕。寧借安庸以風四方，不忍拘攣而廢一士〔一四〕。某敢不討尋舊學，企慕前修〔一五〕。儒者之弊，勞而無功；誓少求於實效；聖君所行，即是故事〔一六〕，將時得於遺材。敢仰賀公道之興，非獨叙私情之謝。

【題解】

賜出身，指賜予入仕身份。宋代應舉者殿試合格，由朝廷賜及第、出身或同出身，即成爲「有出身人」。凡文才出衆，不經殿試，亦可由皇帝賜進士出身或同進士出身。宋史本傳：「孝宗即位……史浩、黄祖舜薦游善詞章、諳典故。召見。上曰：『游力學有聞，言論剴切。』遂賜進士出身。」宋會要輯稿選舉九：「（紹興）三十二年十一月四日（原注：壽皇即位，未改元），賜樞密院編修陸游、尹穡並進士出身。」陸游時有辭免賜出身狀上呈孝宗，本首謝啓上呈的對象當爲舉薦者史浩、黄祖舜。

本文原未繫年。歐譜繫於紹興三十二年（一一六二），是。當作於該年十一月。時陸游任樞密院編修官兼編類聖政所檢討官。

參考卷五辭免賜出身狀。

【箋注】

〔一〕明廷：聖明的朝廷。陸龜蒙書帶草賦：「未嘗輒入明廷，何當指佞。」 錫對：賞賜召見入對。 甲帳：原爲漢武帝所造的帳幕。北堂書鈔卷一三二引漢武帝故事：「上以琉璃珠玉、明月夜光雜錯天下珍寶爲甲帳，次爲乙帳。甲以居神，乙以自居。」此指皇帝所居宫殿。

〔二〕親札：親手寫下的書信。朱熹答江元適書：「孤陋晚生，屏居深僻，未嘗得親几杖之游，乃蒙不鄙，使賢子遺之手書，致發明道要之文三編，加賜親札，存問繾綣。」 丙科：指考試的第三等。宋祁又代陳情乞尋醫表：「親逢乙覽，遂中丙科。」此指同進士出身。

〔三〕多岐：即「多歧」，多岔道。列子載楊朱鄰人亡羊而追者衆，鄰人答楊朱問曰：「多歧路。」

〔四〕俊造：指科舉。李德裕進上尊號玉册文狀：「臣本以門蔭入仕，不由俊造之選，獨學無友，未嘗琢磨。」

〔五〕特詔：帝王的特别詔令。後漢書王充傳：「友人同郡謝夷吾上書薦充才學，肅宗特詔公車徵，病不行。」

〔六〕「頌詩」二句：梅堯臣於仁宗時曾預祭郊廟，獻頌詩，皇祐年間獲賜進士出身。梅堯臣（一〇〇二—一〇六〇）字聖俞，宣州宣城人，世稱宛陵先生。早年屢試不第，以蔭補河南主簿。皇祐三年召試，賜進士出身，爲國子監直講。北宋著名詩人。宋史卷四四三有傳。

〔七〕「文章」二句：王安國幼敏悟，以文章稱於世，熙寧初獲賜進士及第。王安國（一〇二八—一〇七四）字平甫，撫州臨川人，王安石之弟。年十二，出所爲詩、銘、論、賦數十篇示人，語皆警拔，遂以文章稱於世，士大夫交口譽之。熙寧初韓絳薦其材行，召試，賜及第，除西京國子教授。官至秘閣校理。宋史卷三二七有傳。

〔八〕「或友」二句：指雖然朋友歐陽修竭力稱譽，且主持貢舉，但不徇私情；雖然兄弟王安石當政，且政見不合，但無人非議。

〔九〕名場：指科舉考場，因其爲士子求功名之場所。劉三復送黄曄明府岳州湘陰赴任：「擬占名場第一科，龍門十上困風波。」

〔一〇〕「門外」句：指穿著白袍的士子像鵠一般引頸直立門外，等候放榜消息。蘇軾催試官考較戲作詩：「願君聞此添蠟燭，門外白袍如立鵠。」

〔一一〕「詔中」句：指賜第詔書的字迹墨色鮮亮。蘇軾和董傳留别：「得意猶堪夸世俗，詔黄新濕字如鴉。」

〔二〕設一目之羅：設置僅有一個網眼的羅網，不是捕雀的辦法。典出淮南子說山訓：「有鳥將來，張羅而待之，得鳥者，羅之一目也。」反其意僅設一目之羅，則無法得鳥。　爵：古同「雀」。

〔三〕售千金之骨：用千金買下千里馬之骨，更表明招賢的迫切。典出戰國策燕策一，謂郭隗勸燕昭王招賢，説古代君王懸賞千金買千里馬，三年後得一死馬，以五百金買下馬骨，從而有了愛馬的聲名，其後不到一年，即得千里馬三匹。

〔四〕妄庸：平庸凡劣。史記齊悼惠王世家：「人謂魏勃勇，妄庸人耳，何能爲乎！」司馬貞索隱：「妄庸，謂凡妄庸劣之人也。」　風：同「諷」，諷諭，感化。　拘攣：拘束，拘泥。後漢書曹褒傳：「帝知羣僚拘攣，難與圖始，朝廷禮憲，宜時刊立。」李賢注：「拘攣，猶拘束也。」

〔五〕企慕：仰慕。崔寔政論：「富者不足僭差，貧者無所企慕。」　前修：前賢。楚辭離騷：「謇吾法夫前修兮，非世俗之所服。」

〔六〕故事：先例，舊日的典章制度。漢書楚元王傳：「宣帝循武帝故事，招名儒俊材置左右。」

答人賀賜第啓

比對明廷，猥塵特舉〔一〕。兩章控避〔二〕，莫回天地之恩；一紙來臨〔三〕，復拜友朋之賜。未知稱塞，積有慚惶。伏念某才本迂疏，識尤淺暗，頃遊場屋，首犯貴權〔四〕，既憎糠播之偶前，復惡瓦樞之輒巧。訟劉蕡之下第，空辱公言〔五〕；與李賀而争名，幾成奇禍〔六〕。敢期末路，復齒清流〔七〕。晨趨甲帳之嚴，暮拜丙科之寵。此蓋伏遇某官學窮游夏，文媲卿雲〔八〕。槐花黄而並遊〔九〕，每記帝城之舊；荔子丹而共醉〔一〇〕，未忘閩嶺之歡。特假溢言，俾膺異選〔一一〕。千名記佛〔一二〕，雖叨學者之光榮；一日看花〔一三〕，寧復少年之意氣。但懷感佩，未易敷陳。

【題解】

賜第，此指賜出身。本文爲陸游對友人賀其獲賜進士出身的答啓。友人爲誰不詳，從文中「每記帝城之舊」、「未忘閩嶺之歡」二句，可知此友人曾與陸游共赴京城科舉，同在福建任職。

本文原未繫年。歐譜繫於紹興三十二年（一一六二）是。當作於該年十一月。時陸游任樞密院編修官兼編類聖政所檢討官。

參考卷五辭免賜出身狀。

【箋注】

〔一〕猥：猶辱，謙詞。　塵：污染，玷污。　特舉：指賜進士出身。

〔二〕兩章：指兩首辭免賜出身狀，見卷五。　控避：退避，回避。曾鞏代皇子延安郡王謝表：

「知隆名之難冒，迫大號之既行。控避莫從，震惶滋集。」

〔三〕一紙來臨：指友朋的賀啓送達。

〔四〕貴權：即權貴。此指秦檜。

〔五〕「訟劉」二句：劉蕡字去華，唐昌平人。文宗大和二年應賢良對策，極言宦官禍國，「考官不敢留蕡在籍中，物論喧然不平之。守道正人，傳讀其文，至有相對垂泣者。諫官御史，扼腕憤發，而執政之臣，從而弭之，以避黄門之怨。唯登科人李郃謂人曰：『劉蕡不第，我輩登科，實厚顔矣！』請以所授官讓蕡。事雖不行，士人多之」。事見舊唐書劉蕡傳。此指自己曾在禮部試中名列前茅而被秦檜黜落，時人冤之。下第，落第，科舉考試不中。訟，争辯。

〔六〕「與李」二句：李賀字長吉，唐宗室鄭王之後。因父名晉肅，避諱不舉進士。韓愈爲之作諱辨，勸其舉進士。事見舊唐書李賀傳。争名，韓愈諱辨：「賀舉進士有名，與賀争名者毁之曰：『賀父名晉肅，賀不舉進士爲是，勸之舉者爲非。』」

〔七〕末路：比喻失意潦倒的境地。高適酬龐十兵曹詩：「懷書訪知己，末路空相識。許國不成名，還家有慙色。」復齒：再次並列。

〔八〕游夏：孔子弟子子游（言偃）、子夏（卜商）的並稱，兩人均長於文學。曹植與楊德祖書：「昔尼父之文辭，與人通流。至於制春秋，游夏之徒乃不能措一辭。」卿雲：漢代辭賦家司馬相如（字長卿）、揚雄（字子雲）的並稱。南齊書文學傳論：「卿雲巨麗，升堂冠冕；張左恢廟，登高不繼。」

〔九〕槐花黄：指古代舉子忙於準備考試的季節。典出李淖秦中歲時記：「進士下第，當年七月復獻新文，求拔解，故曰：『槐花黄，舉子忙。』」唐代舉子落第者不出京回家，自六月以後多借静坊廟院居住，習業作文，到七月再獻上新作的文章，謂之「過夏」。時逢槐花正黄，因有此語。

〔一〇〕荔子丹：指夏季荔枝樹果實紅如丹砂的時節。白居易荔枝圖序：「實如丹，夏熟。」韓愈柳州羅池廟碑：「荔子丹兮蕉黄，雜肴蔬兮進侯堂。」

〔一一〕溢言：過甚的言辭。莊子人間世：「故法言曰：『傳其常情，無傳其溢言，則幾乎全。』」異選：指賜進士出身。

〔一二〕千名記佛：指科舉登科。佛經中有千佛名經，内容是千名佛祖稱號。後以登科比喻成佛，千佛名經借指科舉上榜。封演封氏聞見記貢舉：「進士張繟，漢陽王柬之曾孫也。時初落第，兩手奉登科記頂戴之，曰：『此千佛名經也。』其企羨如此。」

〔一三〕一日看花：即一日看盡長安花。唐時進士及第者有在長安城内看花的風俗。孟郊登科後：「昔日齷齪不足誇，今朝放蕩思無涯。春風得意馬蹄疾，一日看盡長安花。」

賀張都督啓

恭審誕膺册書，首冠樞府〔一〕。運籌決帷幄之勝，遂定廟謨〔二〕；假鉞督中外之軍，仍專閫寄〔三〕。傳聞所逮，欣抃惟均。恭惟某官降命應期〔四〕，自天生德，許國本事親之孝，化民用克己之仁〔五〕。早際聖神〔六〕，遍居將相。書虞淵取日之績〔七〕，恍若古人；咏東山零雨之詩〔八〕，適當初政。屬邊烽之尚警，煩幕府之親臨〔九〕。玄黄之篚争歸，赤白之囊幾息〔一〇〕。果洊膺於徽數，用卒究於宏規〔一一〕。仰惟列聖之恩〔一二〕，實被中原之俗。耕田鑿井，舉皆涵養之餘〔一三〕；寸地尺天，莫匪照臨之舊〔一四〕。豈無必取之長算，要在熟講而緩行〔一五〕。顧非明公，誰任斯事。不惟衆人引頸以歸責，固亦當宁虚心而仰成〔一六〕。某獲預執鞭，欣聞出綍〔一七〕。斗以南仁傑而已〔一八〕，知德望之素尊；陝以東周公主之〔一九〕，宜勳名之益大。雖不敢紀殊尤於竹帛，尚或能被一二於弦歌〔二〇〕。冒瀆之深，震惶無措〔二一〕。

【題解】

張都督，即張浚（一〇九七—一一六四），字德遠，漢州綿竹人。政和進士。建炎三年勤王復辟有功，除知樞密院事。力主抗金，出任川陝宣撫處置使。紹興五年除右相兼知樞密院事，部署北伐。秦檜執政，被排斥近二十年。紹興三十一年重被起用。隆興元年任樞密使，都督江淮軍馬，率軍北伐，因將相不和而導致符離之戰失利。不久再相，終爲主和派斥去。宋史卷三六一有傳。本文爲陸游爲張浚獲除樞密使的賀啓。

本文原未繫年。歐譜繫於隆興元年（一一六三），是。當作於該年正月。宋史宰輔志四：「（隆興元年）正月庚午，張浚自少傅、觀文殿大學士充江淮東西路宣撫使，節制沿江軍馬、魏國公除樞密使。」又宋史張浚傳：「隆興元年，除樞密使，都督建康、鎮江府、江州、池州、江陰軍軍馬。」時陸游任樞密院編修官兼編類聖政所檢討官。

【箋注】

〔一〕首冠樞府：指擔任樞密院的最高長官樞密使。

〔二〕廟謨：亦作廟謀。朝廷進行的謀劃。後漢書光武帝紀贊：「明明廟謨，赳赳雄斷。」

〔三〕假鉞：即假黄鉞。魏晉時，大臣出征時往往加以「假黄鉞」的稱號，即代表皇帝親征。資治通鑑晉武帝咸寧五年：「冬十一月，大舉伐吴……命賈充爲使持節、假黄鉞、大都督，以冠軍將軍楊濟副之。」胡三省注：「黄鉞，天子之器，非人臣所得專用，故曰假。」中外：朝廷内外，中央和地方。漢書元帝紀：「以用度不足，民多復除，無以給中外繇役。」閫寄：指寄以閫外之事，即委以京外軍事重任。張説贈涼州都督上柱國郭君碑：「鎮西陲，信國之藩屏；坐北落，亦王之爪牙。故入奉期門，而出分閫寄。」閫，指城郭的門檻。史記馮唐列傳：「唐對曰：『臣聞上古王者之遺將也，跪而推轂，曰閫以内者，寡人制之；閫以外者，將軍制之。』」

〔四〕降命：發布下達政令。禮記禮運：「故政者，君之所以藏身也。是故夫政必本於天，殽以降命。」孔穎達疏：「㪅，效也。言人君法效天氣以降下政教之命。」應期：指順應期運。曹植制命宗聖侯孔羡奉家祀碑：「於赫四聖，運世應期。」

〔五〕國本：立國的基礎。禮記冠義：「敬冠事所以重禮，重禮所以爲國本也。」民用：民之財用。國語周語下：「絶民用以實王府，猶塞川原而爲潢汙也，其竭也無日矣。」

〔六〕聖神：借指皇帝。柳宗元平淮夷雅之一：「度拜稽首，天子聖神。」此指宋高宗。

〔七〕虞淵：亦稱「虞泉」。傳説爲日没處。淮南子天文訓：「日至於虞淵，是謂黄昏。至於蒙谷，是謂定昏。日入於虞淵之汜，曙於蒙谷之浦。」

〔八〕東山零雨之詩：詩豳風東山：「我來自東，零雨其濛。」孔穎達疏：「道上乃遇零落之雨，其濛濛然。」

〔九〕邊烽：邊疆報警的烽火。沈佺期塞北詩之一：「海氣如秋雨，邊烽似夏雲。」幕府之親臨：指張浚出任川陝宣撫處置使。

〔一〇〕玄黄之篚：指盛有彩色絲織物的竹器。争歸：争相歸附。書武成：「惟其士女，篚厥玄黄，昭我周王。天休震動，用附我大邑周。」孔傳：「言東國士女，篚筐盛其絲帛，奉迎道次，明我周王爲之除害。天之美應，震動民心，故用依附我。」此指川陝邊民争相歸附王師。赤白之囊：紅色和白色的袋子，指古代遞送緊急情報的文書袋。漢書丙吉傳：「適見驛騎持赤白囊，邊郡發犇命書馳來至。」

〔一一〕洊膺：多次受到。宋庠謝轉給事中表：「一玷文科，洊膺朝選。」徽數：指褒賜封賞之禮數。王安石除韓琦制：「恩典徽數，所以旌帝臣；明德茂功，所以奬王室。」宏規：深遠的謀略。鮑照河清頌序：「聖上猶夙興昧旦，若有望而未至；宏規遠圖，如有追而莫及。」

〔一二〕列聖：列位帝王。此指北宋諸帝。

〔一三〕涵養：滋潤養育。陳鵠耆舊續聞卷五：「桑麻千里，皆祖宗涵養之休。」

〔一四〕照臨：從上面照察。詩小雅小明：「明明上天，照臨下土。」鄭玄箋：「照臨下土，喻王者當察理天下之事也。」

〔一五〕熟講：經常討論。柳宗元與楊京兆憑書：「故公卿之大任，莫若索士。士不預備而熟講之，卒然君有問焉……其無以應之。」

〔一六〕引頸：思慕貌，期待貌。韓愈與少室李拾遺書：「朝廷之士，引頸東望，若景星鳳皇之始見也。」仰成：指依賴別人取得成功。書畢命：「嘉績多於先王，予小子垂拱仰成。」孔安國傳：「我小子爲王垂拱，仰公成理。」

〔一七〕出綍：指帝王封官的詔令。司馬光送王待制知陝府：「明光新出綍，陝陌重分符。」

〔一八〕「斗以南」句：狄仁傑之賢，北斗之南一人而已。語出新唐書卷一一五狄仁傑傳。狄仁傑爲盛唐時名相。

〔一九〕「陝以東」句：自陝縣以東，由周公主政。春秋公羊傳卷三隱公五年：「自陝而東者，周公主之；自陝而西者，召公主之。」何休解詁：「陝者，蓋今弘農陝縣是也。」周成王時，周公、召公輔政，以陝縣爲界劃定範圍。

〔二〇〕殊尤：特別優異。司馬光進修心治國劄子狀：「是以明君善用人者，博訪遠舉，拔其殊尤。」「被一二」句：在禮樂教化方面出一點力。被，同「披」，覆蓋。弦歌，古代傳授詩學，均配以弦樂歌詠，故稱「弦歌」。後因以指禮樂教化。

〔二一〕震惶：震驚，驚惶。范仲淹除樞密副使召赴闕陳讓第五狀：「夙夜震遑，若無所措。」

問候洪總領啓

借勢於王公大人〔一〕，夙懷志願；侍坐於先生長者，適有夤緣〔二〕。仰偉度之兼容〔三〕，撫孤蹤而知幸。伏念某至愚不肖，甚拙無能，一官初迫於饑寒，百慮更成於疾疢〔四〕。綴鴛鷺會朝之列，自傷倦鶴之摧頹〔五〕；望魚龍變化之塗，獨類寒龜之藏縮〔六〕。比求祠廟，歸掃丘墳，猶出佐於近藩〔七〕，實大踰於素望。始終僥幸，進退慚惶。恭惟某官材擅國華〔八〕，德推世美。崇論谹議〔九〕，質諸鬼神而不疑；大册高文，編之詩書而無愧。歷風波並起之險，挺金石可開之誠〔一〇〕。雍容回翔，而愈高康濟之資；排擯斥疏，而彌積邇遐之望〔一一〕。天將降於大任，上惟圖於舊人〔一二〕。苟從槖於西清，方俟論思之益〔一三〕；擁使旝於北固〔一四〕，猶煩道德之威。某竊覬須臾，欽承約束〔一五〕。快威鳳景星之睹〔一六〕，幸孰過焉；辱高山流水之知〔一七〕，儻其自此。

【題解】

洪總領，即洪适（一一一七—一一八四），字景伯，號盤洲，饒州鄱陽人。洪皓長子，與弟遵、邁均中博學鴻詞科，「三洪」文名滿天下。累官秘書省正字、知徽州、提舉江東常平茶鹽。紹興三十二年，除尚書户部郎中，總領淮東軍馬錢糧。孝宗即位，累官權直學士院、中書舍人、翰林學士、簽書樞密院事、參知政事，乾道元年十二月拜右相兼樞密使，歷三月而罷。尋起知紹興府兼浙東安撫使。乾道五年奉祠，家居十六年。著有盤洲文集。宋史卷三七三有傳。建炎以來朝野雜記甲集卷十一總領諸路財賦：「凡鎮江諸軍錢糧，隸淮東總領，治鎮江。」陸游於隆興元年五月，因揭露龍大淵、曾覿招權植黨，觸怒孝宗，出通判鎮江府。時洪适正在淮東總領任上。本文爲陸游問候洪适的啓文。

本文原未繫年。歐譜繫於隆興二年（一一六四），是。當作於該年二月。據陸游鎮江謁諸廟文：「某以隆興改元夏五月癸巳，自西府掾出佐京口，明年春二月己卯至郡。」而洪适亦於二月「召貳太常兼權直學士院」（宋史本傳）。時陸游到任鎮江府通判。

【箋注】

〔一〕借勢：指借助別人的權勢。韓愈與鳳翔邢尚書書：「布衣之士，身居窮約，不借勢於王公大臣，則無以成其志。」

〔二〕夤緣：攀援，攀附。文選左思吴都賦：「夤緣山嶽之岊，冪歷江海之流。」劉逵注：「夤緣，布藤上貌。」

〔三〕偉度：宏大的度量。竇臮述書賦：「越石偉度，粃糠翰墨。」

〔四〕疾疢：泛指疾病。劉琨答盧諶書：「譬由疾疢彌年，而欲一丸銷之，其可得乎？」

〔五〕鴛鷺：即鵷鷺。以鵷、鷺飛行有序，比喻班行有序的朝官。隋書音樂志中：「懷黄綰白，鵷鷺成行。文贊百揆，武鎮四方。」摧頹：摧折，衰敗。焦延壽易林蠱之否：「中復摧頹，常恐衰微。」

〔六〕魚龍變化：指魚變化爲龍。比喻世事或人的根本性變化。寒龜之藏縮：即龜縮。畏縮不敢出頭。

〔七〕「猶出佐」句：指出通判鎮江府。

〔八〕國華：國家的傑出人材。後漢書方術傳論：「至乃誚譟遠術，賤斥國華。」

〔九〕崇論谹議：指高明宏大的議論。漢書司馬相如傳下：「且夫賢君之踐位也……必將崇論閎議，創業垂統，爲萬世規。」顔師古注：「閎，深也。」谹，宏大。

〔一〇〕金石可開：即金石爲開。形容心誠志堅，力量無窮。語本劉向新序雜事四：「熊渠子見其誠心，而金石爲之開，況人心乎？」

〔一一〕「雍容」四句：從容往復，增添濟世之資歷；屢遭排斥，纍積遠近之名望。參見卷六賀辛給事啓注〔六〕、〔七〕。

〔一二〕舊人：指年高德劭的舊臣。書盤庚上：「古我先王，亦惟圖任舊人共政。」孔安國傳：「先王謀任久老成人共治其政。」

〔一三〕從槖：指負槖簪筆，以備顧問。語本漢書趙充國傳：「（張）安世本持槖簪筆事孝武帝數十年。」顔師古引張晏曰：「槖，契囊也。近臣負槖簪筆，從備顧問，或有所紀也。」西清：指宫内遊宴之地。此指洪适任翰林學士。論思：議論、思考。特指皇帝與學士、臣子討論學問。班固兩都賦序：「朝夕論思，日月獻納。」

〔一四〕使旜：執掌使官之職。旃，純赤色的曲柄旗。北固：山名，在鎮江東北。有南、中、北三峰。北峰三面臨江，形勢險要，故稱「北固」。梁武帝曾登此山，謂可爲京口壯觀，改曰北顧。此指洪适任淮東總領。

〔一五〕覬：希望得到。須臾：優遊自得。儀禮燕禮：「寡君有不腆之酒，以請吾子之與寡君須臾焉，使某也以請。」欽承：恭敬地繼承或承受。書説命下：「監于先王成憲，其永無愆，惟説式克欽承。」

〔一六〕威鳳：瑞鳥。舊説鳳有威儀，故稱。漢書宣帝紀：「九真獻奇獸，南郡獲白虎、威鳳爲寶。」顔師古注引晉灼曰：「鳳之有威儀者也，與尚書『鳳皇來儀』同義。」景星：大星，瑞星。舊説現於有道之國。文子精誠：「故精誠内形氣動於天，景星見，黄龍下，鳳凰至，醴泉出，嘉穀生，河不滿溢，海不波湧。」

〔一七〕高山流水：比喻知音相賞。典出列子湯問：「伯牙善鼓琴，鍾子期善聽。伯牙鼓琴，志在高山。鍾子期曰：『善哉！峩峩兮若泰山！』志在流水。鍾子期曰：『善哉！洋洋兮若江河！』」

答鈐轄啓

列屬樞廷，自不安於清選〔一〕；佐州京峴，猶誤被於明恩〔二〕。方修候問之恭，已拜緘縢之賜〔三〕。情文甚寵〔四〕，感愧兼深。伏惟某官胄出山西，書傳圯上〔五〕。緑沉金鎖，雖勇略之無前〔六〕；緩帶輕裘，亦風流而自命〔七〕。兹膺帝眷，暫總兵符〔八〕，遂容憔悴之餘，獲厠遊從之末〔九〕。春容方麗，戎幕多閒〔一〇〕，冀加衛於寢興，用大符於頌禱〔一一〕。

【題解】

鈐轄，亦稱兵馬鈐轄。北宋前期臨時委任的軍區統兵官，後成固定差遣。掌軍旅戍屯、攻防等事務。王安石實行將兵法後，其地位漸低。北宋末至南宋，多成虛銜和閒職。此鈐轄爲誰不詳，當爲駐守鎮江的軍事長官。本文爲陸游致鈐轄的答啓。

本文原未繫年。歐譜繫於隆興二年（一一六四），是。當作於該年二月。時陸游到任鎮江府通判。

【箋注】

〔一〕清選：即清班，文學侍從一類職務。南史庾於陵傳：「舊東宮官屬通爲清選，洗馬掌文翰，尤其清者。」

〔二〕佐州：輔佐州政。指任州司馬、通判等職。宋祁送史溫虞部佐郡四明：「外署清郎出佐州，嘲辭不畏上山頭。」京峴：指鎮江。鎮江東南有京峴山。明恩：指賢明君王的恩惠。謝莊月賦：「昧道懵學，孤奉明恩。」

〔三〕緘縢：指緘封之書信。曾鞏與北京韓侍中啓之一：「恨無羽翼之飛馳，與操几杖；欲以緘縢之托寓，聊布腹心。」

〔四〕情文：指情思與文采。世說新語文學：「孫子荆除婦服，作詩以示王武子。王曰：『未知文生於情，情生於文，覽之悽然，增伉儷之重。』」

〔五〕胄出山西：指山西人之後代。胄，後代。書傳圯上：指得傳兵書。典出史記留侯世家，云張良嘗從容步遊下邳圯上，遇一老父，受太公兵法。圯上，橋上。

〔六〕緑沉金鎖：指緑沉槍、金鎖甲。杜甫重過何氏之四：「雨抛金鎖甲，苔卧緑沉槍。」金鎖甲，以金線連綴甲片而成的精細鎖子甲。緑沉槍，漆成濃緑色的長槍。勇略：勇敢和謀略。史記淮陰侯列傳：「勇略震主者身危，而功蓋天下者不賞。」

〔七〕緩帶輕裘：寬束的衣帶、輕暖的皮衣。形容悠閒自在，從容不迫。晉書羊祜傳：「祜在軍中，常輕裘緩帶，身不被甲。」風流而自命：自許爲風流瀟灑。新唐書房杜列傳：「(杜)如晦少英爽喜書，以風流自命，内負大節，臨機輒斷。」

〔八〕帝眷：皇帝的眷顧。兵符：原指調兵遣將的憑證，此借指兵權。南史劉峻傳：「敬通當更始世，手握兵符，躍馬肉食。」

〔九〕遊從：交遊。相隨同遊。魏書張普惠傳：「世宗崩，坐與甄楷等飲酒遊從，免官。」

〔一〇〕春容：猶春色。齊己南歸舟中之一：「春容含衆岫，雨氣泛平蕪。」戎幕：軍府，幕府。李白宣城送劉副使入秦詩：「寄深且戎幕，望重必台司。」王琦注：「戎幕，節度使之幕府。」

〔一一〕寢興：睡眠與起牀，泛指日常起居。潘岳悼亡詩之二：「寢興目存形，遺音猶在耳。」頌禱：贊美祝福。語本禮記檀弓下：「善頌善禱。」孔穎達疏：「頌者，美盛德之形容；禱者，求福以自輔也。」

問候葉通判啓

列屬樞廷，自不安於清選；佐州京峴，猶誤被於明恩。敢謂窮途，獲親耆德〔一〕。

恭惟某官性資直諒〔二〕，學術淵源。愷悌宜民〔三〕，固已高於治績；忠誠許國，曾未究於遠猷〔四〕。行膺召節之嚴，趣上禁途之峻。雖仰觀翔翥，鳳凰方覽於德輝〔五〕；然猶幸須臾，虎鼠同稱於相屬〔六〕。春容方麗，燕寢多閒〔七〕，冀調興止之宜，用副傾依之素〔八〕。

【題解】

通判設置於北宋初年，每州一人，大州二人，爲州府副長官，有監察所在州府官員之權，凡民政、財政、户口、賦役、司法等文書，均須知州（知府）與通判連署方能生效。南宋仍設通判，平時爲州府副長官，戰時則專任錢糧之責。葉通判爲誰不詳，當爲鎮江府原在任通判。本文爲陸游問候葉通判的啓文。

本文原未繫年。歐譜繫於隆興二年（一一六四），是。當作於該年二月。時陸游到任鎮江府通判。

【箋注】

〔一〕耆德：年高德劭、素孚衆望者之稱。書伊訓：「敢有侮聖言，逆忠直，遠耆德，比頑童，時謂亂風。」此指葉通判。

〔二〕直諒：正直誠信。語本論語季氏：「益者三友……友直，友諒，友多聞，益矣。」

〔三〕愷悌：和樂平易。左傳僖公十二年：「詩曰：『愷悌君子，神所勞矣。』」杜預注：「愷，樂也；悌，易也。」

〔四〕遠猷：長遠的打算，遠大的謀略。語本書康誥：「顧乃德，遠乃猷。」孔安國傳：「遠汝謀，思爲長久。」

〔五〕翔翥：飛翔。曹植神龜賦：「感白靈之翔翥，卒不免乎豫且。」德輝：同德煇。仁德的光輝。漢書賈誼傳：「鳳皇翔於千仞兮，覽德煇而下之。」

〔六〕須臾：優遊自得。文選離騷：「折若木以拂日兮，聊須臾以相羊。」李善注引王逸曰：「須臾、相羊，皆遊也。」同稱：同等看待。相屬：用以記人生年的十二生肖。説郛卷七三引宋洪巽暘谷漫録：「子鼠、丑牛、寅虎、卯兔、辰龍、巳蛇、午馬、未羊、申猴、酉鷄、戌犬、亥豬爲十二相屬。」

〔七〕燕寢：指公餘休息。

〔八〕興止：猶起居。王安石賀致政楊侍讀啓：「緊盛德之可師，宜明神之實相，茂惟興止，休有福祥。」傾依：敬重依賴。歐陽修與韓忠獻王書：「乞爲朝自重，以副傾依。下情區區。」

素：同「愫」，誠意。

答吴提宫啓

伏蒙講修拜禮，惠示函書〔一〕，温乎其容若加親〔二〕，粲然有文以相接。雖快景星之睹，終慚明月之投〔三〕。伏惟某官華國英材，通家舊好〔四〕，未嘗少貶於公卿勢位之地，顧乃獨厚於江湖憔悴之人〔五〕。賣劍買牛〔六〕，念即歸於農畝；乘車戴笠，尚永記於交盟〔七〕。

【題解】

提宫爲宋代宫觀官之一種。宫觀本爲崇奉道教而設，始置宫觀使，此外還有提舉、提點、主管、管勾、勾當等官，皆爲安排閒散官員而設，無實職。任宫觀官俗稱奉祠。吴提宫爲誰不詳，此時奉祠，從文中看，與陸游爲「通家舊好」。本文爲陸游致吴提宫的答啓。

本文原未繫年。歐譜繫於隆興二年（一一六四），是。時陸游任鎮江府通判。

【箋注】

〔一〕講修：謀議修治。張載始定時薦告廟文：「然而四時正祀，尚未講修。」拜禮：行拜謝或致敬之禮。儀禮聘禮：「明日，賓拜禮於朝。」函書：書信。三國志張温傳：「謹奉所齎函書一封。」

〔二〕温乎其容：指儀表温文爾雅。

〔三〕「雖快」二句：指雖由拜讀而快意，終因難解而慚愧。景星，大星，瑞星。此指「惠示函書」「粲然有文」。明月之投，指明珠暗投。明月，明珠。語本史記魯仲連鄒陽列傳：「臣聞明月之珠，夜光之璧，以闇投人於道路，人無不按劍相眄者。何則？無因而至前也。」

〔四〕華國：光耀國家。陸雲張二侯頌：「文敏足以華國，威略足以振衆。」通家：猶世交。後漢書孔融傳：「語門者曰：『我是李君通家子弟。』」舊好：舊交，老友。左傳桓公二年：「公及戎盟於唐，脩舊好也。」

〔五〕勢位：權勢地位。荀子正論：「天子者，埶位至尊，無敵於天下，夫有誰與讓矣！」憔悴：陋賤之人。後漢書應劭傳：「左氏實云雖有姬姜絲麻，不棄憔悴菅蒯。」李賢注：「左傳曰：『詩云：雖有絲麻，無棄菅蒯。雖有姬姜，無棄蕉萃。』杜注云：『蕉萃，陋賤之人。』蕉萃、憔悴，古字通。」

〔六〕賣劍買牛：指賣掉武器，從事農業生産。漢書循吏傳龔遂：「民有帶持刀劍者，使賣劍買牛，賣刀買犢。」

〔七〕乘車戴笠：乘車，喻富貴；戴笠，喻貧賤。指友誼不因貧富貴賤而改變。語本初學記卷十八引周處風土記：「越俗性率樸，初與人交有禮，封土壇，祭以犬雞，祝曰：『卿雖乘車我戴笠，後日相逢下車揖。我步行，卿乘馬，後日相逢卿當下。』」交盟：締約結盟。徐陵陳公九錫文：「屈體交盟，人祇感咽。」

賀葉提刑啓

伏審顯奉璽書，改臨畿服〔一〕。坐於廟朝而施利澤〔二〕，雖尚鬱於遠猷；送以禮樂而有光華，實寖隆於睿眷〔三〕。傳聞之始，開慰實深〔四〕。恭惟某官學造宮庭，行尊防範〔五〕，閎議兩朝之望〔六〕，高文百世之師。入踐掖垣，有斧藻聖謨之益〔七〕；出乘使傳，有宣道王意之勞。周旋百爲〔八〕，終始一節。鳳凰之翔千仞〔九〕，雖瞻仰咏歎之實同；虎豹之守九關〔一〇〕，終排擯斥疏而莫進。竊惟大任之降，將啓非常之元，必使備歷於阻難，所以終成其器業〔一一〕。今者承邊鄙宿兵之後，加夏秋積潦之餘〔一二〕，疾癘相熏，流逋未止〔一三〕。憂軫上煩於宵旰，撫摩方屬於忠賢〔一四〕。伏聞親奉尺一之書，下慰億兆之望〔一五〕，坐席未暖，握節遽行〔一六〕。蓋將訪災沴之由〔一七〕，施寬平之政，挈之溝壑之内，厝諸衽席之安〔一八〕。老稚聚觀，感涕相屬。迨及嘉猷之告，宜膺共政之求〔一九〕。某久去門墻，寖疏牋牘。摳衣函丈〔二〇〕，每懷問道之誠；負弩前驅〔二一〕，即下望塵之拜。其爲欣抃，未易敷陳。

【題解】

提刑爲提點刑獄公事的簡稱。北宋初設置，後時設時廢，并雜用文臣、武臣。南宋孝宗始專用文臣，掌所轄地區司法、刑獄，審問囚徒，復查有關文牘，負責上報朝廷，并監察地方官吏。葉提刑，即葉謙亨，字伯益，處州青田人。浙江通志卷一八一文苑有傳，稱「以文章藻繪爲士林推重，累遷起居舍人兼權中書，終浙西提點刑獄，所至有聲」。吳郡志卷七浙西提刑題名：「葉謙亨，左朝奉大夫，直顯謨閣。隆興二年八月二十八日到任，當年十一月五日致仕。」從文中看，陸游曾列其「門牆」。本文爲陸游致爲葉謙亨獲除浙西提刑所作的賀啓。

本文原未繫年。歐譜繫於隆興二年（一一六四），是。時陸游任鎮江府通判。

【箋注】

〔一〕璽書：秦以後專指皇帝的詔書。史記秦始皇本紀：「上病益甚，乃爲璽書賜公子扶蘇曰：『與喪會咸陽而葬。』」畿服：指京師附近地區。晉書江統傳：「非我族類，其心必異，戎狄志態，不與華同。而因其衰弊，遷之畿服，士庶翫習，侮其輕弱，使其怨恨之氣毒於骨髓。」

〔二〕廟朝：指朝廷上君主聽政的地方。戰國策秦策三：「臣今見王獨立於廟朝矣。」利澤：利益恩澤。莊子天運：「利澤施於萬世，天下莫知也。」成玄英疏：「有利益恩澤，惠潤羣生。」

〔三〕睿眷：指皇帝的眷顧。龐覺希夷先生傳：「雖濳至道之根，第盡陶成之域。臣敢期睿眷，俯順愚衷。」

〔四〕開慰：寬解安慰。隋書源雄傳：「今日已後，不過數旬之别，遲能開慰，無以累懷。」

〔五〕防範：比喻約束物。揚雄法言五百：「川有防，器有範。」晉李軌注：「川防禁溢，器範檢形，以諭禮教人之防範也。」

〔六〕閎議：即宏議，宏論。兩朝：指高宗、孝宗兩朝。

〔七〕掖垣：唐代稱門下、中書兩省。因分别在禁中左右掖，故稱。後世亦用以稱類似中央部門。

新唐書權德輿傳：「左右掖垣，承天子誥命，奉行詳覆，各有攸司。」斧藻：修飾。揚雄法言學行：「吾未見好斧藻其德，若斧藻其楶者也。」聖謨：聖訓。帝王的訓諭、詔令。文心雕龍明詩：「大舜云：『詩言志，歌永言。』聖謨所析，義已明矣。」

〔八〕周旋：盤桓，輾轉，反復。蘇軾漁樵閒話録下篇：「周旋宛轉，思之不得。」百爲：多種作爲。書多方：「乃胥惟虐于民，至于百爲，大不克開。」

〔九〕「鳳凰」句：賈誼弔屈原賦：「鳳凰翔於千仞之上兮，覽德輝而下之。」

〔一〇〕「虎豹」句：指天門的門禁森嚴。楚辭招魂：「魂兮歸來，君無上天些。虎豹九關，啄害下人些。」王逸注：「言天門凡有九重，使神虎豹執其關閉，主啄齧天下欲上之人而殺之也。」

〔一一〕器業：功名事業。李商隱和劉評事永樂閒居見寄：「白社幽閒君暫居，青雲器業我全疏。」

〔一二〕邊鄙：邊疆，邊遠之地。國語吳語：「夫吳之邊鄙遠者，罷而未至。」宿兵：駐紮軍隊。袁康越絶書外傳記吳地傳：「宿甲者，吳宿兵候外越也。」積潦：積水成災，洪澇。黄庭堅次韻劉景文登鄴王臺見思之三：「繫匏兩相憶，極目十餘城，積潦干斗極，山河皆夜明。」

〔一三〕疾癘：瘟疫。吕氏春秋仲冬：「（仲冬之月）行春令，則蟲螟爲敗，水泉減竭，民多疾癘。」流逋：流亡之人。韓愈柳州羅池廟碑：「於是民業有經，公無負租，流逋四歸，樂生興事。」

〔一四〕憂軫：深切憂慮。舊唐書裴度傳：「今屬凶徒擾攘，宸衷憂軫，凡有制命，計於安危。」宵旰：指日夜。撫摩：安撫。蘇軾策略五：「昔之有天下者，日夜淬厲其百官，撫摩其人民，爲之朝聘會同燕享，以交諸侯之歡。」

〔一五〕尺一之書：天子的詔書。古時詔板長一尺一寸，故稱。漢書匈奴傳上：「漢遺單于書，以尺一牘，辭曰『皇帝敬問匈奴大單于無恙』，所以遺物及言語云云。」　億兆：衆庶萬民。蔡邕太尉汝南李公碑：「憲天心以教育，沐垢濁以揚清，爲國有賞，蓋有億兆之心。」

〔一六〕握節：持符節。謂不辱君命。左傳文公八年：「司馬握節以死，故書以官。」

〔一七〕災沴：指自然災害。袁宏後漢紀順帝紀下：「禮制修，奢僭息，事合宜，則無凶咎。然後神聖允塞，災沴不至矣。」

〔一八〕厝：安置。衽席：亦作袵席。此借指太平安居的生活。大戴禮記主言：「是故明主之守也，必折衝乎千里之外，其征也，袵席之上還師。」

〔一九〕嘉猷：好的治國規劃。書君陳：「爾有嘉謀嘉猷，則入告爾后于内，爾乃順之于外。」孔傳：「汝有善謀善道則入告汝君於内。」蔡沈集傳：「言切於事謂之謀，言合於道謂之猷。」　共政：指共掌政事。

〔二〇〕摳衣：提起衣服前襟。古人迎趨時的動作，表示恭敬。管子弟子職：「已食者作，摳衣而降，旋而鄉席，各徹其餽，如於賓客。」　函丈：原指講學的座席。後用以對前輩學者或老師的敬稱。

〔二一〕負弩前驅：指背負弓箭，開路先行。語本史記司馬相如列傳：「乃拜相如爲中郎將，建節往使……至蜀，蜀太守以下郊迎，縣令負弩矢先驅。」

賀吕知府啓

恭審光膺中詔，洊畀左符〔一〕，協於師言，出自上意。凡在部封之内〔二〕，舉同抃舞之情。共惟某官襟量恢閎〔三〕，文詞卓偉。飛書走檄〔四〕，名早震於華夷；仗節擁旄〔五〕，功每書於竹帛。比屬邊烽之静，力辭宫鑰之嚴〔六〕。雖北闕之書〔七〕，至於屢上；然東山之志〔八〕，寧許遽從。果被睿知，復膺重寄。仁風穆若，方回比屋之春〔九〕；威望凛然，先破巨奸之膽。某自欣末路，得附餘光〔一〇〕。不汝疵瑕，固荷包荒之度〔一一〕；令公喜怒，敢招越分之尤〔一二〕。惟殫惕勵之誠，用對眷知之舊〔一三〕。

【題解】

吕知府，即吕擢來。乾道元年三月，知鎮江府方滋除兩浙轉運副使，右朝散大夫、直徽猷閣吕擢來知府事。本文爲陸游致知府吕擢來的賀啓。

本文原未繫年。歐譜繫於乾道元年（一一六五）六月。誤。當作於該年三月。時陸游任鎮江府通判。

【箋注】

〔一〕中詔：宮中直接發出的帝王詔令。後漢書陳蕃傳：「宦官由此疾蕃彌甚，選舉奏議，輒以中詔譴卻。」洊畀：再次給予。左符：符契的左半。漢制，太守出任執左符，至州郡合右符爲驗。梅堯臣送棣州唐虞部詩：「人持左符去，馬逆北風行。」

〔二〕部封：指轄境。范仲淹依韻和并州鄭宣徽見寄之一：「名品久參卿士月，部封全屬斗牛星。」

〔三〕襟量：氣度，氣量。裴鉶傳奇封陟：「伏見郎君坤儀浚潔，襟量端明，學聚流螢，文含隱豹。」恢閎：同恢弘。博大，寬宏。

〔四〕飛書走檄：快速地撰寫文書，形容文思敏捷。李白送程劉二侍御兼獨孤判官赴安西幕府詩：「繡衣貂裘明積雪，飛書走檄如飄風。」

〔五〕仗節擁旄：手執皇帝授予的符節，高舉犛牛尾裝飾的旗幟。文選丘遲與陳伯之書：「朱輪華轂，擁旄萬里，何其壯也。」李善注：「班固涿邪山祝文：『杖節擁旄，征人伐鼓。』」

〔六〕宮鑰：帝王宮門的鎖鑰。借稱皇宮。白居易司徒令公分守東洛移鎮北都詩：「寵重移宮鑰，恩新換閫旄。」

〔七〕北闕：宮殿北面的門樓，是臣子等候朝見或上書奏事之處。漢書高帝紀下：「蕭何治未央宮，立東闕、北闕、前殿、武庫、太倉。」顏師古注：「未央宮雖南嚮，而上書、奏事、謁見之徒皆詣北闕。」

〔八〕東山：借指隱居或遊憩之地。據晉書謝安傳載，謝安早年曾辭官隱居會稽之東山，經朝廷屢次徵聘，方從東山復出，成爲東晉重臣。

〔九〕仁風：形容恩澤如風之流布。舊時多用以頌揚帝王或地方長官的德政。潘岳爲賈謐作贈陸機詩：「大晉統天，仁風遐揚。」　穆若：和美貌。蕭統文選序：「頌者所以游揚德業，褒贊成功。吉甫有『穆若』之談，季子有『至矣』之歎。」　比屋，家家户户。形容衆多、普遍。徐幹中論譴交：「有策名於朝而稱門生於富貴之家者，比屋有之。」

〔一〇〕餘光：多餘之光。用以美稱他人給予的恩惠福澤。史記甘茂列傳：「我無以買燭，而子之燭光幸有餘，子可分我餘光，無損子明而得一斯便焉。」

〔一一〕「不汝」二句：謂你不以瑕疵指責我，固然度量寬大。左傳僖公七年：「唯我知女，女專利而不厭，予取予求，不女疵瑕也。」杜預注：「我不以女爲罪釁。」女，同汝。疵瑕，指責。荷，承擔。包荒，包含荒穢。指度量寬大。易泰：「包荒，用馮河，不遐遺。」王弼注：「能包含荒穢，受納馮河者也。」

〔一二〕「令公」二句：謂我不超越本分，使你喜怒無措。招尤，招致他人的怪罪或怨恨。韓愈感二鳥賦：「雖家到而户説，祇以招尤而速累。」越分，越出本分，過分。魏書律曆志上：「愚意所及，不能自已，雖則越分，志在補益。」

〔一三〕惕勵：亦作惕厲。警惕激勵。語本易乾：「君子終日乾乾，夕惕若厲，無咎。」眷知：恩寵和知遇。亦泛指相知。舊唐書裴延齡傳：「良以内顧庸昧，一無所堪，夙蒙眷知，唯以誠直。」

上陳安撫啓

佐州北固，麥甫及於再嘗〔一〕；易地南昌，瓜未期而先代〔二〕。雖千里困奔馳之役，幸一官托覆護之私〔三〕。伏念某孤學背時，褊心忤物〔四〕，方牽聯而少進，已恐懼而遽歸。偶充振鷺之廷〔五〕，自知非稱；不失屠羊之肆〔六〕，其又奚言。比自列於私嫌，遂再污於除目〔七〕，始終僥幸，俯仰慚惶。恭惟某官道極誠明，器函康濟，閎議兩朝之望，高名百世之師。經術淵源，造大學、中庸之妙；文章簡古，在先秦、兩漢之間。久以臺省之英，出試藩宣之績〔八〕。雖弗容而君子乃見，公初無欣戚之殊〔九〕；然必進而朝廷始尊，國實繫安危之重。佇聞休命〔一〇〕，大慰衆心。某再掃餘塵，增光末路，顧才能之有限，加疾疢之未平。先生琴瑟書册在前，願卒門人之業；小子洒掃應對則可，敢睎别駕之功〔一一〕。

【題解】

陳安撫，即陳之茂。曾爲陸游十二年前之座師。參見卷六謝解啓題解。陳之茂字阜卿，無錫人。紹興二年進士。廷對忤權相，黜之。賜同進士出身。除休寧尉，遷秘書郎。歷知平江、建康二府，官至吏部侍郎兼中書舍人，直學士院。詩清勁，畫尤有法。無錫縣志卷二六宦績有傳。安撫使爲宋代各路負責軍務治安的長官，多以知州、知府兼任。宋會要輯稿職官六一：「（乾道元年）三月八日詔：權通判鎮江府陸游與通判隆興府毛欽望兩易其任。……中書門下省奏：陸游以兄沅提舉本路市舶；欽望與安撫陳之茂職事不協，并乞回避。故有是命。」則陳之茂此時任隆興府安撫使，陸游則調任該府通判。本文爲陸游上呈安撫使陳之茂的啓文。

本文原未繫年。歐譜繫於乾道元年（一一六五），是。據文中「甫及於再嘗」新麥，當作於該年孟夏四月。時陸游改任通判隆興府。

【箋注】

〔一〕「麥甫」句：剛趕上第二次嘗食新麥。嘗麥，古代歲典之一。天子於孟夏麥收時先在寢廟薦祭，然後嘗食新麥。逸周書嘗麥：「維四年孟夏，王初祈禱於宗廟，乃嘗麥於太祖。」陸游於隆興二年二月到鎮江通判任，明年孟夏（四月）即準備調任，故言。

〔二〕「瓜未」句：任職未滿期而由他人接替。瓜代，左傳莊公八年：「齊侯使連稱、管至父戍葵丘。瓜時而往，曰：『及瓜而代。』」指第二年瓜熟時派人替代。

〔三〕覆護：保護，庇佑。後漢書東平憲王蒼傳：「臣蒼疲駑，特爲陛下慈恩覆護，在家備教導之仁，升朝蒙爵命之首。」

〔四〕褊心：心胸狹窄。詩魏風葛屨：「維是褊心，是以爲刺。」忤物：觸犯人，與人不合。魏書文苑傳邢昕：「昕好忤物，人謂之牛。」

〔五〕振鷺：比喻朝廷操行純治的賢人。語本詩周頌振鷺：「振鷺于飛，于彼西雝。」孔穎達疏：「言有振振然絜白之鷺鳥往飛也……美威儀之人臣而助祭王廟，亦得其宜也。」

〔六〕「不失」句：指未受什麼損失。屠羊，宰羊。典出莊子讓王：「楚昭王失國，屠羊說走而從於昭王；昭王反國，將賞從者，及屠羊說。屠羊說曰：『大王失國，說失屠羊，大王反國，說亦反屠羊，臣之爵禄已復矣，又何賞之有？』」

〔七〕私嫌：私人間的嫌隙，個人間的不和。晉書劉喬傳：「宜釋私嫌，共存公義。」除目：除授官吏的文書。姚合武功縣中作之八：「一日看除目，終年損道心。」

〔八〕臺省：漢之尚書臺，魏之中書省，均是代表皇帝發布政令的中樞機關。後因以「臺省」指政府中央機構。舊唐書劉祥道傳：「漢魏以來，權歸臺省，九卿皆爲常伯屬官。」蕃宣：即藩垣。蕃，同「藩」。宣，同「垣」。本指藩籬與垣牆。引申爲藩屏護衛。語本詩大雅崧高：「四國于蕃，四方于宣。」

〔九〕欣戚：喜樂和憂戚。魏書孫紹傳：「奉國四世，欣戚是同。」

〔一〇〕佇聞：肅立恭聽，敬聞。敬詞。任昉天監三年策秀才文之一：「斯理何從，佇聞良說。」休命：此指天子的旨意。

〔一一〕洒掃應對：洒水掃地，酬答賓客。儒家教育的基本内容之一。論語子張：「子夏之門人小子，當洒掃應對進退，則可矣。」晞：希望。別駕：指州刺史的佐吏。因隨刺史出巡時另乘傳車，故稱。此指通判。

上史運使啓

佐州北固，麥甫及於再嘗；易地南昌，瓜未期而先代。雖千里困道途之役，幸一官在部封之中〔一〕。伏念某學本小知，器非遠用，昨侵尋於薄宦，偶比數於諸公〔二〕。除目雖頻〔三〕，不出百僚之底；駭機忽發，首居一網之中〔四〕。謂宜永放於窮閻，猶得出丞於近郡〔五〕。復緣私請，更冒明恩。超超空凡馬之群〔六〕，實非能辨；默默反屠羊之肆〔七〕，其又奚言。僥幸非常，慚惶莫諭。恭惟某官英姿山立，大度淵渟〔八〕。不愧於天而不怍於人，卓矣誠身之學〔九〕；有考於前而有驗於後，大哉致主之言〔一〇〕。不顧自信之甚明，雖不容而何病。使事有指，姑少試於澄清〔一一〕；治具畢張，要終煩於經濟〔一二〕。某小舟已具，漫刺將前〔一三〕。雖多病懷歸，徒費噓枯之力〔一四〕；然至仁逮下，實寬東濕之憂〔一五〕。

【題解】

運使，轉運使的簡稱。宋初隨軍設置，供辦軍需。後漸成各路長官，掌一路全部或部分財賦，檢察各州官吏，并以民情上報朝廷。官署稱轉運使司，尚有都轉運使、同轉運使、副使、判官等名目。史運使當爲江南西路轉運判官史正志。考宋會要輯稿職官六一之五二：「（隆興）二年八月二十一日，詔江南東路轉運判官史正志、江南西路轉運判官葉仁兩易其任。」又宋會要輯稿食貨五〇之二〇：「（乾道元年）八月二十五日，江西運判朱商卿、史正志言事。」另據李之亮宋代路分長官通考，史正志乾道元年至四年任江南西路轉運判官。嘉定鎮江志卷一八有傳。本文爲陸游上呈江西轉運判官史正志的啓文。

本文原未繫年。歐譜繫於乾道元年（一一六五）。是。同上文，當作於該年孟夏四月。時陸游改任通判隆興府。

【箋注】

〔一〕部封：轄境。見本卷賀呂知府啓注〔二〕。

〔二〕侵尋：漸進，漸次發展。史記孝武本紀：「是歲，天子始巡郡縣，侵尋於泰山矣。」司馬貞索隱：「小顏云：『浸淫漸染之義。』蓋尋、淫聲相近，假借用耳。」薄宦：卑微的官職。比數：相與并列，相提并論。漢書司馬遷傳：「刑餘之人，無所比數，非一世也。所從來遠矣。」

〔三〕除目：除授官吏的文書。見上陳安撫啓注〔八〕。

〔四〕駭機：突然觸發的弩機。比喻猝發的禍難。語本後漢書皇甫嵩傳：「今將軍遭難得之運，蹈易駭之機。」一網：指一網打盡。

〔五〕出丞於近郡：指改任隆興府通判。

〔六〕「超超」句：真龍超然於凡馬之上。杜甫丹青引贈曹將軍霸：「斯須九重真龍出，一洗萬古凡馬空。」超超，指超然出塵。陶潛扇上畫贊：「超超丈人，日夕在耘。」

〔七〕「默默」句：默然回到宰羊的場所。屠羊事見本卷上陳安撫啓注〔六〕。

〔八〕淵渟：深静。魏書宗欽傳：「肅志琴書，恬心初素，潛思淵渟，秀藻雲布。」

〔九〕「不愧」二句：指無愧於天人。孟子盡心上：「仰不愧於天，俯不怍於人。」誠身，指以至誠立身行事。禮記中庸：「順乎親有道，反諸身不誠，不順乎親矣；誠身有道，不明乎善，不誠乎身矣。」孔穎達疏：「言明乎善行，始能至誠乎身。」

〔一〇〕致主：即致君。李頻長安書情投知己：「致主當齊聖，爲郎本是仙。」

〔一一〕澄清：指肅清混亂局面。後漢書黨錮傳范滂：「滂登車攬轡，慨然有澄清天下之志。」

〔一二〕治具：治國的措施。語本莊子天道：「驟而語形名賞罰，此有知治之具，非知治之道。」韓愈進學解：「方今聖賢相逢，治具畢張，拔去兇邪，登崇畯良。」經濟：經世濟民。晉書殷浩傳：「足下沉識淹長，思綜通練，起而明之，足以經濟。」

〔一三〕漫刺：指名刺，名片。語本後漢書文苑傳下禰衡：「（禰衡）建安初來游許下，始達潁川，乃陰懷一刺，既而無所之適，至於刺字漫滅。」

〔一四〕噓枯：比喻拯絶扶危。蘇軾答丁連州啓：「每憐遷客之無歸，獨振孤風而愈厲，固無心於集苑，而有力於噓枯。」

〔一五〕逮下：指恩惠及於下人。詩周南樛木序：「樛木，后妃逮下也，言能逮下而無嫉妬之心焉。」束濕：捆紮濕物。形容官吏馭下苛酷急切。漢書酷吏傳甯成：「好氣，爲少吏，必陵其長吏；爲人上，操下急如束濕。」顔師古注：「束濕，言其急之甚也。濕物則易束。」

渭南文集箋校卷第八

啓

【釋體】本卷文體同卷六，收録啓十六首。

答發解進士啓

都騎來臨，方快景星之先睹〔一〕；雄文授贄，更慚明月之暗投〔二〕。藏去爲榮〔三〕，幸甚過望。伏惟解元先輩材高衆隽，學富三餘〔四〕，將鴻漸於天廷，姑龍驤於學海〔五〕。豈圖羈宦，適與榮觀〔六〕。萬里摶風，莫測雲程之遠〔七〕；一第溷子，行聞桂籍之傳〔八〕。欣佩兼懷，敷宣罔既〔九〕。

【題解】

發解進士，即在發解試中取得發解資格即將進京赴進士科省試的舉子。此發解進士爲誰不詳。本文爲陸游致發解進士的答啓。

本文原未繫年。歐譜繫於乾道元年（一一六五），是。因南宋解試一般都在八月舉行，故本文當作於該年秋冬。時陸游任職隆興府通判。

【箋注】

〔一〕都騎：對他人坐騎的美稱。都，美好。　景星：大星，瑞星。

〔二〕授贄：授予禮物。　明月之暗投：即明珠暗投。見卷七答吳提宫啓注〔三〕。

〔三〕藏去：亦作藏弆。收藏。漢書遊俠傳陳遵：「性善書，與人尺牘，主皆藏去以爲榮。」顏師古注：「去亦藏也。」

〔四〕解元：汎指讀書人。　衆雋：同衆俊，與群英皆謂衆多才智過人之士。陸雲與陸典書：「聆音察微，智越衆俊。」　三餘：泛指閒暇時間。語本三國志魏志王肅傳「明帝時大司農弘農董遇等，亦歷注經傳，頗傳於世」，裴松之注引魏魚豢魏略：「遇言：『（讀書）當以三餘。』或問三餘之意。遇言：『冬者歲之餘，夜者日之餘，陰雨者時之餘也。』」

〔五〕鴻漸：比喻仕宦的升遷。文選班固幽通賦：「皇十紀而鴻漸兮，有羽儀於上京。」李善注引應劭曰：「鴻，鳥也；漸，進也。言先人至漢十世，始進仕。」龍驤：亦作龍襄。昂舉騰躍貌。漢書叙傳下：「雲起龍襄，化爲侯王，割有齊楚，跨制淮梁。」顔師古注：「襄，舉也。」

〔六〕羈宦：在他鄉做官。晉書文苑傳張翰：「人生貴得適志，何能羈宦數千里以要名爵乎？」榮觀：榮盛之景象。舊唐書德宗紀上：「命宰臣諸將送晟（李晟）入新賜第，教坊樂，京兆府供帳食饌，鼓吹導從，京城以爲榮觀。」

〔七〕摶風：乘風直上。語本莊子逍遥遊：「摶扶摇而上者九萬里。」扶摇，旋風。雲程：比喻遠大的前程。指得意的仕途。

〔八〕一第溷子：即一第慁子，指置於一等也辱没了你。慁，辱。新唐書元結傳：「（元結）天寶十二載舉進士，禮部侍郎陽浚見其文，曰：『一第慁子耳，有司得子是賴！』果擢上第。」桂籍：科舉登第者的名籍。徐鉉廬陵别朱觀先輩詩：「桂籍知名有幾人，翻飛相續上青雲。」

〔九〕敷宣：宣揚。罔既：不盡。秦觀代賀蔡相公啓：「系頌實深，敷宣罔既。」

答廖主簿發解啓

都騎來臨，方快景星之先睹；雄文授贄，更慚明月之暗投。藏去爲榮，幸甚過望。伏惟某官文高藝圃，行著鄉評〔一〕，雖數奇如李廣之封，猶强飯有廉頗之志〔二〕。賈勇千人之敵，策勳百戰之餘〔三〕。豈意羈遊〔四〕，與觀盛事。故將軍羨妄校尉，知久鬱於壯圖〔五〕；新天子用老舍人，宜即膺於顯擢〔六〕。其爲贊喜〔七〕，莫究占言。

【題解】

主簿，唐宋時中央官署及州縣設置的主管文書事務的僚屬，多爲初事之官。廖主簿爲誰不詳。其在發解試中取得發解資格。本文爲陸游致廖主簿的答啓。

本文原未繫年。歐譜繫於乾道元年（一一六五）是。同上篇，當作於該年秋冬。時陸游任職隆興府通判。

【箋注】

〔一〕藝圃：指詩苑文壇。鄉評：鄉里公衆的評論。此爲古代選拔人才的重要依據。世説新語言語「王武子、孫子荆」，劉孝標注引晉孫盛晉陽秋：「鄉人王濟，豪俊公子，爲本州大中正，訪問弘爲鄉里品狀，濟曰：『此人非鄉評所能名，吾自狀之。曰：天才英特，亮拔不羣。』」

〔二〕數奇：指命不好，遇事多不利。史記李將軍列傳：「大將軍青亦陰受上誡，以爲李廣老，數奇，毋令當單于，恐不得所欲。」裴駰集解引如淳曰：「數爲匈奴所敗，奇爲不偶也。」强飯：努力加餐，勉强進食。史記廉頗藺相如列傳：「趙以數困於秦兵，趙王思復得廉頗，廉頗亦思復用於趙。趙王使使者視廉頗尚可用否……廉頗爲之一飯斗米，肉十斤，被甲上馬，以示尚可用。趙使還報王曰：『廉將軍雖老，尚善飯，然與臣坐，頃之三遺矢矣。』趙王以爲老，遂不召。」

〔三〕賈勇：鼓足勇氣。語本左傳成公二年：「齊高固入晉師，桀石以投人，禽之，而乘其車，繫桑本焉。以徇齊壘，曰：『欲勇者，賈余餘勇。』」杜預注：「賈，賣也。言己勇有餘，欲賣之。」

策勳：記功勳於策書之上。左傳桓公二年：「凡公行，告於宗廟；反行飲至，舍爵策勳焉，禮也。」杜預注：「既飲置爵，則書勳勞於策，言速紀有功也。」

〔四〕羈遊：羈旅無定。元稹誨侄等書：「吾竊見吾兄自二十年來，以下士之禄，持窘絶之家，其間半是乞丐羈游，以相給足。」

〔五〕「故將軍」二句：史記李將軍列傳：「廣嘗與望氣王朔燕語，曰：『自漢擊匈奴而廣未嘗不在其中，而諸部校尉以下，才能不及中人，然以擊胡軍功取侯者數十人，而廣不爲後人，然無尺寸之功以得封邑者，何也？豈吾相不當侯邪？且固命也？』」校尉，漢代軍隊始建爲常職，其地位略次於將軍，并各隨其職務冠以各種名號。壯圖，宏偉的志向。陸機弔魏武帝文：「雄心摧於弱情，壯圖終於哀志。」

〔六〕「新天子」二句：梁周翰贈柳開詩：「九重城闕新天子，萬卷詩書老舍人。」隋唐時有掌記言的起居舍人、掌文翰的禮部南宫舍人等，此指主管文書的廖主簿。顯擢，顯耀地擢升。葛洪抱朴子博喻：「是以淮陰顯擢，而庸隸悒懊以疾其超。」

〔七〕贊喜：助興，增加喜悦氣氛。語本周禮秋官大行人：「歸脤以交諸侯之福，賀慶以贊諸侯之喜。」

上二府乞宫祠啓

白首而困下吏，久安佐郡之卑〔一〕；黄冠而歸故鄉，輒冀奉祠之樂〔二〕。恃廊廟并容之度〔三〕，忘江湖遠屏之蹤。敬布忱誠，仰干造化。伏念某讀書有限，與世無緣，歲月供簿領之勞〔四〕，衣食奪山林之志。拊心自悼，顧影知慚，儻少逭於饑寒〔五〕，誓永投於閒散。頃以牽聯而少進，愓然恐懼而弗寧，亟辭振鷺之廷，徑返屠羊之肆〔六〕。優遊食足，敢陳楚些之窮〔七〕；衰疾土思，但抱越吟之苦〔八〕。伏望某官因材授任，與物爲春〔九〕。察其愚無所能，乏細木侏儒之用〔一〇〕；哀其窮不自活，捐太倉紅腐之餘〔一一〕。特假閒官，使安晚節。棄竇憲如孤雛死鼠〔一二〕，寧足矜憐；譬杜牧以白骨遊魂〔一三〕，少加恤養。某謹當收身末路，没齒窮山〔一四〕，玩仙聖之微言，樂唐虞之盛化〔一五〕。杜門掃軌〔一六〕，固莫望於功名；却粒茹芝〔一七〕，冀粗成於道術。雖無以報，猶不辱知〔一八〕。

【題解】

二府指中書省、樞密院，參見卷三蠟彈省劄題解。宫祠，即宫觀使。宋代宫觀本爲崇奉道教而設，大中祥符五年玉清昭應宫建成，始置宫觀使，由前任宰相或現任宰相充任。此外還有提點、主管、判官、都監等官，皆爲安排閒散官員而設，無實職。陸游老學庵筆記卷五：「承平日，甚重宫觀。」本文爲陸游上呈中書省、樞密院長官請求任宫觀使的啓文。

本文原未繫年。歐譜繫於乾道元年（一一六五），是。當作於該年秋冬。時陸游任職隆興府通判。

【箋注】

〔一〕佐郡：協理州郡政務。指任州郡的司馬、通判等職。李白感時留别從兄徐王延年從弟延陵詩：「佐郡浙江西，病閒絶趨馳。」

〔二〕黄冠：古代指蜡祭時所戴之箬帽之類。後借指農夫野老之服。禮記郊特牲：「黄衣黄冠而祭，息田夫也。野夫黄冠；黄冠，草服也。」孔穎達疏：「黄冠是季秋之後草色之服。」奉祠：宫觀使等只領官俸而無職事，因原主祭祀，故稱「奉祠」。

〔三〕廊廟：殿下屋和太廟。指朝廷。國語越語下：「夫謀之廊廟，失之中原，其可乎？王姑勿許也。」

〔四〕簿領：指官府記事的簿册或文書。後漢書南匈奴傳：「當決輕重，口白單于，無文書簿領焉。」

〔五〕逭：逃避。

〔六〕「亟辭」二句：指辭職返鄉。參見卷七上陳安撫啓注〔五〕〔六〕。

〔七〕楚些：楚辭招魂沿用楚國民間流行的招魂詞的形式寫成，句尾皆有「些」字。後因以「楚些」指招魂歌，亦泛指楚地的樂調或楚辭。牟融邵公母詩：「搔首驚聞楚些歌，拂衣歸去淚懸河。」

〔八〕土思：指對故鄉的懷念。漢書西域傳下烏孫國：「居常土思兮心内傷，願爲黄鵠兮歸故鄉。」顔師古注：「土思，謂憂思而懷本土。」越吟：比喻思鄉憶國之情。越人莊舄仕楚，爵至執珪，富貴不忘故國，病中吟越歌以寄鄉思。事見史記張儀列傳。王粲登樓賦：「鍾儀幽而楚奏兮，莊舄顯而越吟。」

〔九〕與物爲春：像春天一樣充滿生氣，指隨物更生。莊子德充符：「使日夜無郤而與物爲春，是接而生時於心者也。是之謂才全。」

〔一〇〕侏儒：指梁上短柱。韓愈進學解：「欂櫨侏儒。」

〔一一〕自活：自求生存。淮南子道應訓：「爲人君而欲殺其民以自活也，其誰以我爲君者乎？」太倉：京師儲穀的大倉。史記平準書：「太倉之粟，陳陳相因。」紅腐：指陳米。隋書薛道衡傳：「薄賦輕徭，務農重穀，倉廩有紅腐之積，黎萌無阻饑之慮。」

〔一二〕「棄竇」句：指像竇憲遭棄如孤雛死鼠一般。後漢書竇融列傳：「帝大怒，召（竇）憲切責曰：『……今貴主尚見枉奪，何況小人哉！國家棄憲如孤雛腐鼠耳。』憲大震懼。」竇憲（？—九二）字伯度，東漢扶風平陵人。竇融曾孫。妹爲章帝皇后，權震朝廷，驕縱肆虐。大破北單于，拜大將軍，後被迫令自殺。後漢書卷二三有傳。

〔一三〕「譬杜」句：指像杜牧自比爲白骨遊魂一樣。杜牧授司勳員外郎謝宰相書：「不意相公拔自污泥，升於霄漢……當受震駭，神魂飛揚，撫己自驚，喜過成泣，藥肉白骨，香返遊魂，言於重恩，無以過此。」杜牧（八〇三—八五二）字牧之，唐京兆萬年人。大和進士，官至中書舍人。善屬文，工詩，世稱「小杜」。舊唐書卷一四七有傳。

〔一四〕收身：指隱退。韓愈和僕射相公朝回見寄：「放意機衡外，收身矢石間。」没齒：終身。論語憲問：「奪伯氏駢邑三百，飯疏食，没齒無怨言。」

〔一五〕仙聖：道家對神仙或得道成仙者的尊稱。范成大吴船録卷上：「上清之遊，真天下偉觀哉！夜有燈出四山，以千百數，謂之聖燈……其深信者，則以爲仙聖之所設化也。」微言：精深微妙的言辭。逸周書大戒：「微言入心，夙喻動衆。」朱右曾校釋：「微言，微眇之言。」盛化：昌明的教化。董仲舒春秋繁露正貫：「聲響盛化運於物，散入於理，德在天地，神明休集，並行而不竭，盈於四海而訟詠。」

〔一六〕掃軌：掃除車輪痕迹。比喻隔絶人事。後漢書黨錮傳杜密：「同郡劉勝，亦自蜀郡告歸鄉里，閉門掃軌，無所干及。」李賢注：「軌，車迹也。言絶人事。」

〔一七〕却粒：即辟穀。指不食五穀以求長生。陸機漢高祖功臣頌：「托迹黄老，辭世却粒。」茹芝：吃靈芝。劍南詩稿卷一燒香：「茹芝却粒世無方，隨食江湖每自傷。」

〔一八〕辱知：指受人賞識或提拔。謙辭。李漢昌黎先生集序：「門人隴西李漢，辱知最厚且親。」

賀吏部陳侍郎啓

恭審顯膺帝眷，進貳天官〔一〕，成命甫行，群情交慶。若用人每皆如此，則公論寧復間然〔二〕。竊以自昔撫運而有邦〔三〕，孰不好賢而願治。然賢能之進，常齟齬而不合〔四〕；治安之會，亦稀闊而難遭〔五〕。京房事漢，則見謂小忠〔六〕；孔子去魯，則自以微罪〔七〕。有志之士，太息於斯。方今主上嗣無疆之慶基〔八〕，恢有爲之遠略，思求人傑，俾代天工〔九〕。當饋歎無蕭曹〔一〇〕，共傳斯訓；耻君不及堯舜〔一一〕，今得其人。采四海之公言，置六卿之要地，將期共政，以責奮庸〔一二〕。恭惟某官道大而氣剛，才全而業鉅。方登臺閣，則已挺然稱輔相之器〔一三〕；及試嶽牧，則又卓爾著藩垣之勞〔一四〕。福及京師，名震天下，使能少貶，久已趣還。顧乃周旋四鎮之間，淹歷五年之久〔一五〕，積排擯斥疏而莫置，殆艱難險阻之備更。道之將興，理不輕畀〔一六〕。豈惟論思獻納〔一七〕，陳萬世之策；遂將經綸康濟〔一八〕，致三代之隆。某早出門墻，晚依幕府，誨言在耳，盛德銘心。駕下澤之車，雖已安於微分〔一九〕；磨浯溪之石，尚擬頌於中興〔二〇〕。

【題解】

吏部陳侍郎，指陳之茂。文中「某早出門墻，晚依幕府」一句可證。參見卷七上陳安撫啓題解。陳之茂乾道元年任權吏部侍郎。宋會要輯稿職官五一之二二：「（乾道元年）十二月九日，詔權吏部侍郎陳之茂假工部尚書，充館伴金國賀正旦使。」本文爲陸游爲陳之茂獲除吏部侍郎的賀啓。

本文原未繫年。歐譜繫於乾道元年（一一六五），是。當作於該年秋冬。時陸游任職隆興府通判。

參考卷六謝解啓、卷七上陳安撫啓。

【箋注】

〔一〕進貳：提升爲次官。見卷七賀黄樞密啓注〔一〕。天官：即吏部。周禮分設六官，以天官冢宰居首，總御百官。唐武后時曾改吏部爲天官，旋復舊。後世亦稱吏部爲天官。

〔二〕間然：非議，異議。見卷六謝内翰啓注〔一八〕。

〔三〕撫運：順應時運。見卷二文武百寮謝春衣表注〔四〕。

〔四〕齟齬：不相投合，抵觸。揚雄太玄親：「其志齟齬。」范望注：「齟齬，相惡也。」

〔五〕稀闊：稀疏，稀少。後漢書南匈奴傳：「遂内懷猜懼，庭會稀闊。」

〔六〕「京房」二句：漢書京房傳：「（姚）平又曰：『房可謂小忠，未可謂大忠也。』」京房（前七七—前三七）字君明，西漢東郡頓丘人。治易，以孝廉爲郎。因劾奏中書令石顯、尚書令五鹿充宗等專權，出爲魏郡太守。旋爲顯誣，下獄死。漢書卷七五有傳。

〔七〕「孔子」二句：孟子告子下：「孔子爲魯司寇，不用，從而祭，燔肉不至，不税冕而行。不知者以爲爲肉也，其知者以爲爲無禮也。乃孔子則欲以微罪行，不欲爲苟去。君子之所爲，衆人固不識也。」微罪，小罪。

〔八〕慶基：幸福的根基。後漢書荀淑韓韶等傳贊：「慶基既啓，有蔚潁濱。」

〔九〕天工：天的職任。古以爲王者法天而建官，代天行職事。書皋陶謨：「無曠庶官，天工人其代之。」

〔一〇〕「當饋」句：舊唐書卷一七〇裴度傳：「翰林學士韋處厚上言曰：『……伏承陛下當食歎息，恨無蕭曹。今有一裴度，尚不留驅使，此馮生所以感悟漢文，云雖有廉頗、李牧不能用也。』」

當饋，當食。蕭曹，指蕭何、曹參，漢初名相，以「蕭規曹隨」著稱，事見漢書蕭何曹參傳。

〔一一〕「耻君」句：新唐書卷九八王珪傳：「以諫諍爲心，耻君不及堯舜，臣不如徵。」

〔一二〕奮庸：指努力建功立業。書舜典：「咨！四岳，有能奮庸熙帝之載。使宅百揆，亮采惠疇。」蔡沈集傳：「言有能奮起事功，以廣帝堯之事者，使居百揆之位。」

〔一三〕輔相：宰相。也泛指大臣。韓愈後廿九日復上宰相書：「愈聞周公之爲輔相，其急於見賢也，方一食三吐其哺，方一沐三捉其髮。」

〔一四〕嶽牧：泛指封疆大吏。見卷六賀辛給事啓注〔一四〕。藩垣：藩籬和垣牆。泛指屏障。語本詩大雅板：「价人維藩，大師維垣。」毛傳：「藩，屏也；垣，墻也。」

〔一五〕淹歷：淹留，經歷。

〔一六〕畀：給予。

〔一七〕論思獻納：議論思考朝政，貢獻忠言供採納。班固兩都賦序：「故言語侍從之臣……朝夕論思，日月獻納。」

〔一八〕經綸康濟：治理國家，安民濟世。見卷六賀辛給事啓注〔四〕、〔六〕。

〔一九〕「駕下澤」二句：指自己安分守己，甘於平淡。下澤之車，一種適宜在沼澤地上行駛的短轂輕便車。後漢書馬援傳：「吾從弟少游常哀吾慷慨多大志，曰：『士生一世，但取衣食裁足，乘下澤車，御款段馬，爲郡掾史，守墳墓，鄉里稱善人，斯可矣。致求盈餘，但自苦耳。』」微分：卑微的名分。宋書劉式之傳：「劉式之於國家粗有微分，偷數百萬錢何有，况不偷邪！」

〔二〇〕「磨浯溪」二句：指願爲南宋中興撰寫頌辭。唐代安史之亂後，肅宗收復兩京，元結撰成大唐中興頌，由顔真卿書，刻成石碑，最早樹於浯溪，故稱浯溪中興頌碑。浯溪，溪水名，在湖南祁陽西南。唐代詩人元結卜居於此。周煇清波雜誌卷八：「浯溪中興頌碑，自唐至今，題詠實繁，零陵近雖刊行，止會粹已入石者，曾未暇廣搜而博訪也。」

賀莆陽陳右相啓

恭審廷颺大號〔一〕，位冠群公。識者咨嗟，益信道行之有命〔二〕；聞而興起，共知天定之勝人。某嘗因故老之言，竊考昭陵之治〔三〕。乾坤大度，固兼容而罔間；日月之照，實無隱而弗臨。小人雖有倖進〔四〕，而善類常多；詖論亦或抵巇〔五〕，而公議終勝。故士氣屢折而復振，邦朋既久而自消〔六〕。謇謇昌言，天下誦道輔、仲淹之直〔七〕；巍巍成績，史臣書韓琦、富弼之賢〔八〕。固嘗端拜於遺風，豈意親逢於盛旦〔九〕。恭惟某官名蓋當代，材高古人。瑰偉之器，足以遺大而投艱〔一〇〕；精微之學〔一一〕，足以任重而道遠。方孤論折群邪之鋭，蓋一身爲衆正之宗〔一二〕。徇國忘家〔一三〕，惟天知我。論去草者絶其本，宜無失於事機〔一四〕；及驅龍而放之菹〔一五〕，果不動於聲氣。卓矣回天之力，孰曰拔山之難〔一六〕，積此茂勳〔一七〕，降時大任。豈獨明公視嘉祐之良弼，初無間然〔一八〕；亦惟聖主享仁祖之治功，殆其自此。某孤遠一介，違離累年〔一九〕。登李膺之舟〔二〇〕，恍如昨夢；游公孫之閣〔二一〕，尚覬茲時。敢誓糜捐，以待驅策。

【題解】

莆陽陳右相，指陳俊卿（一一一三—一一八六），字應求，興化軍莆田人。紹興進士。不附秦檜。檜死，召爲校書郎，任普安郡王（即孝宗）王府教授。孝宗即位，遷中書舍人，出知泉州。乾道元年除吏部侍郎同修國史。四年十月，除尚書右僕射，同中書門下平章事兼樞密使。舉薦虞允文才堪宰相。五年允文爲右相，俊卿遷左相。六年以觀文殿大學士知福州。宋史卷三八三有傳。莆陽，即莆田。陳俊卿隆興間與陸游在鎮江多有過從。本文爲陸游爲陳俊卿獲除右相的賀啓。

本文原未繫年。歐譜繫於乾道四年（一一六八），是。當作於該年十一月。陸游該年十一月二十六日與曾逮函：「游村居凡百遲鈍，數日前方能做賀丞相一箋。」即指本文。時陸游家居山陰。

【箋注】

〔一〕颺：同「揚」。大號：帝王的號令。易渙：「九五，渙汗其大號。」孔穎達疏：「渙汗其大號者，人遇險阨驚怖而勞，則汗從體出，故以汗喻險阨也。九五處尊履正，在號令之中，能行號令以散險阨者也。」

〔二〕道行：指政治主張被採用實行。白居易和楊尚書：「道行無喜退無憂，舒卷如雲得自由。」

〔三〕昭陵：宋仁宗葬永昭陵，宋人以昭陵作爲仁宗的代稱。樓鑰王岐公立英宗詔草：「昭陵以英宗爲皇子。」

〔四〕倖進：因僥倖而進升。新唐書吉頊傳：「公家以倖進，非有大功於天下，勢必危。」

〔五〕詖論：偏邪不正之言論。陸九淵與朱益叔：「私説詖論，充塞彌滿。」抵巇：指鑽營。鬼谷子抵巇：「巇始有朕，可抵而塞，可抵而卻，可抵而息，可抵而匿，可抵而得，此謂抵巇之理也。」陶弘景題注：「抵，擊實也；巇，釁隙也。牆崩因隙，器壞因釁，而繫實之，則牆器不敗。若不可救，因而除之，更有所營置，人事亦由是也。」

〔六〕邦朋：朋黨，相互勾結違法亂政之人。周禮秋官士師：「掌士之八成……七曰爲邦朋。」鄭玄注：「朋黨相阿，使政不平者。故書朋作倗。」賈公彦疏：「朋爲朋黨阿曲，相阿違國家正法，擅生曲法，使政不平以罔國法，故曰邦朋。」

〔七〕諤諤：直言争辯貌。韓詩外傳卷十：「有諤諤争臣者，其國昌；有默默諛臣者，其國亡。」昌言：善言，正當的言論。書皋陶謨：「禹拜昌言曰：『俞！』」孔穎達疏：「禹乃拜受其當理之言。」道輔、仲淹：指孔道輔、范仲淹，北宋名臣。參見卷四上殿劄子二注〔八〕、卷三論選用西北士大夫劄子注〔三〕。

〔八〕韓琦、富弼：北宋名相。參見卷四上殿劄子二注〔八〕。

〔九〕盛旦：佳日。

〔一〇〕瑰偉：指性格才能卓異。蔡邕劉鎮南碑：「君膺期誕生，瑰偉大度。」遺大而投艱：指賦予重大艱難之任。書大誥：「予造天役，遺大投艱于朕身。」孔穎達疏：「我周家蔚天下役事，遺我甚大，投此艱難於我身。言不得已。」

〔一一〕精微：精深微妙。禮記經解：「絜静精微，易教也。」

〔一二〕衆正：指爲衆人表率。易師彖傳：「師，衆也；貞，正也。能以衆正，可以王矣。」

〔一三〕徇國：爲國家利益獻出生命。徇，同「殉」。後漢書种劭傳：「昔我先父以身徇國。」

〔一四〕事機：行事之時機。三國志田疇傳「虞自出祖而遣之」，裴松之注引先賢行狀曰：「疇因説虞曰：『今帝主幼弱，姦臣擅命，表上須報，懼失事機。』」

〔一五〕「驅龍」句：孟子滕文公下：「禹掘地而注之海，驅蛇龍而放之菹。」趙岐注：「菹，澤生草者也。」

〔一六〕拔山：比喻極其困難。漢書劉向傳：「用賢則如轉石，去佞則如拔山，如此望陰陽之調，不亦難乎！」

〔一七〕茂勳：豐功偉績。晉書元帝紀：「茂勳格於皇天，清暉光於四海。」

〔一八〕嘉祐之良弼：指上文所言韓琦、富弼、道輔、仲淹等宋仁宗嘉祐年間的良相名臣。良弼，良佐。間然：彼此隔閡貌。岑參尚書念舊垂賜袍衣率題絶句獻上以申感謝：「富貴情還在，相逢豈間然。」

〔一九〕違離：離别，分離。盧諶贈劉琨書：「錫以咳唾之音，慰其違離之意。」

〔二〇〕登李膺之舟：後漢書郭符許列傳：「郭太字林宗……後歸鄉里，衣冠諸儒送至河上，車數千輛。林宗惟與李膺同舟而濟，衆賓望之，以爲神仙焉。」李膺（一一〇—一六九）字元禮。東漢潁川襄城人。漢末名士。反對宦官專權，太學生稱之爲「天下楷模李元禮」。後漢書卷六七有傳。

〔二一〕游公孫之閣：漢書公孫弘傳：「弘自見爲舉首，起徒步，數年至宰相封侯。於是起客館，開東閣，以延賢人，與參謀議。」公孫弘（前二〇〇—一二一）字季，一字次卿。西漢菑川薛人。以賢良對策拜博士，官至丞相，封平津侯。漢書卷五八有傳。

謝王宣撫啓

杜門自屏，誤膺物色之求〔一〕；開府有嚴，更辱招延之指〔二〕。銜恩刻骨，流涕交頤。伏念某獨學寡聞，倦遊不遂〔三〕。瀾翻誦説〔四〕，愧口耳之徒勞；跌宕文辭，顧雕蟲而自笑。頃預朋來之列，適逢聖作之辰〔五〕。玉音親錫於儒科，奎翰特嘉於樸學〔六〕。曾未乾於詔墨，已亟遠於周行。病骨支離，邅途顛沛〔七〕，駑馬空思於十駕，沉舟坐閱於千帆〔八〕。方所向而輒窮，已分甘於永棄〔九〕。侵尋末路，邂逅賞音，招之於衆人鄙遠之餘，挈之於半世奇窮之後〔一〇〕。夫富貴外物，唯事賢可謂至榮；父子雖親，然相知猶或不盡。曾是疏遠至孤之迹，又無瓌奇可喜之能，不知何由，坐竊殊遇。稱於天下曰知己，誰或間然；雖使古人而復生，未易當此。此蓋伏遇某官民之先覺，國之宗臣，精義探繫表之微〔一一〕，英辭鼓海内之動。至誠貫日，踐危機而志意愈堅；屹立如山，決大事而喜愠不見。雖裴相請行於淮右，然蕭公宜在於關中〔一二〕。姑詑外庸，即登魁柄〔一三〕。凡一時之薦寵〔一四〕，極多士之光華。豈謂迂疏，亦加采録。某敢不急裝俟命，碎首爲期〔一五〕。運筆颯颯而草軍書〔一六〕，才雖盡矣；持被刺刺而語婢子〔一七〕，心亦鄙之。尚力著於微勞，庶少伸於壯志。

【題解】

王宣撫，指王炎，字公明。安陽人。王競之弟。乾道四年二月賜同進士出身、除端明殿學士、簽書樞密院事。五年二月兼權參知政事、兼同知國用事、同知樞密院事。三月以參知政事除四川宣撫使。七年九月除樞密使，參知政事、四川宣撫使依前。九年正月罷樞密使。執政凡五年。淳熙元年以觀文殿學士知潭州。二年知荆南府，復資政殿大學士。（據宋宰輔編年録校補卷十七）王炎宣撫四川後，首辟陸游參預幕府。本文爲陸游致王炎的謝啓。

本文原未繫年。歐譜繫於乾道五年（一一六九），是。當作於該年三月。時陸游家居山陰。

【箋注】

〔一〕物色：訪求，尋找。挑選。劉向列仙傳關令尹喜：「老子西遊，喜先見其氣，知有真人當過，物色而遮之，果得老子。」

〔二〕開府：指高級官員成立府署，選置僚屬。後漢書董卓傳：「（李）傕又遷車騎將軍，開府，領司隸校尉，假節。」此指王炎宣撫四川，選配幕府。招延：招請，延請。史記梁孝王世家：「招延四方豪桀，自山以東遊説之士，莫不畢至。」

〔三〕倦遊：厭倦遊宦生涯。史記司馬相如列傳：「長卿故倦遊。」裴駰集解引郭璞曰：「厭遊宦也。」

〔四〕瀾翻：言辭滔滔不絕。參見卷六除删定官謝丞相啓注〔五〕。

〔五〕朋來：即吉慶。語本易復：「朋來無咎。」蘇軾賀正啓：「慶此朋來之辰，必有彙征之福。」聖作：多稱頌帝王有所作爲。語本易乾：「聖人作而萬物睹。」

〔六〕「玉音」二句：指孝宗賜己進士出身。奎翰，指帝王的詩文書畫。王十朋謝李侍郎贈御書琳：「九天賜下飛奎翰，照眼昭回倬雲漢。」

〔七〕支離：指殘缺而不中用。莊子人間世：「夫支離其形者，猶足以養其身，終其天年，又況支離其德者乎！」 邅途：坎坷的道路。劍南詩稿卷三自三泉泛嘉陵至利州：「日日邅途處處詩，書生活計絶堪悲。」

〔八〕「駑馬」二句：荀子修身：「夫驥一日而千里，駑馬十駕，則亦及之矣。」駑馬，劣馬。十駕，馬拉車一天爲一駕，十駕爲十天路程。指劣馬奮力拉車，亦可致遠。劉禹錫酬樂天揚州初逢席上見贈詩：「沈舟側畔千帆過，病樹前頭萬木春。」

〔九〕分甘：分享歡樂。見卷六除删定官謝丞相啓注〔一一〕。

〔一〇〕奇窮：困厄。蘇軾祭英烈王祝文：「嗟我惷愚，所向奇窮。」

〔一一〕繫表：指言辭之外。庾信哀江南賦：「聲超於繫表，道高於河上。」

〔一二〕裴相：指裴度（七六五—八三九）字中立，唐河東聞喜人。貞元進士。元和十年六月，藩鎮王承宗、李師道遣刺客刺殺宰相武元衡，御史中丞裴度受傷得脱。唐憲宗即命裴度爲宰相。十二年，裴度請親自督戰淮右，稱「誓不與此賊偕全」。事見舊唐書卷一七〇裴度傳。 蕭公：指蕭何（？—前一九三），西漢泗水沛人。劉邦王漢中，以蕭何爲相，劉邦帶兵擊楚，留蕭何守關中，侍太子，爲法令約束，轉輸士卒糧餉，建立穩固的後方。劉邦稱帝，論蕭何功居第一。事見史記卷五三蕭相國世家。

〔一三〕外庸：指任地方官時的政績。韓愈沂國公先廟碑銘：「暨暨田侯，兩有文武。訖其外庸，可作承輔。」魁柄：比喻朝政大權。漢書梅福傳：「今乃尊寵其位，授以魁柄，使之驕逆，至於夷滅，此失親親之大者也。」顔師古注：「以斗爲喻也，斗身爲魁。」

〔一四〕薦寵：推薦愛護。史記魏其武安侯列傳：「稠人廣衆，薦寵下輩。士亦以此多之。」

〔一五〕碎首：碎裂頭顱，猶言粉身碎骨。漢書杜鄴傳：「臣聞禽息憂國，碎首不恨；卞和獻寶，刖足願之。」

〔一六〕「運筆」句：北史陳元康傳：「元康於壇下作軍書，颯颯運筆，筆不及凍，俄頃數紙。」

〔一七〕「持被」句：宋祁宋景文筆記卷中：「（韓愈）又云：『持被入直三省，丁寧顧婢子，語刺刺不得休。』此等皆新語也。」語刺刺，形容語促。或言，「刺刺」當作「剌剌」。

通判夔州謝政府啓

貧不自支，食粥已逾於數月；幸非望及，彈冠忽佐於名州〔一〕。孰知罪戾之餘，猶在憫憐之數。銜恩曷報，撫己知慚。伏念某少也畸人〔二〕，長而獨學。好莊周齊物之説〔三〕，樂以忘憂；讀嵇康養生之篇〔四〕，慨然有志。秉心不固，涉世寖深，兒女忽其滿前，藜藿至於並日〔五〕。屢求吏隱〔六〕，冀代躬耕。亦嘗辱記其姓名，固欲稍畀之衣食。費元化密移之力〔七〕，不知幾何；悼孤生一飽之艱〔八〕，乃至如此。卒叨薄禄，實謂殊私〔九〕。此蓋伏遇某官黼黻帝猷，權衡國論〔一〇〕。開公孫之東閣〔一一〕，共欣多士之彙征；解晏子之左驂〔一二〕，不忍一夫之獨廢。召來和氣，力致隆平〔一三〕。惟是魚復之故城，雖號烏蠻之絶塞〔一四〕。乃如別駕〔一五〕，實類閒官。況惸惸方起於徒中，宜凛凛過虞於意外〔一六〕，固弗敢視馬曹而不問，亦每當占紙尾而謹書〔一七〕。豈有功勞，能自表見。念昔並遊於英俊，頗嘗抒思於文辭，既嗟氣力之甚卑，復恨見聞之不廣。今將窮江湖萬里之險，歷吴楚舊都之雄〔一八〕。山巔水涯，極詭異之觀；廢宫故墟，弔興廢之迹。動心忍性，庶幾或進於豪分〔一九〕；娱憂紓悲〔二〇〕，亦嘗勉見於言語。儻粗傳於後世，猶少答於深知。過此以還，未知所措〔二一〕。

【題解】

通判夔州，指陸游於乾道五年十二月六日得報，以左奉議郎差通判夔州軍州事。政府，唐宋時稱宰相治理政務的處所爲政府。此指政府首腦即左、右相。考宋史卷二一三宰輔表四，此時執政的爲左相陳俊卿、右相虞允文。本文爲陸游獲除夔州通判後上呈政府首腦的謝啓。

本文原未繫年。歐譜繫於乾道五年（一一六九），是。當作於該年十二月。時陸游家居山陰。

【箋注】

〔一〕彈冠：比喻相友善者援引出仕。葛洪抱朴子自叙：「内無金張之援，外乏彈冠之友。」名州：指夔州。

〔二〕畸人：指特立獨行、不同流俗之人。莊子大宗師：「子貢曰：『敢問畸人？』曰：『畸人者，畸於人而侔於天。』」成玄英疏：「畸者，不耦之名也。修行無有，而疏外形體，乖異人倫，不耦於俗。」

〔三〕齊物之説：指莊子齊物論。老莊學派的一種哲學思想，認爲宇宙間一切事物，如生死壽夭、是非得失、物我有無，都應當同等看待。

〔四〕養生之篇：指嵇康養生論。魏晉玄學的一種理論，認爲人的壽命與先天禀賦有關，更與後天保養有關，通過導引、調養等方法養生，可以達到長壽。嵇康（二二三—二六二）字叔夜，三國魏譙郡人。崇尚老莊，風神俊逸，博洽多聞。工詩文，精樂理。著有養生論、聲無哀樂論等。三國志卷二一有傳。

〔五〕「兒女」二句：王安石送王覃詩：「山林渺渺長回首，兒女紛紛忽滿前。」藜藿，灰菜和豆葉。泛指粗劣的飯菜。文選曹植七啓：「予甘藜藿，未暇此食也。」劉良注：「藜藿，賤菜，布衣之所食。」并日，整天。

〔六〕吏隱：指不以利禄縈心，雖居官而猶如隱者。宋之問藍田山莊詩：「宦遊非吏隱，心事好幽偏。」

〔七〕元化：造化，天地。陳子昂感遇詩之六：「古之得仙道，信與元化并。」密移：暗中遷移。列子天瑞：「運轉亡已，天地密移，疇覺之哉。」

〔八〕孤生：孤陋之人。謙詞。後漢書周榮傳：「榮曰：『榮江淮孤生……今復得備宰士，縱爲竇氏所害，誠所甘心。』」

〔九〕殊私：指帝王對臣下的特別恩寵。北史姚僧垣傳：「（宣帝）謂曰：『嘗聞先帝呼公爲姚公，有之？』對曰：『臣曲荷殊私，實如聖旨。』」

〔一〇〕黼黻：指輔佐。柳宗元乞巧文：「黼黻帝躬，以臨下民。」帝猷：帝王治國之道。後漢書蔡邕傳：「皇道惟融，帝猷顯丕；泜泜庶類，含甘吮滋。」國論：有關國家大計的議論。漢書薛宣傳：「臣聞賢材莫大於治人，宣已有效。其法律任廷尉有餘，經術文雅足以謀王體，斷國論。」

〔一一〕「開公孫」句：指公孫弘開東閣招賢。見本卷賀莆陽陳右相啓注〔一二〕。

〔一二〕「解晏子」句：指晏子在途中解左驂，救贖越石父。史記管晏列傳：「越石父賢，在縲紲中。晏子出，遭之塗，解左驂贖之，載歸。」晏子，即晏嬰（前？—前五〇〇）字平仲。齊夷維人。相齊景公，以節儉力行名聞諸侯。史記卷六二有傳。

〔一三〕隆平：昌盛太平。趙岐孟子題辭：「帝王公侯遵之，則可以致隆平，頌清廟。」

〔一四〕魚復：地名，今四川奉節東。三峽起於此。烏蠻：古代西南少數民族名。亦指其居住地。杜甫秋日夔府詠懷：「絶塞烏蠻北，孤城白帝邊。」

〔一五〕別駕：宋代州、府長史、司馬、別駕稱上佐官，皆無實際職掌。或以特恩授士人，或以犯官充任。

〔一六〕惸惸：孤單無依貌。亦作「煢煢」。曹丕燕歌行：「賤妾煢煢守空房，憂來思君不敢忘。」徒：即徒刑，古代五刑之一。將罪犯拘禁於一定場所，剥奪其自由，并强制勞動，始於北周。隋書刑法志：「（北周大律）三曰徒刑。」凛凛：驚恐畏懼貌。三國志蜀書法正傳：「初，孫權以妹妻先主，妹才捷剛猛，有諸兄之風，侍婢百餘人，皆親執刀侍立，先主每入，衷心常凛凛。」

〔一七〕馬曹：管馬的官署。多用以指閒官或卑微小官。晉書王徽之傳：「徽之字子猷。性卓犖不羈……又爲車騎桓沖騎兵參軍，沖問：『卿署何曹？』對曰：『似是馬曹。』」紙尾：書面文字結尾處，常署名或寫年月日等。宋書蔡廓傳：「廓曰：『我不能爲徐干木署紙尾也。』」

〔一八〕吴楚：泛指春秋吴、楚之故地。即今長江中、下游一帶。世説新語言語：「君吴楚之士，亡國之餘，有何異才，而應斯舉？」

〔一九〕動心忍性：孟子告子下：「所以動心忍性，曾益其所不能。」趙岐注：「所以驚動其心，堅忍其性，使不違仁。」豪分：比喻細微之物。豪，通同毫。漢書叙傳上：「若乃牙、曠清耳於管絃，離婁眇目於豪分。」

〔二〇〕娛憂紓悲：排遣憂愁，緩解悲傷。見卷七謝參政啓注〔三〕。

〔二一〕「過此」二句：除此以外，不知所措。語本易繫辭下：「精義入神，以致用也；利用安身，以崇德也。過此以往，未之或知也。」啓文常用此句式，變換詞語，作爲篇末結束語。

謝洪丞相啓

薄技效官，曾是青袍之朝士〔一〕；明恩起廢，更爲朱紱之山人〔二〕。雖莫與於鴻鈞，猶竊陶於盛化〔三〕。敢修尺牘，敬布寸心。伏念某承學孤生，輟耕漫仕〔四〕，頃輪勞於鉛槧，嘗厠迹於紳緌〔五〕。再歲京華，每有鳧雁少多之歎〔六〕；一時士類，或爲草木臭味之同〔七〕。因遭衆口之鑠金，孰信淡交之如水〔八〕。訖由寬貸，得遂退藏〔九〕，幸未抵於投荒，乃復污於除吏〔一〇〕。茲蓋伏遇某官應期降命，同德格天〔一一〕。以淵源之學，潤色皇猷〔一二〕；以直大之氣，折衝世變〔一三〕。彝鼎方書於偉績，濤瀾忽起於畏途〔一四〕。際嘉會之風雲，將開平治〔一五〕；畀凶人於豺虎，亟正讒誣〔一六〕。乃顧近藩，暫勞卧護〔一七〕。鋤耰競勸〔一八〕，流逋已見於四歸；弦誦相聞〔一九〕，風俗殆期於一變。俯念編氓之賤，嘗居部吏之間〔二〇〕，假之餘光〔二一〕，使不終廢。而某自安隱約，久困沉綿〔二二〕。和堯民擊壤之歌〔二三〕，徒欣末路；刻唐士齊天之頌〔二四〕，尚俟他時。

【題解】

洪丞相，即洪适。參見卷七問候洪總領啓題解。洪适乾道元年十二月拜右相兼樞密使，二年三月即罷右相，授觀文殿學士，提舉江州太平興國宮。此時任知紹興府兼浙東安撫使。標題以舊職稱之。本文爲陸游獲除夔州通判後致紹興知府、故丞相洪适的謝啓。

本文原未繫年。歐譜繫於乾道五年（一一六九），是。當作於該年十二月。時陸游家居山陰。

參考卷七問候洪總領啓。

【箋注】

〔一〕青袍：唐代八品、九品官服青色。此泛指品位低級的官吏。　朝士：指朝官。

〔二〕起廢：重新起用已被貶黜的官吏。蘇軾送程建用詩：「今年聞起廢，魯史復光景。」　朱綬：紅色絲帶。古代用以繫印章、玉佩和帷幕之類。錢起送丁著作佐台郡詩：「佐郡紫書下，過門朱綬新。」　山人：隱居在山中的士人。孔稚珪北山移文：「蕙帳空兮夜鶴怨，山人去兮曉猿驚。」

〔三〕鴻鈞：比喻國柄，朝政。司馬光效趙學士體成口號十章獻開府太師之十：「八十聰明強健身，況從壯歲秉鴻鈞。」陶：陶染，薰陶。　盛化：昌明的教化。傅亮爲宋公求加贈劉前軍表：「方宣贊盛化，緝隆聖世，志績未究，遠邇悼心。」

〔四〕漫仕：散漫之士人。

〔五〕鉛槧：指寫作，校勘。韓愈送無本師歸范陽詩：「老懶無鬭心，久不事鉛槧。」　厠迹：插足，置身。南齊書劉瓛傳：「既習此歲久，又齒長疾侵，豈宜攝齋河間之聽，厠迹東平之僚？」　紳綏：指有官職的人。紳，大帶；綏，冠帶末梢下垂部分。

〔六〕「鳧雁」句：感歎數量無多。拓拔興宗請致仕侍親表：「雙鳧隻雁，寧覺少多？九牛一毛，未爲增損。」鳧雁，野鴨和大雁。

〔七〕「草木」句：比喻物以類聚。左傳襄公八年：「季武子曰：『誰敢哉！今譬於草木，寡君在君，君之臭味也。』」杜預注：「言同類。」

〔八〕衆口鑠金：比喻輿論影響的强大。國語周語下：「衆口鑠金。」韋昭注：「鑠，消也，衆口所毁，雖金石猶可消也。」　淡交之如水：莊子山木：「且君子之交淡若水，小人之交甘若醴；君子淡以親，小人甘以絶。」

〔九〕寬貸：寬恕，赦免。後漢書順帝紀：「惟閻顯、江京近親，當伏辜誅，其餘務崇寬貸。」　退藏：引退藏身。見卷一福建到任謝表注〔一一〕。

〔一〇〕投荒：貶謫、流放到荒遠之地。獨孤及爲明州獨孤使君祭員郎中文：「公負讒投荒，予亦左祇異域。」除吏：拜官授職，除故官就新官。史記魏其武安侯列傳：「上乃曰：『君除吏已盡未？吾亦欲除吏。』」

〔一〕同德：指目標相同。國語吴語：「戮力同德。」格天：感通上天。語本書君奭：「我聞在昔成湯既受命，時則有若伊尹，格于皇天。」

〔二〕潤色：使增加光彩。漢書終軍傳：「夫天命初定，萬事草創，及臻六合同風，九州共貫，必待明聖潤色，祖業傳於無窮。」皇猷：帝王的教化。沈約齊太尉文憲王公墓銘：「帝圖必舉，皇猷諧焕。」

〔三〕折衝：制勝。見卷六賀曾秘監啓注〔五〕。世變：時世變遷。書畢命：「既歷三紀，世變風移，四方無虞。」

〔四〕彝鼎：泛指古代祭祀用的鼎、尊、罍等禮器。禮記祭統：「對揚以辟之，勤大命，施于烝彝鼎。」鄭玄注：「彝，尊也。」畏塗：艱險可怕之道路。莊子達生：「夫畏塗者，十殺一人，則父子兄弟相戒也，必盛卒徒而後敢出焉。」成玄英疏：「塗，道路也。夫路有劫賊，險難可畏。」

〔五〕平治：太平。韓愈請上尊號表：「堯之在位七十餘載，戒飭咨嗟，以致平治。」

〔六〕「畀凶人」句：指將凶人投飼豺虎。詩小雅巷伯：「取彼譖人，投畀豺虎。」凶人，兇惡之人。書泰誓中：「我聞吉人爲善，惟日不足；凶人爲不善，亦惟日不足。」讒誣，讒害誣陷。歐陽修重讀徂徠集詩：「讒誣不須辨，亦止百年間。」

〔一七〕近藩：指紹興府。　卧護：即卧治，謂在卧病中監軍。史記留侯世家：「上雖病，卧而護之，諸將不敢不盡力。」

〔一八〕鋤耰：鋤和耰，農具名。一説耰爲鋤柄。吕氏春秋簡選：「鋤耰白梃，可以勝人之長銚利兵，此不通乎兵者之論。」

〔一九〕弦誦：弦歌誦讀。禮記文王世子：「春誦，夏弦。」鄭玄注：「誦謂歌樂也，弦謂以絲播詩。」孔穎達疏：「誦謂歌樂者，謂口誦歌樂之篇章，不以琴瑟歌也。云弦謂以絲播詩者，謂以琴瑟播彼詩之音節，詩音則樂章也。」

〔二〇〕編氓：編入户籍的平民。武元衡行路難詩：「休説編氓樸無耻，至竟終須合天理。」部吏：古代各郡的屬吏。泛指地方官。王充論衡商蟲：「變復之家，謂蟲食穀者，部吏所致也。」

〔二一〕餘光：他人給予的恩澤。見卷七賀吕知府啓注〔一〇〕。

〔二二〕隱約：困厄。莊子山木：「夫豐狐文豹，棲於山林，伏於巖穴，静也；夜行晝居，戒也；雖飢渴隱約，猶旦胥疏於江湖之上而求食焉，定也。」　沉綿：指疾病纏綿，經久不愈。杜甫送高司直尋封閬州詩：「長卿消渴再，公幹沉綿屢。」

〔二三〕堯民擊壤之歌：指歌頌太平盛世之作。見卷一江西到任謝表注〔一六〕。

〔二四〕唐士齊天之頌：指唐代元結的大唐中興頌。見本卷賀吏部陳侍郎啓注〔一二〕。齊天：頌文中有「湘江東西，中直浯溪。石崖天齊，可磨可鐫。刊此頌焉，何千萬年」之句。

上王宣撫啓

薄命邅回，阻並遊於簪履〔一〕；丹誠精確，猶結戀於門牆〔二〕。敢辭蹈萬死於不測之途，所冀明寸心於受知之地。伏念某禀資凡陋，承學空疏。雖肝膽輪囷〔三〕，常慕昔賢之大節；乃齒牙零落，猶爲天下之窮人。撫劍悲歌，臨書浩歎，每感歲時之易失，不知涕泗之横流。昨屬元臣，暫臨西鄙〔四〕，獲厠油幕衆賢之後〔五〕，實輕玉關萬里之行。奮厲欲前，駑馬方思於十駕〔六〕；羈窮未慭〔七〕，沉舟又閲於千帆。傷弱植之易摇，悼鴻鈞之難報〔八〕，心危欲折，髮白無餘。如輪勞效命之有期，顧隕首穴胸而何憾〔九〕。兹從剡曲，來次夔關〔一〇〕，雖未覿於光塵〔一一〕，已少紓於志願。此蓋伏遇某官應期降命，生德自天。器宇魁閎〔一二〕，鍾太行、黄河温厚之氣；文章巨麗，有慶曆、嘉祐太平之風。取人不棄於小材，論事每全於大體。念兹虚薄，奚足矜憐。然遭遇異知，業已被扆前之薦〔一三〕；使走趨遠郡，豈不爲門下之羞。儻回曩昔之恩〔一四〕，俾叨分寸之進。窮子見父，可量悲喜之懷；白骨成人，盡出生全之賜〔一五〕。過此以往，未知所裁。

【題解】

王宣撫，即王炎。參見本卷謝王宣撫啓題解。陸游於乾道六年閏五月十八日離山陰故家，十月二十七日抵夔州赴通判任。本文爲陸游上呈四川宣撫使王炎的啓文。啓上，王炎辟其爲幕賓，以左承議郎權四川宣撫使司幹辦公事兼檢法官。

本文原未繫年。歐譜繫於乾道七年（一一七一），于譜繫於乾道八年（一一七二）。因陸游乾道八年正月即被王炎辟爲幕賓，故本文約作於乾道七年冬。時陸游任夔州通判。

參考本卷謝王宣撫啓。

【箋注】

〔一〕邅回：困頓，不順利。南史張充傳：「獨師懷抱，不見許於俗人，孤修神崖，每邅回於在世。」

簪履：亦作簪屨。簪笄和鞋子。比喻卑微舊臣。舊唐書高士廉傳：「臣亡舅士廉知將不救，顧謂臣曰：『至尊覆載恩隆，不遺簪履，亡歿之後，或致親臨。』」

〔二〕門牆：原指連接大門處的院牆。此借指門庭。蘇舜欽送黃莘還家詩：「顧亦念所親，歸心劇風檣。想當舍檝初，喜氣充門牆。」

〔三〕輪囷：盤曲貌。文選鄒陽獄中上書自明：「蟠木根柢，輪囷離奇。」李善注引張晏曰：「輪囷離奇，委曲盤戾也。」

〔四〕元臣：老臣。參見卷七除編修官謝丞相啓注〔一〇〕。西鄙：西方的邊邑。春秋莊公十九年：「冬，齊人、宋人、陳人伐我西鄙。」杜預注：「鄙，邊邑。」此指夔州。

〔五〕油幕：塗油的帳幕。借指將帥的幕府。劉禹錫覽董評事思歸之什因以詩贈：「幾年油幕佐征東，却泛滄浪狎釣童。」

〔六〕駑馬：劣馬。見本卷謝王宣撫啓注〔八〕。

〔七〕羈窮：飄泊窮困。王安石答田仲通書：「羈窮不幸，不得常從，以進道藝，其恨豈有忘時哉！」愁：憂愁，傷心。王安石謝宣諭許罷節鉞表：「閉門養疾，曾未愁於朝榮；擊壤歌時，顧難忘於聖力。」

〔八〕弱植：身世寒微、勢孤力單者。王勃春思賦序：「僕不才，耿介之士也……雖弱植一介，窮途千里，未嘗下情於公侯，屈色於流俗，凜然以金石自匹，猶不能忘情於春。」鴻鈞：指鴻恩。蘇頲代家君讓左僕射表：「非臣微命，能答鴻鈞。」

〔九〕隕首穴胸：斷頭穿胸。新唐書李密傳：「豈公一失利，輕去就哉？雖隕首穴胸，所甘已。」

〔一〇〕剡曲：即剡溪，曹娥江的上游。在浙江嵊縣南。李白夢遊天姥吟留别：「湖月照我影，送我至剡溪。」此指家鄉山陰。夔闢：即夔州路。北宋始置，轄境在今四川、重慶、貴州、湖北數省交界處。治夔州（今重慶奉節）。

〔一一〕覘：察看。光躔：指光明的前景。

〔一二〕器宇：度量，胸懷。魁閎：形容器宇不凡，氣量宏大。韓愈上宰相書：「枯槁沉溺、魁閎寬通之士，必且洋洋焉動其心，峨峨焉纓其冠，于于焉而來矣。」

〔一三〕被扆前之薦：指除夔州通判。扆前，屏前，指天子之前。扆，宮殿内設在門窗之間的大屏風。

〔一四〕曩昔之恩：指王炎辟陸游參與幕府之前的舊恩。

〔一五〕生全：保全生命，全身。呂氏春秋適音：「勝理以治身則生全，以生全則壽長矣。」

謝晁運使啓 救火後發舉狀

事出權宜〔一〕，弗及先言而後救；恩加慰藉，乃煩並蓄而兼收〔二〕。甫定驚魂，已横感涕。伏念某灰心賤士，焦尾餘生〔三〕，學才比於聚螢，智莫階於束緼〔四〕。偶緣羈宦，獲托餘光。别駕治中，已負曠瘝之責〔五〕；祝融回禄〔六〕，更慚備禦之疏。方炎官熱屬之鼎來，實杯水輿薪之弗救〔七〕。煙埃蔽日，綆缶交途〔八〕，鬱攸遽駭於黔廬，倉卒僅知於顧府〔九〕。焦頭爛額〔一〇〕，本資衆力之同；露蓋暴衣〔一一〕，至屈使華之重。惟當治罪，寧可論功。此蓋伏遇某官造道精深，宅心誠敬，曲記熒熒之迹，特收赫赫之威〔二〕，憐巢燕之幾焚，脱池魚於必死。弗用玉瓚〔三〕，方勤人事之修；等與牛車〔四〕，俾離火宅之怖。某敢不仰思難稱，俯愧無勞。深念客言，更謹徙薪之戒；廣儲水器，常如濡幕之時〔五〕。過此以還，未知所措。

【題解】

運使，掌各路財賦之職。參見卷七上史運使啓題解。晁運使爲誰不詳。于譜推測或爲晁公武。晁氏曾於紹興二十七年任潼川府路轉運判官，但自乾道四年至七年歷任利州路安撫使、淮南東路安撫使、臨安府少尹，未有轉運史之任。題下自注：「救火後發舉狀。」救火事不詳，或陸游在夔州曾遭遇大火。發舉，揭發，檢舉。本文爲陸游致晁運使的謝啓。全篇羅列救火典故，似爲遊戲之作。

本文原未繫年。歐譜繫於乾道七年（一一七一），是。時陸游任夔州通判。

【箋注】

〔一〕權宜：指暫時適宜的措施。後漢書西羌傳論：「計日用之權宜，忘經世之遠略。」

〔二〕並蓄而兼收：指把各種東西一律收羅藏蓄。韓愈進學解：「玉札丹砂，赤箭青芝，牛溲馬勃，敗鼓之皮，俱收並蓄，待用無遺者，醫師之良也。」

〔三〕賤士：士人謙稱。江淹思北歸賦：「況北州之賤士，爲炎土之流人。」焦尾：原指焦尾琴。此指經歷火災。

〔四〕聚螢：收聚螢光以照明。比喻刻苦力學。晉書車胤傳：「家貧不常得油，夏月則練囊盛數十螢火以照書，以夜繼日焉。」階：憑藉。束緼：用亂麻搓成引火物，持之向鄰家討火點燃。比喻求助於人。漢書蒯通傳：「臣之里婦，與里之諸母相善也。里婦夜亡肉，姑以爲盜，怒而逐之。婦晨去，過所善諸母，語以事而謝之。里母曰：『女安行，我今令而家追女矣。』即束緼請火於亡肉家，曰：『昨暮夜，犬得肉，爭鬭相殺，請火治之。』亡肉家遽追呼其婦。」

〔五〕別駕：漢代州刺史的佐史，宋代即通判。治中：漢代州刺史的助理，主管文書案卷，宋代即簽書判官廳公事。曠瘝：指曠廢職守。書冏命：「非人其吉，惟貨其吉，若時瘝厥官。」蔡沈集傳：「言不於其人之善，而惟以貨賄爲善，則是曠厥官。」

〔六〕祝融：帝嚳時的火官，後尊爲火神，命曰祝融。亦用爲火或火災的代稱。左傳昭公二十九年：「火正曰祝融。」又：「顓頊氏有子曰黎，爲祝融。」國語鄭語：「夫黎爲高辛氏火正，以淳燿敦大，天明地德，光照四海，故命之曰『祝融』，其功大矣。」回禄：傳説中的火神。亦用以指火災。左傳昭公十八年：「郊人助祝史除於國北，禳火於玄冥、回禄。」杜預注：「回禄，火神。」

〔七〕炎官：神話中的火神。吳筠遊仙詩之一：「赤帝躍火龍，炎官控朱鳥。」鼎來：方來，正來。漢書匡衡傳：「諸儒爲之語曰：『無説詩，匡鼎來；匡語詩，解人頤。』」顔師古注：「服虔曰：『鼎猶言當也，若言匡且來也。』應劭曰：『鼎，方也。』」杯水輿薪：即杯水車薪。比喻力量微小，無濟於事。孟子告子上：「今之爲仁者，猶以一杯水救一車薪之火也。」

〔八〕綆缶：汲水用繩索和盛水用瓦罐。左傳襄公九年：「九年春，宋災。樂喜爲司城以爲政。使伯氏司里，火所未至，徹小屋，塗大屋，陳畚挶，具綆缶，備水器，量輕重，蓄水潦，積土塗，巡丈城，繕守備，表火道。」杜預注：「綆，汲索；缶，汲器。」襄公九年春，宋國遭遇火災，以上爲災後採取的一系列預防補救措施。

〔九〕鬱攸：火氣。亦指火災。左傳哀公三年：「濟濡帷幕，鬱攸從之，蒙葺公屋。」杜預注：「鬱攸，火氣也。濡物於水，出用爲濟。」黔廬：熏黑屋廬。柳宗元賀進士王參元失火書：「黔其廬，赭其垣，以示其無有，而足下之才能乃可顯白而不汙，其實出矣，是祝融、回祿之相吾子也。」顧府：左傳哀公三年：「五月辛卯，司鐸火，火逾公宮，桓、僖災，救火者皆曰『顧府』。」杜預注：「言常人愛財。」

〔一〇〕焦頭爛額：形容被火燒傷得很嚴重。淮南子説山訓「淳于髡之告失火者，此其類」，高誘注：「淳于髡，齊人也。告其鄰，突將失火，使曲突徙薪。鄰人不從，後竟失火。言者不爲功；救火者焦頭爛額爲上客。」

〔一一〕露蓋暴衣：車無帷蓋，衣不完整。此亦形容救火狼狽貌。

〔一二〕熒熒：指小火。六韜守土：「涓涓不塞，將爲江河；熒熒不救，炎炎奈何？」赫赫：顯赫盛大貌。詩小雅節南山：「赫赫師尹，民具爾瞻。」

〔一三〕玉瓚：古代禮器。爲玉柄金勺，裸祭時用以酌香酒。詩大雅旱麓：「瑟彼玉瓚，黃流在中。」毛傳：「玉瓚，圭瓚也。」鄭玄箋：「圭瓚之狀，以圭爲柄，黃金爲勺，青金爲外，朱中央矣。」孔穎達疏：「瓚者，器名，以圭爲柄。圭以玉爲之，指其體，謂之玉瓚。」

〔一四〕牛車：佛教語。比喻普渡一切衆生的菩薩道。法華經譬喻品：「慇念安樂無量衆生，利益天人，度脱一切，是名大乘，菩薩求此乘故，名爲摩訶薩，如彼諸子，爲求牛車，出於火宅。」

〔一五〕「深念」四句：指早作準備，努力防患於未然。徙薪，即曲突徙薪。使直道煙囱彎曲，搬開灶旁柴禾，以預防火災。濡幕，濡濕帷幕。參見本文注〔八〕、〔九〕。

謝夔路監司列薦啓

意象纍然，揣分方安於下吏〔一〕；寵光異甚，文章遽上於公車〔二〕。莫測何由，但知難稱。伏念某久嬰瞀病，見謂散材〔三〕，偶從諸老先生之遊，粗得前言往行之略。可咨今事，少年誤竊於虛名；力洗陳言，晚節方慚於大學。一來楚峽，再閱王春〔四〕，惟體重於藩方，故職均於曹掾〔五〕。占名惟謹，幸逃有蟹之嘲〔六〕；竊禄甚微，屢起無魚之歎〔七〕。豈期僉論，驟及孤蹤〔八〕，遂令枯槁之餘，漸有敷榮之望〔九〕。此蓋伏遇某官器函魁磊，議極崇谹〔一○〕，雖持秋霜夏日之嚴，每廓滄海洪河之量。大呼相和〔一一〕，或容醉吏之狂；重聽何傷，曲恕聾丞之老〔一二〕。雖深知其無用，亦並采而不遺。某敢不强恕求仁，質直好義。庶幾夙夜，或免小人之歸〔一三〕；猶有鬼神，尚圖國士之報〔一四〕。

【題解】

夔路，即夔州路。參見本卷上王宣撫啓注〔一○〕。監司，宋諸路轉運使司、提點刑獄司、提舉常平司等，有監察各州官吏之責，總稱監司。列薦，列舉，薦舉。陸游被王炎辟爲幕賓，以左承議郎權四川宣撫使司幹辦公事兼檢法官。這一任命過程中，或得到諸監司的薦舉。本文爲陸游致夔州路諸監司長官的謝啓。

本文原未繫年。歐譜繫於乾道八年（一一七二），是。當作於該年元月。于譜載陸游乾道八年「正月啓行」赴南鄭。時陸游即將卸任夔州通判。

【箋注】

〔一〕意象：指神態。漢書李廣傳：「廣不謝大將軍而起行，意象愠怒而就部。」纍然：羸憊貌。

大戴禮記文王官人：「懼色薄然以下，憂悲之色纍然而静。」揣分：衡量職分、能力。見卷五辭免賜出身狀注〔四〕。下吏：低級官吏。

〔二〕寵光：指恩寵光耀。見卷二文武百寮謝春衣表注〔二〕。交章：指官員交互向皇帝上奏表章。韓愈唐故秘書少監贈絳州刺史獨孤府君墓誌銘：「君與起居舍人李約交章指摘，事以不行。」公車：漢代官署名，掌管宫殿司馬門的警衛。天下上事及徵召等事宜，經由此處受理。後指此類受理奏章的官署。史記滑稽列傳：「朔初入長安，至公車上書，凡用三千奏牘。」

〔三〕瞀病：眼花目眩的病症。莊子徐無鬼：「予少而自遊於六合之内，予適有瞀病。」成玄英疏：「瞀病，謂風眩冒亂也。」散材：無用之木。比喻不爲世所用之人。施肩吾玩手植松詩：「今日散材遮不得，看看氣色欲凌雲。」

〔四〕楚峽：楚州、峽州。楚州轄境在今重慶及周邊，峽州轄境在今湖北宜昌及周邊。此指夔州。王春：指陰曆新春。語本公羊傳隱公元年：「元年春，王正月……春者何？歲之始也；王者孰謂？謂文王也。」

〔五〕藩方：指邊境地區。古時稱屬國屬地或分封的土地爲藩。曹掾：分曹治事的屬吏，胥吏。東觀漢記吴良傳：「於今議曹掾尚無袴，寧爲家給人足邪？」

〔六〕有蟹之嘲：指嘲諷通判與知州不和。歐陽修歸田録卷二：「國朝自下湖南，始置諸州通判，既非副貳，又非屬官。故嘗與知州爭權，每云：『我是監郡，朝廷使我監汝。』舉動爲其所制。……至今州郡往往與通判不和。往時有錢昆少卿者，家世餘杭人也，杭人嗜蟹，昆嘗求補外郡，人問其所欲何州，昆曰：『但得有螃蟹無通判處則可矣。』至今士人以爲口實。」

〔七〕無魚之歎：指慨歎待遇太低。史記孟嘗君列傳：「（馮諼）倚柱彈其劍，歌曰：『長鋏歸來乎，食無魚！』」

〔八〕僉論：即僉議。指衆人的意見。多用於群臣百官。沈約授蕭惠休右僕射詔：「入副朝端，僉議斯在。」孤蹤：孤單，此指自己。

〔九〕敷榮：開花。嵇康琴賦：「迫而察之，若衆葩敷榮曜春風，既豐贍以多姿，又善始而令終。」

〔一〇〕魁磊：亦作「魁壘」。形容高超特出。漢書鮑宣傳：「朝臣亡有大儒骨鯁、白首耆艾、魁壘之士，論議通古今，喟然動衆心，憂國如饑渴者，臣未見也。」顔師古注引服虔曰：「魁壘，壯貌也。」崇谹：高明深刻。語本漢書司馬相如傳下：「必將崇論谹議，創業垂統，爲萬世規。」顔師古注：「谹，深也。」

〔一一〕「大呼」二句：史記曹相國世家：「相舍後園近吏舍，吏舍日飲歌呼。從吏惡之，無如之何。乃請參游園中，聞吏醉歌呼，從吏幸相國召按之。乃反取酒張坐飲，亦歌呼與相應和。」相和，此指相互應和。

〔一二〕「重聽」二句：漢書黄霸傳：「許丞老，病聾，督郵白欲逐之，霸曰：『許丞廉吏，雖老，尚能拜起送迎，正頗重聽，何傷？且善助之，毋失賢者意。』」

〔一三〕「庶幾」二句：或許日夜努力，可以免得成爲小人。韓愈五箴之遊箴：「余之少時，將求多能，蚤夜以孜孜；余今之時，既飽而嬉，蚤夜以無爲。嗚呼，余乎其無知乎？君子之棄，而小人之歸乎？」

〔一四〕國士之報：史記刺客列傳載，豫讓行刺趙襄子被捕，「襄子乃數豫讓曰：『子不嘗事范、中行氏乎？智伯盡滅之，而子不爲報讎，而反委質臣於智伯。智伯亦已死矣，而子獨何以爲之報讎之深也？』豫讓曰：『臣事范、中行氏，范、中行氏皆衆人遇我，我故衆人報之。至於智伯，國士遇我，我故國士報之。』」國士，指才德蓋世者。黃庭堅書幽芳亭：「士之才德蓋一國，則曰國士。」

答薛參議啓

伏審光奉制書，來參戎幕〔一〕。山川信美，久嗟人物之寂寥；車騎甚都，一聳吏民之瞻視〔二〕。極知趣召之在邇，猶幸小留而後東〔三〕。恭惟某官器度清真，風規高亮〔四〕。驥行千里，騰驤本結於主知〔五〕；虎拒九關，排斥遂收於朝迹〔六〕。惟是雄豪之氣，寓於巨麗之文。南吊沉湘，西賡諭蜀〔七〕，顧卧龍之遺磧，有化鶴之故城〔八〕。

雖左官共歎於滯淹，然絶景政煩於彈壓〔九〕。某久疏麈尾之誨，喜聞鷁首之來〔一〇〕。聯遠遊之詩，固莫追於大手〔一一〕；續郊居之賦〔一二〕，猶小異於庸人。

【題解】

參議，即參議官，又名參議軍事。都督、制置使、招討使、宣撫使、安撫使、鎮撫使等屬官。參預軍事謀劃，官位低於參謀官。薛參議爲誰不詳。本文爲陸游致薛參議的答啓。

本文原未繫年。歐譜繫於乾道八年（一一七二），是。當作於該年春夏。時陸游任四川宣撫使司幹辦公事兼檢法官。

【箋注】

〔一〕戎幕：軍府，幕府。北齊書暴顯皮景和等傳論：「皮景和等爰自霸基，策名戎幕，間關夷險，迄於末運。」

〔二〕都：美好。史記司馬相如列傳：「相如之臨邛，從車騎，雍容閒雅甚都。」瞻視：觀瞻。論語堯曰：「君子正其衣冠，尊其瞻視，儼然人望而畏之。」

〔三〕趣召：催促召喚。趣，同促。小留：暫時留止。杜甫彭衙行詩：「小留同家窪，欲出蘆子關。」

〔四〕清真：純真樸素。世説新語賞譽：「清真寡欲，萬物不能移也。」風規：風度品格。宋書張敷傳：「司徒故左長史張敷，貞心簡立，幼樹風規。」高亮：高尚忠正。晉書羊祜傳：「光禄大夫李憙執節高亮，在公正色。」

〔五〕騰驤：飛騰，奔騰。文選張衡西京賦：「負笥業而餘怒，乃奮翅而騰驤。」薛綜注：「騰，超也；驤，馳也。」

〔六〕虎拒九關：指虎豹據守天門。見卷七賀葉提刑啓注〔一〇〕。朝迹：在朝廷的蹤迹。指在朝做官。劍南詩稿卷三四村飲示鄰曲：「七年收朝迹，名不到權門。」

〔七〕沉湘：指屈原沉汨羅江（湘江支流）自盡。王褒九懷：「伍胥兮浮江，屈子兮沉湘。」賡：賡續，接續。諭蜀：指司馬相如諭巴蜀檄。史記司馬相如列傳：「相如爲郎數歲，會唐蒙使略通夜郎西僰中，發巴蜀吏卒千人，郡又多爲發轉漕萬餘人，用興法誅其渠帥，巴蜀民大驚恐。上聞之，乃使相如責唐蒙，因喻告巴蜀民以非上意。」

〔八〕卧龍：比喻隱居或尚未嶄露頭角的傑出人材。三國志蜀書諸葛亮傳：「（徐庶）謂先主曰：『諸葛孔明者，卧龍也，將軍豈願見之乎？』」磧：水中砂石。化鶴：指成仙。陶潛搜神後記卷一：「丁令威本遼東人，學道於靈虚山，後化鶴歸遼。」

〔九〕左官：降官，貶職。獨孤及爲華陰李太守祭裴尚書文：「亦既左官，時更困蒙。」滯淹：指人沉抑於下而不得升遷。亦指滯淹之人。左傳文公六年：「宣子於是乎始爲國政……續常職，出滯淹。」杜預注：「拔賢能也。」彈壓：指把事物窮形極相地描繪出來。劍南詩稿卷八小飲趙園：「滿眼風光索彈壓，酒杯須以蜀江寬。」又文集卷五十訴衷情其二：「平章風月，彈壓江山，别是功名。」

〔一〇〕麈尾之誨：指高明的教誨。麈尾，古人閒談時執以驅蟲、撣塵的一種工具。在細長的木條兩邊及上端插設獸毛，類似馬尾松。因古代傳説麈遷徙時，以前麈之尾爲方向標誌，故稱。後古人清談時必執麈尾，因敬稱他人之指點教誨爲「麈教」。鷁首：頭上畫着鷁的船。亦泛指船。鷁爲一種似鷺的水鳥。淮南子本經訓：「龍舟鷁首，浮吹以娱。」

〔一一〕遠遊之詩：指楚辭遠遊。王逸楚辭章句以爲「屈原之所作也」。題解云：「屈原履方直之行，不容於世。上爲讒佞所譖毁，下爲俗人所困極，章皇山澤，無所告訴。乃深惟元一，修執恬漠。」大手：即高手。指工於文辭的名家。僧鸞贈李粲秀才詩：「颯風驅雷暫不停，始向場中稱大手。」

〔一二〕郊居之賦：指沈約的郊居賦。見梁書沈約傳。

答衛司户啓

彈冠巫峽，早欽三語之賢〔一〕；捩柂蜀江，首拜尺書之寵〔二〕。情文兩厚，感怍兼深〔三〕。伏惟某官自立修名，蚤收上第。千人所見，共推高明練達之才；一座盡傾，行接醖藉雍容之論〔四〕。豈獨有光於吾黨，固將增重於此州。至於痛懲文法之疏，一振廉隅之壞〔五〕，非俗吏所爲也，微君子其能乎。願疾其驅，用諧所冀〔六〕。

【題解】

司户，即司户參軍，亦稱户曹參軍。掌各州户籍、賦税、倉庫。衛司户爲誰不詳，據文中首句，當爲夔州司户參軍。本文爲陸游致衛司户的答啓。

本文原未繫年。歐譜繫於乾道九年（一一七三），是。當作於該年春，時陸游將赴蜀州通判任。

【箋注】

〔一〕「彈冠」二句：指任職夔州，早就欽慕衛司户之賢能。彈冠，指爲官。見卷七謝曾侍郎啓注〔一〕。巫峽，指夔州。三語之賢，指衛司户賢能。典出世説新語文學：「阮宣子有令聞，太尉王夷甫見而問曰：『老莊與聖教同異？』對曰：『將無同。』太尉善其言，辟之爲掾。世謂『三語掾』。」掾即佐吏。「三語」即「將無同」，猶言「該是相同吧」，被視爲應對得體。

〔二〕「捩柂」二句：指將赴蜀州任，得到衛司户來信。捩柂，撥轉船舵。指行船。柂，同「舵」。杜甫清明詩：「金鐙下山紅日晚，牙檣捩舵青樓遠。」蜀江，蜀郡境内的江河。劉禹錫竹枝詞：「山桃紅花滿上頭，蜀江春水拍山流。」拜寵，拜受寵倖。獨孤及爲崔使君讓潤州表：「瓠溝東望，始拜寵於韓臺。竹里南浮，遽遷榮於楚澤。」尺書，書信。趙曄吴越春秋勾踐歸國外傳：「越王悦兮忘罪除，吴王歡兮飛尺書。」此指衛司户來信。

〔三〕感怍：感激慚愧。王安石與孟逸秘校手書之三：「鵰已領得，感怍。當有原給之直，幸示下！」

〔四〕醞藉：亦作醞籍、藴藉。寬和有涵容。漢書薛廣德傳：「廣德爲人温雅有醞藉。」顔師古注引服虔曰：「寬博有餘也。」 雍容：舒緩，從容不迫。見卷六賀辛給事啓注〔六〕。

〔五〕文法：法制，法規。史記李將軍列傳：「程不識孝景時以數直諫爲太中大夫，爲人廉，謹於文法。」 廉隅：比喻端方不苟的行爲、品性。禮記儒行：「近文章，砥厲廉隅。」

〔六〕疾其驅：盡力驅趕。晏子春秋諫上十六：「昔先君桓公其方任賢而贊德之時……遠征暴勞者，不疾驅海内使朝天子而諸侯不怨。」 諧：配合，諧調。 冀：希望。

與何蜀州啓

漂流萬里，可知已老之頭顱；贊貳一城〔一〕，復得本來之面目。將就脂車之役，敢稽削牘之恭〔二〕。伏念某小智自私，大惑莫解，自收朝迹，久困宦游。冒别駕治中者三州，假軍諮祭酒者數月〔三〕。老驥伏櫪〔四〕，雖未歇於壯心；逆風撑船，終不離於舊處。忘栖栖之可笑，復挈挈以此來〔五〕。共惟某官曠度清真，高標峻潔〔六〕。體道自得，有見於參倚之間〔七〕；受氣至剛，不移於毀譽之際。顧公言之允穆，知追詔之方行〔八〕。敢意窮途，猥塵上佐〔九〕。然某比緣多病，深願少閒。歲計之有餘〔一〇〕，當守平生之素志；治行其無事，更歸長者之餘風〔一一〕。

【題解】

何蜀州爲誰不詳，當爲何姓的蜀州知州。劍南詩稿卷五書懷之二自注云：「時何守還青城」，可證。陸游於乾道九年三月權通判蜀州。從文中「將就脂車之役」句，可知本文爲將赴蜀州通判任前，陸游致何知州的啓文。

本文原未繫年。歐譜繫於乾道九年（一一七三），是。當作於該年三月。時陸游將赴蜀州通判任。

【箋注】

〔一〕贊貳：輔佐。李嶠爲第二舅讓江州刺史表：「臣行疏道缺，學淺藝空。百里絃歌，尠蒲密之化；六條贊貳，乏海沂之績。」此指通判蜀州事。

〔二〕脂車：塗油於車軸，以利運轉。借指駕車出行。夏侯湛抵疑：「僕固脂車以須放，秣馬以待卻。」削牘：在寫有文字的竹木片上，刮去重寫，以改正錯誤。亦泛稱書寫、撰述。漢書遊俠傳原涉：「涉乃側席而坐，削牘爲疏，具記衣被棺木，下至飯含之物，分付諸客。」

〔三〕冒别駕治中：指擔任佐吏、助理之職歷經三州。陸游離京後，相繼擔任鎮江府通判、隆興府通判、夔州通判，故曰「三州」。别駕治中，見本卷謝晁運使啓注〔五〕。　假軍諮祭酒：指在王炎幕中擔任權四川宣撫使司幹辦公事兼檢法官，前後凡七月餘。軍諮，古軍職名，相當於宋代的參議、參謀。祭酒，指古代饗宴時酹酒祭神的長者，亦泛稱年長或位尊者。此亦指軍中任職。

〔四〕老驥伏櫪：曹操步出夏門行：「老驥伏櫪，志在千里。烈士暮年，壯心不已。」

〔五〕栖栖：同「棲棲」，忙碌不安貌。詩小雅六月：「六月棲棲，戎車既飭。」朱熹集傳：「棲棲，猶皇皇不安之貌。」　挈挈：急切貌。柳宗元答韋中立論師道書：「愈以是得狂名，居長安，炊不暇熟，又挈挈而東，如是者數矣。」

〔六〕共：同「恭」。　曠度：大度。夏侯湛東方朔畫贊：「遠心曠度，贍志宏材。」　高標：清高脱俗。語本世説新語德行：「李元禮風格秀整，高自標持。」　峻潔：品行高潔。柳宗元南嶽雲峰和尚塔銘：「行峻潔兮貌齊莊，氣混溟兮德洋洋。」

〔七〕參倚：謂一切場合不忘忠信篤敬。論語衛靈公：「子張問行，子曰：『言忠信，行篤敬……立則見其參於前也，在輿則見其倚於衡也，夫然後行。』」

〔八〕允穆：淳和。文選謝朓齊敬皇后哀策文：「爰定厥祥，徽音允穆。」張銑注：「允，信；穆，和也。」追詔：指召回的詔書。韓愈順宗實録二：「而陸贄、陽城皆未聞追詔，而卒於遷所，士君子惜之。」

〔九〕上佐：部下屬官的通稱。通典職官十五：「大唐州府佐吏與隋制同，有别駕、長史、司馬一人。」原注：「大都督府司馬，有左右二員，凡别駕、長史、司馬通謂之上佐。」

〔一〇〕歲計：一年内收入和支出的計算。莊子庚桑楚：「今吾日計之而不足，歲計之而有餘。」

〔一一〕治行：行政，施政。漢書薛宣傳：「吏民言令治行煩苛，適罰作使千人以上；賊取錢財數十萬，給爲非法；賣買聽任富吏，賈數不可知。」餘風：指前人的風範。南史羊玄保傳：「欲令卿二子有林下正始餘風。」

答交代楊通判啓

瓜戍及期〔一〕，幸仁賢之爲代；萍蹤無定，悵候問之未遑。敢謂勞謙，特先榮翰〔二〕。伏惟某官淵乎似道，直哉惟清。風致雖高〔三〕，不廢應酬於衆務；文詞甚麗，要皆原本於六經。所宜問津於黄扉青瑣之間①，何至涉筆於赤甲白鹽之下〔四〕。即聞號召，遂陟清華〔五〕。某猥以陳人，偶叨末契〔六〕。道途迫遽，僅能占報於記曹〔七〕；舟艑軻峨，弗獲往迎於市墍〔八〕。歸依之素，敷叙奚殫〔九〕。

【題解】

交代指前後任相接替、移交。楊通判爲誰不詳，當是接替陸游繼任蜀州通判者。陸游於淳熙元年春返蜀州通判任，夏間和九月兩赴成都。冬，攝知榮州事，即由成都直接赴任。從本文及以下與趙都大啓、與成都張閣學啓等文看，陸游在夏秋間已得到成都幕職的任命，蜀州通判已有接替人選，即楊通判。本文爲陸游致楊通判的答啓。

本文原未繫年。歐譜繫於淳熙元年（一一七四），是。當作於該年夏秋間。時陸游在蜀州通判任上。

【校記】

①「青」，原作「責」，據弘治本、正德本、汲古閣本改。

【箋注】

〔一〕瓜戍：指官員任職期滿由他人接替。見卷一嚴州到任謝表注〔一六〕。

〔二〕勞謙：勤勞謙恭。易謙：「勞謙，君子有終，吉。」榮翰：惠函。敬稱他人的來信。黄庭堅代韓子華回王平甫問候啓：「何圖謙撝，遽枉榮翰。」

〔三〕風致：風度品格。新唐書崔珙傳：「子遠，有文而風致整峻，世慕其爲，目曰『飣座梨』，言座所珍也。」

〔四〕問津：尋訪，探求。陶潛桃花源記：「南陽劉子驥，高尚士也；聞之，欣然規往。未果，尋病終。後遂無問津者。」黄扉青瑣：指豪門高第。黄扉爲古代丞相、三公等高官辦事處塗成黄色之門，青瑣爲裝飾皇宫及華貴宅第門窗的青色連環花紋。楊炯後周青州刺史齊貞公宇文公神道碑：「黄扉藹藹，青瑣沉沉，有若張公之萬户千門。」涉筆：動筆，着筆。司空圖月下留丹灶詩序：「果有蹈空而至者，涉筆附楹，久之，乃罷去。」赤甲白鹽：指四川的險峻山地。赤甲、白鹽，均爲四川奉節以東山名，前者山石悉赤，後者山崖高白。詳見酈道元水經注江水一。杜甫入宅：「奔峭背赤甲，斷崖當白鹽。」

〔五〕清華：指清高顯貴的職位。參見卷六賀台州曾直閣啓注〔六〕。

〔六〕陳人：舊人，故人。蘇軾述古以詩見責屢不赴會復次前韻：「肯對紅裙辭白酒，但愁新進笑陳人。」末契：即下交。謙詞，稱別人對自己的交誼。

〔七〕迫遽：迫促，急迫。蘇軾與趙德麟書之一：「候吏來，特承書教，禮意兼重……行役迫遽，裁謝草略，想蒙恕察。」占報：估計上報。記曹：掌表章文檄書記的官署或官員。胡宿謝福州袁待制：「尚稽書驛之儀，先枉記曹之問。」

〔八〕艑：大船。舸峨：高聳貌。劉禹錫插田歌：「省門高舸峨，儂入無度數。」市暨：市鎮停泊處，碼頭。杜甫秋日夔府詠懷一百韻：「陣圖沙北岸，市暨瀼西巔。」原注：「峽人目市井泊船處曰市暨。」

〔九〕「歸依」二句：意謂歸服嚮往的本心，陳述不盡。此亦爲啓文常用的結束語。

與趙都大啓

洊被臺移，攝陪幕辯[一]，方剡章而俟報，輒懷檄以徑前[二]。迫於奇窮，作此頑鈍[三]，冒世俗之所憫笑[四]，賴門下以爲依歸。伏念某下愚無知，大惑不解。罪宜永斥，朝迹已收者十年；身困遠遊，車轍幾環於萬里。比官巴峽，旋客塞垣[五]。歲月不知其再周，形影相顧而自悼。支離病骨[六]，無毀而亦消；羈旅危魂，雖招而未返。念悍悍之安往，復挈挈以此來[七]。豈忘慚羞，實恃矜惻[八]。老馬已甘於伏櫪[九]，敢望長途；窮猿方切於投林[一〇]，況依茂蔭。斯蓋伏遇某官資函英達，學蘊淵源。早奮奇謀，蓋處囊而立見[一一]；晚更劇任，真游刃以無前[一二]。寶儲直中禁之嚴，玉節寄西陲之重[一三]，曲憐狂簡，自致漂流[一四]。每假借於餘談[一五]，爲經營其一飽，致兹小憩[一六]，盡出大恩。某敢不痛洗昨非，姑休疲役。松陵笠澤，雖睠故國之歸期[一七]；錦江草堂，聊竊老師之補處[一八]。

【題解】

都大，宋代官名，爲都大提舉茶馬司（簡稱茶馬司）長官。掌管以茶交换西北及西南少數族馬四。北宋分別於秦州（今甘肅天水）和成都置官署。南宋時北方被金兵佔領，改稱都大主管成都府利州等路茶事、兼提舉四川等路買馬監牧公事。趙都大即趙彥博。乾道六年至淳熙二年任都大一職。宋會要輯稿選舉三四之二八載：「（乾道八年七月）二十七日，直秘閣、都大主管成都府利州等路茶事趙彥博除直顯謨閣，仍再任。」（參考李之亮宋代路分長官通考頁二二四至二二五）本文爲陸游致都大趙彥博的啓文。從文中「洊被臺移，攝陪幕辯」和「錦江草堂，聊竊老師之補處」等句看，陸游已得到成都幕職的任命，而這與趙都大的薦舉有密切關係，故下卷另有謝啓。

本文原未繫年。歐譜繫於淳熙元年（一一七四），是。當作於該年夏秋間。時陸游在蜀州通判任上。

參考卷九除制司參議官謝趙都大啓。

【箋注】

〔一〕洊：同薦。臺移：送來移文。臺，敬辭，用於稱呼對方或與對方有關的事物。幕辯：此指任幕府屬官。

〔二〕剡章：削牘寫成奏章。泛指寫奏章。胡宿賜宰臣富弼以下賀壽星出見批答：「因垂象之薦休，煩剡章之稱慶。」懷檄：懷揣書檄。後漢書陳寔傳：「寔知非其人，懷檄請見。」

〔三〕頑鈍：愚昧遲鈍。班固白虎通辟雍：「頑鈍之民，亦足以別於禽獸而知人倫。」

〔四〕憫笑：憐憫訕笑。韓愈答崔立之書：「僕見險不能止，動不得時，顛頓狼狽，失其所操持，困不知變，以至辱於再三，君子小人之所憫笑，天下之所背而馳者也。」

〔五〕巴峽：此指夔州。　塞垣：指北方邊境地帶。韋莊送人遊并汾詩：「風雨蕭蕭欲暮秋，獨攜孤劍塞垣遊。」此指南鄭。

〔六〕支離：殘缺。參見本卷謝王宣撫啓注〔七〕。

〔七〕惸惸：孤單無依貌。參見本卷通判夔州謝政府啓注〔一六〕。　挈挈：急切貌。參見本卷與何蜀州啓注〔五〕。

〔八〕矜惻：憐憫惻隱。任昉奏彈曹景宗：「早朝永歎，載懷矜惻。」

〔九〕「老馬」句：反用「老驥伏櫪」之典。參見本卷與何蜀州啓注〔四〕。

〔一〇〕「窮猿」句：比喻人處困境，急尋棲身之地。世説新語言語：「李弘度常歎不被遇，殷揚州知其家貧，問：『君能屈志百里不？』李答曰：『北門之歎，久已上聞，窮猿奔林，豈暇擇木！』遂授剡縣。」

〔一一〕處囊而立見：比喻脱穎而出。史記平原君虞卿列傳：「平原君曰：『夫賢士之處世也，譬若錐之處囊中，其末立見……』毛遂曰：『臣乃今日請處囊中耳。使遂早得處囊中，乃穎脱而出，非特其末見而已。』」

〔一二〕劇任：即重任，要職。范仲淹延州謝上表：「范廷召出師於塞門，向敏中移節於京兆。斯爲劇任，曷在匪人。」　游刃：即遊刃有餘。比喻做事熟練，輕而易舉。典出莊子養生主：「今臣之刀十九年矣，所解數千牛矣，而刀刃若新發於硎。彼節者有閒，而刀刃者無厚；以無厚入有閒，恢恢乎其於遊刃必有餘地矣。」

〔一三〕寶儲：指寶物儲備。　中禁：禁中。皇帝所居之處。　玉節：玉製的符節。天子的使者持以爲憑。周禮地官掌節：「守邦國者用玉節，守都鄙者用角節。」　西陲：亦作西垂。西面邊疆。史記封禪書：「秦襄公既侯，居西垂。」

〔一四〕狂簡：志向高遠而處事疏闊。論語公冶長：「吾黨之小子狂簡，斐然成章，不知所以裁之。」朱熹集注：「狂簡，志大而略於事也。」　漂流：漂泊，行蹤無定。陸雲與陸典書書：「沉淪漂流，優遊上國。」

〔一五〕餘談：指一言半語。

〔一六〕小憩：短暫休息。沈括夢溪筆談權智：「遠行之人，若小憩，則足痹不能立，人氣亦闌。」

〔一七〕松陵笠澤：均爲吴淞江的古稱。爲太湖支流三江之一，由吴江縣東流與黄浦江匯合，出吴淞口入海。陸廣微吴地記：「松江，一名松陵，又名笠澤。」晚唐陸龜蒙爲長洲（今蘇州）人，隱居笠澤著書，自編文集笠澤叢書，其與皮日休的唱和詩歌被編爲松陵集。　故國：陸游祖先居吴地，視陸龜蒙爲祖上，自稱籍貫笠澤，别號笠澤漁隱、笠澤病叟。

〔一八〕錦江草堂：成都錦江邊杜甫隱居處，築有草堂。　老師：指杜甫。　補處：指曾經到過的地方。劍南詩稿卷六高齋小飲戲作：「白帝夜郎俱不惡，兩公補處得憑欄。」錢仲聯校注：「兩公謂杜甫曾客夔州，李白曾流夜郎也。」

渭南文集箋校卷第九

啓

【釋體】本卷文體同卷六，收録啓十六首。

與成都張閣學啓

薄遊萬里〔一〕，最爲天下之窮；攝守一官〔二〕，猥與幕中之辯。將携孥而就食，敢削牘以告行〔三〕。伏念某下愚難移，大惑莫解。光陰晼晚〔四〕，已逾不惑之年；簿領沉迷，猶在無聞之地。嗟征途之可厭，舍舊館而疇依。爲晏平仲執鞭〔五〕，既云素願；就謝仁祖乞食〔六〕，寧復自疑。兹承行省之移，遣備大藩之屬〔七〕。雖剡章之未報，輒懷檄以徑前。冒行世俗之譏訶，實恃門闌之知奬。老馬已甘於伏櫪，敢望長途；窮猿方切於投林，况依茂蔭〔八〕。恭惟某官學函經濟，洞極誠明。秉心無邪，不愧於俯仰之際；體道自得，有見於參倚之間。學倡諸儒，惠加多士，雖困窮之自取，亦提挈而不遺。照隱察微，每能得之濠上〔九〕；哀窮悼屈〔一〇〕，幾若推之溝中。施及孤生，亦叨異顧。某敢不暫休疲役，痛洗昨非。陪蓮幕之英遊〔一一〕，雖知遲暮；居草堂之補處〔一二〕，尚竊光華。

【題解】

張閣學，即張震，字真父，廣漢人。嘗爲臺諫，多有諫言。歷官御史、中書舍人。改知夔州。後知成都府，卒於官。宋史翼卷二〇循吏三有傳。張震於隆興初曾與臺諫揭露龍大淵、曾覿弄權，并爲陸游辨誣，終出知夔州。詳見建炎以來朝野雜記乙集卷六臺諫給舍論龍曾事始末。陸游劍南詩稿卷一有寄張真父舍人爲其送行。老學庵筆記卷六亦載張震知成都府事。閣學，宋代諸閣學士、直學士的簡稱。本文爲陸游致知成都府張震的啓文。從文中「兹承行省之移，遣備大藩之屬」和「陪蓮幕之英游，雖知遲暮；居草堂之補處，尚竊光華」等句看，陸游已得到成都幕職的任命，而這與張震的薦舉或有關係。

本文原未繫年。歐譜繫於淳熙元年（一一七四），是。當作於該年夏秋間。時陸游在蜀州通判任上。

【箋注】

〔一〕薄遊：爲薄禄而宦遊於外。謙辭。文選謝朓休沐重還道中詩：「薄遊第從告，思閒願罷歸。」李周翰注：「薄游，薄宦也。」

〔二〕攝守：掌管。蘇轍齊州祈雪文二首：「某攝守濟南，適丁旱災。」

〔三〕携孥：携帶妻兒。削牘：書寫，致函。參見卷八與何蜀州啓注〔三〕。

〔四〕晼晚：年將老，老年。文選陸機歎逝賦：「時飄忽其不再，老晼晚其將及。」劉良注：「晼晚，日暮也，比人年老也。」

〔五〕爲晏平仲執鞭：史記管晏列傳：「假令晏子而在，余雖爲之執鞭，所忻慕焉。」晏子，見卷八通判夔州謝政府啓注〔一二〕。

〔六〕就謝仁祖乞食：世説新語方正：「王修齡嘗在東山甚貧乏。陶胡奴爲烏程令，送一船米遺之，卻不肯取。直語答：『王修齡若饑，自當就謝仁祖索食，不須陶胡奴米。』」謝仁祖，即謝尚，字仁祖，東晉陳郡陽夏人，謝鯤子，博綜衆藝，官至衛將軍，晉書卷七九有傳。

〔七〕行省：中央政府派省官出使地方稱行省。大藩：指比較重要的州郡一級行政區。梁書明山賓傳：「明祭酒雖出撫大藩，擁旄推轂，珥金拖紫，而恒事屢空。」此指成都府。

〔八〕「雖剡章」以下八句：參見卷八與趙都大啓注〔一〕〔四〕〔七〕〔八〕，略有變通。

〔九〕濠上：濠水之上。莊子秋水記莊子與惠子遊於濠梁之上，見鯈魚出游從容，因辯論魚知樂否。後用「濠上」比喻別有會心、自得其樂之地。

〔一〇〕哀窮悼屈：哀憐處境困窮之人，感傷懷才不遇之人。韓愈上兵部李侍郎書：「伏以閣下内仁而外義，行高而德鉅，尚賢而興能，哀窮而悼屈。」

〔一一〕蓮幕：指稱幕府。典出南史庾杲之傳：「（王儉）用杲之爲衛將軍長史。安陸侯蕭緬與儉書曰：『盛府元僚，實難其選。庾景行汎淥水，依芙蓉，何其麗也。』時人以入儉府爲蓮花池，故緬書美之。」英遊：英俊之輩，才智傑出者。范仲淹楊文公寫真贊：「當時臺閣英游，蓋多出於師門矣。」

〔一二〕草堂：指成都的杜甫草堂。補處：曾到過之地。見卷八與趙都大啓注〔一八〕。

答勾簡州啓

近被臺移，來陪幕辯〔一〕，以海内孤寒之迹〔二〕，假天涯獨冷之官。但虞譏訶，誰肯慰藉。忽奉華牋之況〔三〕，豈勝末路之榮。伏念某性資冥頑，問學衰廢，留落殊方者累歲，奇窮舉世而一人。雖夢寐思歸，類澤國春生之雁〔四〕；而巾瓶無定，如雲堂旦過之僧〔五〕。比叨閫屬之招〔六〕，實過野人之分。方刻章而待報，忽捧檄以徑前。久矣倦遊，幸茲小憩。此蓋伏遇某官風猷凝粹，志節清真〔七〕，念倀倀浪迹之安歸，假亹亹餘談而借助〔八〕。遂容萍梗〔九〕，暫息道途。惟此意之甚恩，實衰俗之創見〔一〇〕。而某自侵晚境，久歇壯心。理剡曲之歸舟〔一一〕，方從此日；卜浣花之絶境〔一二〕，敢效先賢。

【題解】

簡州，隋代始設，唐代復置，宋代屬成都府路，轄境在今四川簡陽。勾簡州爲誰不詳，當是勾姓的簡州知州。本文爲陸游致簡州勾知州的答啓。從文中「近被臺移，來陪幕辯」和「卜浣花之絶境，敢效先賢」等句看，陸游已得到成都幕職的任命。

本文原未繫年。歐譜繫於淳熙元年（一一七四），是。當作於該年夏秋間。時陸游在蜀州通判任上。

【箋注】

〔一〕「近被」二句：參見卷八與趙都大啓注〔一〕。

〔二〕孤寒：孤立，孤單。朱弁曲洧舊聞卷一：「康節曰：『臣自布衣叨冒至此，有陛下爲知己，安得謂之孤寒，陛下今日便是孤寒也。』」

〔三〕華牋：對他人來信的敬稱。王安石謝夏噩察推啓：「敢圖高明，不自重貴，親存弊館，申貺華牋，切觀以思，懼恐且愧。」況：同貺。賜予。

〔四〕澤國：水鄉，此指吴地。李嘉祐留別毘陵諸公：「凄涼辭澤國，離亂到鄉山。」春生之雁：大雁爲群居水邊的冬候鳥，每年春分後飛回北方繁殖，秋分後飛往南方越冬。

〔五〕巾瓶：出行所帶頭巾、水瓶。比喻行蹤。李曾伯勉時思王和尚留：「巾瓶到處即爲家，何必江湖苦馳逐。」雲堂：僧堂。僧衆設齋吃飯和議事之地。支遁五月長齋詩：「四部欽嘉期，潔己升雲堂。」旦過之僧：佛教徒稱宿於旦過寮的行脚僧。因其夕來宿，過旦去，故稱。劍南詩稿卷一病中簡仲彌性唐克明蘇訓直：「心如澤國春歸雁，身是雲堂旦過僧。」

〔六〕閫屬：此指成都府路安撫司參議官和四川制置使司參議官的職位。閫，統兵在外的將軍。

〔七〕風猷：指風采品格。謝朓奉和隨王殿下：「風猷冠淄鄴，衽舄愧唐牧。」凝粹：精粹，純正。李紳授韓宏河中節度使制：「（韓宏）受天地凝粹之氣，得山川崇深之靈。」志節：指志向節操。漢書叙傳上：「（班伯）家本北邊，志節忼慨，數求使匈奴。」清真：純真樸素。

〔八〕倀倀：無所適從貌。禮記仲尼燕居：「治國而無禮，譬猶瞽之無相與，倀倀乎其何之。」亹亹：談論滔滔不絶貌。盧照鄰南陽公集序：「岑君論詰亹亹，聽者忘疲。」

〔九〕萍梗：浮萍斷梗。比喻人行止無定。許渾晨自竹徑至龍興寺崇隱上人院詩：「客路隨萍梗，鄉園失薜蘿。」

〔一〇〕創見：初見，少見。文選司馬相如封禪文：「休烈浹洽，符瑞衆變，期應紹至，不特創見。」李善注引文穎曰：「不獨一物造見也。」

〔一一〕剡曲之歸舟：指歸隱剡曲訪友。世説新語任誕：「王子猷居山陰，夜大雪……忽憶戴安道。時戴在剡，即便夜乘小船就之。」

〔一二〕卜：選擇。浣花之絶境：指浣花溪旁風景絶佳處。浣花溪一名濯錦江，又名百花潭。在成都西郊，爲錦江支流。溪旁有杜甫故居浣花草堂。杜甫將赴成都草堂途中有作詩之三：「竹寒沙碧浣花溪，橘刺藤梢咫尺迷。」仇兆鼇注引梁益記：「溪水出湔江，居人多造綵牋，故號浣花溪。」

與蜀州同官啓

去國十年〔一〕，飽作江湖之夢；佐州萬里，又寬溝壑之憂〔二〕。伏惟某官材術清通〔三〕，風猷凝粹，雖小試尚淹於遠業，而盛名已著於僉言〔四〕。俯念孤蹤，方厄黄楊之閏〔五〕；特詒妙翰，俾生枯枿之春〔六〕。靖言留落之餘，曷副吹嘘之意〔七〕。感慚交集，敷叙奚殫。

【題解】

同官，指同僚，在同一官署任職者。蜀州同官爲誰不詳，當是陸游任蜀州通判時的同僚。本文爲陸游致蜀州同僚的啓文。本文前半部分似有闕失。

本文原未繫年。歐譜繫於淳熙元年（一一七四），是。當作於該年夏秋間。時陸游在蜀州通判任上。

【箋注】

〔一〕去國：離開京都或朝廷。顔延之和謝靈運詩：「去國還故里，幽門樹蓬藜。」　十年：陸游隆興元年三月通判鎮江府，夏離京返里，至淳熙元年已十一年有餘，此取整數而言。

〔二〕溝壑：借指野死之處。孟子滕文公下：「志士不忘在溝壑，勇士不忘喪其元。」趙岐注：「君子固窮，故常念死無棺槨没溝壑而不恨也。」

〔三〕材術：才學，本領。蘇軾論倉法劄子：「臣材術短淺，老病日侵。」　清通：清明通達。隋書儒林傳序：「爰自漢魏，碩學多清通，逮乎近古，巨儒必鄙俗。」

〔四〕淹：廣博。　遠業：遠大事業。後漢書馮異岑彭等傳論：「若馮、賈之不伐，岑公之義信，乃足以感三軍而懷敵人，故能尅成遠業，終全其慶也。」　僉言：衆人的意見。沈繼祖送合學袁尚書帥蜀：「平章西事久儀圖，朝有僉言帝曰俞。」

〔五〕厄黄楊之閏：舊説黄楊遇閏年不長，因以喻指境遇艱難。蘇軾監洞霄宫俞康直郎中所居退

圖：「園中草木春無數，只有黃楊厄閏年。」自注：「俗説黄楊長一寸，遇閏退三寸。」

〔六〕生枯榯之春：枯榯生春，枯枝萌芽，生發春意。劉子翬寄題鄭尚明煮茶軒三首其一：「一點春回枯榯，萬家噪動寒墟。」

〔七〕靖言：同静言。沉静地思考。文選陸機猛虎行：「静言幽谷底，長嘯高山岑。」李善注引毛詩：「静言思之。」吹嘘之意：吹氣使冷，嘘氣使暖，吹冷嘘熱可使萬物枯榮。後漢書鄭泰傳：「孔公緒清談高論，嘘枯吹生。」李賢注：「枯者嘘之使生，生者吹之使枯，言談論有所抑揚也。」

賀薛安撫兼制置啓

恭審璽封緑底，疏恩遥下於霄宸〔一〕；幕建碧油，開府全臨於井絡〔二〕。周邦咸喜〔三〕，舊觀復還。民望息肩之期〔四〕，士知托命之所。竊以江淮駐蹕，勝人在天定之時〔五〕；梁益宿兵，擊首有尾應之勢〔六〕。儻事權之少削，則脉絡之不通。宜得股肱之良，用增臂指之重〔七〕。至於旁連荆豫，外撫戎蠻〔八〕。亭障騫騰，東軼巴渝之阻〔九〕；關河重複，西當秦隴之衝〔一〇〕。蓋有應變於立談之間，豈容禀令於千里之外〔一一〕。維時詔旨，實契事機。恭惟某官淵博有傳，方嚴不撓〔一二〕。竑言崇議，卓爲百世之師；傑作雄辭，散落四夷之遠。入則首處六官之長，出而遍膺十乘之華〔一三〕。進用雖速，而人猶恨其滯淹；位望愈崇，而心益持於挹損〔一四〕。涵湖海胸懷之大，負廟堂器業之優〔一五〕。將究顯庸，果膺隆委〔一六〕。關中既留蕭丞相，上遂寬西顧之憂〔一七〕；江左自有管夷吾，人共望中興之盛〔一八〕。而况絲綸之命，適前弧矢之期〔一九〕。維嶽降神而生申，丕應風雲之會〔二〇〕；夢帝賚弼而得説，端觀衮繡之歸〔二一〕。某去國十年，佐州萬里〔二二〕。縛袴服弓刀之役〔二三〕，雖恨迫於衰遲；曳裾陪簪履之塵，尚欣承於閒燕〔二四〕。歸依之至，敷繹奚殫〔二五〕。

【題解】

薛安撫，即薛良朋（一一一六—一一八五），字季益，温州瑞安人。紹興八年進士。歷知徽州、臨安府，遷工部侍郎、吏部侍郎，出守福州、泉州、荆南，官終吏部尚書。宋史孝宗本紀二：「（淳熙元年秋七月丁亥）以成都府路安撫使薛良朋爲四川安撫制置使。」本文爲陸游致四川安撫制置使薛良朋的賀啓。

本文原未繫年。歐譜繫於淳熙元年（一一七四），是。當作於該年七月。時陸游在蜀州通判任上。

【箋注】

〔一〕璽封：蓋上璽印的文書封口。王嘉拾遺記前漢上：「元封元年，浮忻國貢蘭金之泥……常以此泥封諸函匣及諸宮門，鬼魅不敢干。當漢世，上將出征，及使絶國，多以此泥爲璽封。」

霄宸：指朝廷。

〔二〕碧油：青緑色的油布帷幕。許渾中秋夕寄大梁劉尚書：「汴人迎拜洛人留，虎豹旌旗擁碧油。」開府：指高級官員成立府署，選置僚屬。參見卷八謝王宣撫啓注〔二〕。井絡：井宿區域。左思蜀都賦：「岷山之精，上爲井絡。」劉逵注：「河圖括地象曰：『岷山之地，上爲井絡，帝以會昌，神以建福，上爲天井。』言岷山之地，上爲東井維絡；岷山之精，上爲天之井星也。」亦泛指蜀地。

〔三〕周邦咸喜：舉國歡喜。詩大雅崧高：「周邦咸喜，戎有良翰。」鄭玄箋：「周，徧也。」

〔四〕息肩：指休養生息。史記律書：「故百姓無内外之繇，得息肩於田畝，天下殷富。」

〔五〕駐蹕：帝王出行途中暫住。見卷三上二府論都邑劄子注〔六〕。天定：宿命論者稱人間的吉凶、禍福、貴賤等皆由天命所定。史記伍子胥列傳：「人衆者勝天，天定亦能破人。」

〔六〕梁益，指蜀地。蜀漢有梁、益等州，因以并稱。張載劍閣銘：「勒銘山阿，敢告梁益。」宿兵：駐紮軍隊。擊首有尾應：指作戰時軍隊各部分互相照應支援。孫子九地：「故善用兵者，譬如率然；率然者，常山之蛇也。擊其首則尾至，擊其尾則首至，擊其中則首尾俱至。」

〔七〕股肱：大腿和胳膊。比喻左右輔佐之臣。書益稷：「臣作朕股肱耳目。」臂指：指指揮靈便，如臂之使指。語本賈誼陳政事疏：「今海内之勢，如身之使臂，臂之使指，莫不制從。」

〔八〕荆豫：荆州、豫州，皆爲古九州之一。戎蠻：泛指四夷。張華命將出征歌：「重華臨帝道，戎蠻或不賓。」

〔九〕亭障：古代邊塞要地設置的堡壘。尉繚子守權：「凡守者，進不郭圉，退不亭障以禦戰，非善者也。」騫騰：即飛騰。杜甫贈特進汝陽王二十韻：「筆飛鸞聳立，章罷鳳騫騰。」巴渝：蜀古地名。漢書司馬相如傳上作「巴俞」。顔師古注：「巴俞之人剛勇好舞。」

〔一〇〕關河：指函谷等關與黄河。史記蘇秦列傳：「秦四塞之國，被山帶渭，東有關河，西有漢中。」張守節正義：「東有黄河，有函谷、蒲津、龍門、合河等關。」秦隴：指今陝西、甘肅之地。

〔一一〕稟令：即受命。書説命上：「王言惟作命，不言臣下罔攸稟令。」孔傳：「稟，受；令，亦命也。」

〔一二〕方嚴：方正嚴肅。參見卷六賀辛給事啓注〔一一〕。

〔一三〕六官之長：指薛良朋曾任吏部侍郎。六官，見卷六賀禮部曾侍郎啓注〔五〕。十乘：詩小雅六月：「元戎十乘，以先啓行。」十乘，指大的戰車。

〔一四〕挹損：謙遜。蔡邕和熹鄧后謚：「允恭挹損，密勿在勤。」

〔一五〕器業：功名事業。見卷七賀葉提刑啓注〔一一〕。

〔一六〕顯庸：明顯的功勞。新唐書韓愈傳：「東巡泰山，奏功皇天，具著顯庸，明示得意，使永永年服我成烈。」　隆委：隆重的委任。

〔一七〕「關中」二句：蕭何爲劉邦留守關中，免除其後顧之憂。參見卷八謝王宣撫啓注〔一二〕。

〔一八〕「江左」二句：江左自有管仲那樣的賢相，人們期待中興盛世。典出晉書温嶠傳：「於時江左草創，綱維未舉，嶠殊以爲憂。及見王導共談，歡然曰：『江左自有管夷吾，吾復何慮！』」江左，江東，長江下游地區。管夷吾，即管仲，春秋時齊國賢相。

〔一九〕絲綸：指帝王詔書。參見卷一謝致仕表注〔四〕。　弧矢：指兵事，戰亂。杜甫草堂詩：「弧矢暗江海，難爲遊五湖。」

〔二〇〕「維嶽」二句：指嵩山神靈降臨，生下賢臣甫侯、申伯，應驗了君臣的遇合。詩大雅崧高：「崧高維嶽，駿極于天。維嶽降神，生甫及申。」風雲，易乾：「雲從龍，風從虎，聖人作而萬物睹。」意謂同類相感應。後因以比喻遇合、相從。

〔二一〕「夢帝」二句：指商王武丁（殷高宗）夢見上帝賞賜其輔佐之臣，遍尋得到傅説，將其迎回。書説命上：「高宗夢得説，使百工營求諸野，得諸傅巖……王庸作書以誥曰：『以台正于四方，台恐德弗類，兹故弗言。恭默思道，夢帝賚予良弼，其代予言。』」賚，賞賜。遄，快，迅速。

衮繡，衮衣繡裳，古代帝王與上公的禮服。此指賢相。

〔二二〕去國十年：參見本卷與蜀州同官啓注〔一〕。

〔二三〕縛袴：亦作「縛褲」。指紮緊套褲脚管，以便騎乘。亦泛指戎裝。隋書禮儀志六：「車駕親戎，則縛袴，不舒散也。」

〔二四〕曳裾：即曳裾王門。指在王侯權貴門下作食客。語本漢書鄒陽傳：「飾固陋之心，則何王之門不可曳長裾乎？」　簪履：比喻卑微舊臣。見卷八上王宣撫啓注〔二〕。　閒燕：私宴。曹植車渠椀賦：「俟君子之閒燕，酌甘醴於斯觥。」

〔二五〕敷繹：同敷叙。指陳述。

與李運使啓

伏審抗章力請，優詔曲從〔一〕，雖暫勞諭蜀之行，然益見回天之力〔二〕。恭惟某官致知格物，學道愛人，親承西洛之正傳，獨殿中朝之諸老〔三〕。至於盤礴遊戲之翰墨〔四〕，嬉笑怒駡之文章，過黄初而有餘，嗟正始之復見〔五〕。飛騰捷路，耻煩狗監之吹噓〔六〕；散落遐荒，寧付鷄林之鑑裁〔七〕。比下九天之號召〔八〕，已傾四海之觀瞻。不俟駕行，命義雖存於大戒；可以理奪，忠孝果得而兩全。方帥閫之猶虚，以計司而兼莅〔九〕。仰惟臺省清華之宿望〔一〇〕，加以山林高逸之雅懷。一琴一龜，預想鈴齋之靜〔一一〕；三熏三沐，尚陪藥市之遊〔一二〕。過此以還，未知所措。

【題解】

運使，轉運使的簡稱。參見卷七上史運使啓題解。宋會要輯稿職官七二之一二：「（淳熙二年四月）二十二日，成都府路轉運判官李石放罷。」則此李運使或即李石，與文内所述頗合。李石（一一〇八—？），字知幾，號方舟，資州資陽人。紹興二十一年進士。乾道中任太學博士，因直言徑行，不附權貴，出主石室，蜀人從學者如雲。淳熙初爲成都倅，時作山水小筆，風調遠俗。宋史翼卷二八有傳。本文爲陸游致李運使的啓文。

本文原未繫年。歐譜繫於淳熙元年（一一七四），是。當作於該年夏秋。時陸游在蜀州通判任上。

【箋注】

〔一〕抗章：向皇帝上奏章。蘇舜欽兩浙路轉運使王公墓表：「每改秩，必抗章辭避，若不勝任。」

優詔：褒美嘉獎的詔書。後漢書東平憲王蒼傳：「（蒼）聲望日重，意不自安，上疏歸職……帝優詔不聽。」曲從：委曲順從。漢書鮑宣傳：「以苟容曲從爲賢，以拱默尸禄爲智。」

〔二〕諭蜀：諭告蜀民。見卷八答薛參議啓注〔七〕。　回天：指權大勢重。後漢書宦者傳單超：「其後四侯轉横，天下爲之語曰：『左回天，具獨坐，徐卧虎，唐兩墮。』」

〔三〕西洛：指洛陽程顥、程頤。　中朝：偏安江南的南宋稱北宋爲中朝。劍南詩稿卷六九觀渡江諸人詩：「中朝文有漢唐風，南渡詩人尚數公。」

〔四〕盤礴：箕踞。伸開兩腿坐。引申爲不拘形迹，曠放自適。

〔五〕黄初：魏文帝曹丕年號（二二〇—二二六）。黄初詩歌具有建安風格。嚴羽滄浪詩話詩體：「以時而論，則有建安體、黄初體。」原注：「魏年號，與建安相接，其體一也。」正始：齊王曹芳年號（二四〇—二四九）。正始年間玄風漸興，士大夫宗尚老莊，競尚清談，世稱「正始之風」。嵇康、阮籍爲正始詩歌的代表作家。

〔六〕狗監之吹噓：指楊得意舉薦司馬相如。狗監爲漢代内官名，主管皇帝的獵犬。史記司馬相如列傳：「蜀人楊得意爲狗監，侍上。上讀子虚賦而善之曰：『朕獨不得與此人同時哉！』得意曰：『臣邑人司馬相如自言爲此賦。』」裴駰集解引郭璞曰：「主獵犬也。」

〔七〕雞林之鑑裁：指新羅國相鑒别白居易詩真僞。新唐書白居易傳：「居易於文章精切，然最工詩。初，頗以規諷得失，及其多，更下偶俗好，至數千篇，當時士人争傳。雞林行賈售其國相，率篇易一金，甚僞者，相輒能辯之。」雞林，古代對新羅的稱呼。

〔八〕九天：指天空最高處。孫子形篇：「善攻者，動於九天之上。」梅堯臣注：「九天，言高不可測。」

〔九〕帥閫：鎮撫一方的軍事長官。蘇軾賀高陽王待制啓：「伏審顯奉恩綸，榮更帥閫。」計司：掌管財政、賦稅、貿易等事務官署的統稱。

〔一〇〕臺省：泛指政府中央機構。見卷七上陳安撫啓注〔八〕。宿望：素負重望之人。

〔一一〕鈴齋：古代州郡長官辦事之地。韓翃贈鄆州馬使君詩：「他日鈴齋内，知君亦賦詩。」

〔一二〕三熏三沐：亦作三釁三沐。多次沐浴并用香料塗身。表示虔敬。國語齊語：「比（管仲）至，三釁三沐之，桓公親逆之於郊，而與之坐而問焉。」藥市：藥材集市。

上鄭宣撫啓

伏審顯膺大號，出董成師〔一〕。自陝以西，咸舞歌於德化；從天而下，即震疊於威靈〔二〕。豈惟翰海玉關〔三〕，馳奏捷之音；將見博士議郎，上策勳之典〔四〕。士心闓懌，國勢尊安〔五〕。竊以當今秦蜀之權，重無與比；中原祖宗之地，久猶未歸。既天定而勝人，宜王明之受福〔六〕。非得太行、黄河山川所鍾之傑，誰復慶曆、嘉祐華夏太平之基。先王克相後人，上帝爲生賢佐。雖遠猷辰告〔七〕，暫違帳殿之深嚴；然大臣暑行，式慰轅門之徯望〔八〕。復河關其自此，知龜筮之悉從〔九〕。恭惟某官氣壓群公，才周萬務，識若蓍龜之先見，論如山嶽之不摇。湖海襟懷，正在大床之獨卧〔一〇〕；廟堂風采，未妨一壑之初心〔一一〕。兹輟近司，來恢遠略〔一二〕。弼臣同德〔一三〕，何難運帷幄之籌；真儒爲邦，寧止學俎豆之事〔一四〕。已慶登壇而授鉞，峕觀推轂而出師〔一五〕。先天下而深憂，方遠同於文正〔一六〕；即軍中而大拜，豈專美於熙寧〔一七〕。某流落無歸，棲遲可歎〔一八〕。青衫去國，十載於兹；白首佐州，一人而已。顧尚賒於委骨，猶復覬於伸眉〔一九〕。仰跂光躔〔二〇〕，雖阻服弓刀之役；鋪張勳業〔二一〕，或能助金石之傳。過此以還，未知所措。

【題解】

鄭宣撫，即鄭聞（？—一一七四），字仲益，華亭人。歷任吏部員外郎、中書舍人、禮部侍郎、刑部侍郎、權刑部尚書兼侍讀。乾道九年正月遷端明殿學士，簽書樞密院事，十月除參知政事。淳熙元年三月罷，以資政殿大學士宣撫四川。七月又除參知政事，罷四川宣撫使。十月卒。本文爲陸游上呈四川宣撫使鄭聞的啓文。

本文原未繫年。歐譜繫於淳熙元年（一一七四），是。當作於該年夏秋間。文中「大臣暑行，式慰轅門之徯望」二句可證。時陸游在蜀州通判任上。

【箋注】

〔一〕成師：大軍。左傳宣公十二年：「且成師以出，聞敵强而退，非夫也。」

〔二〕震疊：震動，恐懼。詩周頌時邁：「薄言震之，莫不震疊。」毛傳：「震，動；疊，懼。」威靈：神靈。楚辭九歌國殤：「天時墜兮威靈怒，嚴殺盡兮棄原野。」

〔三〕玉關：即玉門關。庾信竹杖賦：「玉關寄書，章臺留釧。」翰海：即瀚海，西北廣大地區的泛稱。或曰即今呼倫湖、貝爾湖，或曰即今貝加爾湖，或曰爲杭愛山之音譯。史記衛將軍驃騎列傳：「（霍去病）封狼居胥山，禪於姑衍，登臨瀚海。」

〔四〕策勳：記功勳於策書之上。見卷八答廖主簿發解啓注〔三〕。

〔五〕闓懌：和樂貌。尊安：尊貴安泰。參見卷一皇太子受册賀表注〔三〕。

〔六〕王明之受福：指天子聖明，受其賜福。易井：「九三，井渫不食，爲我心惻，可用汲，王明，并受其福。」孔穎達疏：「井之可汲，猶人可用……若遭遇賢主，則申其行能。」

〔七〕遠猷辰告：指長遠打算，以時告戒。詩大雅抑：「訏謨定命，遠猶辰告。」鄭玄箋：「爲天下遠圖庶事，而以歲時告施之。」朱熹集傳：「辰，時。告，戒也。辰告，謂以時播告也。」

〔八〕式：用，以。轅門：領兵將帥的營門。六韜分合：「大將設營而陳，立表轅門。」徯望：希望，期待。方衡齊天樂詞：「中原徯望，總萬里山河，盡歸經畫。」

〔九〕河關：河流和關隘。顔延之秋胡詩：「離居殊年載，一别阻河關。」龜筮：指占卦。古時占卜用龜，筮用蓍，視其象與數以定吉凶。書大禹謨：「鬼神其依，龜筮協從。」蔡沈集傳：「龜，卜；筮，蓍。」

〔一〇〕「湖海」二句：指陳登獨卧大床，體現了湖海之士的豪氣襟懷。三國志陳登傳：「（許）汜曰：『陳元龍（陳登字）湖海之士，豪氣不除。』……（劉）備問汜：『君言豪，寧有事邪？』汜曰：『昔遭亂過下邳，見元龍。元龍無客主之意，久不相與語，自上大床卧，使客卧下床。』備曰：『君有國士之名，今天下大亂，帝主失所，望君憂國忘家，有救世之意。而君求田問舍，言無所采，是元龍所諱也，何緣當與君語？如小人，欲卧百尺樓上，卧君於地，何但上下床之間邪？』」

〔一一〕一壑之初心：指獨佔一壑之水、自由自在的本意。莊子秋水：「（埳井之蛙）謂東海之鱉曰：『且夫擅一壑之水，而跨跱埳井之樂，此亦至矣。』」

〔一二〕「玆輟」二句：指鄭聞罷參知政事，出任四川宣撫使。

〔一三〕弼臣：輔佐之臣。見卷七删定官供職謝啓注〔七〕。

〔一四〕俎豆：指祭祀，奉祀。論語衛靈公：「俎豆之事則嘗聞之矣，軍旅之事未之學也。」

〔一五〕授鉞：古代大將出征，君主授以斧鉞，表示授以兵權。文選張衡東京賦：「授鉞四七，共工是除。」薛綜注引六韜：「凡國有難，君召將以授斧鉞。」推轂：推車前進。古代帝王任命將帥時的隆重禮遇。史記張釋之馮唐列傳：「臣聞上古王者之遣將也，跪而推轂，曰：『閫以内者，寡人制之；閫以外者，將軍制之。』」

〔六〕「先天下」句：范仲淹岳陽樓記：「先天下之憂而憂，後天下之樂而樂。」文正：范仲淹謚號。

〔七〕「即軍中」句：指鄭聞或將拜相。軍中，此指樞密院職務，宋代樞密院爲最高軍事機關。大拜，指拜相。李肇唐國史補卷上：「（李晟）與張延賞有隙。及延賞大拜，二勛臣在朝，德宗令韓晉公和解之。」熙寧：北宋神宗年號（一○六八—一○七七）。熙寧間多有由樞密府職務拜相者，如韓絳、曾公亮、陳旭、吴充等。見宋史宰輔表。

〔八〕棲遲：漂泊失意。李賀致酒行：「零落棲遲一杯酒，主人奉觴客長壽。」

〔九〕睒：拖欠。委骨：棄骨，喪身。鮑照蕪城賦：「東都妙姬，南國佳人，蕙心紈質，玉貌絳脣，莫不埋魂幽石，委骨窮塵。」覬：希望。伸眉：舒展眉頭。形容得志。司馬遷報任少卿書：「乃欲仰首伸眉，論列是非，不亦輕朝廷羞當世之士邪？」

〔一〇〕仰跂：踮脚仰望。光躔：指光明的前景。

〔一一〕鋪張：鋪叙渲染，誇張。韓愈潮州刺史謝上表：「鋪張對天之閎休，揚厲無前之偉績。」

賀葉樞密啓

恭審顯膺明詔，進貳鴻樞〔一〕。道大材全，固視功名爲餘事；任隆位重，蓋倚精神之折衝〔二〕。衆志交孚，太平可冀。伏聞今昔有不移之形勢，華夷有一定之土疆。故彼不可越燕、薊而南侵，猶我不能跨遼、碣而北守〔三〕。堯舜尚無冠帶百蠻之理，天地豈忍羶腥諸夏之區〔四〕。又況以本朝積累，而當荒陋崛起之小夷；以陛下神武，而討衰弱僅存之孱虜。重以軍民之憤切，加之廟祏之威靈〔五〕。當一震於雷霆，宜坐消於氛祲〔六〕。夫何玩寇，久使逋誅〔七〕。九聖故都，視同棄屣〔八〕；兩河近地〔九〕，進若登天。莫宣方叔之壯猷，更類棘門之兒戲〔一〇〕。坐殫民力，孰奮士心。上方撫髀而喟然，公宜出身而任此。恭惟某官負沈雄邁往之略，躬英發絶人之姿。撫卷慨慷，夙有四方之大志；立朝開濟，晚收九牧之重名〔一一〕。果副簡求，肆當柄任〔一二〕，以元龍湖海之氣，參子房帷幄之籌〔一三〕。北斗以南一人，誰其倫擬〔一四〕；長安之西萬里，行矣清夷〔一五〕。某識面莫先，托身最早，側聽延登之渥〔一六〕，自悲淪落之餘。雖意氣摧藏，非復雕鶚離風塵之望〔一七〕；然饑寒蹙迫，猶懷駑馬戀棧豆之思〔一八〕。敢敬布於微誠，覬少回於曩眷。

【題解】

葉樞密，即葉衡（一一二二—一一八三），字夢錫，婺州金華人。紹興十八年進士。歷典要郡，以才幹治績稱。自太府少卿除户部侍郎，遷樞密都承旨，知荊南、成都、建康府，除户部尚書、簽書樞密院事，拜參知政事、右丞相兼樞密使。宋史卷三八四有傳。宋史卷二一三宰輔表四：「（淳熙元年甲午四月己卯）葉衡自朝散大夫、户部尚書除端明殿學士、簽書樞密院事。六月癸未，遷中大夫，除參知政事。十月，詔兼權知樞密院事。」本文爲陸游致參知政事兼權知樞密院事葉衡的賀啓。

本文原未繫年。歐譜繫於淳熙元年（一一七四），是。當作於該年十月。時陸游在蜀州通判任上。

參考本卷賀葉丞相啓、卷四九鷓鴣天（送葉夢錫）詞。

【箋注】

〔一〕進貳：提拔爲次官。見卷七賀黄樞密啓注〔一〕。 鴻樞：指中央政權的顯要之職。秦觀代賀中書僕射范相公啓：「昔執鴻樞，既致干戈之戢；今居端揆，何難禮樂之興。」

〔二〕折衝：指制敵取勝。見卷六賀曾秘監啓注〔五〕。

〔三〕燕、薊：周武王所封諸侯國，轄境在今北京市及周邊地區。史記周本紀：「武王追思先王，乃褒封……帝堯之後於薊……封召公奭於燕。」張守節正義：「周封以五等之爵，薊、燕二國俱武王立，因燕山、薊丘爲名，其地足自立國。薊微燕盛，乃并薊居之，薊名遂絶焉。今幽州薊縣，古燕國也。」 遼、碣：遼東和碣石都臨近渤海，故並稱。宋書索虜傳：「聖朝承王業之資，奮神武之略，遠定三秦，西及葱嶺，東平遼碣，海隅服從。」

〔四〕冠帶：謂使習禮儀。舊唐書玄宗紀下：「膜拜丹墀之下，夷歌立仗之前，可謂冠帶百蠻，車書萬里。」百蠻：古代南方少數民族的總稱。也泛稱其他少數民族。詩大雅韓奕：「以先祖受命，因時百蠻。」膻腥：原指北方少數民族的風習。後用來比喻其他民族對漢族的入侵或統治造成的影響。杜甫秦州見敕目薛三璩授司議郎……凡三十韻：「華夷相混合，宇宙一膻腥。」諸夏：周代分封的中原各個諸侯國。泛指中原地區。左傳閔公元年：「諸夏親暱，不可棄也。」

〔五〕廟祏：宗廟中藏神主的石匣。亦借指祖宗神靈。范祖禹文潞公生日：「忠勳藏廟祏，異禮冠臣鄰。」

〔六〕氛祲：霧氣，比喻戰亂，叛亂。見卷一逆曦授首稱賀表注〔二〕。

〔七〕玩寇：即消極抗敵。新唐書郗士美傳：「時諸鎮兵合十餘萬繞賊，多玩寇犯法，獨士美兵鋭整，最先有功。」逋誅：逃避誅罰。陳書衡陽獻王昌傳：「王琳逆命，逋誅歲久。」

〔八〕九聖：指北宋自太祖至欽宗共九位皇帝。見卷四己酉上殿劄子二注〔七〕。棄屣：扔掉鞋子。比喻輕視。語本孟子盡心上：「舜視棄天下，猶棄敝蹝也。」朱熹集注：「蹝，草履也。」廣韻去寘「屣」下引孟子：「舜去天下如脱敝屣。」

〔九〕兩河：宋代稱河北、河東地區爲兩河。宋史李綱傳：「莫若於河北置招撫司，河東置經制司，擇有材略者爲之使，宣諭天子恩德，所以不忍棄兩河於敵國之意。」

〔一〇〕方叔之壯猷：指方叔的宏大謀略。詩小雅采芑：「方叔元老，克壯其猶。」鄭玄箋：「猶，謀也；謀，兵謀也。」猶，同「猷」。方叔，周宣王時賢臣，征伐玁狁、蠻荆，使之歸服宣王。棘門之兒戲：指進出棘門軍如同兒戲。漢書周亞夫傳載：漢文帝時，匈奴入侵。以劉禮屯兵霸上，徐厲屯兵棘門，周亞夫屯兵細柳，以備胡。文帝親自勞軍，到霸上、棘門軍，皆直馳而入；到細柳軍，周亞夫軍容整飭，以軍禮相見。文帝感慨地稱贊周亞夫：「此真將軍矣！鄉者霸上、棘門如兒戲耳，其將固可襲而虜也。」

〔一一〕立朝：在朝爲官。開濟：開創并匡濟。杜甫蜀相詩：「三顧頻繁天下計，兩朝開濟老臣心。」九牧：九州之長。見卷五天申節進奉銀狀注〔一〕。

〔一二〕簡求：挑選尋求。後漢書皇后紀序：「自古雖主幼時艱，王家多釁，必委成冢宰，簡求忠賢，未有專任婦人，斷割重器。」肆：盡，極。柄任：指重要職位。范仲淹與韓魏公書：「惟祝正人早歸柄任，以副天下之心。」

〔一三〕元龍湖海之氣：指陳登的豪氣。見本卷上鄭宣撫啓注〔一〇〕。子房帷幄之籌：指張良的計謀。見卷六賀台州曾直閣啓注〔一一〕。

〔一四〕北斗以南一人：指狄仁傑。見卷七賀張都督啓注〔一八〕。倫儗：比較。儗，同「擬」。元稹授韓皋尚書左僕射制：「日者銓覈羣才，兼榮揆務，頗煩倫擬，有異優崇。」

〔五〕清夷：清平，太平。蔡邕貞節先生陳留范史雲銘：「通清夷之路，塞邪枉之門。」

〔六〕延登：延攬擢用。漢書元帝紀：「臨遣光禄大夫褒等十二人循行天下……延登賢俊，招顯側陋。」渥：優渥，豐厚。

〔七〕摧藏：收斂，隱藏。阮籍詠懷詩七十九：「林中有奇鳥，自言是鳳凰……適逢商風起，羽翼自摧藏。」雕鶚離風塵：指猛禽絕塵高飛。杜甫奉贈鮮于京兆二十韻：「驊騮開道路，雕鶚離風塵。」雕鶚，均爲猛禽。

〔八〕駑馬戀棧豆：比喻庸人目光短淺。三國志魏書曹爽傳：「爽於是遣允、泰詣宣王，歸罪，請死，乃通宣王奏事。」裴松之注引干寶晉書：「桓範出赴爽，宣王謂蔣濟曰：『智囊往矣。』濟曰：『範則智矣，駑馬戀棧豆，爽必不能用也。』」棧豆，馬房中的豆料。

除制司參議官謝趙都大啓

攝郡壘之左符〔一〕，已逾素望；備賓僚之右席〔二〕，復玷明恩。雖可知已老之頭顱，猶幸得本來之面目。伏念某下愚不肖，至拙無能。陪蓬嶠之後塵〔三〕，最爲薄命；省桃源之昨夢〔四〕，恍若前身。泛然不繫之舟，莫知税駕之地〔五〕。豈圖末路，更污除書〔六〕。蓋將問道質疑，求備老聃之役〔七〕；豈獨襞牋染翰，預賡嚴武之詩〔八〕。

樂哉斯行，幸甚過望。兹蓋伏遇某官學窺聖域，望冠時髦〔九〕，根於高明，用以忠恕，執詩書之正印〔一〇〕，司翰墨之衆盟。富貴不驕，有偉周宗之百世〔一一〕；誠明自得，屢班漢詔之六條〔一二〕。方當日有九遷之榮〔一三〕，何難身兼數器之地。施及萍蓬之孤迹，亦叨俎豆於群英〔一四〕，但不稱之是虞，豈辱知之敢望。已遵臺檄〔一五〕，即發山城。紀文饒戎幕之談〔一六〕，當從兹日；窺逸少蘭亭之帖〔一七〕，或在暮春。過此以還，未知所措。

【題解】

制司參議官，即四川制置使司參議官。趙都大，即趙彦博，參見卷八與趙都大啓題解。劍南詩稿卷六乙未元日題下自注：「除夕，得制司檄，催赴官。」本文爲陸游獲除成都府路安撫司參議官兼四川制置使司參議官後致都大趙彦博的謝啓。

本文原未繫年。歐譜繫於淳熙二年（一一七五），是。當作於該年初。文中「已遵臺檄，即發山城」二句可證。時陸游即將離榮州赴成都任。

參考卷八與趙都大啓。

【箋注】

〔一〕郡壘：郡邑。左符：符契的左半。見卷一嚴州到任謝表注〔一一〕。此指攝知榮州事。

〔二〕賓僚：賓客幕僚。世説新語言語：「桓征西治江陵城甚麗，會賓僚出江津望之。」此指任制司參議官。

〔三〕蓬嶠：指蓬萊山。古代傳説中的神山。亦常泛指仙境。李新觀瀾堂：「翻出秋潮真是幻，化成蓬嶠本來空。」

〔四〕桃源：即桃花源。語本陶淵明桃花源記。借指避世隱居之地，亦指理想境界。

〔五〕不繫之舟：比喻自由而無所牽掛，此處喻漂泊無定。莊子列禦寇：「巧者勞而知者憂，無能者無所求，飽食而敖遊，汎若不繫之舟，虚而敖遊者也。」税駕：即解駕，停車。指休息或歸宿。税，同挩、脱。史記李斯列傳：「物極則衰，吾未知所税駕也。」司馬貞索隱：「税駕，猶解駕，言休息也。李斯言己今日富貴已極，然未知向後吉凶，正泊在何處也。」

〔六〕除書：拜官授職的文書。韋應物始治尚書郎別善福精舍：「除書忽到門，冠帶便拘束。」

〔七〕老聃之役：老聃的弟子。老聃，春秋時楚人，曾爲周藏書室史官，著有老子。役，指門徒，弟子。莊子庚桑楚：「老聃之役，有庚桑楚者。」

〔八〕襞牋：折紙作書。語本南史陳紀下後主：「（後主）常使張貴妃、孔貴人等八人夾坐，江總、孔範等十人預宴，號曰『狎客』。先令八婦人襞采牋，製五言詩，十客一時繼和，遲則罰酒。」染翰：以筆蘸墨。翰，筆。潘岳秋興賦序：「於是染翰操紙，慨然而賦。」嚴武之詩：嚴武（七二六—七六五）字季鷹，華州華陰人。初任太原府參軍事、隴右節度使判官，歷官殿中侍御史、諫議大夫、成都尹兼劍南節度使、京兆尹兼御史大夫、檢校禮部尚書，封鄭國公。與杜甫友善，常以詩歌唱和。舊唐書卷一一七、新唐書卷一二九有傳。嚴武善詩，筆力雄健，詩有奇趣。與杜甫等多有贈答，杜甫稱其「筆落驚四座」、「詩清立意新」。

〔九〕聖域：指聖人的境界。漢書賈捐之傳：「臣聞堯舜，聖之盛也，禹入聖域而不優。」時髦：當代俊傑。後漢書順帝紀贊：「孝順初立，時髦允集。」李賢注：「爾雅曰：『髦，俊也。』郭璞注曰：『士中之俊，猶毛中之髦。』」

〔一〇〕正印：即正宗。姜特立代陳公實上通守王剛父：「我識通川守，人才世所稀。金陵傳正印，葉縣悟圓機。」

〔一一〕周宗之百世：周王朝宗族的遠裔，此指趙彥博是宋皇室宗族。論語爲政：「子曰：『殷因於夏禮，所損益，可知也；周因於殷禮，所損益，可知也。其或繼周者，雖百世，可知也。』」

〔一二〕漢詔之六條：漢制，刺史頒行六條詔書，以考察官吏。漢書百官公卿表上「武帝元封五年初置部刺史」，顏師古注引漢官典職儀云：「刺史班宣，周行郡國，省察治狀，黜陟能否，斷治冤獄，以六條問事，非條所問，即不省。」

〔一三〕九遷：指多次升遷。見卷六賀禮部曾侍郎啓注〔三〕。

〔一四〕萍蓬：萍浮蓬飄。比喻行蹤轉徙無定。杜甫將別巫峽贈南卿兄瀼西果園四十畝詩：「苔竹素所好，萍蓬無定居。」俎豆：指祭祀，奉祀。見本卷上鄭宣撫啓注〔一四〕。

〔一五〕臺檄：朝廷用於徵召、曉諭、詰責等方面的文書。

〔一六〕「紀文饒」句：指記述李德裕戎幕中的閒談。文饒，李德裕字。參見卷七賀黄樞密啓注〔四〕。戎幕之談，唐韋絢撰有戎幕閒談一卷，記李德裕在西川節度使任上所述古今異聞。

〔一七〕「窺逸少」句：指窺探王羲之蘭亭集序名帖。逸少，王羲之（三〇三—三六一）字，琅琊臨沂人，後遷會稽。歷任秘書郎、江州刺史、會稽内史等。晉書卷八〇有傳。東晉大書法家，其蘭亭集序帖被譽爲「天下第一行書」。

賀葉丞相啓

恭審誕告大廷，延登真相〔一〕。永惟夷夏戴宋之舊〔二〕，思見太平；時則祖宗在天之靈，爲生賢佐。海内幸甚，國勢巋然〔三〕。某少從史氏之遊，粗習星官之説〔四〕。去歲之杪，垂象有開〔五〕。太微紫垣，忽一新於景氣〔六〕；神州赤縣，將寢復於提封〔七〕。曾未閲時〔八〕，遽聞休命。昭哉天人精祲之際〔九〕，見於君臣會遇之初。恭惟某官鍾河嶽英靈之姿，應乾坤開泰之運〔一〇〕，器函魁碩〔一一〕，論極崇紘。萬卷讀書，盡是經綸之藴〔一二〕；十年遇主，獨高康濟之功〔一三〕。比遄井絡之歸，式贊斗樞之重〔一四〕。俄進陪於大政，果首建於永圖〔一五〕。股肱良哉，耻君不及堯舜〔一六〕；期月可也，致治庶幾成康〔一七〕。方將修未央、長樂之故宫，築馬邑、雁門之絶塞〔一八〕，興植禮樂於僵仆之後，整齊法制於搶攘之餘〔一九〕。威憺殊鄰，玉輦受渭橋之謁〔二〇〕；治偕邃古，金泥增岱嶽之封〔二一〕。然後遨遊謝傅之東山，偃息蕭何之甲第〔二二〕，委成功而不處，享眉壽於無窮〔二三〕。某遠寄殊方，久孤隆眷〔二四〕。驥老伏櫪〔二五〕，知難效命於馳驅；狐死首丘〔二六〕，但擬祈哀於造化。

【題解】

葉丞相，即葉衡（一一二二—一一八三），見本卷賀葉樞密啓題解。宋史卷二一三宰輔表四：「（淳熙元年甲午十一月丙午）葉衡自兼樞密使、參知政事遷通奉大夫，除右丞相。」本文爲陸游上呈右丞相葉衡的賀啓。

本文原未繫年。歐譜繫於淳熙二年（一一七五），是。當作於該年初。時陸游在成都府路安撫司參議官兼四川制置使司參議官任上。

參考本卷賀葉樞密啓、卷四九鷓鴣天（送葉夢錫）詞。

【箋注】

〔一〕誕告：廣泛告知。書湯誥：「王歸自克夏，至於亳，誕告萬方。」孔傳：「誕，大也。以天命大義告萬方之衆人。」大廷：即大庭，朝廷。延登，延攬擢用。見本卷賀葉樞密啓注〔一六〕。

真相：指實任宰相。徐度卻掃編卷下：「今歲便當登第，十餘年間可爲侍從，又十年爲執政，然決不爲真相，晚年當以使相終。」

〔二〕夷夏：夷狄與華夏的並稱。周書于翼傳：「翼又推誠布信，事存寬簡，夷夏感悦，比之大小馮君焉。」戴：擁戴。

〔三〕巋然：高大獨立貌。莊子天下：「人皆取實，己獨取虚，無藏也故有餘，巋然而有餘。」成玄英疏：「巋然，獨立之謂也。」

〔四〕史氏：史家，史官。韓愈答劉秀才論史書：「史氏褒貶大法，春秋已備之矣。」星官：古代把天上的恒星組合并命名，稱星官。史記天官書司馬貞題解：「天文有五官。官者，星官也。星座有尊卑，若人之官曹列位，故曰天官。」

〔五〕杪：歲末。垂象：顯示徵兆。易繫辭上：「天垂象，見吉凶，聖人象之。」

〔六〕太微：古代星官名。三垣之一。位於北斗之南，軫、翼之北，大角之西，軒轅之東。諸星以五帝座爲中心，作屏藩狀。古以爲天庭。楚辭遠遊：「召豐隆使先導兮，問大微之所居。」王逸注：「博訪天庭在何處也。大，一作太。」紫垣：星座名。常借指皇宫。令狐楚發潭州日寄李寧常侍詩：「君今侍紫垣，我已墮青天。」景氣：景象。

〔七〕神州赤縣：即赤縣神州。戰國齊人騶衍創立「大九州」學説，謂：「中國名曰赤縣神州。赤縣神州内自有九州，禹之序九州是也，不得爲州數。中國外如赤縣神州者九，乃所謂九州也。」見史記孟子荀卿列傳。後以借指中原或中國。寖復：逐漸收復。寖，同「浸」。提封：即版圖，疆域。薛道衡老氏碑：「牂牱、夜郎之所，靡漠、桑乾之地，咸被聲教，并入提封。」

〔八〕閱時：經歷時日。劉勰文心雕龍明詩：「閱時取證，則五言久矣。」

〔九〕精祲：指陰陽相侵形成的災異徵兆。淮南子泰族訓：「故國危亡而天文變，世惑亂而虹蜺見，萬物有以相連，精祲有以相蕩也。」高誘注：「精祲，氣之侵人者也。」

〔一〇〕河嶽：黄河和五嶽的並稱。泛指山川。語本詩周頌時邁：「懷柔百神，及河喬嶽。」毛傳：「喬，高也。高岳，岱宗也。」孔穎達疏：「言高嶽岱宗者，以巡守之禮必始於東方，故以岱宗言之，其實理兼四嶽。」開泰：亨通安泰。晉書顧榮傳：「弘九合之勤，雪天下之耻，則羣生有賴，開泰有期矣。」

〔一一〕魁碩：壯偉貌。韓愈河南令張君墓誌銘：「君方質有氣，形貌魁碩。」

〔一二〕經綸：整理絲縷，編絲成繩，統稱經綸。引申爲籌畫治理國家大事。易屯：「雲雷屯，君子以經綸。」孔穎達疏：「經謂經緯，綸謂綱綸，言君子法此屯象有爲之時，以經綸天下，約束於物。」

〔一三〕康濟：指安民濟世。見卷六賀辛給事啓注〔六〕。

〔一四〕井絡之歸：指葉衡曾知成都府。井絡，井宿區域，借指蜀地。見本卷賀薛安撫兼制置啓注〔一二〕。斗樞之重：此指右丞相的重任。斗樞，北斗七星之第一星名天樞。劉允濟天賦：「横斗樞以旋運，廓星漢之昭回。」

〔一五〕永圖：長久之計，長久打算。書太甲上：「慎乃儉德，惟懷永圖。」孔傳：「言當以儉爲德，思長世之謀。」

〔一六〕股肱良哉：書益稷：「（皋陶）乃賡載歌曰：『元首明哉，股肱良哉，庶事康哉。』」股肱，輔佐之臣。　恥君不及堯舜：以（諫諍不盡心）君王不及堯舜爲恥。舊唐書王珪傳：「（王珪）對曰：『孜孜奉國，知無不爲，臣不如（房）玄齡……以諫諍爲心，恥君不及堯舜，臣不如（魏）徵。』」

〔一七〕期月可也：一整年差不多。論語子路：「子曰：『苟有用我者，期月而已可也，三年有成。』」邢昺疏：「期月，周月也，謂周一年之十二月也。」　致治庶幾成康：治理天下的美政，近似周成王、周康王。新唐書太宗本紀：「盛哉，太宗之烈也！其除隋之亂，比迹湯、武；致治之美，庶幾成、康。自古功德兼隆，由漢以來未之有也。」

〔一八〕未央、長樂：均爲西漢宮殿，分别在今西安北郊漢長安故城西南隅和東南隅。　馬邑、雁門，均爲邊關要塞。馬邑爲古縣名，屬雁門郡，秦置，在今山西朔州。雁門關爲長城重要關口之一，在今山西代縣北。

〔一九〕興植：復興、培植。　僵仆：仆倒。戰國策秦策四：「刳腹折頤，首身分離，暴骨草澤，頭顱僵仆，相望於境。」鮑彪注：「僵，僨；仆，倒也。」　搶攘：紛亂貌。漢書賈誼傳：「本末舛逆，首尾衡決，國制搶攘，非甚有紀，胡可謂治？」

〔二〇〕威憯：威勢令人畏憚。宋書禮志三：「朕皇考太祖文皇帝功耀洞元，聖靈昭俗，内穆四門，仁濟羣品，外薄八荒，威慴殊俗。」殊鄰：遠方異域。漢書揚雄傳下：「是以遐方疏俗殊鄰絶黨之域，自上仁所不化，茂德所不綏，莫不蹻足抗手，請獻厥珍。」玉輦：天子所乘之車，以玉爲飾。潘岳籍田賦：「天子乃御玉輦，蔭華蓋。」渭橋之謁：指漢文帝（代王）入長安，在渭橋受群臣拜謁。史記孝文帝本紀：「（宋）昌至渭橋，丞相以下皆迎。宋昌還報。代王馳至渭橋，群臣拜謁稱臣。」渭橋，長安以北渭水上的橋樑，秦始建，稱横橋，漢更名渭橋。

〔一一〕邃古：遠古。金泥：以水銀和金粉爲泥，作封印之用。應劭風俗通正失封泰山禪梁父：「剋石紀號，著己績也。或曰：金泥銀繩，印之以璽。」岱嶽之封：指皇帝登泰山祭天的典禮。漢書武帝紀「登封泰山」，孟康注：「王者功成治定，告成功於天，刻石紀號……有金策石函金泥玉檢之封焉。」

〔一二〕謝傅：指謝安。見卷六賀辛給事啓注〔一〇〕。偃息：睡卧止息。司馬光和君倚藤牀十二韻：「朝訊獄中囚，暮省案前文。雖有八尺牀，初無偃息痕。」蕭何：見卷八謝王宣撫啓注〔一二〕。

〔一三〕眉壽：長壽。詩豳風七月：「爲此春酒，以介眉壽。」毛傳：「眉壽，豪眉也。」孔穎達疏：「人年老者必有豪眉秀出者。」

〔一四〕隆眷：深厚的顧念。江淹知己賦：「吐情志而深賞，忘年齒而隆眷。」

〔一五〕驥老伏櫪：即老驥伏櫪。見卷八與何蜀州啓注〔四〕。

〔二六〕狐死首丘：比喻不忘本或對鄉土的思念。禮記檀弓上：「太公封於營丘，比及五世，皆反葬於周。君子曰：『樂，樂其所自生；禮，不忘其本。古之人有言曰：狐死正丘首，仁也。』」陳澔集説：「狐雖微獸，丘其所窟藏之地，是亦生而樂於此矣。故及死而猶正其首以向丘，不忘其本也。」

賀龔參政啓

恭審光膺明詔，進貳政機〔一〕。爲治不難，其道顧何如耳；用人若此，吾國其庶幾乎。傳聞四方，歡喜一意。某聞公論未嘗盡廢，常恐不在於朝廷；小人豈必無材，惟患與聞於國事。誠使元臣大老〔二〕，守紀綱而不紊；近習外戚〔三〕，保富貴而有終。政一出於廟堂，權弗移於貴倖〔四〕。豈獨坐消於外侮，固將馴致於太平〔五〕。孰成伊尹格天之功，其在孟子敬王之學〔六〕。恭惟某官材負超軼，器局恢閎。造道深〔七〕，故能泛應而不窮；進身正〔八〕，故敢盡言而無諱。建久安之勢，成長治之業，已收效於立談；開衆正之路，塞群枉之門，曾不勞於變色〔九〕。薦紳相賀，史册有光。然而仁人先天下而憂，重矣自任；賢者備春秋之責，艱哉克終。某十年獨荷於異知，萬里敢虛於忠告，輒因尺牘，罄寫寸誠。未死殊方，或見丕天之偉績〔一〇〕；猶期末路，終爲盛世之幸民。

【題解】

龔參政，即龔茂良（一一二一—一一七八），字實之，興化軍（今福建莆田）人。紹興八年進士。累官秘書省正字、監察御史、右正言，除江西轉運判官兼知隆興府，治荒政有政績。擢禮部侍郎，淳熙元年拜參知政事，二年以首參行相事。四年落職放罷。安置英州，卒於貶所。宋史卷三八五有傳。宋史宰輔表四：「（淳熙元年甲午十一月戊戌）龔茂良自禮部侍郎兼權吏部尚書除參知政事。」本文爲陸游上呈參知政事龔茂良的賀啓。

本文原未繫年。歐譜繫於淳熙二年（一一七五），是。當作於該年初。時陸游在成都府路安撫司參議官兼四川制置使司參議官任上。

【箋注】

〔一〕進貳：提拔爲次官。見卷七賀黄樞密啓注〔一〕。政機：指政務。此指除參知政事。

〔二〕元臣：重臣，老臣。見卷七除編修官謝丞相啓注〔一〇〕。大老：德高望重的老人。見卷六賀曾秘監啓注〔三〕。

〔三〕近習：指君主寵愛親信者。禮記月令：「（仲冬之月）省婦事，毋得淫，雖有貴戚近習，毋有不禁。」外戚：指帝王的母族、妻族。史記外戚世家：「自古受命帝王及繼體守文之君，非獨内德茂也，蓋亦有外戚之助焉。」

〔四〕貴倖：指位尊且受君王寵信者。後漢書陳忠傳：「臣下輕慢，貴倖擅權。」

〔五〕馴致：逐漸達到。易坤：「履霜堅冰，陰始凝也；馴致其道，至堅冰也。」

〔六〕伊尹：商湯大臣，名伊，一名摯，尹是官名。相傳生於伊水。曾助湯伐夏桀，被尊爲阿衡。湯去世後歷佐卜丙、仲壬二王。後太甲即位，因荒淫失度，被伊尹放逐到桐宫，三年後迎之復位。書伊訓：「惟元祀十有二月乙丑伊尹祠於先王。」格天：感通上天。語本書君奭：「在昔成湯既受命，時則有若伊尹，格于皇天。」孟子敬王之學：指真正對王尊敬，則要向王宣傳堯舜之道。孟子公孫丑下：「（孟子）曰：『齊人無以仁義與王言者，豈以仁義爲不美也？其心曰「是何足與言仁義也」云爾，則不敬莫大乎是。我非堯舜之道不敢以陳於王前。故齊人莫如我敬王也。』」

〔七〕造道：指提高品德修養。蘇軾與李公擇書之十一：「兄造道深，中必不爾。」

〔八〕進身：指入仕做官。王充論衡逢遇：「倉猝之業，須臾之名，日力不足不預聞，何以准主而納其説，進身而托其能哉？」

〔九〕「開衆」二句：漢書劉向傳：「杜閉羣枉之門，廣開衆正之路。」衆正，衆多合於正道之事。群枉，衆奸邪。變色，指因人的内心活動改變臉色。論語鄉黨：「有盛饌，必變色而作。」

〔一〇〕殊方：遠方，異域。班固西都賦：「踰崑崙，越巨海，殊方異類，至於三萬里。」丕天：偉大的上天。丕，大。

答交代陳太丞啓

撫銅人而歎息，方感舊遊〔一〕；拾竹馬之棄遺，偶叨新命〔二〕。曾馳書之未暇，愧飛翰之鼎來〔三〕。恭惟某官鴻漸賢關，鳳儀朝著〔四〕。傑作紀永和之會〔五〕，邈矣風流；清言繼正始之音〔六〕，超然名勝。初叱乘軺之馭，已勤側席之思〔七〕。峻陟容臺，寖階清禁〔八〕。某自憐末路，獲踵後塵。君遣使而有光華，即載驅於原野；匠誨人而以規矩，尚竊望於門墻〔九〕。

【題解】

淳熙五年春，陸游奉召離蜀東歸。秋至臨安，召對，除提舉福建路常平茶事。冬抵建安任所。交代指前後任相接替、移交。陳太丞爲誰不詳，從文中「某自憐末路，獲踵後塵」一句看，當是將提舉常平茶事一職移交陸游的前任，太丞則是其獲除或曾任的職務。太丞即太常寺丞，爲太常寺助理，掌禮樂、郊廟、社稷、壇壝、陵寢之事。文中有「峻陟容臺」句可證。本文爲陸游致前任陳太丞的答啓。

本文原未繫年。歐譜繫於淳熙五年（一一七八），是。當作於該年秋冬間。時陸游將赴提舉福建路常平茶事任。

【箋注】

〔一〕銅人：銅鑄的人像。漢書郊祀志下：「建章、未央、長樂宫鐘虡銅人皆生毛，長一寸所，時以爲美祥。」　舊遊：陸游曾於紹興二十八年冬至二十九年，先後任福州寧德縣主簿、福州決曹。

〔二〕竹馬：兒童遊戲時當馬騎的竹竿。後漢書郭伋傳：「始至行部，到西河美稷，有童兒數百，各騎竹馬，道次迎拜。」後用以稱頌地方官吏。　新命：指提舉常平茶事的任命。因僅爲掌一路茶事之閒職，故稱「竹馬之棄遺」。

〔三〕鼎來：方來，正來。

〔四〕鴻漸：比喻仕宦升遷。見卷八答發解進士啓注〔五〕。　賢關：進入仕途的門徑。語本漢書董仲舒傳：「太學者，賢士之所關也，教化之本原也。」顔師古注：「關，由也。」　鳳儀：比喻英俊的姿容。張鎡雜興其九：「善人所至處，鳳儀氣芝蘭。」

〔五〕傑作：指王羲之蘭亭集序。永和之會：指東晉永和九年（三五三）暮春，王羲之與謝安等四十餘人在會稽山陰蘭亭舉行的修禊集會。

〔六〕清言：清談。正始之音：指正始年間崇尚老莊的風氣。見本卷與李運使啓注〔五〕。

〔七〕乘軺：乘坐輕便馬車。文選丘遲與陳伯之書：「乘軺建節，奉疆埸之任。」李善注引如淳漢書注：「二馬爲軺傳。」側席：指謙恭以待賢者。見卷四除修史上殿劄子注〔七〕。

〔八〕容臺：禮署的别稱。史記殷本紀「表商容之閭」，司馬貞索隱引鄭玄云：「商家典樂之官，知禮容，所以禮署稱容臺。」此指太常寺。　清禁：指清静嚴肅的皇宫。應劭風俗通十反司徒九江朱倀：「臣願陛下思周旦之言，詳左右清禁之内，謹供養之官，嚴宿衛之身。」

〔九〕門牆：指師門。語本論語子張：「夫子之牆數仞，不得其門而入，不見宗廟之美，百官之富。得其門者或寡矣。」

與錢運使啓

奔走九年，僅補州麾之選〔一〕；來歸萬里，遽叨使傳之華〔二〕。逾分已多，置慚無所。伏念某稟資甚陋，賦命多艱。跌宕文辭，本是書生之常態；蹉跎名宦，獨爲天下之畸人。比由西蜀之歸，獲侯東華之對〔三〕，進趨梗野，占奏空疏〔四〕，謂擯斥之是宜〔五〕，豈超逾之敢望。此蓋伏遇某官道參聖域，學擅經郛〔六〕。愛惜人材，每陰借之餘論；維持公道，尤深憫於窮途。致此妄庸，亦叨臨遣〔七〕。某服膺已久，擁篲有期〔八〕。大匠之規矩可師，方日親於函丈〔九〕；小夫之竿牘自見〔一〇〕，姑少述於萬分。

【題解】

錢運使，即錢佃，字仲耕，蘇州常熟人。紹興十五年進士，歷官吏部郎中，遷左右司檢正，兼權吏、兵、工部三部侍郎，出爲江西轉運副使，繼使福建，再使江西。官至祕閣修撰。寶祐琴川志卷八有傳。八閩通志卷三〇轉運副使題名：「錢佃，淳熙間任。」本文爲陸游致轉運副使錢佃的啓文。

本文原未繫年。歐譜繫於淳熙五年（一一七八），是。當作於該年秋冬間。時陸游將赴提舉福建路常平茶事任。

【箋注】

〔一〕奔走九年：指陸游從乾道六年離山陰入蜀，到淳熙五年離蜀東歸，恰跨九年。　州麾：指出任州郡長官。宋祁還都詩：「一封東走罷州麾，却趁清班上赤墀。」

〔二〕使傳：指使者傳達的皇帝詔書。曾鞏代書寄趙宏詩：「君持使傳入南師，忽領貔貅過蓬藿。」

〔三〕東華：即東華門。宮城東門名。宋史地理志一：「宮城周回五里，南三門，中曰乾元，東曰左掖，西曰右掖，東、西面門曰東華、西華。」

〔四〕梗野：率直粗魯。見卷三擬上殿劄子注〔六〕。　占奏：口頭奏對。新唐書王播傳：「（王播）雅善占奏，雖數十事，未嘗書於笏。」

〔五〕擯斥：排斥，棄去。劉孝標辯命論：「昔之玉質金相，英髦秀達，皆擯斥於當年，韞奇才而莫用。」

〔六〕經郛：經學的全部。語本法言問神：「大哉！天地之爲萬物郭，五經之爲衆説郛。」郛，城圈週邊的大城。

〔七〕臨遣：臨軒派遣。見卷一福建到任謝表注〔一二〕。

〔八〕擁篲：執帚。古人執帚清道，迎候賓客，以示敬意。史記孟子荀卿列傳：「（騶子）如燕，昭王擁彗先驅，請列弟子之座而受業。」

〔九〕大匠：技藝高超的木工。孟子盡心上：「大匠不爲拙工改廢繩墨。」函丈：指講學的坐席，師生應相距一丈。禮記曲禮上：「若非飲食之客，則布席，席間函丈。」鄭玄注：「謂講問之客也。函，猶容也，講問宜相對容丈，足以指畫也。」

〔一〇〕小夫之竿牘：指匹夫關心的瑣事。莊子列禦寇：「小夫之知，不離苞苴竿牘。」小夫，匹夫。竿牘，竹簡尺牘，用以相互問候。

答南劍守林少卿啓

比解邊城，猥叨使傳，顧惸惸之寡助，宜挈挈而亟行〔一〕。揣分已逾，置慚靡所。伏念某百罹薄命，九折窮途〔二〕。跌宕文辭，已困諸生之小技；沉迷簿領，又無俗吏之能聲〔三〕。乃者來歸，頹然遲暮，進趨梗野，占奏空疏。宜居擯斥之科，敢辱光華之命。兹蓋伏遇某官道該聖蘊，學擅經郛。獨倡諸儒，躬伊尹天民之先覺〔四〕；興憐末路，念貞元朝士之無多〔五〕。致此安庸，亦叨臨遣。某方圖馳問，已辱詒書〔六〕。墨妙筆精，雖喜窺於近製；頭童齒豁〔七〕，更自感於殘年。

【題解】

南劍守，南劍州知州。南劍州爲福建路「八閩」（一府五州二軍）之一。治所在南平（今南平市）。轄境相當今福建南平市及將樂、順昌、沙縣、尤溪等地。少卿爲宋代各寺副長官，如太常少卿、太僕少卿等。林少卿爲誰不詳，或曾任少卿。本文爲陸游致南劍州知州林少卿的答啓。

本文原未繫年。歐譜繫於淳熙五年（一一七八），是。當作於該年秋冬間。時陸游將赴提舉福建路常平茶事任。

【箋注】

〔一〕惸惸：孤單無依貌。挈挈，急切貌。參見卷八通判夔州謝政府啓注〔一六〕、與何蜀州啓注〔五〕。

〔二〕百罹：種種不幸遭遇。詩王風兔爰：「我生之後，逢此百罹，尚寐無吪。」毛傳：「罹，憂。」九折：比喻路途艱險。劍南詩稿卷七五東窗：「九折危途寸步艱，至今回首尚心寒。」

〔三〕簿領：指官府記事的簿册、文書。見卷六謝内翰啓注〔六〕。能聲：能幹的聲譽。白居易和夢得：「綸閣沈沈無寵命，蘇台籍籍有能聲。」

〔四〕伊尹：商湯大臣。見本卷賀龔參政啓注〔六〕。天民：指明乎天理、適乎天性的賢者。孟子盡心上：「有天民者，達可行於天下而後行之者也。」

〔五〕貞元朝士：此指前朝舊臣。見卷一謝致仕表注〔一〇〕。

〔六〕詒書：寄書。新唐書蔣儼傳：「於是田遊巖與處士爲洗馬，太子所尊禮，儼詒書責之。」

〔七〕頭童齒豁：頭禿齒缺。形容衰老。韓愈進學解：「頭童齒豁，竟死何裨。」

與建寧蘇給事啓

奔走九年，僅補州麾之選；來歸萬里，遽叨使傳之華〔一〕。忝冒過優〔二〕，慚惶莫喻。伏念某多奇薄命，孑立孤生〔三〕。小智自私，守紙上區區之糟粕〔四〕；大惑不解〔五〕，蹈人間洶洶之風波。比由隴蜀之歸，獲奉宣温之對〔六〕。樸學不足以恭承清問〔七〕，蕪辭不足以罄寫丹衷。謂擯斥之是宜，何超逾之敢望。此蓋伏遇某官材高而善下，道峻而兼容。哀元祐之黨家〔八〕，今其餘幾；數紹興之朝士〔九〕，久矣無多。曲借餘光〔一〇〕，少伸末路。某遜違燕語，喜望提封〔一一〕。大匠之規矩可師，方亟趨於函文；小夫之竿牘自見，姑少述於萬分〔三〕。

【題解】

建寧，府名，地處今福建省北部。紹興三十二年升建州爲建寧府，爲福建路「八閩」（一府五州二軍）之一。給事，即給事中，官名，掌封駁政令失當者。蘇給事爲誰不詳，或曾任給事中。本文爲陸游致建寧縣蘇給事的啓文。

本文原未繫年。歐譜繫於淳熙五年（一一七八），是。當作於該年秋冬間。時陸游將赴提舉福建路常平茶事任。

【箋注】

〔一〕「奔走」四句：參見本卷與錢運使啓注〔一〕、〔二〕。

〔二〕忝冒：濫竽充數。見卷五辭免賜出身狀注〔四〕。

〔三〕孑立：獨立無依，孤立。後漢書蘇不韋傳：「豈如蘇子單特孑立，靡因靡資。」

〔四〕小智自私：指小聰明淺薄，自以爲是。賈誼鵩鳥賦：「小智自私兮，賤彼貴我；達人大觀兮，物無不可。」　糟粕：莊子天道：「然則君之所讀者，古人之糟粕已夫。」

〔五〕大惑不解：指對大事感到迷惑不解。語本莊子天地：「大惑者，終身不解；大愚者，終身不靈。」成玄英疏：「大愚惑者，凡俗也，心識闇鄙，觸景生迷，所以竟世終身不覺悟也。」

〔六〕宣温之對：漢文帝於宣室與賈誼進行的問對。此指與天子問對。史記屈原賈生列傳：「後歲餘，賈生徵見。孝文帝方受釐，坐宣室。上因感鬼神事，而問鬼神之本。賈生因具道所以然之狀。至夜半，文帝前席。既罷，曰：『吾久不見賈生，自以爲過之，今不及也。』」宣室，未央殿前正室。

〔七〕樸學：泛指儒家經學。　清問：清審詳問。書呂刑：「皇帝清問下民，鰥寡有辭于苗。」孔安國傳：「帝堯詳問民患，皆有辭怨於苗民。」孔穎達疏：「帝堯清審詳問下民所患。」

〔八〕元祐之黨家：指陸游之祖父陸佃曾列入元祐黨籍。見卷一福建到任謝表注〔五〕。

〔九〕紹興之朝士：指陸游紹興末年曾在朝任敕令所删定官、樞密院編修等職。

〔一〇〕餘光：指美德、出身、身世等留下的影響。歐陽修相州畫錦堂記：「自公少時，已擢高科，登顯仕，海内之士，聞下風而望餘光者，蓋亦有年矣。」

〔一一〕逖違：久違。　燕語：宴飲叙談。詩小雅蓼蕭：「燕笑語兮，是以有譽處兮。」鄭玄箋：「天子與之燕而笑語。」朱熹集傳：「燕，謂燕飲。」　提封：指版圖，疆域。薛道衡老氏碑：「牂牁、夜郎之所，靡漢、桑乾之地，咸被聲教，并入提封。」

〔一二〕「大匠」四句：參見本卷與錢運使啓注〔一一〕、〔一二〕。

與本路郡守啓

比奉宸綸，躐乘使傳〔一〕，方懼誤恩之及，敢勤流問之先〔二〕。伏念某潦倒寒生，沉迷薄宦。曲江禁柳，早旅食於京華〔三〕；東閣官梅，晚狂吟於蜀道〔四〕。偶然不死，復此來歸。豈期憔悴之餘，亦玷光華之選。此蓋伏遇某官天資甚茂，朝望素高〔五〕。俯憐萍梗之孤蹤，每借齒牙之餘論〔六〕，遂令留落，忽有超逾。某弛擔云初①〔七〕，登門尚阻。川途悠邈，敢辭叱馭之行〔八〕；風度清真，先想凝香之地〔九〕。

【題解】

本路郡守，即福建路福州知府。宋代郡改府，知府亦稱郡守。福州知府爲誰不詳。本文爲陸游致福州知府的啓文。

本文原未繫年。歐譜繫於淳熙五年（一一七八），是。當作於該年秋冬間。文中「登門尚阻」句可證。時陸游將赴提舉福建路常平茶事任。

【校記】

①「擔」，原作「檐」，據弘治本、汲古閣本改。

【箋注】

〔一〕宸綸：帝王的詔書、制令。趙抃送同年何推官詩：「到日成優績，宸綸佇九遷。」躐乘：越級乘坐。使傳：使者、官員所乘驛車。

〔二〕流問：詢問。蘇軾答陳提刑啓：「欲聞名而未敢，豈流問之或先。」

〔三〕曲江：曲江，即曲江池，在今陝西西安，唐代長安遊賞勝地。杜甫曲江對酒：「苑外江頭坐不歸，水精春殿轉霏微。」 禁柳：禁苑中的柳樹。白居易喜晴聯句（劉禹錫句）：「橋浄行塵息，堤長禁柳垂。」 旅食：客居，寄食。杜甫奉贈韋左丞丈二十二韻：「騎驢三十載，旅食京華春。」

〔四〕東閣：指東亭，在蜀州（今四川省崇州縣東）。 官梅：官府所種之梅。杜甫和裴迪登蜀州東亭送客逢早梅相憶見寄詩：「東閣官梅動詩興，還如何遜在揚州。」仇兆鰲注：「東閣，指東亭。」 狂吟：指陸游在蜀中多有詠梅之作，見劍南詩稿卷三、卷四諸篇，如梅花四首、十二月初一日得梅一枝絶奇戲作長句今年於是四賦此花矣等。

〔五〕朝望：朝廷的人望。南史張融傳：「見卿衣服粗故，誠乃素懷有本，交爾藍縷，亦虧朝望。」

〔六〕萍梗：浮萍斷梗。比喻人行止無定。見本卷答勾簡州啓注〔九〕。 齒牙：稱譽，説好話。蘇軾與王荆公書之二：「願公少借齒牙，使增重於世。」 餘論：指一言半語。劉孝標廣絶交論：「攀其鱗翼，丐其餘論。」

〔七〕弛擔：指棲息。楊衒之洛陽伽藍記追先寺：「往雖弛擔爲梁，今便言旋闕下，有志有節，能始能終。」

〔八〕川途：道路，路途。謝靈運九日從宋公戲馬臺集送孔令詩：「豈伊川途念，宿心愧將别。」 悠邈：遥遠，久遠。文選棗據雜詩：「千里既悠邈，路次限關梁。」吕向注：「悠邈，遠也。」

叱馭：呵斥馭者。指報效國家，不畏艱險。語本漢書王尊傳：「漢琅邪王陽爲益州刺史，行至邛郲九折阪，歎曰：『奉先人遺體，奈何數乘此險！』因折返。及王尊爲刺史，至其阪……尊叱其馭曰：『驅之！王陽爲孝子，王尊爲忠臣。』」

〔九〕凝香之地：指即將任職之地。語本韋應物郡齋雨中與諸文士燕集：「兵衛森畫戟，宴寢凝清香。」

福建謝史丞相啓

大鈞播物，萬化悉付之無心〔一〕；小己便私〔二〕，一官獲從於所欲。可謂難遭之會，空懷莫報之恩。伏念某早出門闌，嘗塵班綴〔三〕。士於知己，寧無管、鮑之情〔四〕；人之多言，誣爲牛、李之黨〔五〕。既逡巡而自引〔六〕，因委棄而莫收。晚參戎幕之遊，始被邊州之寄〔七〕。知者希則我貴矣，何嫌流俗之見排；加之罪其無詞乎〔八〕，至以虚名而被劾。甫周歲律，復畀守符〔九〕，曾未綰於印章，已遽膺於號召〔一〇〕。行能亡取，資望尚輕〔一一〕，便朝纔畢於對揚，使指遂叨於臨遣〔一二〕。此蓋伏遇某官兩朝元老〔一三〕，千載真儒，以道德性命訓迪人材〔一四〕，以禮義廉耻維持國勢。哀窮悼屈，如伐木故舊之不遺〔一五〕；懷昔感今，異積薪後來之居上〔一六〕。遂容孱瑣〔一七〕，猶被甄收。某敢不斂散視豐凶之宜，阜通去農末之病〔一八〕。觀近臣以其所主〔一九〕，期無負於深知；非俗吏之所能爲，或粗施於素學〔二〇〕。過此以往，未知所裁。

【題解】

史丞相，即史浩。參見卷七謝參政啓題解。宋史宰輔表四：「（淳熙五年）三月壬子，史浩自觀文殿大學士、充醴泉觀使、兼侍讀、永國公依前少保，授右丞相，封衛國公。」又：「十一月甲戌，史浩罷右相。」本文爲陸游赴福建到任後致右丞相史浩的謝啓。

本文原未繫年。歐譜繫於淳熙五年（一一七八），是。當作於該年十一月。時陸游在提舉福建路常平茶事任上。

參考卷一福建到任謝表、卷七謝參政啓、謝賜出身啓。

【箋注】

〔一〕大鈞播物：指上天化育萬物。文選賈誼鵩鳥賦：「雲蒸雨降兮，糾錯相紛。大鈞播物兮，坱圠無垠。」李善注：「如淳曰：『陶者作器於鈞上，此以造化爲大鈞。』應劭曰：『陰陽造化，如鈞之造器也。』」萬化：萬事萬物，大自然。漢書京房傳：「房對曰：『古帝王以功舉賢，則萬化成，瑞應著。』」顏師古注：「萬化，萬機之事，施教化者也。一曰萬物之類也。」

〔二〕小己：一己，個人。史記司馬相如列傳論：「大雅言王公大人而德逮黎庶，小雅譏小己之得失，其流及上。」便私：利於私門。韓非子孤憤：「朋黨比周以弊主，言曲以便私者，必信於重人矣。」

〔三〕門闌，師門。班綴：指朝班相連。陸游紹興末曾受史浩舉薦而任朝官。

〔四〕管、鮑之情：春秋時管仲和鮑叔牙相知最深。後常以二人並稱比喻交誼深厚的朋友。參見史記管晏列傳。

〔五〕牛、李之黨：唐代以牛僧孺、李宗閔爲首和以李吉甫、李德裕父子爲首的兩股勢力。參見新唐書李德裕傳。陳善捫虱新話辨牛李之黨：「唐人指牛、李之黨，謂牛僧孺、李德裕也。新唐書乃嫁其名於李宗閔曰：人指爲『牛、李』，非盗謂何？雖欲爲德裕諱，然非其實矣。」

〔六〕逡巡：退避，退讓。梁書王筠傳：「王氏過江以來，未有居郎署者，或勸逡巡不就。」自引：自行引退。賈誼吊屈原賦：「鳳縹縹其高逝兮，夫固自引而遠去。」

〔七〕邊州：靠近邊境的州邑。泛指邊境地區。宋書索虜傳：「僕以不德，荷國榮寵，受任邊州，經理民物。」

〔八〕加之罪：語本左傳僖公十年，晉惠公將殺大臣里克，里克對曰：「不有廢也，君何以興？欲加之罪，其無辭乎？臣聞命矣。」

〔九〕甫周歲律：指歲星剛運行一周。古人見到木星約十二年運行一周天，其軌道與黄道相近，因將周天分爲十二分，稱十二次。木星每年行經一次，即以其所在星次來紀年，故稱歲星。

復畀守符：重新給予鎮守一地的印符。守符，掌一地之政。陸游從隆興二年（一一六四）通判鎮江至淳熙五年（一一七八）提舉福建常平，正滿十二年有餘。

〔一〇〕綰於印章：卷起官印綬帶。指正式任命。　膺於號召：接受朝廷召喚。

〔一一〕行能：品行才能。六韜王翼：「論行能，明賞罰。」　資望：資歷聲望。秦觀官制上：「王者用人之要術惟資望而已。歲月有等，功勞有差，天下莫得躐而進者謂之資，行能術業卓然高妙爲世所推者謂之望。」

〔一二〕便朝：順利朝見。　對揚：唐宋時期爲官吏除授後謝恩的一種儀式。宋敏求春明退朝録卷中：「吏部流内銓，每除官，皆云權判。正衙謝，復正謝前殿，引選人謝辭。繇唐以來，謂之對揚。」　使指：指天子、朝廷的意旨命令。史記司馬相如列傳：「相如欲諫，業已建之，不敢，乃著書，籍以蜀父老爲辭，而已詰難之，以風天子，且因宣其使指，令百姓知天子之意。」　叨於臨遣：在臨軒派遣中接受。

〔一三〕兩朝：指高宗、孝宗。

〔一四〕訓迪：教誨啓迪。書周官：「仰惟前代時若，訓迪厥官。」

〔一五〕哀窮悼屈：哀憐處境困窮之人，感傷懷才不遇之人。見本卷與成都張閣學啓注〔一〇〕。故舊之不遺：不遺棄舊交。論語泰伯：「君子篤於親，則民興於仁；故舊不遺，則民不偷。」

〔一六〕積薪後來之居上：比喻選用人才後來居上。漢書汲黯傳：「黯褊心，不能無少望，見上，言曰：『陛下用羣臣如積薪耳，後來者居上。』」

〔一七〕孱瑣：指猥賤無能之人。歐陽修謝進士及第啓：「言皆有味，務推轂以彌勤；先爲之容，俾朽株之見用。致兹孱瑣，及此抽揚，敢不慎服官箴。」

〔一八〕斂散：古代國家對糧食物資的買進和賣出。語本管子國蓄：「夫民有餘則輕之，故人君斂之以輕；民不足則重之，故人君散之以重。」 豐凶：豐年和災年。白居易黑龍潭：「豐凶水旱與疾疫，鄉里皆言龍所爲。」 阜通：貨物豐富，購銷順暢。周禮天官大宰：「六曰商賈，阜通貨賄。」鄭玄注：「阜，盛也。」 農末：指農業和商業。古人以農爲「本」，謂經營商業逐末利。史記貨殖列傳：「夫糶，二十病農，九十病末……上不過八十，下不減三十，則農末俱利。」

〔一九〕近臣：指君主左右親近之臣。墨子親士：「臣下重其爵位而不言，近臣則喑，遠臣則唫。」

〔二〇〕素學：平素所學。曾鞏思政堂記：「（王君）來爲是邦，施用素學，以脩其政。」